metro

Xavier-Marie Bonnot

Im Sumpf der Camargue

metro wurde begründet
von Thomas Wörtche

Zu diesem Buch

Der Marseiller Polizeikommandant Michel de Palma müsste sich eigentlich von seinen Verletzungen erholen, die er sich im letzten Fall zugezogen hat. Ingrid Steinert, Ehefrau des milliardenschweren deutschen Industriellen William Steinert, braucht aber seine Hilfe: Ihr Mann ist seit einigen Tagen verschwunden. Obwohl am Anfang nicht besonders interessiert, weckt der Fall doch de Palmas Neugier, als die Leiche von Steinert in den schlammigen Sümpfen der Camargue gefunden wird. Die Polizei meint, die Lösung schnell zu kennen: ertrunken, ein Unfall. Dann überschlagen sich die Geschehnisse, als immer mehr Leichen auftauchen, alle auf bestialische Weise verstümmelt. Ist die Tarasque, das Ungeheuer aus den Sümpfen, mehr als ein Mythos?

»Es mangelt nicht an einer ganzen Riege von äußerst interessanten, abwechslungsreich und treffend gezeichneten Figuren. Und wie immer bei Bonnot bekommen die faszinierenden Schauplätze einen angemessenen Rahmen, die Schilderung von Landschaft und Architektur, der Menschen mit ihren Sitten und Bräuchen, Glauben und Aberglauben ist poetisch.« *Kaliber.17*

Der Autor

Xavier-Marie Bonnot, geboren 1962 in Marseille, promovierte in Geschichte und studierte Soziologie und französische Literatur. 2002 feierte er mit der Veröffentlichung seines ersten Kriminalromans *La première empreinte* sein literarisches Debüt. Seither erschienen weitere Fälle mit dem Marseiller Polizeikommandanten Michel de Palma. Sie wurden mehrfach ausgezeichnet und in mehrere Sprachen übersetzt.

Im Unionsverlag ist außerdem lieferbar: *Die Melodie der Geister*

Der Übersetzer

Tobias Scheffel (*1964) studierte Romanistik, Geschichte und Geografie. Seit 1992 arbeitet er als literarischer Übersetzer aus dem Französischen. 2011 wurde er für sein Gesamtwerk mit dem Sonderpreis des Deutschen Jugendliteraturpreises ausgezeichnet.

Mehr über den Autor und sein Werk auf *www.unionsverlag.com*

Xavier-Marie Bonnot

Im Sumpf der Camargue

Ein Fall für Michel de Palma

Aus dem Französischen von
Tobias Scheffel

Unionsverlag

Die Originalausgabe erschien 2004
im Verlag L'Écailler du Sud, Marseille.

Im Internet
Aktuelle Informationen, Dokumente und Materialien
zu Xavier-Marie Bonnot und diesem Buch
www.unionsverlag.com

Unionsverlag Taschenbuch 794

Originaltitel: La bête du marais

Neptunstrasse 20, CH-8032 Zürich
Telefon +41 44 283 20 00
mail@unionsverlag.ch

Die erste Ausgabe dieses Werks im Unionsverlag
erschien am 31. März 2016
Reihengestaltung: Heinz Unternährer
Umschlagbild: Konrad Wothe (LOOK-foto)
Umschlaggestaltung: Sven Schrape
Druck und Bindung: CPI – Clausen & Bosse, Leck
ISBN 978-3-293-20794-3

Der Unionsverlag wird vom Bundesamt für Kultur mit einem
Verlagsförderungs-Strukturbeitrag für die Jahre 2016–2020 unterstützt.

Auch als E-Book erhältlich

Vorbemerkung

Die Figuren und Ereignisse dieses Romans sind Produkte meiner Fantasie, sie haben keinerlei Vorbild in der Wirklichkeit.

Bei einigen Passagen werden Kenner der Provence genau wie auch die Beamten der Mordkommission von Marseille sicherlich schmunzeln. Ich habe willentlich Orte vertauscht, Forschungseinheiten umstrukturiert, Krankenhäuser verlagert, Hierarchien erschüttert und die Büros der Mordkommission verändert. Und mir bei einigen Vorgehensweisen große Freiheiten erlaubt.

Ohne irgendjemanden um Erlaubnis zu fragen …

Für meinen Vater, der mir, als ich sein kleiner Junge war,
als Erster die Geschichte von der Tarasque erzählte

… Alabre
De sang uman e de cadabre,
Dins nòsti bos e nòsti vabre
Un moustren, un fléu di diéu, barruolo … Agués pieta!

La bèsti a la co d'un coulobre,
A d'iue mai rouge qu'un cinobre;
Sus l'esquino a d'escaumo e d'àsti que fan pòu!
D'un gros lioun porto lou mourre
E sieìs pèd d'ome pèr miés courre;
Dins sa cafourno, souto un mourre
Que domino lou Rose, emporto ço que pòu.

Frederi Mistral, Mirèio

… Begierig
Nach menschlichem Blut und Leichen
Durchzieht unsere Wälder und Schluchten
Ein Ungeheuer, eine Geißel Gottes … Habt Erbarmen!

Das Untier hat vom Drachen den Schweif
Und Augen, roter als Zinnober
Schuppen auf dem Rücken und furchterregende Stachel!
Von einem großen Löwen hat es das Maul
Und sechs Menschenfüße, um schneller zu rennen
Was es nur kann nimmt es mit in seine Höhle
Unter einem Felsen, der die Rhone überragt.

Frédéric Mistral, Mireille

I

Am Vorabend, kurz nach Einbruch der Nacht, hatte der Mistral sich plötzlich gelegt. Und es begann der Rausch, der Bars zu diesem Anlass in Bodegas voller aufgekratzter Musik, glänzender Gesichter, schlafloser Blicke verwandelt.

Die Polizeistreifen, cool, im zweiten Gang, ziemlich gelangweilt. Ein paar Prügeleien unter Zigeunern, Maghrebinern zweiter Generation und einflussreichen Typen des Rathauses vor den bunten Karussells; die Bullen hatten die Augen davor verschlossen, bloß keine Auseinandersetzung mit der Stadtverwaltung.

Bevor die Sonne aufging, waren in den entlegenen Ecken, den toten Winkeln der Stadt letzte Kracher explodiert; die letzten Raketen eines Festes, das in Erschöpfung endete.

An diesem Morgen troff flüssige Hitze vom Himmel. Der Mann hatte sich auf die Böschung gelegt, zusammengekrümmt, mit angezogenen Beinen, die Knie an den Ellbogen. Er öffnete die Augen und entdeckte durch die zitternden Lider über sich die wuchtigen weißen Schlosstürme, die im gesättigten Licht verschwammen.

Der Mann war schweißüberströmt, sein rabenschwarzes Haar klebte ihm wie Pappstreifen an der Stirn. Ferne Geräusche drangen undeutlich zu ihm: Sicherlich die letzten Festbesucher, die mit Müh und Not nach Hause zurückkehrten. Aber ein paar Augenblicke später wusste er es besser: Es waren die Wutschreie einer fanatischen Menge, die die Luft erfüllten und an den Mauern der Festung widerhallten.

Der Schwindel ließ ihn schwanken, er schloss die Augen wieder.

Drei Tage hatte der Mann jetzt nicht geschlafen. Drei Tage als Einzelgänger. Der Geschmack bitterer Galle ließ ihn Lippen und Nase verziehen. Der irr machende Pastis hatte sein Werk vollendet, der Mann musste auftauchen.

Er richtete sich auf. Ruhig floss die Rhone vor ihm dahin. Ein paar wie Ungeheuer gekrümmte Wurzeln bohrten sich in die friedliche Wasseroberfläche, wie um den Lauf des königlichen Stroms aufzuhalten. Er versuchte, sich zu erheben, begriff aber, dass seine Beine ihn erst nach einer Weile tragen würden. Er streckte sich im warmen, knisternden Gras aus, dann starrte er zu den mächtigen Zweigen der Akazie über ihm empor, die den Himmel bekritzelten.

Er musste nachdenken, die drei letzten Tage rekapitulieren.

Am ersten Tag hatte er sich, kaum war die Sonne über der Camargue aufgegangen, wie ein Krokodil in die Quellerpflanzen der Salzsteppe gelegt und nur wenige Meter vom Sumpf des Etang Redon entfernt stundenlang nach Löfflern Ausschau gehalten.

Er erwartete sie schon seit Monaten, seit März, als Tausende von Meeräschen sich in den ruhigen Wassern des Deltas sammelten, ein paar Flossenschläge von den kahlen, noch klammen Stränden entfernt, und Kormorane und Reiher sich ein Festmahl erster Güte aus diesen Oberflächenfischen bereiteten.

Seit Langem hatte er die Gewohnheiten der Löffler erforscht, die Orte, an denen sie sich bei ihrer Rückkehr aus Afrika niederlassen, häufig am Rand von Tamariskenwäldchen. Er wollte sie im goldenen Licht des frühen Morgens beobachten, aber die Löffler sind ebenso launische wie seltene Vögel. Dieses Jahr hatte er sich mit dem Beutetanz der Kormorane und Reiher begnügen müssen.

Und an diesem Morgen hatten die großen Vögel sich noch immer nicht eingestellt. Er hatte gewartet, bis die Sonne im Zenit stand, und schließlich beschlossen, den Ort zu wechseln.

Er war weiter westlich durch das Naturschutzgebiet La Capelière gezogen. Dort hatte er ein paar Worte mit dem Leiter des Parks gewechselt. Banalitäten, nichts weiter.

Am Nachmittag war er lange umhergestreift, den schussbereiten Apparat in einer Hand, das Fernglas in der anderen, und hatte nur ein paar Pausen zum Beobachten eingelegt.

Er hatte seinen Marsch fortgesetzt, bis das Land endete. Makellos weiß war ein erster Löffler aufgetaucht, hatte seinen anmutigen Hals durch das Schilfrohr am Rand des Sumpfs gestreckt. Ein zweiter hatte sich auf dem Rücken eines halb versunkenen Baumstamms inmitten der schwarzen Wasser niedergelassen. Die an manchen Stellen von feinen Rissen durchzogene, an anderen Stellen schwammige Erde verlor sich in der untergehenden Sonne, dem flachen Horizont und dem vom Mistral entfesselten Meer.

Die Löffler waren zu ihrem Geheimnis zurückgekehrt, und die Nacht hatte sich über dieses Ende der Camargue gesenkt. In der Ferne, jenseits der geraden Linien des Sumpfs, hatten die Schlote des großen Erdölhafens von Fos-sur-Mer wie stolze Fackeln ihre roten Flammen in den Himmel gereckt. Um ein Uhr morgens war er wieder zu seinem Wagen gegangen und nach Hause gefahren, weiter oben in der Provence.

Der zweite Tag war der Tag des Tiers.

Er hatte beschlossen, nicht das Auto zu nehmen, sondern zu trampen. Nicht länger als eine Stunde hatte er auf die gute Seele warten müssen, die ihn am Ortsausgang von Tarascon mitgenommen hatte; ein Tourist, ein in der bösartigen Sonne gebratener Engländer, der ihm in perfektem Französisch erklärte: »Ich wohne seit drei Jahren in Mouriès.«

»Ah ja«, hatte der Mann erwidert und getan, als interessiere er sich für seinen Fahrer. »Ich komme aus Eygalières.«

»Heute fahre ich nach Marseille … For the boat. Ich nehme das Boot. Um nach Korsika zu fahren«, hatte der Engländer weitererzählt und dabei mit der Hand, die durch die heiße Luft fuhr, ein imaginäres Meer angedeutet.

»Da machen Sie eine schöne Reise!«, hatte der Mann bemerkt, um irgendetwas zu sagen.

Der Landrover des Engländers, ein altes Modell, so bequem wie eine Schulbank, hatte einen Höllenlärm gemacht. Kurz nach der Abzweigung nach Mas-Thibert war der Mann aus seiner Lethargie erwacht und hatte mit dem Finger auf einen Parkplatz entlang der unendlichen geraden Linie der N 568 gezeigt, die Arles mit Martigues verbindet. »Sie können mich da rauslassen.«

Der Engländer hatte unvermittelt gebremst, ohne Fragen zu stellen. Der Mann war ausgestiegen und hatte gewartet, bis der Landrover außer Sichtweite war. Dann war er rasch hinter einer Schilfrohrbarriere verschwunden, behindert durch die langen, rasiermesserscharfen Blätter. Wie ein Buschjäger war er geradeaus marschiert und hatte die gewaltige, flache, mit mageren Gräsern bestandene und von Stacheldraht unterteilte Ebene durchquert. Eine Stunde Fußmarsch, vielleicht etwas mehr, während sich hinter ihm, am Ende der Weiden, der dunkle Kamm der Alpilles mit ihrem höchsten Gipfel, der Tour des Opies, in den letzten Sonnenstrahlen weiß färbte. In der Nähe der Zypressen-Schildwachen hatte er in der Ferne die Schafe des Mas de Méril entdeckt; ohne zu zögern war er über einen Zaun gesprungen und hatte sich inmitten junger Stiere befunden, sicherlich der Herde der Manade-Castaldi-Zucht. Der Mann war zügig weitergegangen, wobei er sich nahe genug der pechschwarzen Jungstiere hielt, um von einem möglichen Schaulustigen nicht gesehen zu werden, und fern genug, um sie nicht zu erschrecken. Zwei Mal hatte er den leeren Blick der Tiere kreuzen müssen. Aber der Mann war ein perfekter Tierkenner.

Der Tag neigte sich, als er die D 35 erreicht hatte, die die östliche Grenze des Naturparks Le Vigueirat markiert, ein paar Kilometer von Mas-Thibert entfernt. Abends hatte er beschlossen, die Nacht auf dieser Zunge der Camargue zu verbringen.

Das Ende des Tages hatte im Licht einer Unmenge von Sternen geschimmert, die über der Provence aufgingen. Bevor es dunkel wurde, war der Mann zum Strand zurückgekehrt und die rostrote Salzsteppe hinaufgegangen, ohne von irgendjemandem bemerkt zu werden. Wie immer hatte er bäuchlings im Rosa der Levkojen, dem Weiß der Sandkamille und dem Gelb der Immortellen abgewartet.

Dann hatte er gesungen. Das Tier war gekommen. Er hatte ihm von den Herrlichkeiten des Festes erzählt, bevor er sich zurückzog.

Als es über Meer und Erde dunkel geworden war, hatte er seinen Schlafsack in einer weichen, vor dem Wind geschützten Mulde der Düne ausgebreitet. Er hatte ein paar Stunden geschlafen. In der Trägheit des Schlafs hatte der Mann den irrsten seiner Träume gehegt: das Tier am Abend der heiligen Marthe freizulassen.

Am Abend des 29. Juli.

Er würde mit dem Meister darüber sprechen. Aber dessen Rat war ihm sowieso egal: Das Tier gehorchte allein ihm.

Die Rhone floss weiter dahin, träge geworden durch die Regenfälle des späten Frühlings. Unter den Mauern des Schlosses von König René kletterten Kinder auf einem kleinen Felsvorsprung oberhalb der grünen Wasser des Stroms herum und klammerten sich an die Efeuwurzeln, die sich die Felsen entlangschlängelten.

Der Mann war wieder völlig zur Besinnung gekommen. Er erhob sich, legte sich die Jacke über die Schulter und wandte sich der Richtung zu, von der das Geschrei der Menge kam.

Es war Montag, der 30. Juni. Der dritte Tag.

Das letzte Stierrennen war gerade beendet, und mit ihm das überbordende Fest der Tarasque.

2

In der städtischen Oper von Marsiho, wie jeder Provenzale seine Stadt nannte, klingelte es zur Vorstellung, und das zarte Rrring, Rrring verbreitete sich über die Treppenaufgänge von den obersten Rängen bis in den marmornen Ehrensaal. Es verstummte just in dem Moment, als Michel de Palma in das Reyer-Foyer stürzte. Félix Merlino, der Methusalem der Garderoben, strich die letzten Strähnen lockiger Haare glatt, die seinen glänzenden Schädel schmückten.

»Oh, Michel, wir warten nur noch auf dich!« Merlino verzog das Gesicht zu einem Grinsen, das sein mächtiges Kinn anhob und die weißen Lippen herunterfallen ließ.

»Salut, Féli, hats schon angefangen?«

»Allerdings! Es geht los! Die letzte Vorstellung für diese Spielzeit. Los, Herr Baron, Beeilung …«

Der Baron. So lautete der Spitzname von Kommissar Michel de Palma. Die Idee stammte von Jean-Louis Maistre, dem mehr als Bruder von der Mordkommission, dem Unzertrennlichen vom Quai des Orfèvres, der an einem alkoholreichen Abend in Blödellaune angefangen hatte, ihn so zu nennen; er fand, das passe gut zu dem Adelsprädikat seines Namens, seiner hochaufgeschossenen Gestalt und seinen Umgangsformen eines traurigen Lehnsherrn.

Der Baron stieß die gepolsterten Flügeltüren zum Rang auf, hielt kurz inne und ließ den Blick über das Publikum schweifen, wie er es immer tat, seit sein Vater ihn als kleiner Junge zum ersten Mal ins große Theater geführt hatte. Der in Samt gehüllte Zuschauerraum war brechend voll, von den ersten Reihen im Parkett bis zur Galerie. In der Luft lag der Geruch von säuerlichem Atem, Moschusparfum und Schminke. Vom Orchestergraben stieg eine unmögliche Kakofonie herauf: Triller, Tonleitern, Melodiebögen, die sich ineinander verfingen wie wahnsinnig gewordene Achtelnoten. De Palma entdeckte Anne Moracchini, Inspektorin bei der Mordkommission; sie nickte ihm unauffällig zu: Er hatte sich um mindestens eine Stunde verspätet. In über zehn Jahren, die sie nun gemeinsam bei der Kripo ackerten, hatte er sie zum ersten Mal in die Oper eingeladen, und zwar in allerletzter Minute: Es war die letzte Vorstellung von *La Bohème* in dieser Spielzeit.

Schließlich setzte er sich in völliger Dunkelheit neben Anne Moracchini. Die ersten Minuten verstrichen. Anne schien vollständig in die Musik versunken, die das Theater erfüllte. Plötzlich verstummte der Alte auf der Galerie, der seit Jahren regelmäßig zu Beginn jeder Vorstellung hustete. Der Saal war wie elektrisiert, und es herrschte absolute Stille.

Rodolphe trat an die Rampe.

Che gelida manina
Se la lasci riscaldar
Cercar che giova? Al buio non si trova.

Anstatt Mimi anzusehen, wandte Rodolphe kein Auge vom Dirigenten und streckte sich jedes Mal, wenn er sich über die Mittellage erhob und sein Zwerchfell malträtierte, auf die Zehenspitzen.

Chi son? Sono un poeta.
Che cosa faccio? Scrivo …

Alles in allem stellte Rodolphe sich für die Ansprüche eines Spielzeitende-Publikums nicht allzu schlecht an. Doch de Palma war enttäuscht und nutzte den Applaus, um sich aus dem Zuschauerraum zu stehlen. Im Reyer-Foyer ging Félix Merlino auf und ab, langsam und vorsichtig, um das Parkett nicht knarzen zu lassen.

De Palma schaltete sein Handy ein: Er hatte zwei Nachrichten, beide von heute, Samstag, dem 5. Juli. Die erste war um 19 Uhr 58 aufgezeichnet worden, unmittelbar bevor er die Oper betreten hatte, die zweite um 20 Uhr 37, sicherlich zu dem Zeitpunkt, als Rodolphe sich in seiner Bruchbude auf Montmartre gerade die Seele aus dem Leib sang.

»Guten Tag, Monsieur de Palma. Hier ist Rechtsanwalt Chandeler. Die Person, die mir Ihre Handynummer gegeben hat, möchte lieber ungenannt bleiben, aber ich erlaube mir, Sie anzurufen. Wir kennen uns nicht, dennoch möchte ich Sie dringend treffen, um etwas mit Ihnen zu besprechen … Am liebsten so früh wie möglich, wenn Sie das nicht stört; zum Beispiel Montag, den 6. Bis bald, hoffe ich.«

Es war eine Männerstimme, die leicht die Nasalkonsonanten sang und dunkel und sanft zugleich war. Die zweite Nachricht stammte erneut von Rechtsanwalt Chandeler. Er hinterließ eine weitere Handynummer und bat inständig, sie niemandem weiterzugeben.

Félix Merlino näherte sich dem Baron und deutete mit dem Zeigefinger auf das Telefon. »Mach mir sofort dieses Drecksding aus. Wenn ich dein Unglücksgerät jemals klingeln höre …«

»Keine Angst, Féli, bei deren Ziegengemecker heute Abend ist das kein großes Risiko.«

»Du hättest zu der anderen Besetzung kommen sollen. Da hättest du was erlebt …«

»Tja! Die heute klingen eher, wie wenn der Mistral bei meiner Ex-Schwiegermutter durch die Klappläden pfeift.«

»Ha, natürlich! Heute Abend ist es eine Katastrophe.«

»Aber sie applaudieren …«

»Die applaudieren heutzutage bei allem. Es ist nicht mehr wie früher … Erinnerst du dich?«

De Palma hob den Blick zur Decke des Foyers und machte

eine wegwerfende Handbewegung wie zum Zeichen der Zustimmung zu Merlinos Verklärung. »Wenn es so schlecht war wie heute Abend, haben sie manchmal sogar die Polizei rufen müssen, um sie zu beruhigen!«

Félix Merlino nickte und fegte ein Stückchen Spitze, das von einem Abendkleid abgerissen worden sein musste, mit dem Fuß beiseite. »Man hat dich ja lange nicht mehr gesehen, Michel. Letztes Mal habe ich mich mit Jean-Yves unterhalten, dem Pianisten, dem Repetitor, du kennst ihn, und er hat sich nach dir erkundigt …«

»Weißt du, dass ich einen schweren Unfall hatte?«

»Ich habs in der Zeitung gelesen. Aber jetzt scheint es ja zu gehen.«

De Palma antwortete nicht, er ließ den Blick über das Quadratmuster des Parketts schweifen. Durch die gepolsterte Tür drang gedämpft Applaus aus dem Zuschauerraum; Félix näherte sich andächtig den lackierten Türen des ersten Rangs und öffnete sie mit den Gesten eines Kirchendieners, der das Portal einer Kathedrale aufstößt.

Anne Moracchini klopfte Michel auf die Schulter. »Wirklich geglückt, dieser gemeinsame Opernabend, mein Lieber!«

»Tut mir leid, Anne, ich hab einen Parkplatz gesucht …«

Sie sah auf sein Handy und verzog die Mundwinkel.

Inspektorin Moracchini von der Mordkommission trug einen gerade geschnittenen schwarzen Rock, der oberhalb der Knie endete, und ein purpurrotes Seidentop, auf das ihr schwarzes Haar fiel. Hauchdünne Strümpfe hüllten ihre Beine ein, wie luxuriöse Schleier zogen sie sich in einer sanften, harmonischen Kurve von ihren zierlichen Fesseln zu den Knien. Als de Palma ihre Wange streifte, erkannte er die pfefferigen Noten ihres Parfums, es war Gicky.

»Du bist vor dem Ende rausgegangen! Hats dir nicht gefallen? Ich fand es gut«, sagte sie und legte ihm die Hand auf den Unterarm.

Er wollte sie nicht gleich bei ihrem ersten Opernabend enttäuschen und sagen, was er von den Sängern hielt. »Es war nicht schlecht«, erwiderte er und blinzelte Merlino zu.

Noch nie hatte er sie so schön und so elegant gesehen. Gewöhnlich trug Anne Turnschuhe oder Straßenschuhe mit flachen Absätzen, Jeans und eine Fliegerjacke über einem T-Shirt oder einem Pulli, je nach Jahreszeit, mal abgesehen von der Dienstwaffe, die sie weit oben in der Rückenwölbung trug, damit sie möglichst gut versteckt war.

»Komm, trinken wir was«, sagte de Palma schließlich, um nicht völlig in Bewunderung zu versinken. Er bestellte zwei Glas Champagner, und sie gingen in das große Foyer zurück.

»Es ist herrlich hier! Alles Art déco. Was ist das für ein Deckengemälde?«

»Ein Werk von Augustin Carrera: Orpheus verzaubert die Welt …«

»Manchmal frage ich mich, was du bei den Bullen machst«, bemerkte sie und zwinkerte ihm zu.

»Ich mich auch. Aber ich habe gute Gründe.«

»Das hoffe ich doch.«

Anne Moracchini ließ den Blick über das gewaltige Deckengemälde von Carrera schweifen, dann betrachtete sie die Einzelheiten der schmiedeeisernen Brüstungen und der blattgoldverzierten Masken an den Rängen. Das Handy des Barons klingelte.

»Änder mal den Klingelton, Michel, du machst dich ja lächerlich!«

»Monsieur de Palma?«

Er erkannte die Stimme sofort. »Ja. Einen Augenblick bitte.«

Der Baron setzte sich etwas abseits auf eine dunkelrote Bank.

»Yves Chandeler am Apparat. Ich bin Anwalt.«

Michel schwieg kurz, um ihn einzuschüchtern. »Guten Tag.«

»Haben … ähm… Sie haben meine Nachricht erhalten?«

»Ja, absolut.«

»Ich hoffe, ich störe Sie nicht?«

Die Art, wie der Anrufer jeden auch nur halbwegs offenen Vokal dehnte, der ihm beim Reden unterkam, war de Palma unsympathisch. Sie klang nach einer in den besten Schulen von Marseille verbrachten Kindheit, in einer Gesellschaft, von der der Bulle nicht das Geringste wusste und die er tendenziell verachtete.

Wieder schwieg er einen Augenblick.

»Nicht im Geringsten.«

»Ich fasse mich sehr kurz. Wann können wir uns sehen?«

Michel wollte ihm sagen, dass man ihm nur selten Fragen in Form kaum verhüllter Befehle stellte, dass er nicht verstand, wieso er angerufen wurde, und dass er ganz offen keine Lust hatte, wen immer auch zu treffen, von Anne Moracchini mal abgesehen, aber er begnügte sich damit, mechanisch zu antworten.

»Hören Sie, Montag gegen 16 Uhr in Ihrer Kanzlei, passt Ihnen das?«

»Heute ist Samstag … Sehr gut. Meine Kanzlei ist am Cours Pierre-Puget 58. Ich denke, ich muss Ihnen nicht erklären, wo das ist.«

»Nein, nicht sehr originell als Adresse eines Anwalts.«

»In der Tat, direkt neben dem Justizpalast!«

»Bis Montag also.«

Michel beendete das Gespräch, ohne auch nur Auf Wiedersehen zu sagen. Mit dem Champagnerglas in der Hand war Anne näher gekommen.

»Ich vermute, dieses abscheuliche Klingeln besagt, dass die Pause vorbei ist? Hast du vor, mich ganz allein zu Platz 35 zurückgehen zu lassen?«

»Aber nein, Anne, also wirklich!«

Er legte die Hand um ihre ranke Taille und drückte sie an sich.

Als de Palma vor dem kleinen Haus anhielt, das Anne im Chemin de la Fare 28 in Château-Gombert besaß, dem letzten Überrest ihrer Ehe, war es zwei Uhr morgens.

»Kommst du noch rein, was trinken?«

Die Luft im Auto flirrte. Sie sah ihn eindringlich an. Er ließ das Fenster herunter. »Ich fahr nach Hause … Ich muss schlafen, ich fühl mich nicht so gut. Ich hab …«

»Du hast schon wieder Migräne, komm, ich massier dich.«

Sie legte ihm ihre langen Finger auf die Schläfen und massierte ihn langsam. »Was sagt der Arzt?«

»Er sagt, er weiß es nicht, wie alle Ärzte!«

Anne fuhr mit ihrer Massage fort, indem sie kleine Kreise über den Augenbrauen vollführte, dann zog sie wie in einer Liebkosung die Hände zurück, legte sie an Michels Schläfen und drückte leicht.

»Erinnerst du dich, Anne?«

»Ja, ich erinnere mich und will nicht darüber reden …«

»Inzwischen denke ich seltener daran, aber noch vor einem Monat lief das wie eine diabolische Endlosschleife wieder und wieder in mir ab. Immer wieder, wie ein Film.«

Sie übte leichten Druck auf sein Schädeldach aus und wühlte mit den Fingerspitzen durch sein Haar.

»Ich sehe mich noch, wie ich in die Le-Guen-Höhle eindringe und unten in dem dunklen Loch ankomme. Ich hab es nie jemandem gesagt, aber wenn du wüsstest, was ich für eine Angst hatte. Magen verkrampft und die Hosen voll.«

»Was für ein Bild …«

»Nun ja, so war es aber.«

Er holte tief Luft und schloss die Augen. »Ich sehe immer noch diese fantastischen Malereien vor mir. Sehr beeindruckend. Gefühle, die ich nicht beschreiben kann, aber angesichts dieser Handabdrücke der urgeschichtlichen Menschen habe ich mich geborgen gefühlt. Und dann hab ich sie gesehen. Und ihn direkt dahinter. Ich hab mich umgedreht …«

Michel holte Luft, schloss die Augen und machte eine Drehbewegung mit dem Kopf. »Ich sehe mich noch, wie ich mich auf mein linkes Bein verlagere, auf ihn ziele und abdrücke … Er hat mich genau auf die Stirn getroffen. Wie ein Blitz.«

»Das hat einen großen Bullen aus dir gemacht, mit Orden und Anschiss. Und einem ganzen Haufen Neid. Bravo. Und zu allem Überfluss hat es dir nichts von deinem Charme genommen.«

»Er hatte übermenschliche Kräfte. Daran habe ich oft denken müssen. Mein Schuss war präzise, ich seh noch, wie ich gezielt habe … Keiner wird mich davon abbringen zu glauben, dass er der Kugel ausgewichen ist. Er hatte dieselben Reflexe wie die großen Jäger der Urzeit, davon bin ich überzeugt. Er war stark und schnell, wie kein Mensch es sein kann. Im Vergleich zu ihm sind wir degeneriert.«

»Du redest von ihm, als würdest du ihn bewundern!«

»Er ist einer .38er ausgewichen! Blitz gegen Blitz! Beide mit irrsinniger Geschwindigkeit. Vor so was kann man nur Respekt haben, verstehst du!«

»Ich verstehe, dass er lebenslang bekommt, und das alles dank dir.«

»Du hättest mir genauso sagen können, dass ich ihn verfehlt habe!«

»Aber das habe ich nicht gemacht.«

»Jedenfalls habe ich ihn nicht allein festgenommen.«

»Danke im Namen von uns kleinen Bullen, Michel!«

Unmerklich zog sie ihn an ihre Brüste. Er spürte, wie fest sie unter dem leichten Stoff waren. Sie streichelte ihm zärtlich an der Stelle die Stirn, an welcher »der Jäger« ihn mit seinem Tomahawk getroffen hatte.

»Ich fahr nach Hause, Anne.«

»Tu, was du willst, mein großer Bulle.«

Sie fuhr mit beiden Händen in seinen Nacken und drückte ihm voller Verlangen ihre sinnlichen Lippen auf den Mund.

Isabelle hat gerade ihr drittes Kind bekommen. Der Baron hat eine Geburtsanzeige erhalten. Eine blassblaue Karte, auf die sie ein Foto des kleinen Mannes geklebt hat. Er heißt Michel, genau wie er.
Isabelle wollte das. In Erinnerung an den großartigen Bullen, der ihren Weg gekreuzt hatte.
Isabelle hatte ihm immer Freundschaft bezeugt.
Stimmt, er hat sie nie fallen lassen. NIE.
Er hat immer die Erinnerung an das schöne junge Mädchen bewahrt, das er geliebt hatte. IMMER.
Wie könnte er sie vergessen?
Isabelle hätte gern, dass Michel Pate ihres dritten Kindes wird. Er weiß nicht, ob er einwilligen soll. Aber er denkt nach; er hat zwei Mal abgelehnt.
Am Ende wird sie glauben, dass er sie nicht mehr liebt.
Arme Isabelle. Wenn sie wüsste, wie oft der Baron an sie denkt. Nacht und Tag.

Tag und Nacht. Das Blatt ist vergilbt. Von den Jahren der Erinnerung verzehrt. Die kräftige Schrift von Kriminalrat Boyer, dem Vater der Mordkommission am Quai des Orfèvres in Paris. Boyer, der Fabelhafte. Der einen mit einem Schlag, mit einem einzigen Schlag erwachsen werden ließ.

De Palma liegt nackt auf seinem Bett. Er hat noch Annes Parfum auf den Lippen. Er hört Boyer. Er sagt: »Bringen Sie mir den Kerl. Bringen Sie ihn mir. Hierher. Ich will ihn vor dem großen Adios sehen. De Palma, Sie fahren mit Maistre zum Tatort. Ich denke, sie ist noch da. Sie sehen sich das mit Marceau an. Ich will wissen, was Sie darüber denken. Die jungen Leute haben manchmal neue Ideen.«

Boyer, der Chef, hat mit seinem riesigen, an einem Ende blauen, am anderen roten Wachsstift in dicken Lettern quer über das Blatt geschrieben. VERGEWALTIGUNG UND TÖTUNG, in Rot. Unten auf dem Blatt, in Blau: NICHT AUFGEKLÄRT. Name: Isabelle MERCIER.

Blondes Haar. 16 Jahre. 1 m 63. 56 Kilo. Rue des Prairies 28. 20. Arrondissement. Datum des Leichenfundes: 20. Dezember 1978, 21 Uhr 56. Fall bearbeitet von den Inspektoren de Palma, Marceau und Maistre.

»FALL NICHT AUFGEKLÄRT«, wiederholt der Baron und streicht über das Durchschlagpapier zwischen Daumen und Zeigefinger. Die Buchstaben N.I.C.H.T. A.U.F.G.E.K.L.Ä.R.T. brennen tief in seinen Augen.

»Bringen Sie ihn mir!«

In sein Heft Nummer eins hat der Baron geschrieben: Isabelle Mercier. Und sonst nichts.

Oben auf der Seite ist Isabelles Foto mit einer Büroklammer befestigt.

Es ist ein Passfoto. In Schwarz-Weiß. Isabelle ist sechzehn. Sie lächelt schüchtern. Ihr Haar ringelt sich über ihren samtigen Wangen. Maistre und de Palma kommen zur Rue des Prairies 28.

Zum ersten Mal vertraut Boyer der Schreckliche ihnen eine Ermittlung an. Und an dieser hier scheint er zu hängen.

Isabelle liegt auf dem Bauch.

Jean-Claude Marceau sieht aus dem Fenster.

Der Fotograf vom polizeilichen Erkennungsdienst beobachtet ihn, seine Lippen hängen über die Mundwinkel.

»Maistre und de Palma …«

»Tag, Kollegen. Der Alte will uns einführen. Werft mal einen Blick drauf.«

DAS habe ich noch nie gesehen.

De Palma beugt sich nieder. Er hebt die Locke, die im geronnenen Blut klebt.

Man könnte denken, ein Stück Karamel. Darunter ein Auge, das ihn blöde anstarrt.

Ein Auge inmitten des Nichts. Ein Auge ohne Gesicht.

Jean-Claude Marceau hat sich abgewandt.

»Ich kann euch sagen, um ein Gesicht in einen solchen Zustand zu bringen, muss man ganz schön draufhauen. Verdammt, muss man da draufhauen. DAS hab ich noch nie gesehen, Kollegen.«
Jean-Louis Maistre ist weg, um sich zu erbrechen. De Palma schluckt. Er will das Grauen in sich behalten.

Und das Grauen ist in ihm.

Nie vergessen.

»Hallo, Maistre?«

»Hast du gesehen, wie spät es ist, Mann?«

»Sie ist wieder da, Dicker.«

»Isabelle?«

»Ja.«

»Sie war immer da …«

»Ich habe geträumt, sie hätte mir eine Anzeige zur Geburt ihres dritten Kindes geschickt.«

»Komisch. So was hab ich auch geträumt, Baron.«

3

Die Naturschutzstation La Capelière bestand aus zwei nebeneinanderstehenden alten Gebäuden im Besitz der Staatlichen Naturschutzgesellschaft SNPN. 1979 war dieses gedrungene Mas, das in den sich am Etang du Vaccarès entlangziehenden Tamariskenwäldchen versteckt lag, zum Informationszentrum des Naturschutzgebiets der Camargue geworden.

Am Eingang zeigte ein Schild auf einer Mauer aus schlecht zusammengefügten Natursteinen zwei rosa Flamingos, die sich zu beiden Seiten der Abkürzung SNPN gegenüberstanden. Die Feuchtigkeit, die aus den stehenden Wassern emporstieg, und die sengende Sonne hatten die Farbe angegriffen, sodass sie sich stellenweise von ihrem Untergrund gelöst hatte.

Im Erdgeschoss befanden sich ein kleines Museum, Büroräume und ein Labor. Im oberen Stockwerk ein Schlafraum für Studenten, die hier Praktika absolvierten, sowie die Wohnung des Leiters der Station: Dr. Christophe Texeira, Dozent an der Université de Provence und Wissenschaftler. Ein 45-jähriger Mann mit dem Aussehen eines grundzufriedenen Menschen: lockiges, graumeliertes Haar, ein Gesicht mit markigem Kiefer, schwarzen Augen, die unter dichten Brauen ständig in Bewegung waren, und vollen Lippen, die ihm großen Erfolg bei seinen Studentinnen sicherten.

An diesem Abend saß Christophe Texeira allein in seinem Büro, das ihm auch als Labor diente, und hatte Mühe, sich zu konzentrieren. Ein Bericht über die jüngsten Insektenkartierungen, die er im Naturschutzgebiet Vigueirat auf der anderen Seite der Rhone beaufsichtigt hatte, ließ gewaltige Müdigkeit in ihm aufsteigen. Texeira war der Vögel wegen in die Camargue gekommen, und seit zwei Jahren tat er nun nichts anderes, als das Vorkommen von Mücken und Spinnen zu kartieren, von Fröschen und Kröten gar nicht zu reden. Diese Nacht kam er nicht weiter und warf von Zeit zu Zeit einen Blick aus dem Fenster. Es war abnehmender Mond. Die Spitzen des Schilfrohrs im dichten Röhricht zitterten in der noch hellen Nacht und verursachten silbrige Wellenlinien, die sich dem salzigen Atem des Windes folgend kreuzten. Christophe sah noch einmal durch sein Binokularmikroskop, dann lehnte er sich missmutig zurück. Was ihn heute Abend umtrieb, waren die Fotos, die auf seinem Schreibtisch neben den rosa und grünen Karteikarten des Berichts ausgebreitet lagen.

Es waren fantastische Bilder.

Ein Spaziergänger, der am vergangenen Wochenende vorbeigekommen war, hatte Löffler fotografieren können: zwei in der Nähe von Le Grenouillet und einen weiteren, der verloren auf der Rasenfläche stand, die sich zwischen den Kanälen Richtung Le Sambuc entlangzieht, nicht weit von den Pferden des Mas de Loule entfernt. Erstaunlich! Der Spaziergänger hatte mehrere Bilder von diesen sagenhaften Vögeln gemacht, während er selbst, immerhin Doktor der Biologie und Leiter der Naturschutzstation, praktisch nie welche auf dieser Seite des Deltas gesehen hatte. Gewöhnlich hielten sie sich eher am südlichen Ufer des Etang de Vaccarès Richtung La Gacholle auf. Und auch das nur selten.

»Ich suche Löffler«, hatte der Spaziergänger gesagt.

»Schwierig«, hatte Texeira geantwortet.

»Man muss ihnen von Liebe und Wundern erzählen.«

Von Wundern!

Der Spaziergänger hatte ganz den Eindruck eines Sonderlings gemacht: halblanges schwarzes Haar, bartloses Gesicht, stämmig und mit den Bewegungen eines Menschen, der nicht weiß, was er mit seinen Muskeln anfangen soll. Dazu ein Aufzug wie eine Vogelscheuche: Vietcong-Sandalen an den Füßen, trotz der Hitze ein Wollpullover, nicht ganz saubere Jeans und ein zusammengeflickter Beutel.

Hingegen ließen das Zeiss-Fernglas, das 200-mm-Objektiv mit kleiner Blende und die digitale Nikon-Spiegelreflexkamera, die ihm um den Hals hingen, den Biologen vor Neid erblassen. Dazu kam noch das Scherenfernrohr, das er in seinem Beutel gesehen hatte.

Seltene Bilder und dann der Brief im Briefkasten der Naturschutzstation, der Poststempel besagte nur: Tarascon Hauptpost. 1. Juli.

Der Biologe erinnerte sich nicht mehr an den Namen des Spaziergängers, sonst hätte er ihn gern angerufen, um ihm zu gratulieren und sich zu bedanken. Hatte er den Namen überhaupt erfahren? Texeira ging in die Eingangshalle des Zentrums, machte Licht an und warf einen Blick in das große Besucherverzeichnis auf dem Tisch neben der Registrierkasse.

Jede Seite war in sechs Spalten unterteilt, in die die Besucher die beobachteten Tierarten, Ort, Datum und natürlich ihren Namen und möglicherweise Adresse und Beruf eintragen konnten.

Auf der Seite von Samstag standen ein knappes Dutzend Namen, doch nur Touristen, die ihren Besuch dokumentieren wollten und ein paar freundliche Worte hinzugefügt hatten.

Christophe sah auf die Uhr. Es war fast eins. Er beschloss, sich wieder ans Werk zu machen und die Arbeit an den Insektenkartierungen zu beenden. Nach ein paar Minuten stellte er fest, dass seine neue Assistentin schon wieder einen Fehler gemacht hatte: Er fand eine Cassida viridis und eine Anastrangalia sanguinolenta, zwei Larven, Seite an Seite mit einer Polistes gallicus, einer Wespenart. Er musste sich Etikett für Etikett alles noch einmal vornehmen. Darauf beschloss er, es sei längst Zeit, sich den Schlaf des Gelehrten zu gönnen und in seine Wohnung im ersten Stock hinaufzugehen.

Als er die Fensterläden seines Schlafzimmers zumachte, sah

er, dass das Tor zur Naturschutzstation offen stand. Er schlüpfte in seine Hose, zog murrend die Turnschuhe an und ging in die graue Nacht hinaus. Dabei hätte er schwören können, dass er das Tor zugemacht hatte, bevor er in sein Büro gegangen war. Das gab ihm zu denken: Er hatte ein absolut unfehlbares Gedächtnis. Er sah sich noch, wie er den Türdrücker anhob, und erinnerte sich sogar, dass er wieder einmal daran gedacht hatte, ihn reparieren zu lassen, weil er schon seit Monaten sehr schwer einrastete, so sehr hatte der Rost sich festgefressen.

Es war also jemand nach 19 Uhr in den Park eingedrungen. Er wollte Gewissheit haben, holte im Schuppen eine Stablampe und beschloss, bis zum Ende des Weges zu gehen, der entlang des Canal du Fournelet verläuft; der einzige Weg, den ein Besucher in diesem winzigen Sumpf einschlagen konnte. Nach fünf Minuten Fußweg auf einem verschlungenen Pfad durch die mit Eschen und ungeheuren Brombeerranken bedeckten toten Flussarme blieb er neben der Hütte des Beobachtungsstandes von Aulnes, die den Sumpf überragte, stehen. Er lauschte auf die Nacht: Zunächst vollständige Stille, dann schwollen die leisen Geräusche der Natur allmählich immer stärker an. Nach ein paar Minuten spürte er, dass alles um ihn herum in Bewegung war: ein leichtes Plätschern im stehenden Wasser ganz in seiner Nähe, die Geräusche rascher winziger Schritte in den Quellern, sicher ein Nagetier, das vor einer unmittelbar drohenden Gefahr floh. Wie eine wilde Katze kletterte er die Holzsprossen zu dem Beobachtungsstand empor. Die schlafenden Wasser glänzten wie altes Silber im Antlitz des Mondes. In ihrer Mitte hatte eine tote Eiche sich in den Schlick gedrückt und die Arme aus dem schmutzigen Wasser gereckt wie ein um Hilfe rufender Ertrinkender. Auf dem vorderen Teil des Stammes war ein kleiner Stelzvogel wach geblieben und beobachtete die schimmernde Seide des ihn umgebenden Wassers.

Der Biologe brauchte einen Moment, bis ihm bewusst wurde, dass das Quaken der Frösche aufgehört hatte; er war ihren unaufhörlichen Lärm so sehr gewohnt, dass er ihn nicht beachtet hatte. Jetzt jedoch spitzte Texeira die Ohren: Weiter in der Ferne, Richtung Vaccarès, hörte er Amphibien, nicht aber in seiner direkten Umgebung. Die Erfahrung sagte ihm, dass ein Fremder sich ganz in der Nähe befand. Dann war ganz deutlich das Geräusch von Schritten zu hören: Das Schilfrohr knackte auf der anderen Seite des Sumpfes Richtung Salzsteppe hin. Genauer gesagt kam es von der Hütte der Gardians, der berittenen Viehhirten, die sich ein ganzes Stück hinter dem Röhricht in ungefähr zweihundert Meter Entfernung befand.

Christophe lauschte mit allen Sinnen. Die Schritte hörten auf. Zunächst dachte er an ein Hochwild, ein Wildschein, vielleicht ein Reh aus einem der Schutzgebiete oder ein Stier, dem es gelungen war, den Stacheldraht vom Mas de Loule zu überwinden, was recht häufig vorkam. Aber das erklärte noch nicht das offene Tor! Es musste ein Mensch sein, vielleicht ein begeisterter Ornithologe, der lange bevor die Sonne sich über die Sümpfe erhob, Position bezog, um das morgendliche Ballett der Camargue-Vögel zu bewundern. Christophe stieg von dem Beobachtungsstand herunter, ging die letzten Meter des Pfades unter den Bäumen entlang und blieb am Saum der Salzsteppe stehen. Hinter ihm zeichneten sich im dunklen Grau der Tamarisken deutlich die hellen Mauern der Hütte und ihr Dach ab, das spitz wie ein Kirchturm war. Das Geräusch der Schritte ging unkontrolliert weiter, so als würde jemand am anderen Ende des Sumpfes am Rand des Röhrichts etwas suchen. Plötzlich war ein Plätschern zu hören, jemand lief im Wasser. Schritte. Äußerst schwerfällige Schritte. Es erinnerte Texeira an jene großen Tiere, denen er in Ostafrika gefolgt war. Er warf sich hinter einem Queller flach auf den Bauch, um besser zu beobachten.

In dem Moment drang eine seltsame Fistelstimme, wie eine hohe kristallene Falsettstimme, über die Oberfläche der stehenden Wasser. *»Lagadigadeu, la tarasco, lagadigadeu …«* Dann kam, tief wie ein Orgelbass, eine männlichere Stimme hinzu, die die erste überlagerte und zu einem Schreckensschrei wurde, der die Dunkelheit zerriss. *»Laïssa passa la vieio masco … Laïssa passa que vaï dansa …«* Die beiden Stimmen verschränkten sich. *»La tarasco dou casteu, la tarasco dou casteu …«*

Dann herrschte absolute Stille. Christophe trat aus seinem Versteck, richtete seine Lampe in Richtung der Stimmen, sah aber nichts. Er spähte durch die Nacht, strich mit der Lampe über die schwarze Oberfläche des Sumpfs. Nichts. Um sich Mut zu machen, rief er: »Ich bin Christophe Texeira, der Leiter des Parks, Sie haben hier nichts zu suchen, bitte verlassen Sie das Gelände … Verlassen Sie es unverzüglich. Der Spaß hat lang genug gedauert.«

4

Montag, 7. Juli.

De Palma klingelte in der Kanzlei Chandeler & Partner am Cours Pierre-Puget 58, einem ansehnlichen, von zwei kräftigen Atlanten bewachten Gebäude, wenige Schritte vom Justizpalast entfernt. Eine durch jahrelanges Rauchen heiser gewordene Frauenstimme drang aus der Gegensprechanlage. »Kanzlei Chandeler & Partner, ja bitte?«

»Michel de Palma, ich habe eine Verabredung mit Monsieur Chandeler.«

»Rechtsanwalt Chandeler ist in der ersten Etage. Ich öffne Ihnen.«

Michel schritt langsam die Stufen der breiten, von verschnörkelten schmiedeeisernen Geländern eingefassten Treppe empor, die sich zu einem lichten Glasdach hinaufwand.

Er kannte Chandeler vom Hörensagen: ein noch junger Anwalt, der sich auf höchst einträgliche Fälle spezialisiert hatte; ein tadellos wie ein Ami frisierter Robenträger, der feiste Reeder und Magnaten der kräftig expandierenden Jachtindustrie am alten Hafen zu seinen Klienten zählte.

Im Frühjahr war Chandeler von zwei Unbestechlichen des Drogendezernats anlässlich der Anklageerhebung gegen einen seiner Klienten heftig gebeutelt worden: ein großes Tier im Import-Export-Geschäft, der Papst des Containergeschäfts, der wegen Zigaretten- und Kokainhandels höchstpersönlich in die Haftanstalt Les Baumettes verfrachtet worden war. Bei diesem Fall hatten die Ermittler des Drogendezernats den Verdacht, Chandeler selbst habe Dreck am Stecken, aber sie hatten nichts beweisen können.

»Wenn Sie dort Platz nehmen möchten«, sagte die Stimme von der Gegensprechanlage, eine große blonde Sekretärin, geschminkt wie eine sizilianische Marionette. »Ich gebe Rechtsanwalt Chandeler Bescheid, dass Sie da sind.« Sie deutete auf ein Büffellledersofa.

Chandeler & Partner war eine riesige Kanzlei, die mit echten provenzalischen Stilmöbeln und Sammlerstücken eingerichtet war: ein Tragsessel aus dem 18. Jahrhundert, alte Schiffskompasse, ein paar Gemälde von Ambrogiani … Eine Hafenansicht von Algier von Bascoules. All dieser zur Schau gestellte Mammon hatte die großen Raubkatzen der Drogenfahndung wohl mächtig angestachelt – sie hatten noch die Namen einiger berühmter Anwälte im Kopf, die nebenbei in den Verhören der Bosse des Milieus gefallen waren.

Vom Empfang aus, an dem der Baron sich befand, hörte man, wie in den benachbarten Büros Telefone klingelten, dann ernstes Murmeln, durchdrungen vom Klappern von Computertastaturen. Ein riesiger Mann kam durch eine Doppeltür herein. Mit zwei Schritten stand er vor dem Baron und deutete ein Lächeln an, das ein Raubtiergebiss entblößte. »Monsieur de Palma, vermute ich. Sehr erfreut, dass Sie gekommen sind«, sagte Chandeler und drückte Michels Hand wie ein Schraubstock.

»Ich habe im Augenblick nicht viel zu tun«, antwortete der Baron und zuckte linkisch mit den Schultern.

»Dann sind Sie ein glücklicher Mensch!«

Chandeler forderte de Palma auf, sich zu setzen, und warf sich in seinen ledernen Schreibtischsessel. »Erlauben Sie mir zunächst einmal, Ihnen dafür zu danken, dass Sie in ein Treffen eingewilligt haben. Ich kann mir denken, dass Sie sich fragen warum?«

Der Baron begnügte sich mit einem starren Blick auf seinen Gesprächspartner, der mit seinem Drehsessel unaufhörlich Vierteldrehungen beschrieb, bald nach rechts, bald nach links, als würde eine Achse seinen Körper bis zum obersten Punkt seines Schädels durchziehen. »Und warum wollten Sie mich treffen?«

»Die Sache ist ein bisschen heikel. Also: Eine Klientin von mir, Madame Steinert, ist davon überzeugt, dass ihr Mann ermordet wurde. Leider versichert ihr die Polizei, es handele sich nur um ein Verschwinden und sie könne verständlicherweise noch nichts tun.«

»Seit wann ist ihr Mann verschwunden?«

»Seit fünf Tagen.«

»Erst!«

»Ich verstehe, was Sie meinen, aber seine Frau, also meine Klientin, ist überzeugt, dass er tot ist! Sie hat gute Gründe dafür: Ihr Mann hatte nicht die Angewohnheit, einfach so zu verschwinden, er war keine von diesen unsteten Seelen, wenn Sie verstehen, was ich meine.«

»Ich verstehe. Hingegen begreife ich nicht so recht, was ich für Sie tun kann.«

Chandeler hörte mit seinen Vierteldrehungen auf. Er stützte die Ellbogen auf den Schreibtisch und legte die Handflächen in der Luft zusammen, als wolle er beten. »Nun, meine Klientin ist niemand x-Beliebiges. Haben Sie schon von Steinert-Klug-Metall gehört?«

»Nein.«

»Nun gut, aber William Steinert, sagt Ihnen das etwas?«

»Nein, tut mir leid.«

»Sie lesen also keine Zeitung!«

»Sie wissen so gut wie ich, dass die Journaille alles Mögliche erzählt.«

»Auf jeden Fall wiederholen sie, was gewisse Leute ihnen sagen«, bemerkte Chandeler und nestelte an seinem Krawattenknoten. »Es gab einen Artikel über sein Verschwinden, und zwar einen Artikel, der mich ziemlich reinreitet, um es klar zu sagen!«

De Palma sah den Anwalt starr an. Ein paar Sekunden lang hielt sein Gesprächspartner dem Blick stand, dann schlug er die Augen nieder und kramte auf seinem Schreibtisch herum.

»Da«, sagte er und hielt ihm einen Zeitungsausschnitt hin. »William Steinert war einer der mächtigsten Industriemagnaten der Metallindustrie jenseits des Rheins. Das Vermögen können Sie sich vorstellen!«

»Mmmmh«, machte de Palma und nickte.

»Und dieser Mann ist verschwunden. Natürlich wünscht die Familie, dass die Ermittlungen einstweilen mit äußerster Diskretion durchgeführt werden.«

De Palma legte das Blatt auf den Schreibtisch, ohne es auch nur zu lesen, und warf einen Blick auf die blaue Mappe, die vor Chandeler lag. Er las die Schrift auf dem Kopf: Fall William Steinert. SK Metall. Nichts weiter. »Ich sehe, dass Sie schon einen Fall daraus machen. Wer sagt Ihnen, dass er nicht einfach für ein paar Tage verschwunden ist, wie das bei solchen Persönlichkeiten wohl mal vorkommt?«

»Ich würde Ihnen gerne recht geben, aber ich denke, im besten Fall haben wir es mit einem Unfall oder einer Entführung, im schlimmsten mit einem Mord zu tun.«

De Palma streckte die Beine aus und rieb sich das Kinn. »Warten Sie, Chandeler. Wenn ich recht verstehe, handelt es sich um eine Familie mit Geld, und zwar mit zig Millionen.«

Der Anwalt nickte und vollführte eine Vierteldrehung mit seinem Sessel.

»Eine Familie, die sich alles leisten kann, einschließlich der besten Polypen Frankreichs.«

Chandeler stützte beide Ellbogen auf seinen Schreibtisch und verschränkte die Hände.

»Ich sehe genau, worauf Sie hinauswollen«, bemerkte er und warf ihm ein Lächeln zu. »Lassen Sie mich zunächst sagen, dass Sie genau zu dieser Gattung großer Polizisten gehören, wochenlang hat die Presse, die Sie nicht mögen, von Ihnen gesprochen.

Ich habe mir sagen lassen, dass Sie in einiger Zeit eine Auszeichnung erhalten.«

De Palma hob die Hand, als wolle er derlei Speichelleckerei abwehren.

»Und dann gibt es, so erstaunlich Ihnen das auch vorkommen mag, nur sehr wenige Privatermittler, die die Region und ihre kriminellen Traditionen, ihr Milieu, nun, die das alles perfekt kennen … Sie hingegen kennen es in- und auswendig. Und um offen zu sein: Ich war es, der an Sie gedacht hat. Ich kannte Sie nur aus der Presse und durch das, was man im Justizpalast über Sie erzählt. Ich weiß also, dass Sie ein großer Polizist sind, auch wenn es Sie stört, dass man in solchen Begriffen über Sie spricht! Bei Ihnen häufen sich große Fälle und Glanzleistungen. Vor allem ziehen Sie die Sachen bis zum Ende durch. Sie haben den Mut dazu. Und außerdem sind Sie der beste Kenner des örtlichen Milieus, das sagen all Ihre ehemaligen Kollegen. Und ich denke, dass das Milieu in diese Geschichte verwickelt ist. Also.«

»Wer sagt Ihnen, dass die Sache mich interessiert?«

»Nichts sagt mir das. Nur hat meine Klientin …«

»Ich kann Ihnen nicht folgen.«

»Was ich Ihnen vorschlage, wird natürlich bezahlt, und glauben Sie mir, Sie werden es nicht bereuen.«

»Sie wissen, dass ich dazu nicht das Recht habe! Ich bin krankheitshalber beurlaubt, aber noch im Dienst und beabsichtige, das bis zu meiner Pensionierung zu bleiben.«

»Ich weiß, ich weiß … Ich bitte Sie nur für ein paar Tage um Ihre freie Zeit. Die Sache wird sich in einigen Wochen so oder so herumsprechen. Wir werden das nicht so lange geheim halten können, wie wir gern hätten. Dieser Artikel macht uns beträchtliche Schwierigkeiten. Ich weiß nicht, woher die Information kommt … aber gut.«

»Was wollen Sie damit sagen?«

»Ich will damit sagen, dass William Steinert offiziell, zumindest bis heute, einen kleinen Ausflug auf die Inseln unternommen hat. So. Aber wie Sie wissen, lässt sich in diesem Milieu niemand täuschen. Freitag kamen bereits Fragen auf. Ich wage mir das Theater, das losgeht, sobald der Artikel in den betreffenden Kreisen bekannt wird, kaum vorzustellen. Bei der nächsten Aufsichtsratssitzung werden die Haie hungrig werden. Ich weiß nicht, ob Sie mich verstehen?«

»Absolut. Aber noch einmal, ich werde Ihnen keine große Hilfe sein.«

»Ich versuche gerade, Ihnen begreiflich zu machen, dass ich alles tun werde, damit wir binnen einer Woche die Möglichkeit einer Entführung ausschließen können.«

»Was Sie wissen möchten, ist also, ob eine Lösegeldforderung droht oder nicht.«

Der Anwalt kniff die Lippen zusammen und nickte.

»Möglicherweise möchten Sie vor allem wissen, ob Steinert noch am Leben ist?«

»Sie lesen in mir wie in einem großen Buch! Nun, wir verstehen uns also, Monsieur de Palma.«

»Ich habe Ihnen nicht Ja gesagt.«

Chandeler antwortete nicht. Er presste mehrmals die Kiefer zusammen und starrte auf einen Punkt vor sich.

»Wissen Sie, wo er verschwunden ist?«

»In Tarascon.«

De Palma lächelte: Der König der Werkzeugmaschinen verschwindet in der Stadt des Aufschneiders Tartarin de Tarascon …

»Ich weiß, das mag Ihnen komisch vorkommen, aber so ist es. William Steinert hat seit dem 24. Juni nichts mehr von sich hören lassen.«

Für Michel blieb Tarascon ein unmöglicher Name und Ort, mit einem von schönen Türmen und schönen, ganz neuen Zinnen geschmückten Schloss. Das Anhänger-erster-Kaltpressung-aus-der-Provence-Kaff. Inmitten der ewigen Provence, in einer weißen Stadt am Ende des gewaltigen Rhonedeltas.

»Die ersten Tage hat seine Frau sich keine Sorgen gemacht: In diesem Milieu kommt man nicht täglich zusammen. Dann hat sie herumtelefoniert, nach Deutschland, mit seinem Pariser Büro, doch dann musste sie sich schließlich den Tatsachen beugen: Ihr Ehemann ist in der Tat zwischen seinem Büro in Tarascon und dem Anwesen, das er wenige Kilometer von dort in der Umgebung der Dörfer Maussane und Eygalières bewohnt, verschwunden.«

Maussane: das Dreieck des großen Geldes in der Provence, eine Ecke voller Snobs, Künstler auf dem absteigenden Ast und Einheimischer, die stolz ihre erstarrten Traditionen bewahren. Alles, was der Baron verabscheute.

»Was denken Sie darüber, Monsieur de Palma?«

Er atmete tief durch und verzog zweifelnd das Gesicht. »Ich denke, dass Sie jemanden oder irgendeine Organisation im Verdacht haben und nicht wissen, wie Sie Kontakt zu ihm oder ihr aufnehmen sollen … Ich denke, dass Sie sie nicht kontaktieren wollen. Deshalb haben Sie mich kommen lassen, und deshalb hat jemand Ihnen meine Telefonnummer gegeben. Sicher so ein alter Knacker, der aller Welt erzählt, dass er ein großer Bulle war. Dass er die großen Bösewichter geschnappt hat … Nun, lassen wir das. Privatdetektive sind rar in dieser Stadt … Und es stimmt, ich bin einer der letzten Bullen, der das Telefonbuch der örtlichen Mafia aufsagen kann, ohne mich bei einer Nummer zu irren. Allerdings ist auch zu sagen, dass ich mich nicht gerade viel um die Strafprozessordnung geschert habe … Nun gut, die Zeiten sind vorbei. Die alten Knacker, die Sie getroffen haben, sind nicht auf dem Laufenden. Sie sind mindestens eine, wenn nicht zwei blutige Abrechnungen hintendrein. Ich kann Ihnen sagen, sobald einer der Typen aus dem Milieu einen Schnupfen erwischt oder was falsch macht, weiß ich das. Das ist eine Leidenschaft. Was für manche die Pferdewetten sind, ist für mich die Datenbank Organisierte Kriminalität. Anders gesagt, ich habe meine Spitzel im Milieu und kann viel erfahren.«

Chandeler hüstelte und blätterte nervös in der Akte Steinert. De Palma legte die Hand flach auf den Schreibtisch. »Wissen Sie, Chandeler, ich weiß viel über das Milieu, und trotzdem stehe ich weiter gerade wie eine Eins. Beide Füße in der Jauchegrube, aber aufrecht. Genug Stoff, um ein Buch zu schreiben, wenn ich meinerseits ein alter Knacker sein werde … Kurz, so, wie es alle alten Idioten tun, die glauben, sie wären zu irgendetwas auf dieser Erde nützlich gewesen.«

»Ich sehe, dass man mit Ihnen nicht herumreden kann …«

»Tut mir leid, Herr Rechtsanwalt, aber es ist wirklich nicht die Art von meinesgleichen, Männern wie Ihnen zu helfen …«

»Was meinen Sie damit?«

»Ich mag weder Ihre Möbel noch Ihre Sekretärin noch Ihre Schuhe …«

Chandeler bekam den Brecher mitten ins Gesicht. Er reagierte nicht und verstand die kaum verhüllte Drohung, die der Bulle ihm gegenüber eben geäußert hatte. »Ich bedaure, Monsieur de Palma. Ich dachte, wir könnten uns verständigen, aber dann eben nicht.«

De Palma erhob sich und streckte sich, ohne den Anwalt aus den Augen zu lassen.

»Monsieur de Palma, sollten Sie jemals Ihre Meinung ändern, so zögern Sie nicht, mich anzurufen, jederzeit, auch spät am Abend. Sie haben ja bestimmt meine Handynummer gespeichert!«

Als er die Tür zur Buchhandlung Rivière im Zentrum von Tarascon öffnete, tat er, als würde er die Buchhändlerin, die ihm ein breites Lächeln zuwarf, nicht sehen. Dabei war sie niedlich und erinnerte mit ihren milchweißen Zähnen und ihrem schüchternen Blick an Mireille, die berühmte Provenzalin aus den Gedichten Frédéric Mistrals. Er wandte sich direkt der Abteilung »Provence« zu, die sich neben dem Schaufenster befand und einen Blick auf die Bar des Amis auf der anderen Seite der Rue de la Mairie ermöglichte. Dort griff er sich einen voluminösen Prachtband über die Provence vom Paläolithikum bis zur Gegenwart, via die Glanzzeiten der Römischen Provence, die großen und kleinen Kriege sowie die Aufschneidereien und Possen der Tradition. Er enthielt schöne Bilder: Frauen aus Arles, jahrhundertealte Kostüme, Lavendelfelder der Abtei von Sénanque, Zigeuner bei der Pilgerfahrt von Saintes-Maries, weiße Mähnen und lange geschwungene Hörner in der halb von den Brackwassern überfluteten Camargue, seltene Vögel. Kein einziger Löffler. Schade.

Auf der anderen Straßenseite trat der Wirt der Bar des Amis auf den Bürgersteig und machte mit seinen behaarten Armen große kreisförmige Bewegungen, um die ungesunde Luft seines Schuppens aus seinen geteerten Lungen zu vertreiben.

Er legte das Buch zurück und suchte im Regal nach einem anderen, während er das Kommen und Gehen in der Bar des Amis im Auge behielt.

»Suchen Sie etwas Bestimmtes, Monsieur?«

»Ähh, nein«, antwortete er, ohne den Blick von seinem Ziel abzuwenden. »Ich suche ein Geschenk, aber habe meine Wahl noch nicht getroffen.«

»Kann ich Sie vielleicht beraten?«

»Nein, machen Sie sich keine Umstände, vielen Dank.«

Die hübsche Buchhändlerin zog sich mit einem dünnen Lächeln zurück und verschwand zwischen den Regalen der Taschenbuchabteilung.

Er sah, wie der Mann auftauchte, den er suchte: Christian Rey betrat gerade die Bar des Amis. Keine Minute später folgte ein anderer Mann, jemand, den er nie gesehen hatte, groß, wiegender Gang, graues Haar, der sehr gut ein Gast sein konnte.

»So, ich nehme das hier«, sagte der Mann zu der Buchhändlerin und hielt ihr den Band *Erinnerungen und Erzählungen* von Frédéric Mistral hin.

»Soll ich es Ihnen als Geschenk verpacken?«

»Nein, nein, ich habs eilig«, erwiderte er und hielt ihr das Geld passend hin.

Er stopfte *Erinnerungen und Erzählungen* in seinen Rucksack und ging hinaus. Die ersten Touristen waren aufgetaucht. Er beschleunigte seine Schritte, bog in der ersten Gasse rechts ab und blieb in der Öffnung einer Toreinfahrt stehen, als folge er einem sehr genauen Plan. Mit mechanischen Gesten zog er eine Baumwolljacke und eine Army-Mütze aus dem Rucksack. Schließlich kam noch eine Sonnenbrille mit hellen Gläsern hinzu, dann griff er nach seiner Nikon mit einem 200-mm-Objektiv. Er ging den Weg zurück und blieb einen Augenblick stehen, um sein Spiegelbild im Schaufenster der Apotheke zu beobachten: Er befand seine Verkleidung für ausreichend, um mögliche Zeugen zu verwirren. Was immer geschehen würde, er wäre der Herr mit Mütze, Sonnenbrille und Fotoapparat. Mitten in der Sommersaison in einer Straße von Tarascon das Alltäglichste der Welt.

Keine Minute später betrat er die Bar des Amis und bestellte an der Theke ein kleines Bier, indem er mit dem Finger auf den Leffe-Hahn zeigte. So wäre er der Mann mit Mütze, der außerdem kein Französisch sprach. Ein echter Tourist auf der Durchreise.

Der Wirt, ein großer Korse mit grauem Teint und lachenden Augen, stellte ihm das Bier hin und polierte weiter schweigend den Tresen, während er von Zeit zu Zeit einen Blick auf den Fernseher warf, der die schönsten Szenen der diesjährigen Fußballmeisterschaft zeigte.

Plötzlich kam Christian Rey, begleitet von Grauhaar, wie ein Schatten aus dem Hinterzimmer; die beiden Männer wechselten ein paar Worte. Er nutzte die Gelegenheit, um zu zahlen und die Bar zu verlassen.

Rey und Grauhaar: Das war ein neues Element. Doch weder störte es ihn, noch machte es die Mission, die er sich auferlegt hatte, schwieriger. Vielleicht müsste auch Grauhaar aus dem

Weg geräumt werden? Das hatte keinerlei Bedeutung. Einer mehr oder weniger. Vor der Bar machte er zwei Fotos, dann ging Rey nach links, Grauhaar nach rechts.

Der Mann hingegen musste sich an der Ecke der Rue de la Mairie rasch noch einmal umziehen. Er wusste, dass Rey gerissen war, und wollte kein Risiko eingehen. Er zog seine Jacke aus, nahm die Sonnenbrille ab und streifte ein rotes Polohemd über. Rey machte in der Bar Chez François halt, dann gegenüber dem Rathaus im Narval und schließlich in der Bar de la Fontaine, unweit der Mauern des Schlosses von König René. Jedes Mal war es das gleiche Szenario: Er ging hinein, schüttelte ein paar Hände und kam einige Minuten später mit einem in einer Supermarkttüte verborgenen Päckchen wieder heraus. Jedes Mal machte der Mann Fotos. Dann wandte Rey sich zum Parkplatz am Schloss und stieg in seinen Mercedes Kompressor Cabrio. Der Mann sah ihm im Verkehr hinterher und ließ ihn aus den Augen, als er auf die Brücke einbog, die die Rhone überquert und nach Beaucaire führt. Der Vormittag hatte genügend Informationen geliefert, jetzt wusste er, an welchem Ort er Christian Rey fangen würde. Dann würde er ihn dem Tier bringen.

Es war Zeit.

5

De Palma sah sie, als er am Denkmal für die Gefallenen der Kriege im Orient vorbeiging. Sie stand auf der anderen Seite der Corniche Kennedy, zum Meer gewandt, auf der weißen Steinbrücke, die die schmale Bucht des Vallon des Auffes überspannt. Von Weitem konnte er ihr Gesicht kaum erkennen. Sie war eine schöne blonde Frau mit hochgewachsener Figur. »Bestimmt eine Ausländerin, die die letzten Sonnenstrahlen des Tages nutzt, um noch ein Foto von der Basilika Notre-Dame de la Garde zu schießen.«

Wie tausend andere Touristen. Aber diese Frau hatte weder Fotoapparat noch Camcorder, sondern lediglich eine schwarze Handtasche, und sie schien ihn zu beobachten.

De Palma blieb einen Moment stehen und stützte sich auf das schmiedeeiserne Gitter vor dem Kriegerdenkmal. Der Regen kam näher. Am anderen Ende des Hafens verschwammen die hohen Wohnblöcke der nördlichen Stadtteile im schmutzigen Licht des zu Ende gehenden Tages. Ein Schnellboot des Zolls glitt auf dem glänzenden Wasser durch die Sainte-Marie-Passage. Seit einiger Zeit waren die Kollegen fest entschlossen, den Zigarettenschmugglern das Handwerk zu legen. Die Jungs überprüften alle Schiffe aus dem Maghreb. Unwillkürlich wandte de Palma den Blick nach links und konnte in der Ferne im Dunst die Fähre El Djazaïr erkennen, die sich langsam am Château d'If und den Frioul-Inseln entlangschob.

Der Lärm der Autos, die die Corniche entlangfuhren, erfüllte die Luft und breitete sich über dem Meer aus. De Palma blieb vor der Bar Le Grand Bleu stehen, steckte kurz den Kopf hinein, um ein Bier zu bestellen, und gab dem Kellner zu verstehen, dass er draußen Platz nehmen werde. Er setzte sich dem Meer zugewandt, mit dem Rücken zum Dröhnen der Autos. Eine Migräne kündigte sich an. Er schloss die Augen und atmete tief durch, wie um den Griff eines Schraubstocks zu lockern.

»Guten Tag, Monsieur de Palma.«

Er öffnete die Augen, und ein gewaltiger Adrenalinstoß drückte ihn in seinen Sessel. Das Geschöpf, das ihm am Denkmal aufgefallen war, stand vor ihm. Es war Isabelle Mercier, und sie fixierte ihn mit ihren Mandelaugen. Einen kurzen Moment lang glaubte de Palma, er hätte wieder eine dieser Halluzinationen, an die er sich schon gewöhnt hatte. Seine Hände zitterten leicht, er verbarg sie unter dem Tisch.

»Entschuldigen Sie, dass ich mich Ihnen so unverfroren aufdränge … Mein Name ist Ingrid Steinert.«

Seit seinem Treffen mit Chandeler hatte er die Sache mit dem deutschen Milliardär für endgültig erledigt erachtet. Er nahm die sanfte Hand, die ihm Ingrid Steinert entgegenstreckte, und die Berührung war ihm unangenehm.

»Guten Tag, Madame Steinert … Bitte setzen Sie sich doch. Kann ich Ihnen etwas zu trinken bestellen?«

Ingrid trug einen riesigen Diamanten am Mittelfinger. Eines dieser kostspieligen Schmuckstücke, wie man sie an der Place Vendôme in den Schaufenstern sieht, oder als Asservat bei aufsehenerregenden Einbruchsfällen. »Hmm«, machte sie und spitzte die Lippen, »ich hätte gern einen Pastis.«

Ingrid Steinert blickte den Baron lange an. Ihre Ähnlichkeit mit Isabelle Mercier war verblüffend. Sie hatte große, sehr klare, blaue Augen, die alles zu liebkosen schienen, was sie ansahen. Augen, die ins Türkise gingen, wenn sich ihre Stimmung unvermittelt änderte.

Sie zog ein ledernes Zigarettenetui mit Goldbeschlägen aus ihrer Handtasche und öffnete es mit einer eleganten Geste. »Möchten Sie eine Zigarette?«

»Nein danke, ich rauche nicht mehr …«

Im Blick dieser Frau las er, dass er seine Verwirrung nur schlecht verbarg. Er hustete leicht und konzentrierte sich auf den Ehering an Ingrid Steinerts Finger, der auf den Diamantring und die Ohrringe abgestimmt war. Ein wahres Vermögen.

»Was kann ich für Sie tun, Madame?«

Ingrids Blick trübte sich leicht, sie strich mit ihren schlanken Fingern über eine Haarsträhne. De Palma stellte fest, dass er sie verärgert hatte, und bereute sogleich seine schroffe Art. Er fühlte sich unwohl, was Ingrid nicht verborgen blieb.

»Mein Rechtsvertreter hat mir nach dem Treffen mit Ihnen gesagt, dass Sie mir nicht helfen wollen. Aber heute suche ich Sie persönlich auf.«

»Da haben Sie ja keine Zeit verloren! Sie sind es nicht gewöhnt, dass man Ihnen etwas abschlägt, oder?«

»Da haben Sie völlig recht, aber das ist nicht der Grund, weswegen ich hergekommen bin.«

»Wie haben Sie mich gefunden?«

»Das ist nicht gerade schwierig«, sagte sie mit einem Blick auf einen Mann, der an der anderen Seite der Straße stand.

De Palma erkannte einen Leibwächter, dann noch einen: zwei Riesen, sicherlich Deutsche, die versuchten, zwischen den fußballspielenden Knirpsen von Malmousque nicht aufzufallen.

»Verlassen Sie das Haus immer mit diesen zwei Clowns?«

»Seit dem Tod meines Mannes, ja. Es sind sogar drei. Der Preis für meine Sicherheit.«

De Palma nahm einen Schluck Bier und stellte sein Glas so kräftig auf den Tisch, dass die Flüssigkeit über den Rand schwappte und Ingrids Zigarettenetui bespritzte. »Leider werde ich Ihnen wiederholen müssen, Madame Steinert, was ich bereits Ihrem Anwalt sagte: Ich kann und ich will nichts für Sie tun.«

Sie antwortete nicht und beschränkte sich darauf, mit einer graziösen Geste das Glas mit dem Pastis an ihre Lippen zu führen, ohne den Blick vom Baron abzuwenden. Ein Segelboot näherte sich unmerklich dem alten Hafen, das Segel noch leicht vom Wind gebläht. Zum ersten Mal seit einigen Monaten empfand de Palma so etwas wie Beklommenheit. Er beobachtete Ingrid Steinert und fühlte, wie sich da etwas abspielte, ohne dass er die Partie hätte beeinflussen können.

»Es scheint Sie zu überraschen, dass sich eine Frau direkt an Sie wendet«, sagte sie spöttisch.

»Eine Frau wie Sie, ja.«

»Weshalb?«

»Weil Sie extrem reich sind und Männer wie mich ganz nach Belieben anheuern könnten, ohne dafür auch nur Ihr Haus zu verlassen.«

»Das glauben Sie, aber machen Sie sich nicht kleiner, als Sie sind! Geld macht nicht alles möglich, und die Zeit drängt. Es ist höchste Zeit!, wie wir in Deutschland sagen.«

Ingrid öffnete ihr Etui ein zweites Mal. Ihre Finger zitterten leicht. Sie blickte zu den Inseln hinüber.

»Sie müssen mir helfen, Monsieur de Palma.«

Ihre Stimme war tiefer geworden. Es war, als hätte sie plötzlich vom hellen, klaren Dur in die geheimnisvollen Tiefen des Moll gewechselt. Ihr ganzer Körper war angespannt. De Palma empfand Sympathie für diese Frau.

»Sie haben schon von meinem Mann, William Steinert, gehört, nicht wahr?«

»Nein, tut mir leid.«

Ingrid Steinerts Gesicht wurde hart, ihr Kinn schob sich entschlossen nach vorne. Sie verschränkte die Hände auf dem Tisch. In der Ferne verschwammen die Hügel des Estaque-Gebirges in der Abenddämmerung. In Mourepiane verbargen die beleuchteten Portalkräne die abfahrbereiten RoRo-Schiffe Richtung Maghreb und Schwarzes Meer.

»Mein Mann wurde ermordet«, bemerkte sie ohne Gefühlsregung. »Ich will den- oder diejenigen finden, die das getan haben.«

»Hören Sie, ich verstehe Ihren Kummer, aber ich kann Ihnen nicht helfen. Wirklich, ich kann es nicht, und ich darf es rechtlich nicht.«

»Wer redet hier von Recht! Die Polizei in Tarascon wird den Fall zu den Akten legen. Für die ist mein Mann lediglich verschwunden, und sie können nichts tun! Niemand will mir glauben. Was soll das alles?«

Sie ließ die Hände verschränkt, was ihrer Haltung noch mehr Entschlossenheit verlieh.

»Hören Sie, ich rate Ihnen, sich an die verantwortliche Stelle zu wenden, an den Staatsanwalt, und zu versuchen, eine Ermittlung zu erwirken. Das hätte Ihnen auch Chandeler raten sollen. Es gibt sehr gute Leute bei der Kriminalpolizei von Marseille, bei der Abteilung in Tarascon übrigens auch. Ich habe da einen alten Bekannten, den ich anrufen kann, wenn Sie das möchten. Sie könnten …«

»Es gibt da einiges, das ich Ihnen nicht hier sagen kann. Wir müssen uns unbedingt noch einmal treffen.« Und sie fügte hastig hinzu: »Wenn Sie damit einverstanden sind, natürlich. Geld ist kein Problem, das sollte Ihnen klar sein.«

De Palma schwieg einen langen Augenblick. Die Migräne meldete sich zurück, er massierte sich leicht die Schläfen. Ingrid Steinert verfolgte aufmerksam jede noch so kleine Regung. Er sah auf und begegnete ihrem bohrenden Blick. »Na gut, morgen werde ich versuchen, mir Informationen über die Akte Ihres Mannes zu verschaffen.«

Die Lichter der Frachtschiffe nach Korsika leuchteten eines nach dem anderen auf. Der Wind war abgeflaut.

»Ich danke Ihnen.«

»Dass wir uns einig sind – ich verspreche Ihnen nichts.«

Etwas sagte ihm, dass Ingrid Steinert gerade erreicht hatte, was sie wollte. Er hatte Lust, gemein zu sein, verkniff es sich jedoch. Die Frau, die er vor sich hatte, war nicht nur daran interessiert, den Tod ihres Mannes aufzuklären, dessen Vornamen sie übrigens während des gesamten Gesprächs nur ein einziges Mal genannt hatte. Sie hatte nicht die leiseste Andeutung von Trauer gezeigt. Angst ja, aber keine Trauer.

»Hier ist meine Visitenkarte«, sagte sie, »damit haben Sie alle meine Adressen und Telefonnummern, geschäftlich und privat. Sie können mich jederzeit anrufen.«

Sie schenkte ihm ein großzügiges Lächeln und hob behutsam ihr Glas, ohne den Blick von ihm zu wenden. Er hatte den Eindruck, als wolle sie einen Toast auf ihre unwahrscheinliche Zusammenarbeit aussprechen.

»Versuchen Sie es am besten auf den Handynummern«, sagte sie mit merkwürdig gedämpfter Stimme. »Das ist sicherer.«

In dem Moment, in dem sie sich erhob, hielt ein Mercedes 500 mit deutschem Kennzeichen am Straßenrand. De Palma begriff nicht, wie Ingrid ihren Gorillas ihren plötzlichen Aufbruch angedeutet hatte. Der Fahrer stieg aus und öffnete die Wagentür. Ingrid verschwand hinter den getönten Scheiben.

Einige Segelboote zogen durch die Bucht von Marsiho, angetrieben von ihren Hilfsmotoren. Die Danielle Casanova passierte die Mole und ließ zweimal ihr Signal vernehmen, das die unendliche Weite erfüllte.

Michel lief geraume Zeit durch die Gassen von Malmousque, bevor er seine Neuerwerbung wiederfand, ein altes, chromglänzendes, rotes Alfa Romeo Giulietta Coupé, das er kurz nach seiner Entlassung aus dem Krankenhaus bei einem alten Sammler in Mazargues erstanden hatte. Nach gut zehn Minuten entdeckte er sein Liebhaberstück in der Traverse de la Cascade und musste sich wieder einmal eingestehen, dass sein Gedächtnis zu wünschen übrig ließ. Wagemutig fuhr er rückwärts die Straße hinauf und bog dann auf die Corniche Kennedy. Der Verkehr wurde dichter, teilweise zähflüssig, an einigen Stellen stockend. Die Marseiller, die im Stadtzentrum arbeiteten, fuhren über die Corniche in die südlichen Stadtteile zurück. Die Giulietta lief heiß. Der Baron spannte die Kiefermuskulatur an, den Blick auf die Temperaturanzeige gerichtet. Seine Nerven waren zum Zerreißen gespannt, vermutlich aufgrund des Entzugs, zu dem er sich selbst zwang. Seit seinem »Unfall« vertrug er Alkohol so gut wie gar nicht mehr, vielmehr sägte er unerbittlich an seinen Nerven.

Am anderen Ende der Bucht durchschnitt der einzige Sonnenstrahl des Tages den Dunst, der die Insel Maïre einhüllte. De Palma hielt dies für eine Art Zeichen, denn das war der Ort gewesen, an dem er Jahre zuvor Marie, seine Exfrau, zum ersten Mal geküsst hatte. Hin und wieder, wenn ihn die Nostalgie ergriff, fuhr er die Küste entlang bis gegenüber der Insel und zählte die Wellen. Lange Zeit hatte dort sein Omphalos gelegen, so etwas wie der Mittelpunkt seines Seins, aber heute war er sich dessen nicht mehr so sicher. Er war auf der Suche nach einem neuen Mittelpunkt.

Er umfuhr die Davidstatue am Ende der Corniche und ließ das ruhige Meer hinter sich. Die langen Krallen der roten Bremslichter zogen eine blutrote Fluchtlinie auf der Avenue du Prado, und es schien, als reichten sie bis zu den Hügeln von Saint-Loup. Er legte eine CD in seinen Discman und setzte die Kopfhörer auf: Mozart, Germanenmusik, wie Jean-Louis Maistre sie verächtlich nannte, der die runden und volltönenden Klänge der italienischen Meister bevorzugte.

Der Vogelfänger bin ich ja,
Stets lustig, heißa, hoppsassa.
Ich Vogelfänger bin bekannt,
Bei Alt und Jung im ganzen Land.

Über dem Verkehrschaos drängte sich ihm, wie eine Selbstverständlichkeit, das Bild Ingrid Steinerts auf, ihre gerade Nase, ihr vollkommenes, ovales Gesicht, der türkise Blick, der das dickste Blech hätte durchbohren können.

Isabelle Mercier.

Die reale Welt hielt ihn zum Narren.

Und dem Bullen mangelte es an allem.

Ständig begleitet von finsteren Gedanken.

Ein leichtes Stechen ließ ihn die Stirn runzeln. Wieder Migräne. Er vertrieb die Bilder der beiden Frauen aus seinem Kopf.

Ich Vogelfänger bin bekannt
Bei Alt und Jung im ganzen Land.
Ein Netz für Mädchen möchte ich,
Ich fing sie dutzendweis für mich!

Auf dem Boulevard Rabatau überholte er die gesamte Schlange der Autos, die am Asphalt festklebten, bevor er in das Industriegebiet abbog, das sich um La Capelette herumzog.

Wenn alle Mädchen wären mein,
So tauschte ich rasch Zucker ein.
Die, welche mir am liebsten wär,
Der gäb ich gleich den Zucker her.

Vor der alten, schon halb abgerissenen Schwefelfabrik wich er einigen Matratzen und kaputten Waschmaschinen aus, die auf dem Pflaster lagen. Er kurbelte das Fenster herunter, um sich den Fahrtwind über das Gesicht wehen zu lassen; es roch noch immer genauso elektrisierend wie in seiner Kindheit, als er Mädchen in ausgestorbene Gassen gezogen hatte, um mit ihnen rumzumachen, während seine Freunde über der euklidischen Geometrie schwitzten.

Zu Hause angekommen, zog der Baron die Vorhänge der Fenstertür beiseite, von der man auf den Park der Wohnanlage Paul Verlaine sah. Die Nacht brach herein, das orangefarbene Licht der Straßenlaternen rieselte auf die schwarzgraue Rinde einer großen Strandkiefer.

Jean-Louis Maistre läutete. De Palma hatte vergessen, dass sie verabredet waren. »Entschuldige, Dicker, momentan habe ich ein Hirn wie ein Sieb.«

»Macht nichts«, erwiderte Maistre und setzte sich auf einen Stuhl. »Weißt du schon was Neues wegen deiner Medaille?«

»Nein, warum?«

»Eigentlich sollte es nicht mehr lange dauern.«

»Mir egal …«

»Na, nun markier mal nicht den romantischen Bullen! So ein bisschen Anerkennung tut keinem weh.«

Maistre war das genaue Gegenteil von de Palma: kurzbeinig, dick und ein leuchtendes Gesicht unter einem schwarzen Haarschopf. Jederzeit bereit, über alles Mögliche zu lachen, selbst über die herbsten Schläge. Die beiden Freunde hatten sich bei der Mordkommission in Paris, am Quai des Orfèvres 36, dem Allerheiligsten der Kriminalpolizei, kennengelernt. Eine Freundschaft, die sie in langen Bereitschaftsabenden vertieft hatten, an denen Sixpacks die Waffen ersetzten. Als der Baron nach Marseille zurückkehrte, war Jean-Louis ihm gefolgt. Heute hatte er Frau und Kinder, hatte die Kripo verlassen und war zur Öffentlichen Sicherheit gewechselt.

»Sag mal, Dicker, sagt dir der Name William Steinert irgendwas?«

»Du solltest zur echten Polizei kommen, Baron, dann könntest du dich ein bisschen auf dem Laufenden halten. Wir bei der Sicherheit, wir sind auf Zack! Wir haben eine Suchanzeige. Heute Morgen reingekommen. Das ist doch dieser deutsche Milliardär, der in der Provence gelebt hat?«

»Positiv. Sonst hast du nichts?«

»Negativ, Herr Polizist. Abgesehen von dieser Suchanzeige vom 10. Juli. Von heute also!«

Feine Falten in Maistres Gesicht kündigten schon das Alter an, und dünne rosa Äderchen verästelten sich auf seinen dicken Wangen. »Warum interessierst du dich für Steinert?«

»Gute Frage! Seine Frau hat mich gebeten, ihn wiederzufinden.«

»Einfach so!«

»Sag ich doch.«

Maistre brach in Gelächter aus. Er verschränkte die Arme vor dem Bauch und sagte einen Moment nichts. »Es würde mir schon auch gefallen, den privaten Ermittler zu spielen.«

De Palma schnaubte. »Da ist etwas, das mich beunruhigt.«

»Erzähl.«

»Sie sieht aus wie Isabelle.«

Und wieder schwieg Maistre. Er dachte nach und versuchte, den passenden Satz zu finden. Der Baron hielt diese Stille für ein Zeichen von Misstrauen: Sein Freund zweifelte an seinem Geisteszustand.

»Wann sehen wir uns wieder, Baron?«

»Weiß nicht.«

»Wie wärs mit diesem Wochenende? Die Kinder sind noch nicht in die Ferien gefahren. Sie würden sich freuen, dich zu sehen.«

»Dieses Wochenende geht in Ordnung.«

Maistre stand auf, nahm eine CD aus dem Regal neben ihm und tat, als würde er die Rückseite lesen. »Ach, wo ich gerade dran denke: Momentan führt der Haufen in Tarascon die Ermittlungen. Zumindest haben die die Anzeige verbreitet. Ich glaube, das Ding landet ohnehin bald bei der Kripo.«

»Meinst du, dass Marceau auf dem Laufenden ist?«

»Meines Erachtens, ja. Er ist doch immer derjenige, der solche Sachen leitet.«

»Wie stehst du so mit ihm?«

»Ich habe ihn schon lange nicht mehr gesehen, aber das letzte Mal gings. Wir haben uns unterhalten wie zwei Bullen, die Erinnerungen austauschen.«

»Es ist schon komisch, ihm in dieser Geschichte wieder zu begegnen.«

Maistre sah ihn groß an und schüttelte den Kopf. »Das ist ein Zufall, Michel. Es stimmt schon, dass Marceau damals dabei war, als wir den Fall Mercier bekommen haben, aber das ist auch schon alles.«

»Er hat sich viel damit beschäftigt …«

»Wir waren halt drei junge Hüpfer aus demselben Abschlussjahr und hatten einen Fall, der uns naheging. Isabelle hat uns geprägt. Und Marceau vielleicht mehr, als man glaubt.«

»Du hast recht, Dicker, ich werde ihn in Tarascon besuchen.«

»Das wird ihn freuen.«

Der Baron fuhr mit dem Zeigefinger über die Reihe von CDs und wählte *In the court of the Crimson King*. Er legte sie in den CD-Schlucker, goss sich einen Whisky ein und lümmelte sich in einen Sessel.

»Stehst du jetzt auf Pop?«

»Du hast mich doch immer gezwungen, das zu hören, wenn wir jemanden beschattet haben, erinnerst du dich noch?«

»Als wärs gestern gewesen. Da haben wir auch das beschlagnahmte Zeug geraucht.«

Maistre hatte einen eigentümlichen Gesichtsausdruck, die Augen zusammengekniffen. Er kratzte sich an der Nasenspitze und zog die Schultern hoch. »Ich glaube, ich habe ein Boot gefunden, Baron.«

»Ein Fischerboot? Ein Pointu?«

»Genau. Ein Typ aus Pointe-Rouge verkauft eins.«

»Dann gehen wir angeln, mit *Crimson* voll aufgedreht in den Ohren.«

Bei Nacht wurden die Fabriken von La Capelette zu riesigen schwarzen Gebilden mit rechtwinkligen Kanten. Der Baron blickte auf diese Ruinen aus grausamer Zeit.

Vor der großen Mauer der Fabrik für Tropenhelme prügelten sich die Halbstarken des Viertels mit den Kerlen aus La Pauline oder Saint-Loup. Mit Fahrradketten oder nägelbewehrten Besenstielen. Michel war oft der Letzte bei Keilereien, aber auch einer der Brutalsten. Eine Brutalität, die er in einen Käfig gesperrt hatte, verbarrikadiert hinter Alkohol und Musik, und hinter ungeschickter Poesie, als er jünger gewesen war. Das Marseille des Barons konnte selbst die sanftesten Knirpse verderben; es wiegte sie nicht mit Folklore oder guten Absichten, sondern mit Gewalt und blinkendem Mammon. Vorbilder in La Capelette waren die Nichtsnutze aus der Bar de l'Avenir unter der Eisenbahnbrücke, die das Viertel durchquerte und an der städtischen Mülldeponie endete. Die Hartgesottenen vom l'Avenir waren die Einzigen, die zumindest ein wenig Ansehen genossen, ein Erfolg, der ihnen wie Pech am Arsch klebte. Allesamt italienische Einwandererkinder, stolz, Marseiller zu sein, trotz der himmelschreienden Ungerechtigkeiten der großen weißen Stadt.

Die anderen, die schwankende Masse der Prolos, arbeiteten wie die Blöden; die klügsten unter ihnen gingen nach acht Stunden Arbeit noch zu den Versammlungen der Partei, um sich das Hirn zu zermartern, mit stalinistischen Parolen die Welt zu verändern und sich bei der Lektüre des kommunistischen Blattes *La Marseillaise* die Augen zu verderben.

Der Baron war in diesem Viertel geboren, hatte aber nie dazugehört. Er hatte nie am Tresen herumgebrüllt, die Füße fest im Sägemehl verankert, wild gestikulierend, so wie das gemeine Volk im Fernsehen dargestellt wird. Wenn er auf der Straße einen Freund aus Kindertagen traf, der schon des Öfteren eingesessen hatte, gab er ihm einfach einen Kuss auf die Wange und legte ihm die Hand auf die Schulter. Wie es Männer machen, nicht diese Helden mit Knoblauchakzent, den die Intellektuellen sich geben. Blicke treffen sich, Banalitäten, bedeutungsschwer wie Geheimnisse, fallen auf den schmelzenden Asphalt. Sonst nichts. Der wahre Marseiller ist schweigsam.

6

Am Freitag, 11. Juli, um 5 Uhr 30, regnete es auf Marsiho; eine feine Dusche, die vom offenen Meer kam. Von der Schnellstraße, die sich über dem Hafen von Marseille entlangzieht, konnte man den gelben Widerschein der Laternen am regennassen Bauch der Containerschiffe sehen. Anne Moracchini und Daniel Moreno fuhren schweigend, im Mund den bitteren Geschmack des ersten Kaffees und die Augen noch vom Schlaf verquollen. Inspektorin Moracchini, die einzige Frau der Mordkommission, mochte keinen Regen; er erinnerte sie an ihre ersten Kripojahre in Versailles.

»Hast du an das Löschpapier gedacht, Daniel?«

»Ja, Anne«, antwortete Moreno seufzend. »Es liegt in deinem kleinen Koffer.«

Daniel Moreno fragte sich, ob die explosive Laune seiner Chefin vorübergehen würde oder ob sie jedes Mal so war, wenn sie in aller Frühe einen Ganoven schnappte. Er wusste nicht, dass Anne Regen nicht ausstehen konnte, schon gar nicht um sechs Uhr morgens am Tag einer heiklen Festnahme in einer schmalen Gasse des Dorfs Saint-André. Als würde der böse Geist der Verbrecher ihr Knüppel zwischen die Beine werfen.

»Daniel, wie heißt dein Parfum?«

»Habit Rouge.«

»Nimm an so einem Morgen Pour Un Homme von Caron, das ist genauso maskulin, belästigt meine Nase aber nicht so.«

Leutnant Moreno war gerade zur Mordkommission gekommen. Mit dem Äußeren eines Beaus und dem Gang eines lässigen Raubtiers schien er für seinen neuen Job wie geschaffen: von eiserner Kaltblütigkeit, mit einem Hirn, das noch rauchte, und einem echten Glauben an seine Mission. Er kam vom Dezernat Straßenkriminalität, hatte das Auswahlverfahren für die Kriminalbeamten absolviert und es in die Mordkommission geschafft, die von Marseille, sein innigster Wunsch. Auf dem Kirchplatz von Saint-André sah Anne auf die Uhr am Armaturenbrett des Citroën Xsara.

»Wo hocken die Kollegen von der Bandenkriminalität nur, sie sind immer noch nicht da. Es ist sechs Uhr!«

»Vielleicht haben sie sich verfahren?«

»Das ist nicht lustig, Daniel …«

Am Ende der Rue des Varces tauchte ein Mégane ohne Licht auf, gefolgt von einem Peugeot 306.

»Sieh sie dir an«, sagte Anne und legte mechanisch die Hand auf ihre Dienstwaffe. »Sind sie nicht hübsch?«

»Auf jeden Fall sind sie pünktlich wie die Maurer …«

»Mmm«, machte sie und spuckte ihren Kaugummi aus dem Fenster.

Ein drittes Zivilfahrzeug näherte sich und parkte hinter dem Xsara.

»Wie viele sind wir insgesamt, Anne?«

»Elf …«

Anne stieg aus und begrüßte Inspektor Bonniol vom BRI, dem Dezernat zur Bekämpfung der Bandenkriminalität. »Da ist es«, sagte sie und deutete auf die halb verwitterte Hausnummer 32.

Es war ein wackliges Häuschen, ein Stück von der Gasse zurückgesetzt; ein verrostetes, mit Stahlarmierungen ausgebessertes Tor führte auf ein kleines Gärtchen mit verkümmerten Iris und Rosenbüschen, links davon eine Garage aus Fertigteilen, und am Ende das Haus mit Schlafzimmer unterm Dach, eine jener Vorkriegshütten, die italienische Hilfsarbeiter am Wochenende mit auf ihren Baustellen geklautem Baumaterial errichtet hatten. Um aus den Slums rauszukommen. Sehr diskret. Anne zog ihre .357er, gab den Kolossen vom BRI zu verstehen, sie sollten sich im Hintergrund halten, und versetzte der Tür vier kräftige Tritte.

»Hier ist die Polizei, Monsieur Casetti«, schrie Anne auf das Risiko, heiser zu werden. »Öffnen Sie!«

Weitere Fußtritte, Anne gab Daniel ein Zeichen.

»Hier ist die Polizei«, rief Daniel mit fast sanfter Stimme. »Seien Sie vernünftig, Monsieur Casetti.«

»Treten wir die Tür ein, Anne?«

»Und warum nicht gleich mit Sonderkommando und Fernsehen, wo wir schon dabei sind? Machst du Witze? Wir machen es auf die alte Art, er wird uns ganz freundlich aufmachen.«

»Einen Finger im Arsch, den anderen in der Nase«, kommentierte Bonniol.

»Sehr feinsinnig, Kollege … Sehr feinsinnig.«

Im selben Moment drang Licht durch die Klappläden des Schlafzimmers. In der Stille war das Durchladen einer Repetierflinte zu hören.

»Hier ist Inspektorin Moracchini von der Mordkommission, ich habe einen richterlichen Durchsuchungsbefehl. Wir kennen uns, Jean-Luc … Machen Sie mir auf.«

Die Szene lief ab, wie Anne und Daniel sie seit Langem geplant hatten. Die Tür öffnete sich einen Spalt, und im Halbdunkel waren eine Silhouette und zwei funkelnde Augen zu erkennen. Daniel trat mit voller Wucht auf den unteren Teil der Tür, Anne richtete ihren Revolver auf Casetti, der bleich in Unterhosen dastand.

»Keine Dummheiten, Jean-Luc, mach bloß keine Dummheiten. Du zeigst uns deutlich deine Hände und drehst dich um.«

Als Ganove, der mit Festnahmen vertraut war, drehte Jean-Luc Casetti sich um und streckte dem Polizeibeamten die Handgelenke hin. Bonniol betätigte den Lichtschalter in der Küche, und aus der an der Decke hängenden Neonlampe fiel grünliches Licht.

»Drücken Sie nicht so fest, bitte«, sagte Casetti flehend.

»Keine Sorge, Jean-Luc. Das ist ja nicht das erste Mal, du kennst mich!«

Anne half Casetti hoch und ließ ihn sich an den Küchentisch setzen. »Wir haben einen Haftbefehl …«

Casetti schüttelte den Kopf und verdrehte die Augen.

»Wir kommen, weil du verdächtigt wirst, in einen Überfall auf einen Lieferwagen verwickelt zu sein. Du bist also ab jetzt – es ist zehn Minuten nach sechs – vorläufig festgenommen … Wenn du willst, kannst du nachher einen Anwalt sehen und sogar einen Arzt. Gehts gut, keine Probleme zur Zeit?«

»Nein, alles bestens.«

Jean-Luc Casetti war von bescheidener Größe mit kleinen, fröhlichen Augen, die in alle Richtungen blickten. Ein Hinweis von einem Zigeuner aus La Cayolle hatte ihn als Helfershelfer im Fall des Doppelmordes eines Ehepaars namens Ferri angegeben. Und nach zwei mageren Jahren bei der Regionalverwaltung der Kriminalpolizei in Nizza hatte François Delpiano, der neue Chef der Mordkommission, eine Gelegenheit gewittert, seinen ersten großen Fall in Marseille zu landen. Anne dagegen war davon überzeugt, dass dieser Hinweis mehr als faul war. Sie hatte Delpiano noch so oft sagen können, dass die Tunichtgute von La Cayolle nichts mit dem Milieu von Marseille zu tun hätten, Delpiano hatte nicht davon ablassen wollen. Sein einziges Zugeständnis war, Casetti nur wegen eines Überfalls auf einen Lieferwagen zu holen, um die Auftraggeber des Doppelmordes nicht hellhörig zu machen.

»Casetti überfällt einen Lieferwagen … Bitte, Frau Kommissarin, nicht vor den Kindern. Sagen Sie nichts.«

»He, Jean-Luc, ich bin Inspektorin!«, erwiderte Anne, um die Atmosphäre ein wenig aufzulockern.

Ein etwa elfjähriges Mädchen in einem blau geblümten Bademantel über den knochigen Schultern und Frotteepantoffeln an den Füßen stand in der Öffnung der Küchentür.

»Guten Tag«, sagte Anne entwaffnend und warf dem Mädchen, das sie mit weit aufgerissenen Augen beobachtete, ein Lächeln zu.

»Guten Tag, Madame.«

»Wie heißt du?«

»Sie heißt Marion«, unterbrach Casetti sie mit einem gewissen Stolz.

»Hattest du nicht auch einen Jungen, oder? Einen großen …«

»Christophe! Er ist im Gefängnis.«

»Und warum?«

»Wie sein Idiot von Vater!«

»Sitzt er lange?«

»Zehn Jahre.«

»Verdammt, zehn Jahre, Jean-Luc, das ist doch kein Leben!«

Trotz all der Jahre bei der Polizei empfand Anne immer noch dasselbe Gefühl der Bedrückung, wenn ein Ganove ihr so ungerührt vom Unglück seiner Angehörigen erzählte. Die Schläge der Justiz schienen auf die Familie Casetti niederzugehen, ohne sie jemals wirklich zu berühren. Die Casettis gingen ins Gefängnis und verließen es wieder und schienen dieses Kommen und Gehen zwischen der freien Welt und »drinnen« wie die Bedingungen eines Vertrags zu akzeptieren. Eines Vertrags, der am Ende oft durch den Einsatz einer 11,43er aufgelöst wurde.

»Wir werden dein Haus durchsuchen, Jean-Luc. Hast du uns etwas zu sagen, bevor wir anfangen und selbst finden, was wir suchen?«

»Hier ist nix. Nichts, rein gar nichts«, erklärte er und deutete auf den Gang, aus dem gerade seine Frau mit dem Letztgeborenen der Sippe Casetti auf dem Arm gekommen war. »Hier ist mein Jüngster, Pierre. Er ist gerade drei.«

Anne und Daniel sahen sich schweigend an. Casettis Frau legte mit noch vom Schlaf geröteten Augen ihren Jungen auf den Boden. Der Kleine lief sofort zu seinem Vater und packte ihn breit lächelnd an den Handschellen. Moreno blickte zur Seite.

»Also, Jean-Luc, wir lassen dich auf ein Löschpapier spucken, um deinen genetischen Fingerabdruck zu nehmen. Weißt du, die DNA, das kennst du … Dann kommst du mit, und wenn nichts vorliegt, bist du morgen Vormittag wieder zu Hause. Einverstanden?«

»Also … Sie kommen in Mannschaftsstärke mit Knarren, fast wie im Napoleonischen Krieg. Der andere da hat 'ne Schrotflinte im Anschlag, und Sie fragen mich, ob ich einverstanden bin?«

»Ja, ist doch wahr«, jaulte Madame Casetti auf und deutete Richtung Bonniol. »Als Sie das letzte Mal gekommen sind, waren sie zu zweit, mit dem großen Polizisten, der in der Zeitung stand, wie heißt er noch?«

»Kommissar de Palma.«

»Ganz genau, ja. Das ist ein Mann. Der riskiert sein Leben. Das wissen alle. Der respektiert die Leute. Der braucht nicht mit zehn Mann aufzukreuzen. Ich rede nicht von Ihnen, Madame. Ich weiß, dass Sie korrekt sind. Aber der da«, fuhr sie fort und deutete auf einen der Kraftprotze vom BRI, »der richtet ein Gewehr auf Kinder, ja, schämen Sie sich denn nicht?«

Bonniol wollte seine große Klappe aufmachen, aber Anne warf ihm einen wütenden Blick zu.

Vor fünf Jahren waren Anne und Michel auf Anordnung eines nervösen Untersuchungsrichters angerückt, um Casetti wegen Beteiligung an einem Mord abzuholen, aber der Fall hatte nichts ergeben. Nach 48 Stunden Polizeigewahrsam hatten die beiden Polizisten »Casetti, den Killer des Milieus«, wie ihn ein hochinspirierter Journalist genannt hatte, nach Hause zurückgebracht.

»Und dabei wären wir beinahe mit TF1 gekommen«, sagte Anne, um die Situation zu entspannen.

»Ha, das hätte noch gefehlt! Letztes Mal, mit dem Kleinen,

war es M6, diese verfluchten Dreckskerle! Ich dachte, es wär die neue Polizei, die jetzt filmt und so. Zwei Monate später haben sie den Kleinen dann im Fernsehen gezeigt, das ganze Viertel hat ihn erkannt. Diese Schweinebande.«

Annes Handy klingelte, sie ging in den kleinen Garten hinaus.

»Anne? Hier ist Michel.«

»Was ist mit dir los, aus dem Bett gefallen?«

»Ich weck dich doch nicht etwa?«

»Danke für deine Fürsorge, es ist 6 Uhr 30, und du errätst nie, bei wem ich bin.«

»Nein.«

»Casetti. Spiel nicht den Unwissenden.«

»Wegen der Ferri-Geschichte! Wie bescheuert, dieser Richter, bei jeder Schießerei schickt er uns zu Casetti!«

»Nein, diesmal ist es der neue Chef.«

»Delpiano! Verdammt, da gehts mir krankgeschrieben doch besser.«

»Und das Ganze auch noch an einem Freitag, was bedeutet, dass wir uns das Wochenende mit ihm im Gewahrsam vergnügen dürfen.«

»Dreifacher Dreckskerl.«

»Und ich wollte dich doch ein bisschen sehen!«

Einer der Männer vom BRI näherte sich, Anne ging auf die Straße.

»Gut, also, wolltest du mir einen Heiratsantrag machen?«

»Ähh, nein, aber ich muss mal drüber nachdenken …«

»Wir sind füreinander geschaffen, Michel, aber erst ab zehn Uhr.«

»Ich stell mir schon die feurigen Nächte vor.«

»Mmmm…«

»Sag mal, sagt dir der Name Steinert was?«

»Du änderst dich nie, ich rede von Liebe, und du antwortest mit Arbeit. Wer ist das?«

»Ein Typ, der verschwunden ist, ich fand das interessant, und …«

»Und willst, dass ich mich erkundige! Einverstanden, Baron. Aber jetzt geh ich wieder zu Casetti.«

Anne ging ins Haus zurück. Der Ganove hatte pflichtschuldigst auf das Löschpapier gespuckt, das Daniel ihm hingehalten hatte. Und zwar so pflichtschuldig, dass die Bullen von der Mordkommission auf der Stelle begriffen, dass der Mann sich mit Sicherheit nichts vorzuwerfen hatte. Zumindest im Fall der Eheleute Ferri, das andere war eine andere Geschichte. De Palma hatte ihn immer verdächtigt, im Auftrag der Obermacker der Automatenmafia abgeräumt zu haben. Bevor er sich seinen kleinen Park an Glücksspielautomaten anlegte, hatte Casetti geschickt eine Reihe bewaffneter Überfälle durchgeführt, er war keiner von denen, die pfuschen und sich, wenns am Monatsende eng wird, vom Dezernat Organisierte Kriminalität einbuchten lassen. Aber deswegen gleich einen Würgeengel des Milieus aus ihm zu machen war ein gewaltiger Schritt, den ein frisch aus Lyon eingetroffener Richter regelmäßig tat. Das Credo des Richters: beständigen Druck auf die Größen der organisierten Kriminalität ausüben. Sie unablässig triezen, immer am Rande des Erlaubten. Die Bullen verbummelten, der Richter nahm sich ernst.

Anne sah die Tochter von Casetti an; sie war geboren worden, als der Vater gerade zum ersten Mal aus dem Gefängnis gekommen war, ein Kind des Besuchszimmers, was den großen Altersunterschied zu ihrem älteren Bruder erklärte. Die Kleine hatte trotz des Funkelns, das bisweilen ihren Blick aufblitzen ließ, den Gesichtsausdruck einer erschöpften Madonna.

»Es ist bald halb acht, gehst du in die Schule, Marion?«

»In die Schule? Während Sie meinen Vater einbuchten?«

»Wenn er es nicht war, kommt er morgen nach Hause.«

»Das letzte Mal hat der Richter ihn trotzdem ins Gefängnis gesteckt! Selbst wenn mein Vater es nicht ist, ist er es.«

»Red nicht so mit den Polizisten«, sagte Casetti. »Sie machen nur ihre Arbeit.«

Um zehn Uhr morgens am selben Tag fuhr de Palma pianissimo unter prasselndem Regen über die N 568. Er konnte mit Mühe und Not zwanzig Meter weit sehen, was seine Laune nicht eben steigerte. Das dreißig Jahre alte Alfa-Romeo-Radio knisterte. De Palma kramte nach seinem Discman, stülpte den Kopfhörer über und fluchte, als er merkte, dass er die CD-Box vergessen hatte, die er am Tag zuvor gekauft hatte: eine legendäre Aufnahme der *Götterdämmerung* mit Astrid Varnay und Wolfgang Windgassen unter der Leitung von Clemens Krauss. Er wollte sie mit den Dutzend anderen Aufnahmen des *Rings* vergleichen, die er bereits besaß. Einstweilen musste er sich damit begnügen, über den Tag nachzudenken, den er weit weg von Marseille verbringen würde. In der Nacht hatte er beschlossen, im Fall Steinert zu schnüffeln. Nicht das Geld von Ingrid, der Frau des Milliardärs, und auch nicht seine krankhafte Neugier hatten diese Entscheidung herbeigeführt, sondern die schlichte Tatsache, dass diese Frau ihn an Isabelle Mercier erinnerte. De Palma sah darin ein Zeichen, irgendetwas, was aus dem Chaos emporgestiegen war und ihn antrieb. Dass sie sich nach seiner ätzenden Ablehnung gegenüber ihrem Rechtsbeistand, Rechtsanwalt Chandeler, persönlich bemüht hatte, stachelte ihn an. Da gabs zu viele Misstöne, und er witterte die Turbulenzen von solchen Fällen, bei denen viel Geld im Spiel war, wie ein Wetterradar.

Der Regen wurde noch stärker, mit einem Mal hatte er den Eindruck, sich an einem 14. Juli im Bauch einer Trommel zu befinden. Er musste noch langsamer fahren, was sein Martyrium nur noch schlimmer machte.

De Palma hasste diese lange Straße, die so gerade war wie ein amerikanischer Freeway und die von Frittenbuden, Gemüse- und Melonenhändlern und den Wohnwagen von Nutten gesäumt wurde, die nur wenige Meter von den flachen Weiden entfernt die LKW-Fahrer erleichterten. Immer wenn er die N 568 genommen hatte, waren dubiose Fälle der Anlass gewesen, bei denen Bistrowirte von Glücksspielautomatenhehlern ermordet worden waren oder Gitanos aus Arles oder den kleinen Gemeinden der Umgebung untereinander Rechnungen beglichen hatten. Jetzt fehlte nur noch eine heftige Migräne, um ihm den Tag endgültig zu verderben.

Als er auf der D 99 nach Tarascon hineinfuhr, hörte der Regen plötzlich auf. Der Baron parkte in der Rue du Viaduc vor dem Kommissariat auf den Plätzen, die den Polizeibeamten vorbehalten waren. Sofort stürzte eine in ein marineblaues Kostüm gezwängte Hilfspolizistin auf ihn los.

»De Palma, Kripo Marseille«, sagte er und zeigte ihr seinen blauweißroten Ausweis. »Ich komme Jean-Claude Marceau besuchen.«

»Aha, o. k., wenden Sie sich an meine Kollegin.«

Hilfspolizistin Nr. 2, die hinter einer Glasscheibe saß, war gar nicht übel: brünett, Anfang zwanzig, sehr knochig, aber mit einladendem Lächeln und großen, ängstlichen dunklen Augen. Der erste schöne Ton an diesem glanzlosen Morgen. »Inspektor Marceau? Warten Sie hier, ich sehe nach, ob er da ist«, sagte sie und beugte sich über die Telefonliste.

Die Eingangshalle des Kommissariats roch nach kaltem Tabak und dem säuerlichen Atem Hunderter von Besuchern. Eine mit Kaugummi- und Brandflecken übersäte Wendeltreppe führte in die erste Etage: Abteilung Öffentliche Sicherheit; ein Gang mit niedriger Decke, die Wände mit Ziegeln verkleidet und alles krumm. Stimmengewirr drang durch die Zwischenwand zur Drogenfahndung.

»Ich schwörs bei meiner Mutter, was hab ich damit …«

»Deine Mutter, auf die scheiß ich, du Arschloch! Wir verfolgen dich jetzt ein halbes Jahr. Verdammt, schau dich doch an, da, auf den Fotos!«

»Bei meiner Mutter, ich schwör …«

In der Cité des Rosoirs hatte die Drogenfahndung am Morgen einen der aufstrebenden Bosse geschnappt – mit 40 Kilo Shit im Kofferraum seines Wagens, ein Teil davon in der Wiege seines Sohnes, der Rest im Beautycase seiner Frau.

De Palma kam zur Tür der Abteilung Laufende Angelegenheiten.

»Versteckt alles, die Kripo rückt an!«, brüllte eine von unzähligen filterlosen Gitanes zurechtgehobelte Stimme hinter der halb offenen Tür.

De Palma stieß die Tür ganz auf. »Hallo, Jean-Claude, ziemlich heiße Luft nebenan!«

»Aber nein, warum? Sie sind nie schuld, du kennst sie ja …«

Marceau küsste den Baron auf beide Wangen und sah ihn lange an. »Verdammt, Michel de Palma. Der Baron … Du kannst dir nicht vorstellen, wie ich mich freue, dich zu sehen. Das ist so lange her.«

»Du hast dich nicht verändert.«

»Und du hast immer noch genauso viel Fantasie! Wie gehts?«

Jean-Claude Marceau war nur ein Jahr jünger als de Palma, hatte sich aber die Haltung des ewigen melancholischen Jugendlichen, der ein bisschen Hardrock-Fan und ein bisschen Kiffer ist, bewahrt. Dabei war er weder das eine, noch das andere, nur ein erstklassiger Polizist, der nach brillantem Anfang am Quai des Orfèvres mit de Palma und Maistre nun in den Büros eines Hauptkommissariats vermoderte. All das wegen eines Anfalls von Heimweh.

Zu Beginn der Neunzigerjahre hatte Marceau beschlossen, in seine Heimatstadt Tarascon heimzukehren. Er wollte zurück zu seinen Wurzeln, in die Provence, die ihm fest in Leib und Seele steckte. Zunächst hatte er einen Umweg über das Dezernat Organisierte Kriminalität in Marseille gemacht und schließlich seine Versetzung zur Öffentlichen Sicherheit beantragt.

Auf der anderen Seite der Wand wurde es lauter.

»Ich bin die Drogenfahndung nicht mehr so gewöhnt«, bemerkte de Palma und deutete mit dem Daumen zur Wand.

»Den da nebenan haben wir nach allen Regeln der Kunst erledigt. Wir haben seine Frau und seine beiden Schwager, die auch im Geschäft sind, und sie haben gerade alles gestanden. Von 40 Kilo heute Morgen sind wir inzwischen bei einer Tonne. Der Herr arbeitet en gros.«

Marceau drehte seinen Monitor, auf dem das Schwarzweißbild eines Treppenhauses zu sehen war. »Hier hast du das Livebild der Überwachungskamera. Das Treppenhaus eines Gebäudes in der Cité des Rosoirs. Direkt nebenan von diesem Idioten … Und außerdem kann man drehen und ranzoomen … Schau.«

Marceau betätigte die Maus und ließ die Kamera mehrere Bewegungen ausführen. »Wir haben sie in einem Lüftungsschacht versteckt. Dieser Tage erwarten wir eine weitere Lieferung. Nach Information des Spitzels rund 150 Kilo.«

»In den Kommissariaten leistet man sich heute wirklich alles.«

»Und außerdem speichert es alles auf DVD und sucht dir die Stellen, an denen sich was bewegt. Ein Best of aus dem Leben dieser Arschlöcher.«

Marceau saß in dem Büro für Laufende Angelegenheiten und kümmerte sich im Grunde um alles.

»Bist du extra gekommen, um mich zu besuchen?«

»Nein, ich komme wegen des Rezepts für falschen Pastis …«

»Na, schieß schon los.«

»William Steinert?«

Marceau zeigte auf die Suchanzeige, die an die Wand gepinnt worden war. »Kümmerst du dich jetzt um Vermisstenmeldungen?«

»Ich will jemandem einen Gefallen tun, es geht darum, in einer Sache klarer zu sehen. Etwas undurchsichtig, das Ganze.«

»Verdammter de Palma, du änderst dich auch nie. Der Grandseigneur, immer mit deiner naiven Art, als ob du von nichts wüsstest … Du erinnerst mich an so einen Schreiberling, dem ich von Zeit zu Zeit ein paar Informationen rübergeschoben habe, der tat auch immer so, als wisse er von nichts.«

»Steinert ist am 24. verschwunden, nicht wahr?«

»Das hat seine Frau gesagt … Nicht die Ermittlungen. Übrigens gibt es keine Ermittlungen.«

»Und deiner Meinung nach?«

»Reicher Typ«, sagte Marceau und breitete die Arme aus. »Er ist mindestens seit dem 24. Juni verschwunden. Ich sage das, weil niemand sicher ist: Es kann genauso gut auch der 22. oder 23. sein.«

»Mmm…, ich denke, dass er nicht zu denen gehört, die jeden Abend brav nach Hause kommen. Das Vermögen kann ich mir vorstellen.«

»Nun, multiplizier es mit zehn, dann bist du vielleicht gar nicht mehr weit davon entfernt.«

»Hast du seine Frau gesehen?«

»Ja. Sie ist mit zwei Kolossen und einem Anwalt hergekommen.«

»Chandeler?«

»Ganz richtig, ja.«

De Palmas Gesichtsausdruck änderte sich plötzlich, er warf seinem Kollegen von der Öffentlichen Sicherheit einen traurigen Blick zu. »Auffallend, nicht?«

»Du hast es also auch nicht abgehakt!«

»Diesen Fall nicht.«

»Und doch ist es ein Fall wie jeder andere, wenn man genau hinsieht, Michel.«

»Ja.«

Im Raum herrschte langes Schweigen. Im Büro nebenan hörte man leises Schluchzen.

»Also gut. Ich wollte nur wissen, wie weit du bist. Dann telefonier ich, sage, dass der Fall abgeschlossen ist, und Schluss aus, basta.«

»Michel, ich bin mir sicher, dass der Typ verschwunden ist, und fertig. Und nichts ist abgeschlossen, bevor er nicht wieder auftaucht, ob tot oder lebendig! Das Problem ist nur: Ich kann nichts tun! Wenn du wüsstest, was hier jeden Tag an Arbeit über mich hereinstürzt: Drogendelikte, eine Vergewaltigung, bewaffneter Diebstahl, ein Arschloch, das seine Frau prellt … Das volle Programm, und zwar jeden Tag! Der reinste Allzweckbulle, mein Lieber!«

Neben der Suchanzeige im Fall Steinert hingen Zeitungsausschnitte, die von den wenigen Glanztaten der Öffentlichen Sicherheit von Tarascon berichteten: vor allem Drogendelikte, Ware, die von Tunesiern aus Beaucaire weiterverkauft wurde, die die Polizei regelmäßig schnappte; dann gab es ein Netz von gestohlenen Autos, die zu Doubletten gemacht wurden: geklaut von Beurs, wie die zweite Generation von Immigranten aus dem Maghreb genannt wurde, wurden sie von Parisern mit vorhandenen Fahrgestellnummern versehen, bevor Zigeuner auf Pilgerreise nach Saintes-Maries sie dann weiterverscherbelten.

Nichts, was einen Beamten in Begeisterung versetzte, aber es gab die kleinen Pluspunkte der Gegend: Für die Älteren das Haus in provenzalischem Stil samt Pool in einem provenzalischen Dorf; für die Jüngeren eine Bude im gleichen Stil in einer Siedlung entlang der Nationalstraße. Das war immer noch besser als die Sozialwohnungen in Marseille oder, schlimmer noch, die in der Pariser Banlieue.

De Palma respektierte diese Polizeiarbeit, er wusste, dass es ebenso schwer war, eine einzelne Halbgröße des Milieus zu schnappen wie einen fanatischen Mörder.

»Wie siehst du diesen Fall Steinert?«

»Es gibt zwei Möglichkeiten, entweder ist er tot, oder er ist für ein paar Tage ausgebrochen. Bei dieser Art von Jünger wäre das nicht überraschend. Im zweiten Fall scheißen wir drauf, im ersten bliebe die Leiche zu finden und die Gründe für den Tod herauszubekommen.«

»Volltreffer, Inspektor. Aber davon abgesehen weißt du nichts über den Kerl?«

»Ein paar Sachen weiß ich …«, Marceau schob die rechte Hand unter eine Akte und zog ein Päckchen filterlose Gauloises hervor. »Ich weiß, dass er Land in Hülle und Fülle gekauft und damit nicht gerade überall Freude ausgelöst hat. Ich weiß auch, dass man ihn häufig in Begleitung lokaler Größen gesehen hat.«

»Welcher Art?«

»Größen der Art, wie sie schon ewig ein Verfahren am Hals haben …«

»Wie wer?«

»Bürgermeister, Abgeordnete, ein oder zwei Umweltschützer aus der Gegend … Aber nur Leute, die bei den Untersuchungsrichtern ein und aus gehen.«

»Das will nichts heißen!«

»Schon klar, aber du fragst mich, was ich weiß, also sage ich dir, was ich weiß!«

Jean-Claude Marceaus graue Augen sprühten Funken. »Übrigens glaube ich, es ist Zeit für einen Pastis.«

»Lässt du deine Zauberkamera an?«

»Rund um die Uhr, Kumpel. Wir sind hier bei der echten Polizei.«

»Das sagt Maistre auch, seit er bei der Sicherheit ist.«

»Wie gehts dem Dicken?«

»Gut, gut.«

Ein würziger Geruch zog durch die noch regennassen weißen Straßen der Altstadt.

Marceau führte de Palma durch ein Gewirr gepflasterter Gassen, die im blauen Licht glänzten. Die Geschäftsinhaber stellten ihre Postkartenständer bis zum nächsten Schauer wieder raus; an der Place de la Mairie streckte der Wirt des Bar-

Tabac die Nase aus der Tür, um den Himmel zu inspizieren, während er an seiner zwischen Daumen und Zeigefinger klemmenden Kippe zog. Die beiden Bullen nahmen auf der Terrasse des Guardian Platz, eines unauffälligen Bistros zwischen zwei Platanen, gegenüber dem Schloss von König René. Jean-Claude sah sich mehrmals um, bevor er sich vertraulich zu de Palma beugte. »Weißt du, Michel, in der Sache gibt es was, das mich stört.«

»Leg los, ich hör zu.«

»Von diesen viel zitierten Größen, von denen ich dir erzählt habe, hat hier jeder schon mal irgendwo den Namen gesehen oder gehört, auf Strafverfügungen, Klageschriften, in Abhörfällen, in Immobilienunterlagen. Es sind nicht viele, aber es sind die, die hier in der Region die Fäden ziehen. Wir sind nicht in Marseille, hier kommt alles irgendwann raus.«

»O. k., o. k., aber ich verstehe nicht, was überraschend an der Tatsache sein soll, dass ein Geschäftsmann mit solchen Typen Umgang hat.«

»Steinert war keiner von hier ... Wie soll ich sagen, die Leute hier sind ...«

»Verstehe, verstehe ...«

»Ganz bestimmt hat er ein paar Größen der Gegend im Weg gestanden. In seinem Kaff bei Maussane gibt es nur Großgrundbesitzer, bekannte Sänger ... Und die Bodenpreise sind in den letzten Jahren extrem gestiegen. Kurz, du hast mich verstanden.«

»Du denkst, dass er auf irgendeine Art beseitigt wurde?«

»Einstweilen denke ich nichts. Es sind nur Möglichkeiten, die man nicht außer Acht lassen sollte. Du kannst dir nicht vorstellen, um was für Interessen es in diesen verschnarchten Dörfern geht!«

»Kann ich mir vorstellen, doch.«

An der Art, wie Marceau sich in seinen Korbstuhl zurückfallen ließ, begriff de Palma, dass die Geständnisse nun beendet waren. Vielleicht wusste er auch nicht mehr. Jedenfalls beschloss Michel, einen Abstecher zum Anwesen von William Steinert zu machen.

Marceau las seine Gedanken. »Ich denke, du bist immer noch krankgeschrieben, Michel …«

»Ja, mehr oder weniger …«

»Warte, bis du mit dem Fall betraut bist, bevor du die Hände in die Scheiße steckst.«

»Mit dem Fall betraut! Damit werde ich nie betraut. Nein, ich erkundige mich nur so ein bisschen, der Rest ist mir egal.«

»Seit wann kommst du bis nach Tarascon wegen einer Sache, die dir egal ist?«

De Palma hob den Blick zu den Mauern des Schlosses von König René. Hoch oben auf den Schlossmauern schwenkten ein paar winzige Touristen die Arme in Richtung etwaiger Zuschauer; mechanisch winkte der Polizist zurück.

Christian Rey hatte keine Zeit zu reagieren oder irgendetwas zu tun. Mitten im Stau am Ende der Brücke von Beaucaire sah er einen Mann auf sich zukommen und bemerkte sofort die Knarre, die dieser unter seinem T-Shirt verbarg. Der Mann forderte ihn auf, die Türen zu entriegeln, und setzte sich hinter ihm auf die Rückbank. »Gib mir den Ballermann in deinem Handschuhfach«, befahl er und drückte Rey den Lauf seiner Waffe in den Nacken.

Christian tat wie verlangt und reichte ihm seine Smith & Wesson mit kurzem Lauf.

»Sehr gut. Jetzt machst du kehrt und fährst Richtung Marseille.«

»Hör mal, ich weiß nicht, wer du bist, aber ich schwör, dass ich das nicht war mit Nono.«

Der Mann versetzte Rey einen Schlag in den Nacken. »Wer redet denn von Nono, du Rest einer Fehlgeburt.«

»Verdammt …«

»Du hältst ab sofort das Maul.«

Sie verließen Tarascon Richtung Süden und nahmen die N 568. An der Kreuzung von Mas-Thibert befahl ihm der Mann, die Nationalstraße zu verlassen und hinter einem nicht mehr benutzten Wohnwagen zu parken, der jahrelang einer Nutte gedient haben musste. Der vom Meer kommende Wind pfiff leise in den Zypressen und rollte trockenes Laub und fettiges Küchenpapier vor sich her. Es roch nach warmem Motoröl, Heu und flüssigem Asphalt.

»Jetzt steigst du aus und legst die Hände auf die Motorhaube.« Mit einem kräftigen Fußtritt drückte der Mann seinem Gefangenen die Beine auseinander. »Die Hände in den Rücken.«

»Aber …«

»Ich habe gesagt, du sollst das Maul halten. Du legst deine Rübe auf die Motorhaube und lässt die Hände im Rücken.«

Christian gehorchte zitternd. Als er spürte, wie sich ein Paar Handschellen über seinen Handgelenken schloss, war er fast beruhigt.

Sie stiegen in einen kleinen Wagen und fuhren endlos über die Wege und Landstraßen des Deltas. Rey begriff, dass der Mann versuchte, ihn in einem Gewirr von Landstraßen und Gemeindewegen die Orientierung zu nehmen. Am Ende des Deltas schlugen sie wieder die Richtung nach Arles ein, fuhren durch Salin-de-Giraud und an den riesigen Aufschüttungen von weißem Salz vorbei, die wie Kreidepyramiden zum Blau des Himmels hinaufstiegen.

Sie hielten auf einem Weg, der verloren in der Salzsteppe an diesem Ende der Welt aus Wind und Salz zwischen Salzkrautpflanzen endete. Der Mann zog Rey eine Augenbinde über, die er hinter seinem Kopf festzurrte. »Jetzt läufst du.«

Sie marschierten lange Zeit. In Reys Vorstellung dauerte es Stunden: Zunächst auf einem festen und relativ flachen Boden, dann durch ein Röhricht und schließlich in einem Sumpf mit Wasser bis zur Taille. Rey schien es, als entferne er sich eher zum Inneren des Deltas hin, in einem unbegreiflichen System von Sümpfen und vielfältiger Vegetation. Zu Beginn roch es nach Seeluft, Meerespflanzen und Sauerstoff. Dann kamen die üblen Gerüche der Salzböden und brackigen Sümpfe, sonnenwarm und faulig.

Der Weg zum Mas de la Balme war mit Quadersteinen markiert und beschrieb ein großes S inmitten von Olivenhainen. La Balme war ein altes Gut am Fuß der Alpilles; ein schönes alleinstehendes Herrenhaus mit großen Gebäuden für den Landwirtschaftsbetrieb.

De Palma hatte eine Weile suchen müssen, bevor er es gefunden hatte: In Mouriès hatte man ihm gesagt, er solle die Straße nach Les Baux nehmen, aber er war zu weit gefahren. Zwei Kurven vor der Ortseinfahrt hatte er daher gewendet und einen Tagelöhner nach dem Weg gefragt, der im Schatten eines Olivenbaums am Motor seiner Säge werkelte. Der Mann, der ebenso knorrig war wie der Baum, den er mit seinem Werkzeug bedrohte, hatte ihm einen misstrauischen Blick zugeworfen.

»Das Mas de la Balme! Da fahren Sie geradeaus hinunter, und gleich am Ortseingang von Maussane biegen Sie links ab auf die D 78.«

Der Mann machte eine ausholende Handbewegung, um seine Anweisungen zu untermalen.

»Ungefähr zwei Kilometer weiter sehen Sie drei Kiefern, drei große Kiefern – hier nennt man sie die Feenkiefern. Dort ist es dann der kleine Weg, der aufs Gebirge zuläuft. Sie können ihn nicht verpassen.«

»Danke, Monsieur.«

»Is gut«, hatte der Landarbeiter noch genuschelt und sich wieder über seine Motorsäge gebeugt.

Von den Feenkiefern aus hatte das Gut der Steinerts etwas Toskanisches. Ein paar Sonnenstrahlen drangen durch die

Decke des schwarz gespickten Himmels und zerschnitten die verwischte Fläche mit großen goldenen Linien.

Der Grundbesitz erstreckte sich über mehr als 100 Hektar an einem Stück; das Gelände fiel zunächst sanft ab, bevor es anmutig zu den Gebäuden emporstieg, die sich an die Alpilles schmiegten. Geduldiges Land mit Steinen groß wie Fäuste, die im Laufe der Jahrhunderte unaufhörlich von den Pflugscharen herausgehoben wurden; eine nirgends fette, nirgends schwarze Erde, aus der unter der erdrückenden Sonne Staubwolken emporstiegen. Die etwa dreißig Meter langen und fünfzehn breiten Wohngebäude des Landguts waren rechtwinklig zu den übrigen Gebäuden des Bauernhofs und getrennt von ihnen angeordnet. Vier gewaltige Platanen standen um einen Brunnen und reckten ihre amputierten Äste über das, was einmal die Ställe gewesen waren. Aus der Ferne war das Ensemble beeindruckend, aber nur das türkisfarbene Rechteck eines Schwimmbads, das fast ebenso groß wie die Ställe war, verkündete, dass die Besitzer über mehr Mittel verfügten, als das Land eigentlich hergab.

Seltsamerweise hatte Familie Steinert den Örtlichkeiten ihre ursprüngliche Funktion gelassen; im offenen Schuppen konnte man einen riesigen Traktor erkennen, der sich wie ein Krebs in seine Höhle zurückgezogen hatte; direkt daneben stand ein Weinbergtraktor, der mit seinem schmalen Fahrgestell aussah wie ein Spielzeugmodell.

De Palma parkte seinen Wagen unter einer Platane. Zu seiner Rechten das Schwimmbad, das gut zwanzig Meter lang sein mochte, und dahinter die grüne Fläche des Tennis-Hartplatzes mit Umkleidekabinen. Weiter entfernt erstreckte sich bis zu den ersten weißen Felsen der Alpilles eine Weide, auf der drei Pferde die Zeit totschlugen, indem sie aufsässige Fliegen vertrieben. Kein Gitter, kein Tor. Scheinbar kein Leibwächter. Falls das Mas de la Balme überwacht wurde, dann auf sehr diskrete Weise.

Ingrid Steinert stand inmitten von drei Gruppen, die wie

brave Schüler auf einer weitläufigen, halb von wildem Wein und blühenden Glyzinien überdeckten, mit Steinplatten gepflasterten Terrasse hinter kleinen Tischen saßen. Die Dame des Hauses strahlte, ging von einer Gruppe zur anderen, wobei ihr leichtes Kleid mit provenzalischen Motiven sie sanft umspielte. Jede Gruppe saß vor kleinen, mit Olivenöl gefüllten Fiolen, alle hielten ein Probierglas in der Hand und machten sich Notizen.

Als Ingrid de Palma entdeckte, schien sie nicht überrascht. Sie warf ihm ein förmliches Lächeln zu und lud ihn mit einer liebenswürdigen Geste ein, sich zu ihr zu gesellen. »Wir sind gerade dabei, die neue Kollektion unserer Öle zusammenzustellen«, sagte sie und griff energisch nach seiner Hand. »Wir verkosten, wieder und wieder. Es sind Öle vom letzten Jahr.«

»Sie … Sie verkosten Öl?«

»Aber ja doch … Wie einen großen Wein. Übrigens darf ich Ihnen Éric Bartel vorstellen, einen der besten Önologen Frankreichs.«

Bartel, ein kleiner Mann mit Stupsnase, wandte de Palma den Kopf zu, begnügte sich damit, kurz das Gesicht zu verziehen, und tauchte dann erneut die Nase in sein Probierglas.

»Wir verkosten jede Sorte, um besser zu entscheiden, welche wir in die Ölmühle schicken und welche wir aufbrechen und aromatisieren, wie etwa die Sorten Salonenque, Lucques oder Grossane, um sie im Glas zu verkaufen. Viel geht ins Ausland, hauptsächlich nach Großbritannien und Deutschland.«

Bartel wurde plötzlich unruhig; mit leuchtenden Augen rutschte er auf seiner Bank hin und her. »Das hier ist reifer«, sagte er und hielt das Glas vor seine kleinen, lebhaften Augen. »Es hat Rösttöne, eine Nuance Rosmarin, gerade so viel, wie nötig, nicht mehr. Sehr subtil … Sehr schön. Wirklich sehr schön.«

Bartel schwenkte das Glas, die anderen Verkoster machten ernste Gesichter und bestätigten, was der Chefönologe diagnostiziert hatte.

»Wir streben eine kontrollierte Herkunftsbezeichnung an«, sagte Ingrid. »Das würde uns einen ganz bedeutenden neuen Absatzmarkt eröffnen.«

De Palma fühlte sich ungefähr so wohl wie ein junger Schauspieler mit Blackout. Ingrid näherte sich ihm, legte ihm die Hand auf den Unterarm und senkte die Stimme. »Ich denke, wir haben uns viel zu sagen, natürlich nur, wenn Sie ein bisschen Zeit haben. Um ehrlich zu sein, ich habe Sie erwartet.«

Sie ging zu den Verkostern zurück, machte ein paar Bemerkungen, die sie mit einer entschiedenen Geste der rechten Hand unterstrich, und bestellte sie für den Spätnachmittag zu abschließenden Beratungen ein. Mit einer unauffälligen Handbewegung forderte sie de Palma auf, ihr ins Innere zu folgen.

Der Hauptraum des Mas de la Balme war ein weitläufiger, von der Zeit gezeichneter Saal. Vier schmale Fenster öffneten sich zur Terrasse hin und ließen in der Ferne die Reihen der Olivenbäume erkennen.

»Mein Mann hat nie auch nur die kleinste Kleinigkeit verändert«, erklärte Ingrid mit einer ausholenden Bewegung, »zumindest nicht in diesem Teil des Hauses; er war ein wenig mystisch veranlagt … Er sagte, man dürfe die alte Ordnung der Dinge nicht stören. Deshalb gibt es hier keinen großen Luxus. Einfachheit, immer nur Einfachheit. Das ganze Mas ist gleich, abgesehen von den wenigen Zimmern, die ich so hergerichtet habe, wie ich es wollte.«

An den gekalkten Wänden hingen ein altes Jagdgewehr, eine Batterie verbeulter Kupfertöpfe sowie ein paar Gemälde großer Meister, die im Halbdunkel dämmerten, sicherlich Maler aus der Provence, und ein oder zwei abstrakte Gemälde. Die einzigen Spuren von Luxus in diesem eindeutig bäuerlichen Raum.

»Nach jahrelangen Diskussionen hat William gerade mal eingewilligt, die Gemälde aufzuhängen … Sie können sich vorstellen, dass es hier vorher keine Kunstwerke gegeben hat … Hier wurde nur gearbeitet, keinerlei Vergnügungen.«

»Immerhin haben Sie einen Tennisplatz, Pferde und ein Schwimmbad!«

»Oh, das haben Sie bemerkt!«, rief sie mit breitem Lächeln. »Aber das war mein Wunsch, nicht der meines Mannes. Er hat nie Tennis gespielt. Manchmal hat er gebadet, ja, wenn es wirklich zu heiß war.«

Der Ort vermittelte einen seltsamen Eindruck; warum hatte Steinert alles so belassen? Warum hatte er ihm nicht seinen Stempel aufgedrückt?

De Palma konnte nicht umhin, an die früheren Eigentümer zu denken. Wie lange hatte dieselbe Familie das Mas de la Balme bewohnt? Bestimmt gab es noch Nachkommen.

Ingrid ging einen Augenblick hinaus und kam mit einem gewaltigen Fotoalbum zurück. Sie legte es auf den Tisch und forderte den Polizisten auf, sich neben sie zu setzen. »Ich möchte Ihnen gern ein paar Fotos von meinem Mann zeigen, so werden Sie sich ein besseres Bild machen können, denke ich.«

Behutsam öffnete sie das Album auf der ersten Seite, als handele es sich um ein altes Zauberbuch. De Palma beugte sich vor und sah ein gewöhnliches Hochzeitsfoto: Links William Steinert in perlgrauem Frack, den Zylinder in der Armbeuge, breit lächelnd wie ein Raubtier; rechts Ingrid, mit einem diamantbesetzten Diadem, einen Blumenstrauß in der linken Hand, die vor dem offiziellen Fotografen des Steinert-Clans das Gesicht verzog. Das Ganze wirkte sehr konventionell.

Das zweite Foto, das sie ihm zeigte, war ein Porträt des jungen William mit einer John-Lennon-Frisur vor der Flower-Power-Zeit: William wirkte brav, die lange spitze Nase verlieh ihm ein trauriges, enttäuschtes Aussehen, weshalb man auf einen Pessimisten oder Melancholiker hätte schließen können, aber de Palma hielt ihn vielmehr für einen nervösen und sanguinischen Menschen.

»Das ist mein Lieblingsfoto«, sagte Ingrid und legte ihre gespreizte Hand auf das Porträt.

Er bemerkte zum ersten Mal, dass sie sehr lange Finger mit kurz geschnittenen, perfekt transparent lackierten Nägeln hatte.

»Auf diesem Bild sieht man wirklich ihn. Mit dieser Mischung aus Kraft und Melancholie, diesem Blick, der seine Intelligenz zeigt.«

»Merkwürdig, er wirkt vom Typ her wirklich nicht wie ein Deutscher.«

»Provenzale … Das stimmt, man könnte fast meinen, ein Provenzale.«

Sie zeigte ihm noch Fotos von Steinert in Deutschland, wie er inmitten von Werkzeugmaschinen einer Münchner Fabrik posierte. William Steinert war Jahrgang 1942; Erbe und Hauptaktionär von Steinert-Klug-Metall, Vorsitzender von einem der bedeutendsten Werkzeugmaschinen-Unternehmen Deutschlands.

»Vor einem Jahr hatte mein Mann einen Großteil seiner Befugnisse auf seinen jüngeren Bruder Karl Steinert übertragen, den Sie da auf dem Familienfoto sehen. Er trägt denselben Vornamen wie sein Großvater: Karl Steinert, der Gründervater. William hingegen trug den Vornamen seines Urgroßvaters.«

»Wie alt ist Karl Steinert?«

»48, bald 49.«

»Zehn Jahre jünger als sein Bruder!«

»Ganz richtig, ja. Der jüngste der Brüder, Georg, ist 1962 geboren. Ein ewiger Bohémien. Er lässt nichts aus.«

Mit einer entschiedenen Geste schlug Ingrid eine weitere Seite auf. »Zwischen Karl und Georg gibt es Isabella. Sie ist 42. Als junge Frau war sie Künstlerin, sie spielte Theater. Sie hat sogar ein bisschen Karriere gemacht, jetzt aber kümmert sie sich um einen Teil der Geschäfte der Familie.«

Sie machte ein missmutiges Gesicht und lehnte sich leicht zurück. »Sie kommt nie her … Ich meine, sehr selten. Sie hat ein Büro in Paris, sie kümmert sich um den Geschäftsbereich

Uhren – Steinert-Klug stellt auch Luxus-Uhrwerke für große Marken her, so wie Sie eine tragen, Monsieur de Palma.«

»Ist Karl verheiratet?«

»Ja, mit der schlimmsten Feindin der Familie. Einer Französin aus großer Familie, einer Adligen, Ann-Sophie de Bingen. Das macht etwas her, nicht? Also, ich finde das … das ist wirklich lächerlich … absolut lächerlich.«

»Was, der Adel?«

»Nein, nein, Monsieur de Palma. Ihr Name …«

»Eine alte italienische Familie. Aber mein Großvater war nur ein armer Matrose der Handelsmarine, mein Vater ebenfalls … Und ich bin nur ein armer Bulle.«

»Ich wollte Sie nicht beleidigen, bitte entschuldigen Sie.«

Ein Sonnenstrahl drang in den Raum. Durch das kleine Fenster sah man nur zwei Reihen Olivenbäume, die sich im frischen Licht verloren.

»Entschuldigen Sie, dass ich Sie frage, aber Ihr Akzent … Also, ich meine: Sie sprechen akzentfrei!«

»Meine Mutter ist Französin. Ich habe einen Großteil meines Lebens in Frankreich, in Paris, verbracht. Gute Familie, gute Studien …«

Ihre Finger trommelten auf dem Tisch. Sie öffnete ihr Zigarettenetui, nahm eine Zigarette und rollte sie zwischen den Fingern.

»Und das Leben hier in der Provence?«

Sie zündete die Zigarette an und verzog den Mund, was ihr zum ersten Mal etwas Vulgäres verlieh. »Diese Fragen stellen Sie mir ein andermal.«

»Tut mir leid, aber ich bin Polizist und nicht Vertrauter; ich versuche, bestimmte Dinge zu verstehen.«

De Palma erhob sich abrupt und ging zum Fenster. Das Garagentor stand offen, und man konnte einen brandneuen schwarzen Mercedes der Luxusklasse, einen metallicgrauen BMW-Geländewagen und, ebenfalls grau, das neueste Modell eines Porsche-Cabrios sehen. Alle mit Kennzeichen des Departements Bouches-du-Rhône.

»Fehlt Ihnen ein Wagen?«

»Ja, der, den mein Mann täglich benutzt hat: der Range Rover.«

»Wissen Sie das Kennzeichen?«

»8526 VM 13.«

De Palma war überrascht, dass sie die Nummer im Kopf hatte, was er bei einer Frau, noch dazu einer Frau dieser Klasse, für ungewöhnlich hielt.

»Monsieur de Palma, ich muss Sie jetzt verlassen. Das Treffen der Verkoster geht gleich zu Ende, und wir müssen noch vor dem heutigen Abend unsere Entscheidungen getroffen haben.«

Sie gingen auf die Terrasse hinaus und machten ein paar Schritte in den Garten in Richtung Tennisplatz und Schwimmbad. Ein feuchter, leicht säuerlicher Geruch durchdrang die Luft. Am Ende des Weges tauchte ein Traktor mit einem riesigen Edelstahltank im Schlepp auf.

»Übrigens, warum haben Sie sich an das Kommissariat von Tarascon gewandt und nicht an die nächstgelegene Gendarmerie?«

»Weil ich meinen Mann zum letzten Mal in Tarascon gesehen habe, nicht weit von seinem Büro. Tatsächlich hat Chandeler mir zu diesem Vorgehen geraten, er hat kein großes Vertrauen in die Gendarmerie.«

»Von seinem Büro?«

»Er besaß ein großes Büro in Tarascon, nicht weit vom Theater. Ich wollte Ihnen vorschlagen, es sich anzusehen, wenn Ihnen das nicht zu spät wird.«

»Ich denke, das ist nicht unbedingt nötig. Ich …«

»Sie glauben mir nicht, wenn ich Ihnen sage, dass er tot ist, nicht wahr? Bestimmt bin ich für Sie nicht traurig genug …«, bemerkte sie schleppend.

Er beachtete ihre Bemerkung nicht. »William klingt nicht sehr deutsch, das ist doch eher ein englischer Vorname!«

»Auf Deutsch sagt man Wilhelm … Meine Schwiegermutter war Engländerin.«

Sie trat näher. »Ich würde gerne über Ihre Bezahlung reden. Ich denke, ein Betrag von …«

»Ich will nichts, Madame Steinert.«

Er sagte es in so endgültigem, autoritärem Ton, dass sie nichts erwidern konnte.

An den Mauern des Schuppens hallte das Bimmeln von Glöckchen wider. Auf den Hängen direkt über dem Mas ließ ein Schäfer seine Herde weiden und brüllte seinem Hund unverständliche Befehle zu.

»Hören Sie, Monsieur de Palma, ich beende meine Besprechung gegen 18 Uhr. Wir können uns um 19 Uhr vor dem Theater in Tarascon treffen. Natürlich nur, wenn Sie möchten.«

»Ich … Einverstanden.«

Der Schäfer blieb stehen. De Palma hätte geschworen, dass er sie beobachtete.

»Haben Sie noch echte Nachbarn?«

»Das ist Eugène Bérard, ein alter Schäfer. Wenn man ihn so sieht, würde man es nicht glauben, aber er ist 92 und ein Dichter, ein wahrer, wirklich traditioneller provenzalischer Dichter.«

Michel wandte den Blick von den Hügeln ab und ging Richtung Auto. Auf dem Weg sah er eine gewaltige rechteckige, aus Kalkstein gehauene Wanne. Er blieb stehen und sah sich das Objekt an, das er zunächst für eine ehemalige Tränke hielt. »Was ist das für ein Ding?«

»Ein echter römischer Sarkophag, mein Mann hat ihn auf den Terres d'en bas gefunden.«

»Die Terres d'en bas?«

»Das ist das Land, das wir auf der anderen Seite der Nationalstraße besitzen; nicht besonders interessant, aber weitläufig: ungefähr dreißig Hektar, wenn man die Wäldchen und den Hügel mitrechnet. Wir bauen ein bisschen Lavendel an, nichts weiter.«

An den Feenkiefern bog de Palma links ab und fuhr wieder Richtung Eygalières hinauf, statt die Straße nach Maussane zu nehmen. Er fuhr weit genug, um neugierige Blicke vom Mas de la Balme zu vermeiden, und stellte den Wagen in einem Hohlweg ab.

Vor ihm öffnete sich ein winziges, vom Wind und wütenden Gewitterbächen gegrabenes Tal, ein steinernes Durcheinander, in dem nur grünes, duftendes Gras, ein paar Mastixsträucher und waghalsige Eichen überlebten. Er drang in dieses System von Korridoren und kleinen Gängen ein, von denen die meisten in den Schrunden des Kalksteins endeten, am Fuß überhängender Felsen. Darüber steinerne Schädel mit leeren Augenhöhlen, die ins große Nirgendwo starrten. Hinter der Biegung eines Felsblocks hörte de Palma die Glocken der Schafe von Bérard, das Echo machte es jedoch unmöglich, sie genau zu orten. Er stieg einen gewaltigen, mit Brombeerranken zugewucherten Spalt hinauf und verließ den Canyon. Ein ausgedörrter Hang, auf dem einzelne, verkohlte Baumstümpfe standen, zog sich bis zum Fuß der Felsen der Alpilles empor. Plötzlich schlugen ein spitzes Pfeifen und eine dröhnende Stimme gegen die Felsen. Mit dem Gefühl, jemand spiele ihm einen Streich, drehte de Palma sich um.

»Matelot, toque lei.«

Er sah nichts und hörte nur den sich wie in einem höllischen Karussell beschleunigenden Rhythmus der Glöckchen.

»Toque lei.«

De Palma drehte sich noch einmal um und sah zwei Meter unter sich eine riesige Promenadenmischung mit von der Garrigue zerzaustem Fell und gefletschten Zähnen.

»Matelot, er ist ein Freund«, sagte die Stimme.

Sofort begann der Hund mit dem Schwanz zu wedeln. Endlich trat der Schäfer hinter einem Busch hervor. Es war ein kleiner, von den Jahren gekrümmter Mann, der einen altertümlichen schwarzen Hut und eine Kordsamtjacke gleicher Farbe über einem grauen Hemd trug. Unter der geschwungenen Nase zitterten feine, fast weiße Lippen halbmondförmig über einem spitzen Kinn. Zwei jadegrüne, außerordentlich helle Augen tanzten unter enormen Brauen und wechselten unaufhörlich zwischen der Herde und de Palma.

»Guten Tag, Monsieur Bérard.«

Bérard antwortete nicht und begnügte sich damit, den Polizisten mit Nachdruck anzusehen und dabei seine knotigen Hände auf das Ende seines Stockes zu stützen.

»Hat sie Ihnen meinen Namen gesagt?«

»Sie sprechen von Madame Steinert, vermute ich … Zumindest Ihnen kann man nichts verheimlichen! Sie sind ein scharfer Beobachter.«

»Ach herrjeh, ich sehe kaum noch was … In meinem Alter.«

»Immerhin gut genug, dass Sie mich vorhin beobachten konnten.«

Bérard wandte sich den Schafen zu, die, von irgendeiner fixen Idee getrieben, begannen, im Gänsemarsch hintereinander herzurennen, und hinter einem Felsen verschwanden.

»Matelot, toque lei, qui, ah… Aqui.«

»Ist hier alles verbrannt?«

»Vor drei Jahren, ja. Ein Streit mit den anderen Jagdverbänden. Das ist hier Mode, wenn Sie sich weigern, zu denken, wie die anderen, legt man bei Ihnen Feuer.«

Der Schäfer setzte sich, und sein Blick wurde ruhig, fast verbindlich. Er nahm den schwarzen Hut ab, und darunter kam stahlgraues, noch immer lockiges Haar zum Vorschein, das über eine breite Stirn voller Falten fiel.

»Wie viele Tiere haben Sie?«, fragte de Palma und deutete auf die Herde.

Er nahm einen gelben Grashalm und kaute auf ihm. »Ach herrjeh, fast nichts: etwa vierzig Stück, nur alte. Die anderen sind da oben auf der Alm, bei meinem Enkel.«

Von der nächsten skurrilen Idee getrieben, kamen die Tiere zurück, derweil sie hastig weitergrasten. Das Geräusch des Rupfens kam den beiden Männern im Crescendo näher.

»Früher gab es viele Herden in der Gegend, aber heute bringt das fast nichts mehr ein. Nur noch in der Ebene von La Crau, dort hinten, aber hier, in den Hügeln … Außerdem haben alle nur noch Ölherstellung im Kopf.«

Bérard richtete den Blick auf die Olivenfelder der Steinerts. Von hier aus wirkte das Gut riesig. »Boden ist teuer geworden. Die jungen Leute müssen ganz schön rackern, wenn sie sich selbstständig machen wollen.«

»Was kostet so ein Mas wie das von la Balme?«

Mit durchtriebenem Blick betrachtete Bérard seinen Stock. »Bei Mouriès, dahinten, da wird eines verkauft, ungefähr so wie das hier, mit allem Land und Maschinen … Nennen Sie einfach mal einen Preis!«

»Ich weiß nicht.«

»Mehr als eine Milliarde, junger Mann.«

»Sie meinen Centimes …«

»Na, alte Francs, halt!«

»Wer kann sich so etwas kaufen?«

»Da sind Amerikaner dran, aber die jungen Leute überlegen gerade mit den Gemeinden, ob sie es als Genossenschaft kaufen können.«

»Und die Steinerts?«

Bérard sah den Baron ein paar Sekunden unverwandt mit hochgezogenen Brauen an, dann blickte er Richtung la Balme. »Das ist etwas anderes. William war ein Mann, ein Herr, ein vorbildlicher Herdenführer, ein Majoral mit guten Manieren. Ich habe ihm beigebracht, wie man Olivenbäume schneidet, und noch viele andere Dinge vom Land. Er wird mir fehlen.«

Bérard fuhr sich mit seiner spitzen Zunge über die Lippen und schwankte leicht vor und zurück. Dann schlug er kraftvoll mit der Spitze seines Stocks auf das Gras vor sich.

»Warum sagen Sie, dass William ein ordentlicher Kerl war? Und was ist mit seiner Familie?«

»Das ist etwas anderes. Sie? Keiner kennt sie, und sie redet mit niemandem – und die Brüder sind noch schlimmer. Armer William! Und ich Armer, der ich jetzt ganz allein bin.«

»Ganz allein?«

»Über solche Sachen redet man nicht …«

»Wie können Sie sicher sein, dass er tot ist?«

Bérard ging auf seine Schafe zu. De Palma folgte ihm.

»Alles, was mit la Balme zu tun hat, ist verflucht.«

»Warum verflucht?«

»Da sind die bösen Steine der alten Zeit …«

»Die bösen Steine?«

»Guten Abend, Monsieur, die Tiere erwarten mich.«

Der Alte verschwand, wie er gekommen war, inmitten der Garrigue, gefolgt von seinen Schafen und seinem riesigen Hund, der den Zug abschloss.

Als Michel durch das kleine Tal hinunterging, änderte sich das Licht, es wurde grau, fast einfarbig. Die Büsche in den krummen Felsen waren düster. Beim Gehen meinte er eine Stimme zu vernehmen. Er blieb stehen und lauschte. Es klang wie ein Klagelied, wie eine Stimme, die in altertümlichem Vibrato etwas aufsagte, mit Worten, die dem Polizisten unbekannt waren. Worte, die von irgendwoher kamen, ohne dass er hätte sagen können, von wo, hinter einem dieser zahllosen Felsen:

… Alabre
De sang uman e de cadabre,
Dins nòsti bos e nòsti vabre
Un moustren, un fléu di diéu, barruolo … Agués pieta!

… Begierig
Nach menschlichem Blut und Leichen
Durchzieht unsere Wälder und Schluchten
Ein Ungeheuer, eine Geißel Gottes … Habt Erbarmen!

Anne Moracchini hatte die absolute Ruhe in den Büros der Mordkommission genutzt, um die Datenbanken zu konsultieren. Um 18 Uhr 15 wählte sie de Palmas Handynummer.

»Michel, ich hab ein paar Informationen über deinen Kerl da, William Steinert.«

»Leg los, aber verlang nicht von mir, dass ich was notiere, denn ich sitze im Auto, und es fängt gerade wieder an zu gießen wie aus Kübeln. Wär ich nur schon zurück in Marseille.«

»Ich habe ihn im Zentralstrafregister eingegeben, da gibt es einen Eintrag. Nicht viel, ein Fall von Parteienfinanzierung …«

»Ist er verurteilt worden?«

»Es wurde nur Anklage erhoben. Das Landgericht von Tarascon.«

»Welche Partei?«

»RPR.«

»Tatsächlich? Die Rechten? Ich hätte ihn eher ein bisschen auf der Linken gesehen, so in der Art Weicheisozialist. So einer, der Mitleid hat mit allen Armen wie dir und mir.«

»Warte, das bedeutet nicht, dass er der RPR angehörte. Außerdem ist er Deutscher. Anscheinend beruhte die Sache auf Abhöraktionen und Gerüchten aus dem Rathaus. Einer dieser Fälle, die gewaltig stinken.«

De Palma kam an einen Kreisel, an den er sich nicht mehr erinnerte, und musste abrupt bremsen. Zu seiner Rechten zeigte ein funkelnagelneues Schild die Richtung zur Abtei Montmajour und nach Fontvieille. Ein LKW der Zellulosefabrik an der Rhone verdeckte die Abzweigung nach Tarascon, sodass er einmal komplett um den Kreisel herumfuhr, während er wie ein Ochse in sein Handy schnaubte.

»Bist du noch da, Michel?«

»Ich wäre fast in Richtung Montmajour abgebogen, verdammt!«

»Das ist mehr für die Touristen … Ich war gerade bei einer Anklageerhebung wegen Einflussnahme.«

»Ja, schon o. k., ich bin nicht taub! Was hat der gute William denn verbrochen?«

»Nichts, absolut nichts, er wurde von jedem Verdacht komplett reingewaschen!«

»Mmm, ja, gut. Hör mal, mach dir deswegen keinen Kopf! Ich werd sehen, was ich heute noch rausfinden kann, danach lasse ich es bleiben. Vielleicht ist das einfach ein Typ, der Segel gesetzt hat und in ein paar Tagen wieder auftaucht.«

»Glaubst du?«

»Gut möglich, vielleicht ist er ja einer dieser Milliardäre, die sich von Zeit zu Zeit eine kleine Eskapade gönnen. Vielleicht liegt er in der Karibik in der Sonne, während ich mich hier im Regen rumärgere.«

»Auf jeden Fall solltest du dich ausruhen, Michel.«

»Ja, meine Liebe, vielen Dank. Was ist übrigens mit Casetti?«

»Der ist hier, in Daniels Büro. Wir warten, die DNA ist nach Nantes gegangen und kommt heute Abend oder morgen früh zurück. So stehts. Bis später, Kommissar.«

Die Glocken der Kirche Sainte-Marthe läuteten das Angelus, als Ingrid Steinert wenige Schritte vom Theater von Tarascon entfernt aus ihrem BWM stieg und die schmalen Riemen ihrer Sandale richtete.

De Palma beobachtete sie vom anderen Ende der Straße aus. Als sie auf ihn zuging, betrachtete er ihr fülliges Haar, das über ihren bloßen Schultern tanzte. »Entschuldigen Sie, ich habe mich ein wenig verspätet«, sagte sie mit trauriger Stimme.

Ingrid hatte sich umgezogen, sie trug ein strohgelbes Baumwollkleid, das ihren Körper umwehte. Den schweren Diamanten hatte sie abgelegt und trug nur eine schmale Goldkette um den Hals sowie unauffällige Ohrringe, die unter ihrem blonden Haar versteckt waren.

Als sie nur noch einen Meter von ihm entfernt war, roch er ihr Parfum. In diesem Augenblick herrschte im Kopf des Polizisten ungefähr so viel Ordnung wie in einer heftig geschüttelten Puzzle-Schachtel.

»Gehen wir«, sagte sie mit einer Spur Ängstlichkeit in der Stimme.

Das Büro von William Steinert befand sich in der zweiten Etage eines alten Gebäudes aus dem 17. Jahrhundert in der Nachbarschaft des Städtischen Theaters von Tarascon. Ingrid schwenkte einen gewaltigen Schlüsselbund. Als sie auf die Tür zuging, musste de Palma unwillkürlich den Saum ihres Kleides bewundern, der gerade ihre schön geformten Beine umspielte. Die Tür war gepanzert und die Wand zu beiden Seiten verstärkt, um selbst gröbstem Werkzeug standzuhalten.

»Ich glaube, es ist der runde Schlüssel, der gelbe.«

»Na gut, wenn Sie das sagen.«

»Vielleicht gibt es eine Alarmanlage, passen Sie auf.«

»Wir werden sehen.«

Schließlich fand sie den richtigen Schlüssel, es war genau der, den de Palma ihr benannt hatte.

»Ich bin zum ersten Mal hier … Das ist sehr beeindruckend für mich. Ich bitte Sie, gehen Sie zuerst hinein, mir ist ein bisschen bang.«

Bei den letzten Worten hatte sie einen Anflug von Akzent, sie hatte ein wenig die Rs gerollt. De Palma bemerkte das winzige Detail sofort. Er blieb auf der Schwelle stehen und suchte tastend nach dem Schalter. Kein Alarm ertönte, dabei hatte William Steinert sein Büro in der Tat mit einem der besten Sicherheitssysteme ausgestattet. Der Polizist folgerte daraus, dass entweder Steinert vergessen hatte, das System zu aktivieren –

was nicht jemandem entsprach, der sich derart absicherte –, oder jemand anderes die Alarmvorrichtung abgeschaltet hatte, später aber nicht mehr hatte einschalten können. Warum nicht Ingrid selbst? Aber das passte nicht zu der Ergriffenheit, die er tief in ihrem Blick erkannte.

»Hat Ihr Mann eine Putzfrau oder jemanden, der sich in irgendeiner Form um das Büro kümmerte?«

»Ich weiß es nicht.«

»Sie werden sich erkundigen müssen.«

Steinerts Büro war im Grunde eine große Wohnung, die sicherlich aus derselben Epoche stammte wie das städtische Theater. Sie war lang gezogen, und ihre drei riesigen Zimmer lagen hintereinander und waren ohne einen Flur direkt miteinander verbunden. Die hohen Decken mit verschnörkelten Stuckornamenten erinnerten an bajuwarische Zuckerbäckereien.

Der Besitzer hatte offenbar schon lange nicht mehr die Fenster geöffnet: Ein Geruch nach aromatisiertem Tabak und Staub erfüllte das erste Zimmer bis in den letzten Winkel. Der Raum diente als Diele, und William Steinert hatte ihn mit einem niedrigen Tisch und vier traditionell geflochtenen Strohstühlen möbliert. Warum diese Möbel? Ein Wartezimmer? Vielleicht empfing Steinert in seinem Büro Besuch? Ingrid durchquerte den Raum, ohne stehen zu bleiben. Sie war besorgt und schien etwas Bestimmtes zu suchen.

Das zweite Zimmer war erheblich geräumiger. Die beiden riesigen Fenster und die Fensterläden waren geschlossen. Auch sie waren gepanzert. Das gelbe Licht des sich neigenden Abends drang durch die Klappläden. Ingrid betätigte den Schalter.

Es war eine Bibliothek mit echten Rokoko-Regalen aus massivem Nussbaumholz, jedes Regalbrett brechend voll mit Büchern, manche ordentlich aufgereiht, andere hastig gestapelt. Die feine Staubschicht, die alle bedeckte, zeigte, dass sie seit einiger Zeit nicht mehr in die Hand genommen worden waren, zwangsläufig vor dem Verschwinden Steinerts.

»Mein Mann hat viel gelesen«, sagte sie gerührt. »Mein Gott, all diese Bücher …«

Zum ersten Mal spürte de Palma, dass Ingrid beim Gedanken an ihren Mann Trauer empfand.

Er warf einen Blick auf die Buchrücken. Offenbar hatte William nicht darauf geachtet, seine Bücher thematisch oder nach Autoren zu ordnen, und noch weniger alphabetisch. Es waren einige deutsche Bücher darunter. Auf dem Regal gegenüber den Fenstern standen die Bücher ordentlicher als die anderen, ein Zeichen dafür, dass ihnen ein wichtigerer Platz eingeräumt wurde, oder vielleicht, weil sie weniger gelesen wurden. Und doch war die Staubschicht dort dünner als auf den anderen.

Der Baron murmelte die Titel, die er auf den abgenutzten Buchrücken las: *Le Musée des sorciers* von Grillot de Givry, *Sciences occultes et magie pratique, Les admirables et merveilleux secrets du grand et du petit Albert, Le matin des magiciens* von Pauwels und Bergier, *Les arts divinatoires, Orthodoxie maçonnique,* gefolgt von *La Maçonnerie occulte et de la tradition hermétique* von Jean-Marie Ragon, *La science des mages* von Papus.

Vorsichtig zog de Palma den *Traité de l'apparition des esprits* heraus, ein Buch aus dem Jahr 1587, verfasst von einem gewissen Noël Taillepied und verlegt von Guillaume Bichon in Paris. Ohne auch nur die geringste Ahnung von okkulten Wissenschaften zu haben, begriff er, dass es sich um ein äußerst seltenes Buch handelte, das sicherlich allein Eingeweihten vorbehalten war.

»Ihr Mann interessiert sich sehr für okkulte Wissenschaften!«

»Das wusste ich nicht, aber ich merke, dass die meisten deutschen Bücher hier sich ebenfalls mit dem Thema befassen. Kennen Sie sich denn damit aus?«

»Überhaupt nicht«, antwortete er und schlug *Les Etats multiples de l'être* von René Guénon auf, des größten Eingeweihten des 19. Jahrhunderts. »Es gibt hier sehr allgemeine Bücher, die auf den ersten Blick eher unbedeutend sind, und andere, wie dieses hier, die erheblich spezialisierter zu sein scheinen.«

De Palma geriet ins Grübeln. Je mehr er entdeckte, desto stärker hatte er den Eindruck, ein bisschen tiefer in schmelzenden Asphalt einzusinken, ohne dass er die Möglichkeit hätte, das langsame, fortschreitende Ersticken zu verhindern.

Das dritte Zimmer war William Steinerts eigentliches Büro. An den Wänden hingen wertvolle Gemälde: ein Fernand Léger, ein de Staël und zwei Bascoules.

›Merkwürdige Nachbarschaft‹, dachte sich de Palma, ›nichts Symbolisches dabei‹. Aber er begriff, weshalb es die Alarmanlage gab. Ein Regal beherbergte ein paar kleine Statuen griechischer Gottheiten, die er nicht zu benennen vermochte, sowie zwei ägyptische Uschebtis von beeindruckender Größe auf einem Metallsockel; ohne jeden Zweifel sehr wertvolle Stücke. Auf dem Tisch lag ein ungeordneter Stapel handschriftlicher Notizen, die meisten davon beschäftigten sich mit provenzalischen Mythen und Legenden. Auf einem Blatt hatte Steinert sich mit einer feinen, ordentlichen Schrift Notizen über die wichtigsten Ungeheuer der Region von Tarascon gemacht:

»Der Drac, ein amphibischer Drache, entführte die Waschfrauen mit dicken Busen, um sein Junges zu ernähren … Nicht so interessant wie die Tarasque, die Heldin von Tarascon, die zum regionalen Marketing-Star geworden ist … Ein grauenerregendes Untier, das alles auf seinem Weg verschlang … Bald nach dem Tod Christi von der heiligen Marthe gebändigt. Siehe Denkmäler und Abtei.«

»Schreibt Ihr Mann?«

»Ja, er schrieb sehr gern. Er hatte sich von den Geschäften zum Teil auch deshalb zurückgezogen, um dieser Leidenschaft nachzugehen.«

»Ein Buch über die Mythen und Legenden der Provence …«

»Davon weiß ich nichts.«

De Palma drehte noch einmal eine Runde durch das Büro

und nahm die Gemälde in Augenschein; er blieb vor einem Bascoules stehen, der eine Schiffsbeladung im Hafen von Oran darstellte. Einen Augenblick lang hatte er den Eindruck, die Schlepper würden die gewaltigen schwarzen Schiffsrümpfe der Frachtschiffe der Compagnie Paquet vor sich herschieben, während sie Rauchsäulen in den glühenden Himmel stießen.

Er ging in die Bibliothek und sah sich alle Oberflächen an. Im Geiste fotografierte er die genaue Anordnung der Möbel und bestimmter Bücher, die ihm wichtig schienen, kehrte ins Büro zurück und tat dort dasselbe. Er bemerkte, dass es keinen Computer und kein Telefon gab. Und doch gab es eine Anschlussdose von France Télécom.

»Merkwürdig für einen so wichtigen Mann. Ich kann mir kaum vorstellen, dass er ein Notebook mit sich herumschleppt und nur mit dem Handy telefoniert … Und erst recht nicht, dass er aufs Internet verzichtet!«

Er sah sich lange den Schreibtisch an. Die Anordnung der Notizen schien ihm nicht natürlich. Der Füller lag ganz links, während Steinert mit Sicherheit Rechtshänder war, das konnte man an seiner Schrift erkennen. Jemand hatte Dinge verrückt und alles sorgfältig abgewischt. Neben dem Füller lag eine etwa dreißig Zentimeter lange Feder, eine feine und außergewöhnlich weiße Feder. De Palma nahm sie vorsichtig in die Hand, sah sie sich eine Weile an und legte sie wieder an denselben Platz.

»Ich befürchte, dieser Besuch bringt uns nichts Wertvolles, abgesehen davon, dass wir die Persönlichkeit Ihres Mannes besser kennenlernen. Auf den ersten Blick sieht es so aus, als verheimlichte er Ihnen gewisse Dinge.«

Ingrid antwortete nicht. Sie war verlegen. Vielleicht wegen der Anwesenheit des Polizisten in der Privatsphäre ihres Mannes? Vielleicht, weil sie entdeckte, dass ihr Mann ihr ganze Teile seines Lebens verborgen hatte? Sie erinnerte sich, dass er sie einmal nach einem Theaterbesuch eingeladen hatte, seine Junggesellenwohnung zu besichtigen, und sie abgelehnt und eine plötzliche Müdigkeit vorgeschoben hatte. Das war einer der seltenen Abende gewesen, an denen sie sich bis spät in der Nacht geliebt hatten. Sie spürte, wie die Ergriffenheit sie überwältigte, und beschloss, den Besuch zu beenden.

De Palma wartete, bis Ingrid in der Diele war, um die Läden und das Fenster des Büros zu entriegeln und mit Keilen aus gefaltetem Papier festzuklemmen. Falls er zurückkommen müsste, ohne den Haupteingang zu benutzen.

»Hatte Ihr Mann Feinde?«

»Natürlich, auf seiner Ebene hat man immer Feinde!«

Er entdeckte ein Hämmerchen auf dem Schreibtisch, eines, wie es Versteigerer besitzen, mit schwarzem Griff und einem Elfenbeinkopf. Ein selten schönes Stück und auf den ersten Blick antik. Einen kurzen Augenblick nahm er den Gegenstand auf und tat, als ob er im Leeren auf etwas hämmerte.

»Ich meine Leute, die in der Lage wären, ihm nach dem Leben zu trachten … Hat er Drohungen erhalten? War er nervös, als Sie ihn zum letzten Mal gesehen haben?«

»Ich werde über diese Fragen nachdenken, Monsieur de Palma.«

Am Ton ihrer Antwort merkte er sofort, dass sie log; noch wusste er nicht, in welchem Maß und aus welchen Gründen.

Beim Hinausgehen sagte sich de Palma, dass nun normalerweise eine Umfelduntersuchung geboten wäre. Klassische Polizeiarbeit. Aber aus zwei Gründen würde er das nicht tun: erstens, weil er nicht das Recht dazu hatte, und zweitens, weil er spürte, dass es nicht gut wäre, irgendwelche Informationen unter die Leute zu bringen. Die Umfelduntersuchung würde später stattfinden oder nicht stattfinden. Intuitiv ahnte er, dass das alles in allem gar nicht besonders wichtig war.

Auf der N 568, die geradewegs auf die großen Raffinerien von Fos zuführte, hatten sich zwei rabenschwarze Wolken über die

Flammen der Fackeln des Erdölhafens am Ende des Horizonts geschoben. Mehrere Fragen beschäftigten de Palma: Warum war es Ingrid so wichtig gewesen, ihm die Familienfotos und das Büro ihres Mannes zu zeigen? Warum genau diese beiden Dinge? Und nicht das übrige Mas? Und die Familie? Warum sprach sie von William immer in der Vergangenheit, als sei sie sich seines Todes sicher? Sie hätte ihm genauso gut auch nichts sagen können. Aber warum? Er würde sich wohlweislich noch lange hüten, diese Fragen zu stellen.

Zweiter Punkt: Er war sich praktisch sicher, dass Steinert einen Computer hatte und dieser aus dem Büro entfernt worden war. Waren es banale Gründe, oder hatte es jemand auf seine Festplatte abgesehen? Vielleicht hatte Steinert unter dem Eindruck einer Drohung oder irgendeiner Befürchtung bestimmte Dinge selbst weggeschafft?

Als Michel zu Hause war, rief er Anne Moracchini an. »Hallo, meine Schöne, wie weit bist du mit deinem Räuber?«

»Wir haben gerade die Ergebnisse der DNA bekommen – negativ. Aber Delpiano will ihn trotzdem unter Druck setzen. Das macht mir Kummer.«

»Du bleibst immer ein weiches Herz …«

»Mich bekümmert das wegen den Kleinen, er ist mir egal …«

»Und ich?«

»Was, du, du wirst doch wohl nicht den Eifersüchtigen spielen!«

»Ich lade dich heute Abend ins Restaurant ein.«

»Ich kann nicht, Herr Kommissar …«

»Du steckst ihn über Nacht ins Loch, sagst Delpiano, dass du Migräne hast, und gehst mit mir essen.«

»Michel, du weißt genau, dass ich nicht kann.«

Michel legte auf und ließ den Blick durch seine Dreizimmerwohnung schweifen. Seine Exfrau Marie war mit dem von ihrer Mutter geerbten Bücherregal aus massivem Nussbaumholz abgezogen, das diese wiederum von ihrer Mutter geerbt hatte, jene von ihrer Mutter und das seit Generationen. Die Kriminologiebücher des Barons lagen in zwei jeweils mehr als einen Meter hohen Stapeln auf dem Teppich; oben auf dem einen lag das Handbuch der Verbrechensanalyse und auf dem anderen ein Band zu Verbrechen und Psychiatrie, das der Polizist gut und gern zwanzig Mal gelesen haben mochte. Anstelle des Bücherregals und des Sofas, das in den üblichen Arrangements einer Scheidung ebenfalls entschwunden war, teilten zwei große rechteckige Flecken den Raum wie archäologische Überreste. Das war ungefähr alles, was von zehn Jahren Ehe zurückblieb. Zwei rechteckige Flecken und ein paar schlecht gerahmte Fotos.

Nur die CDs und im Handel nicht mehr erhältlichen Schallplatten hatten neue Regale erhalten. Dutzende und Aberdutzende von Raubmitschnitten der Großen der Opernwelt auf fantastischen Bühnen: Del Monaco und die Callas in Verona in einer überhitzten Aida, Flagstad und Melchior in einem vergessenen Tristan … Und dann die Sammelalben der Stones, die er in den Swinging Sixties in London gekauft hatte, die aus den Staaten mitgebrachte Gesamtaufnahme von Muddy Waters, Jimi Hendrix … Scheiben, an denen de Palma genauso hing wie an seiner .45er, der legendären Pistole, die hinter den Alben der Beatles und von Rossini versteckt war, die er nie hörte, weil er sie nicht mochte.

Michel legte die *Vier letzten Lieder* von Strauss in den CD-Player und setzte sich dem Gerät gegenüber, die Augen starr auf die Flüssigkristalle der Anzeige gerichtet. Das Vibrato von Anna Tomowa-Sintow rann über seine müde Haut. Er erinnerte sich, dass seine Frau, Marie, ihm die Platte zu einem Hochzeitstag geschenkt hatte. Er sah sie wieder vor sich mit ihrem breiten Lächeln, das ihre so ungewöhnlich weißen Zähne entblößte, wie sie das Geschenkpäckchen mit ihren langen Fingern schwenkte. In der Nacht hatten sie sich mehrfach geliebt, sie hatte ihm gestanden, dass sie seit einem Monat nichts mehr nahm. Aber nichts war geschehen. Das Kind, das Michel sich wünschte und das er zugleich fürchtete, war nicht gekommen. Es würde nie kommen.

Er legte sich auf den Teppich, die Hände im Nacken verschränkt, und schlief vor dem dritten Lied ein, mit dem bitteren Geschmack von Alkohol im Mund, die Stirn von oben nach unten entlang einer unauffälligen Narbe in Form eines Fragezeichens verzerrt. Eine Narbe, bei der stundenlange chirurgische Eingriffe Schlimmeres verhindert hatten. Ein paar Monate zuvor war der Baron entstellt worden, sein schönes Gesicht wie gebrandmarkt. Er hatte Glück gehabt: Die Nase war nicht vollständig zerstört, und das Stirnbein hatte sich gut wieder zusammengefügt. Ansonsten hatte der Chirurg Hautstücke vom Hintern genommen und den Bullen geduldig zusammengestückelt, stundenlang, wie eine alte Oma, die abgewetzte Jeans stopft.

In puncto Aussehen war Michel nicht schlecht davongekommen. Eine neu gemachte Nase, die ihn ein paar Jahre jünger machte, ein von leichten violetten Marmorierungen umringter Schmiss auf der Stirn, der ihm das Aussehen eines Verrückten verlieh, wenn er die Stirn runzelte. Ganz anders sein Inneres. Anfälle von Migräne, die ihn drangsalierten und ihn die schlimmsten Dämonen fürchten ließen, blutrote Reproduktionen seiner Beklemmungen, die immer häufiger wiederkehrten.

In der Le-Guen-Höhle hatte Michel Angst gehabt, eine Angst, die ihm den Magen zusammenschnürte und von der er nicht loskam. Eine Angst, die das unscharfe Territorium seines Bewusstseins heimsuchte, jenes Territorium, auf das er selbst sich nur sehr selten wagte. Bestimmt aus diesem Grund – um seine Verbote nicht zu übertreten und an seine eigenen Tabus zu rühren – hatte der Baron nie an Rache gedacht. Die Inkubationszeit der Rache war zu lang. Michel war ein Mann der Wut und des Sturms, kein Verdruckster mit psychischen Prozessen, die keine festgesetzten Fristen kennen.

Mitten in der Nacht überraschte ein Albtraum de Palma in der großen Leere seines Schlafs.

15. September 1982. 9 Uhr 30.
Erster anonymer Anrufer, eine heisere Stimme.
Am Hügel von Notre-Dame hängt an einer Steineiche eine Supermarktplastiktüte von Carrefour. In der Tüte: ein Kopf. Der Hals wurde knapp unter dem Kinn durchtrennt.
Jean-Louis und Michel stellen fest: Wie eine diabolische Salbung befindet sich eine Spermaspur auf der Stirn, die Signatur von Sylvain Ferracci, dem »Müllmann«, wie ihn ein Hurensohn von *Paris-Match* nennt.
11 Uhr. Zweiter Anruf. Eine Frauenstimme. Die Schnitzeljagd kann beginnen.
In einer Mülltonne von Rabatau Kleider: ein strenges Kostüm mit Hahnentrittmuster, fleischfarbene, blutbefleckte Strümpfe.
12 Uhr. Dritter Anruf. Eine Kinderstimme. Hinter der Stimme *Us and Them* von Pink Floyd.
Auf der Mole von Pointe-Rouge der Rumpf und die Beine. Der Bauch ist vom Schamhügel bis zum Brustbein geöffnet.
Der Wirbel.
Maistre, ein Meisterschütze, hat sich in der Waffenkammer eine Beretta geholt. Er wiegt das Magazin in der Hand und schiebt es in die Waffe. Michel sieht, wie er den schwarzen Verschluss der automatischen Waffe streichelt. Maistre ist ausgebildeter Scharfschütze und macht einen Typen auf geschätzte zwanzig Meter nieder.
Maistre drängt es, die Sache zu beenden, seine Augen sind rot vor Müdigkeit und Elend, sein Hirn ist wie eine entsicherte Granate.
Michel ist kaum besser dran. Wenn Ferracci in ihrem Gesichtsfeld erscheint, ist er ein toter Mann.
Alles geht sehr schnell. Eine Straßenecke, die Verfolgungsjagd. Ein Keller.
Michel drückt dem »Müllmann« den Lauf seiner Waffe in den Mund und schließt die Augen.

Er wird den Abzug drücken. Er wird es tun, wenn der andere nicht aufhört, zu stöhnen wie ein Irrer.
Maistre nähert sich ihm. De Palma zittert am ganzen Leib.
Langsam zieht sein Freund den Lauf von Michels Dienstwaffe aus dem Mund des Verbrechers.
Lichtstrahlen dringen dem Baron in den Schädel, er wird geschlagen, wieder und wieder. Dickes Blut rinnt ihm über die Augen.
In der Plastiktüte ist Maries Kopf.
Nein, der von Isabelle – Ingrid zwinkert ihm zu.
Ein obszönes »Hallo!« aus dem Jenseits der schwarzen Träume.

Er stand auf, stürzte zwei Aspirin hinunter und stellte sich vor den Badezimmerspiegel.

Lange beobachtete er sein Gesicht, das die Sommersonne und die Arbeit des Chirurgen, der einen halben Tag damit verbracht hatte, ihm die Fassade zusammenzuflicken, verjüngt hatten. Er schob sein Haar zurück und entdeckte die Narbe, die sich über die Stirn zog, dann beugte er sich näher zum Spiegel und betrachtete seine Nase, den einzigen Teil seiner Physiognomie, den er nie gemocht hatte.

Seine Nase hatte sich verändert und ähnelte jetzt einem Objekt, das wie aus Plastik geformt wirkte, es war ein Fremdkörper im Bild, ein auf immer herausgerissener Teil von ihm. Michel wandte den Blick ab und klatschte sich Wasser aufs Gesicht, wie um sich zu reinigen.

7

Um sechs Uhr morgens verließ Christophe Texeira sein Büro in La Capelière. Er wollte noch vor Sonnenaufgang auf seinem Beobachtungsposten sein, vor allem aber mit Abwesenheit glänzen, wenn die ersten Touristen auftauchten. Am Vorabend hatte er seiner neuen Assistentin, Nathalie, angekündigt, dass er den größten Teil des Vormittags nicht da sein werde.

»Wie soll ich denn mit den ganzen Gruppen und Familien zurechtkommen?«, hatte sie schüchtern protestiert. »Also wirklich!«

»Sie geben ihnen eine Eintrittskarte und bringen sie zum Anfang des Grünen Weges. Und dann lassen Sie sie allein. Passieren kann ihnen dort ohnehin nichts. Im Notfall rufen Sie mich auf dem Handy an, ich bin nicht weit weg, in der Schilfdachhütte in Richtung der großen Salzsteppe, an der Stelle, die ich Ihnen gestern gezeigt habe.«

Nathalie hatte ein Schmollgesicht aufgesetzt, das Texeira durchaus gefallen hatte.

»Ich hoffe, das Gespenst der Hütte frisst Sie nicht.«

»Nein, das kommt nur nachts.«

Texeira und Nathalie hatten sich lange über die nächtlichen Stimmen unterhalten, die er gehört hatte. Nathalie hatte sich zunächst ein wenig über Christophe lustig gemacht, dann waren sie sich jedoch einig gewesen, dass die Welt voller Verrückter war und man daran nichts ändern könne. Man war eben nirgends mehr sicher, nicht mal in den Sümpfen der Camargue. Es war nicht nötig, die Gendarmerie von Le Sambuc zu rufen.

An diesem Morgen ging der Biologe schnellen Schrittes den langen, schnurgeraden Weg entlang, der zur Hütte führte. Die

Wiesen und der nahe Sumpf gaben keinen Laut von sich, nur das »uup-uup-uup« eines Wiedehopfs ließ sich in der braunen Weite vernehmen. Die Hitze des Vortags lastete noch schwer auf der aufgeplatzten Erde. Als er am Rand des Sumpfes ankam, bemerkte er, dass die Risse im Boden noch größer geworden waren. Nur ein trübseliger, gegen Durst unempfindlicher Queller überlebte in dieser Miniatur-Sahelzone. Keuchend stellte er seine Tasche ab, überprüfte, ob sein Handy auch wirklich ausgeschaltet war, nahm sein Zeiss-Fernglas und die Spiegelreflexkamera heraus und hängte sich beide um den Hals, für den Fall, dass ein seltener Vogel vorbeikäme.

Ein blassviolettes Leuchten breitete sich über der Oberfläche der brackigen Gewässer aus. Durch die Hitze war der Wasserstand der Sümpfe noch gesunken. Er hörte ein leises Geräusch: Ein schneeweißer Seidenreiher stelzte aus dem Schilfgestrüpp, wagte sich, auf der Suche nach der ersten Mahlzeit des Tages, weiter hinaus auf den Tümpel und verursachte bei jedem Schritt ein schmatzendes Geräusch. Der Vogel war zu dieser Jahreszeit nicht allzu selten, dennoch schoss er zwei Fotos, zufrieden mit dieser ersten Begegnung. Er dachte an den Spaziergänger, der ihm die Bilder der Löffler geschickt hatte.

Das Licht änderte sich schnell, die Salzlandschaft färbte sich rosa. In weniger als einer Stunde würde die Sonne ihre brennende Bahn beginnen, gleichgültig gegenüber den Nöten der Natur.

Texeira nahm seine Tasche und begab sich mit großen Schritten zu der Schilfdachhütte mit den weiß gekalkten Mauern, am Ende des kleinen Kanals, in der einzigen kleinen Baumgruppe des Naturschutzgebiets. Zweimal blieb er noch stehen und beobachtete einen Rotschenkel, der ihm auf der anderen Seite des Kanals zu folgen schien. Er kannte ihn; sein ehemaliger Assistent hatte ihn ihm im Frühling gezeigt, bevor er zum Team in Le Viguerat stieß. Der Rotschenkel schien nicht ängstlich, er war sicherlich an Touristen und andere Gentlemanvogelkundler gewöhnt.

In der Hütte angekommen, stellte Texeira die Tasche auf den von Würmern halb zerfressenen Tisch, holte seine Thermoskanne hervor und goss sich einen Kaffee ein. Durch das Fenster hatte man einen geschützten Blick über den ganzen Sumpf. Er hob das Fernglas und blickte damit langsam einmal rundherum über die grünlichen Gewässer. Nichts. Nur die flache Einsamkeit und der leichte Wind, der die vereinzelten Schilfbüschel bewegte.

Er musste warten, vielleicht eine Stunde, bis die Insekten ihre Schlupfwinkel verließen und sich den Feinschmeckern der Gegend zum Fraß anboten. Christophe nutzte die Ruhe, um sein Fernglas auf ein Stativ zu montieren. Genau in diesem Moment landete in etwa dreißig Meter Entfernung von der Hütte ein Schwarzstorch, ein außerordentlich seltener Vogel, exakt unter dem großen, verdorrten Baum, der immer mehr im Sumpf versank. Der große Vogel war so nahe, dass Christophe das schwere Schlagen der Flügel hören konnte, die die feuchte Luft durchzogen. Er hatte keine Zeit, zu seiner Nikon zu greifen, da der Storch schon wieder schwerfällig in Richtung Sonnenaufgang davonflog. Der überstürzte Aufbruch überraschte ihn, hatte er doch darauf geachtet, keinerlei Lärm zu machen.

Zwei Krähenschwärme hatten sich hinter einer Tamariske niedergelassen und begannen sich zu streiten, vermutlich um ein Stück Aas, das dort lag. Die lautstarken Kämpfe der Krähen verdarben Texeiras morgendliche Beobachtungen, er musste dem ein Ende setzen.

Keine zwei Minuten später war er dort. Die Krähen flohen ans andere Ende des Sumpfes. Er sah nichts Ungewöhnliches und suchte das Aas erst einige Zeit unter den knorrigen Wurzeln, immer auf der Hut vor dem tiefen Schlamm an dieser Stelle.

Um den Baum herum bemerkte er nichts, aber als er den Blick hob, entdeckte er drei Meter vor ihm, außer Reichweite, etwas Rundliches, das an einen alten Lederball erinnerte, der kaum aus dem Wasser herausragte. Er ging in die Hütte, nahm sich dort einen Hirtenstab und kehrte zu dem Etwas zurück. Er hatte einige Mühe, das schlammige Wasser zu vermeiden. Über der Wasseroberfläche rutschte die Stockspitze von dem Etwas ab, und so stocherte er unter Wasser und erwischte ein Stück, das er für einen Knochen oder den Flügel eines großen Vogels hielt, dann zog er das Ding langsam ans Ufer.

Zunächst überraschte ihn das Gewicht, es war kein Vogel, sondern zweifellos ein Großwild, ein Wildschwein, das im Sumpf ertrunken war. Plötzlich drehte sich das Ding mit einer merkwürdig langsamen Bewegung im Wasser. Texeira wollte einen Schritt nach hinten tun, doch der schon lauwarme Schlamm sog an seinen Stiefeln und hielt ihn fest. Er wurde von einem nervösen Zittern ergriffen, dann ließ der Schlamm ihn schließlich frei. Glitschige Algen glitten zurück, und ein menschliches Gesicht kam zum Vorschein, aufgedunsen, die Augenhöhlen leer, die Zähne hervorstehend, als grinse es über sein furchtbares Ende.

Um 14 Uhr 30 waren die Büros des Kommissariats in Tarascon wie ausgestorben, man hörte lediglich das Brummen der Computer, die auf die nächsten Verhöre warteten. Marceau war allein und damit beschäftigt, das letzte Protokoll eines schäbigen Falls abzutippen: Ein Mann war beim Verlassen einer Bar von einem Zigeuner niedergestochen worden, und das wegen ein paar Glücksspielautomaten. Marceau war gerade beim letzten Satz, als Kommissar Larousse ins Büro platzte, die Krawatte schief, mit wildem Blick und zerzaustem Haar. »Marceau, ich habe gerade einen Anruf von der Gendarmerie in Le Sambuc bekommen, sie haben die Leiche eines Mannes aus dem Sumpf gefischt. Es könnte sein, dass das unser Typ ist, wie hieß er noch gleich …«

»Steinert, William … Möglich wärs!«

»Gut, ich begleite Sie. Geben Sie mir zwei Minuten, und wir fahren mit Ihrem Wagen, meiner ist kaputt.«

Marceau hatte schon immer bewundert, wie sein Chef je nach Sachlage und Fall den Hintern aus seinem Sessel bewegte: Es musste die Mühe wirklich wert und er sich seiner Sache absolut sicher sein. Schlussfolgerung: Es war wirklich Steinert, der da irgendwo in der Camargue im Wasser trieb, bewacht von einer Abordnung von Gendarmen im Kampfanzug.

Als die zwei Bullen an der D 36b anhielten, war die Sonne ein weißer Ball, der über dem Etang de Vaccarès tanzte. Die Luft schmeckte nach rostigem Metall, angereichert mit ranzigem Schlamm und dem Duft von Hyazinthen. Marceau war jetzt schon übel. Inspektor Nicolaï sah den beiden Bullen fest in die Augen, als er ihnen die Hand schüttelte. »Tag, Larousse! Es ist wirklich William Steinert.«

Nicolaï war ein richtiger Militär: eine Kappe mit drei Streifen stramm auf den rasierten Schädel gepflanzt, glänzendes Fallschirmspringerabzeichen auf dem Drillich. Ein kleiner Aufschneider. Er hatte einen bohrenden Blick, hohle Wangen von den vielen Hindernisläufen und eine Nase, markant wie ein altdeutscher Buchstabe, die ihm in jeder Situation einen strengen Ausdruck gab.

»Woher wisst ihr das?«

»Die Gendarmen machen saubere Arbeit«, sagte Nicolaï mit einem bemühten Lächeln.

»Lass das«, warf Marceau ein, »das ist doch Staatsanwaltsgeschwätz.«

Larousse verzog den Mund zu einem Grinsen, das eine Unzahl von Bedeutungen haben konnte, die seine Leute noch immer nicht entschlüsselt hatten. Er zog mehrmals mit Daumen und Zeigefinger an seiner Nase, und das bedeutete, wie Marceau bei anderen Fällen schon bemerkt hatte, dass er beunruhigt war. Seine blauen Augen wanderten auf und ab, als untersuche er ein großes Rätsel.

»Volltreffer, meine Herren, folgen Sie mir, der Staatsanwalt ist bereits vor Ort.«

»Wenn das ein Befehl ist«, sagte Larousse und setzte sich in der feuchten Hitze in Bewegung.

Die Gendarmen hatten ihre Arbeit korrekt erledigt: Sicherheitsabsperrung um das zu behandelnde Terrain, Kriminaltechniker in Schutzanzügen, die jeden Zentimeter der Salzsteppe genauestens auf Knien absuchten. Schlauchboot, Taucher, Hubschrauber …

Der Staatsanwalt stand neben dem roten Absperrband und unterhielt sich mit Leutnant Audouard, der die Abordnung der Gendarmerie leitete und extra aus Marseille gekommen war, um die Arbeit der Spurensicherung zu überwachen. Larousse räusperte sich, als er den Staatsanwalt bemerkte, rückte im Gehen seine Krawatte zurecht und streckte die Hand aus. »Ich bin sofort gekommen, als ich Ihre Nachricht erhalten hatte, Herr Staatsanwalt, das hier ist Inspektor Marceau, der die Anzeige von Madame Steinert aufgenommen hat.«

»Gut, Kommissar, während ich auf Sie wartete, habe ich mit dem Leutnant gesprochen und ihm meinen Wunsch mitgeteilt, dass Ihre Abteilung sich mit diesem Fall befassen soll. Sie haben ja ohnehin schon angefangen, daran zu arbeiten! Was meinen Sie?«

»Ich sehe nichts, was dagegenspräche … Wir … Wir haben noch Kapazitäten. Ich würde sogar vorschlagen, Marceau zum Verantwortlichen der Ermittlungen zu machen.«

»Sehr gut, keine Einwände, Leutnant?«

»Überhaupt keine, das erlaubt mir, meine Kräfte im Département Var für den Fall Nidal zu verstärken.«

»Gut, ausnahmsweise hat die Gendarmerie also einmal nichts einzuwenden … Meine Herren, ich muss Sie verlassen. Entschuldigen Sie, wenn ich Ihnen einige äußerst wichtige Dinge ins Gedächtnis rufe: Ich will unter keinen Umständen eine Meute von Journalisten an dem Fall, weder Fernsehen noch Zeitungen. Aufgrund der Identität des Opfers will ich kein Risiko eingehen. Ich lege größten Wert darauf und verheimliche

Ihnen auch nichts, wenn ich sage, dass der Generalstaatsanwalt mich vorhin angerufen hat, um mich zu unterrichten.«

Der Staatsanwalt hob die Hand und richtete den Zeigefinger zum Himmel. »Unnötig, Männern wie Ihnen zu sagen, dass Familie Steinert einflussreich ist. Und wenn ich sage einflussreich, dann meine ich enorm einflussreich …«

Er machte eine Kunstpause und rollte mit großen Augen hinter seinen eckigen Brillengläsern. Der Polizist und der Gendarm nickten beide wortlos.

»Dann bleibt mir nichts mehr, als Ihnen viel Erfolg zu wünschen, Kommissar Larousse. Und hoffen wir beide, dass es sich lediglich um einen bedauerlichen Unfall handelt.«

Larousse und Marceau wussten nicht, wie sie den letzten Satz interpretieren sollten, aber da sie den Staatsanwalt kannten, fassten sie ihn als versteckten Befehl auf.

»Ich habe noch einen Platz im Hubschrauber, Herr Staatsanwalt«, beeilte sich der Gendarmerieleutnant mit einem breiten Lächeln zu sagen. »Wenn Sie möchten, gehört er Ihnen.«

Larousse beobachtete, wie die blaue Alouette sich in den Himmel erhob, und konnte nicht umhin, Marceau zuzuraunen: »Was für ein Idiot, dieser Staatsanwalt. Sobald er irgendwo Marineblau sieht, gerät er ganz aus dem Häuschen. Man könnte meinen, das macht ihn scharf.«

»Klar, sein Vater war ja Gendarm.«

»Also wirklich, Sie wissen eine ganze Menge. Ich dachte, er wär eher so eine Sado-Maso-Schwuchtel.«

»Jedenfalls können wir uns bei ihm für den Fall bedanken. Noch ekelhafter gehts ja kaum.«

»Na, dann schauen wir uns unseren Mann doch mal an.«

Der Gendarm, der den Leichensack öffnete, blickte zu Marceau hoch, bevor er den Toten aufdeckte. »Ich warne Sie vor, es ist nicht ohne.«

»Ach ja!«, schnaubte Marceau, »es ist ja auch das erste Mal, dass ich eine Leiche sehe …«

Mit einem beherzten Ruck öffnete der Gendarm den Reißverschluss und klappte die beiden Flügel des Sacks beiseite. Das aufgedunsene Gesicht William Steinerts war noch von Schlick und kleinen braunen Algen verschmiert; eine Flüssigkeit, die aussah wie weißlicher Speichel, floss zwischen den Zähnen. Die kleinen Fleischfresser des Sumpfes hatten bereits angefangen, die weichsten Teile abzunagen: Die Lippen, ein Teil der Wangen und die Augen waren fast gänzlich verschwunden. Steinert blieb dennoch erkennbar. Marceau beugte sich über den Körper. Der Geruch des verwesenden Leichnams war unerträglich. Zusätzlich stank es noch nach warmem Morast.

»Nacken und Hinterkopf scheinen nicht angetastet worden zu sein, die Hände weisen keine Anzeichen eines Kampfes auf, kein Finger ist gebrochen. Am Unterleib ist keine offensichtliche Verletzung zu finden, oberflächlich nichts festzustellen, weder auf dem Rücken noch an den Beinen. Der Magen ist aufgebläht, er hat wohl nicht gerade wenig Wasser geschluckt.«

»Ich denke, er ist ertrunken«, sagte der Gendarm.

Marceau antwortete nicht. Er beschränkte sich darauf, in Richtung Sumpf zu blicken. Einige Bläschen stiegen aus dem Schlamm empor und zerplatzten an der Oberfläche.

»Wo befand sich die Leiche?«

»Direkt hier, vor Ihnen. Laut dem Zeugen Christophe Texeira war sie circa drei Meter vom Ufer entfernt. Übrigens ist die Stange, die benutzt wurde, um ihn herauszuholen, auch nur drei Meter lang. Man kann davon ausgehen, dass es sogar weniger war.«

»Wer hat den Toten auf die Böschung gezogen?«

»Die Kollegen von unserer Abteilung.«

»Und wer hat ihn in den Sack getan?«

»Die Kollegen von unserer Abteilung.«

»Und wo ist der Bericht vom Kriminaltechniker?«

»Ähm, da gibts momentan noch keinen.«

»Prima. Drei Mal stümperhaft. Ihr brecht euren eigenen Rekord, Jungs. Das ist toll. Und seine Sachen?«

»Wir haben seinen Rucksack mit Brieftasche, Geldbeutel, Autoschlüsseln und Geld gefunden … Halt all das, was man in einer Tasche so finden kann. Außerdem hatte er einen Fotoapparat, ein Fernglas und einen Klappspaten bei sich.«

»Einen Klappspaten?«

»Ja. Ungefähr so einen, wie wir ihn bei Einsätzen dabeihaben, aber wir sind nicht ganz sicher, ob er wirklich ihm gehört, wir müssen erst noch die Fingerabdrücke überprüfen, wenn welche drauf sind. Eigentlich haben wir ihn neben der Hütte gefunden. Wenn Sie mit in die Hütte kommen, kann ich Ihnen das alles zeigen.«

»Später, später.«

»Kann ich den Sack wieder zumachen?«

»Ja, und bringen Sie ihn sofort ins Kühlhaus, der stinkt ja furchtbar.«

Marceau entfernte sich von der Gruppe der Gendarmen und rief de Palma auf dem Handy an. Der Baron ging beim ersten Klingeln ran.

»Wir haben ihn, Michel.«

»Wen, Steinert?«

»Ja, im Sumpf, bei einem Kaff namens La Capelière, in der Camargue. Mausetot, und das schon in fortgeschrittenem Zustand.«

»Wie lange?«

»Ungefähr zwei Wochen, denke ich. Das entspricht auch ungefähr den Daten.«

»Nett, dass du mich gleich informiert hast …«

»Michel, hör mal, ich habe es gerade erst vor einer Stunde erfahren. Ich hatte die ganze Zeit Larousse am Hals, also entschuldige bitte, wenn ich nicht dazu gekommen bin, dich heimlich anzurufen. Wir mussten uns hier mit der Gendarmerie herumschlagen.«

»Jetzt reg dich nicht auf, mein Guter!«

»Ich habe den Fall bekommen.«

»Warum du? Das ist doch eigentlich Gendarmerie-Terrain!«

»Das ist ein totales Durcheinander, der Staatsanwalt war gerade da, persönlich.«

Am anderen Ende der Leitung stieß der Baron einen Pfiff aus.

»Wir telefonieren wieder, Michel. Die Witwe muss noch benachrichtigt werden. Ich fahr zu ihr, sobald ich dafür grünes Licht habe.«

Auf der Landstraße bretterte ein Auto heran, ein BMW mit Allradantrieb, der eine Staubwolke hinter sich aufwirbelte.

»Ich glaube, ich muss mir die Mühe gar nicht mehr machen, Michel. Ich wette um was immer du willst, dass sie gerade zu uns kommt. Nochmals Dank an die Gendarmerie.«

Der BMW hielt neben den Fahrzeugen der Polizei und der Gendarmerie. Ingrid Steinert stieg aus, begleitet von einer Gestalt in Anzug und Krawatte, zweifellos der Anwalt der Familie. Ein Brigadier der Gendarmerie ging auf Ingrid Steinert zu. Sie wechselten ein paar Worte und einen Händedruck. Der Gesichtsausdruck Jean-Claude Marceaus änderte sich, die Adern an seinem Hals schwollen unmerklich an, er runzelte die Brauen und wollte schon hingehen, da hielt Nicolaï ihn am Arm zurück.

»Lass, Jean-Claude. Soll der Brigadier sich mit der Witwe herumschlagen, der kann das. Wir sind später dran.«

Marceau ging zurück zur Leiche und versuchte, sich die letzten Augenblicke dieses Lebens im Morast eines zweifelhaften Ortes vorzustellen. Nach Auskunft des Gendarmen hatte der Körper mit dem Rücken zum Ufer gelegen, als ob er kopfüber ins Wasser gesprungen wäre. »Das ist eine erste Hypothese«, sagte sich der Polizist, »aber ich sehe keinen Grund, warum er mit dem Kopf voran in diese Brühe springen sollte. Es sei denn, die Leiche hätte sich mit der Zeit bewegt … Aber in diesen

Sümpfen gibt es keine Strömung, vielleicht der Wind oder die Viecher.« Er wollte nach Spuren auf der Erde und im Schlamm am Ufer suchen, fand aber nur eine ganze Menge Schuhabdrücke, zweifelsohne von den Leuten der Spurensicherung. Sonst nichts. Er trat an das Schilf heran, schob einige Halme auseinander und bemerkte, dass zwei von ihnen gebrochen waren. »Das war bestimmt eine menschliche Hand, die das gemacht hat … und zwar nicht erst gestern.«

Marceau ging inmitten des Schilfrohrs in die Hocke, die Erde war sehr trocken, teilweise rissig, und das nicht einmal einen Meter vom Sumpf entfernt. Er erinnerte sich an Boyer, den Guru vom Quai des Orfèvres: »Entfernt euch vom Problem, Jungs. Steckt eure Nase da hinein, wo sie sonst nie jemand hineinstecken würde. Auch einfach aufs Geratewohl. Erweitert den Kreis. Es muss etwas zu finden sein. Denkt an Edmond Locard! Sie hinterlassen immer irgendetwas, und es bleibt auch immer irgendetwas an ihnen haften.«

Genau in dem Moment, als er zu Larousse zurückgehen wollte, entdeckte er in der trockenen Erde den deutlichen Abdruck eines Schuhs. Er legte seine gespreizte Hand in die Mulde und sah, dass der Abdruck fast die Größe zweier Handflächen hatte: Der Schuh eines eher großen Mannes, der sicherlich gerannt war, das sah man am Eindruck des Absatzes und daran, dass die Spuren der vorderen Sohle verwischt waren. Marceau hatte genug Erfahrung im Klettern und Wandern, um den Abdruck sofort als den einer Vibram-Sohle zu identifizieren, wie sie viele Wanderschuhe haben. Er folgte der Richtung, in die der Abdruck wies, und fand einen zweiten, halben Abdruck, so als habe sich sein Verursacher auf die Zehenspitzen eines einzigen Fußes gestellt. Der Abdruck befand sich fast schon außerhalb des Schilfes, ganz in der Nähe der Stelle, an der Steinert vermutlich gestorben war. Marceau verfolgte die Spur zurück und fand auf dem Weg, der zur Hütte führte, noch zwei weitere Abdrücke. An der Richtung der Schritte konnte man sehen, dass sie von der Hütte wegführten. »Er ist ohne anzuhalten bis dorthin gegangen, sonst gäbe es irgendwo einmal zwei Füße direkt nebeneinander. Er ist gegangen und dann ins Wasser gesprungen. Als würde er vor etwas davonlaufen«, murmelte er. »Das deute mir mal einer als Unfall!« Er rief den Gendarmen und bat ihn, ihm die Schuhe von William Steinert zu zeigen. Sie hatten Vibram-Sohlen. Gleiche Größe.

»Madame Steinert hat gerade den Leichnam ihres Mannes identifiziert«, sagte Nicolaï. »Ich habe kurz mit ihr gesprochen, sie scheint den Schock zu verarbeiten.«

»Mhmm«, machte Marceau, noch ganz in Gedanken versunken.

»Sie ist schon wieder weggefahren. Tja.«

»Dann verarbeitet sie ja super! Ich werde sie in den nächsten Tagen mal besuchen …«

Kommissar Larousse näherte sich, mit hängenden Armen, den Blick im Unbestimmten verloren. »Fertig, Marceau?«

»Beinahe, Chef.«

»Hören Sie auf, mich Chef zu nennen, wir waren zusammen auf der Polizeischule.«

»Ja, aber ich bin nicht der leitende Kommissar.«

»Kommissar hin oder her, die Mücken haben mich total zerstochen. Haben Sie irgendwas gefunden?«

»Nicht das Geringste. Außerdem sind wir wohl etwas zu spät zur Party gekommen.«

»Ich habe mit der Steinert-Witwe gesprochen, sie ist sehr schön und sehr anstrengend. Mit ihr könnten wir Ärger kriegen. Sie hat mir zu verstehen gegeben, dass sie Beziehungen nach ganz hoch oben hat, wenn Sie verstehen, was ich meine. Diesen Fall hätte ich gerne den Gendarmen überlassen. Also wirklich, so kurz bevor alle in Urlaub gehen, passt mir das gar nicht.«

Als die beiden Bullen die Camargue hinter sich ließen, überzog die Sonne die Oberfläche der Weiher bereits mit abendlichen Farben: das blasse Rosa am Horizont, das Gold der von

Sonne geplagten Schilfbüschel, das dunkle Grau des endlosen Etang de Vaccarès.

Eine Andeutung von Kühle legte sich über die stehenden Gewässer.

Kaum hatte Marceau seinen Chef bei dessen Golf abgesetzt, da klingelte auch schon sein Handy. »Du verlierst wirklich keine Zeit, Michel. Woher hast du nur gewusst, dass ich im Auto sitze?«

»Dreh dich um, dann siehst dus.«

De Palma stand ein paar Meter entfernt vor dem Kommissariat von Tarascon.

»Wolltest du schon wieder provenzalische Luft schnuppern?«

»Nur einen alten Kollegen besuchen … Können wir uns kurz unterhalten?«

»Lass uns eine Runde um den Block drehen, ich brauche frische Luft.«

Einige Zeit gingen sie, ohne ein Wort zu wechseln. Die kleinen Gässchen von Tarascon waren erleuchtet vom rötlichen Licht der Straßenlaternen.

»Weißt du, wie diese Straße früher hieß, Michel?«

»Woher soll ich das wissen?«

»Die Judenstraße … weil es in Tarascon früher ein Getto gab.«

»Zur Zeit der Päpste von Avignon hatten sie wohl nicht viel zu lachen«, bemerkte de Palma.

»Ach, und das Schlimmste kam erst noch.«

Sie begegneten ein paar Touristen, deren Ledersandalen auf dem noch heißen Pflaster widerhallten, zwei alte Engländerinnen reckten die Nasen in die Luft und untersuchten die Häuserfassaden in allen Einzelheiten. An der Place de la Mairie bestellten sie zwei doppelte Whiskys, Marceau kippte seinen in einem Zug hinunter und bestellte sich noch einen. Sie tauschten Banalitäten aus. Marceau schien auf der Hut zu sein, als hätte das Band der Freundschaft dem Hin und Her des Lebens und den Schrecken des Berufes nicht standgehalten.

Marceau schüttete den zweiten Drink hinunter wie den ersten. Er war ein Mann, der nur selten seine innere Erregung nach außen trug, ein Wesenszug, der den Baron schon immer beeindruckt hatte: Nach außen hin schien er fähig, die größten Sauereien seines Bullendaseins in einem Teil seiner selbst zu verstauen, der für Gefühle nicht zugänglich war, wie ein Dachboden, auf den man stellt, was man nicht mehr sehen möchte, bevor man es schließlich wegwirft. Aber das war nur eine Fassade, de Palma wusste, wie sehr ihn Gewalt erschütterte und wie sehr er sich abschotten musste, um nicht berührt zu wirken. Er wusste, wie dringend Marceau seinen inneren Frieden wiederfinden musste. Sie zahlten und nahmen ihren nächtlichen Spaziergang in Richtung Rhone wieder auf.

»Zwei oder drei Dinge haben mich vorhin ziemlich gestört.« Marceau sprach mit eintöniger Stimme. »Da waren Fußspuren – morgen werde ich mit einem Typ aus dem Labor Abgüsse machen. Die Spuren führten von der Hütte direkt zu der Stelle, an der man Steinert gefunden hat. Ich weiß nicht warum, aber ich fand das ziemlich merkwürdig … Du denkst dir halt sofort, das kann kein Zufall sein.«

»Warum sagst du das, es ist doch ein viel besuchter Ort.«

»O. k., aber gerade da, am Ufer von diesem stinkenden Moor!«

»Du hast was von einer Hütte gesagt …«

»Es gibt eine Hütte in der Nähe. Da haben wir auch den Spaten gefunden.«

»Den Spaten?«

»Ja, da lag ein Spaten, der Gendarm meint, dass er Steinert gehörte, aber er war nicht sicher. Nun ja, es ist auch nicht so irrsinnig wichtig, im Moment zumindest.«

Erhellt durch die Straßenbeleuchtung, wirkte das Schloss von König René wie eine ungeheure weiße Masse in der Tintenschwärze der Nacht. Am Fuß der Festungsmauern spielten einige Jungs Fußball.

»Wir müssen bis morgen warten, um mehr zu erfahren. Hat dich Ingrid Steinert angerufen?«

»Ja, vorhin.«

»Und?«

De Palma atmete lange aus, um die Hitze, die ihn umfing, zu verdrängen. Der Ball rollte ihm zwischen die Beine. Er kickte ihn zurück und hörte ein fernes Danke. »Sie schien nichts zu empfinden und war bereit, gegen die ganze Welt in den Kampf zu ziehen, so sehr ist sie davon überzeugt, dass ihr Mann ermordet wurde.«

»Wenn man von den Fußspuren absieht, deutet im Moment alles auf Tod durch Ertrinken hin. Morgen ist die Autopsie.«

»Komisch ist es trotzdem …«

»Du findest das noch komisch!«

»Der Schäfer, von dem ich dir erzählt habe, hat gesagt, dass das Mas de la Balme verflucht sei.«

»Wenn du anfängst, all diese provenzalischen Ammenmärchen zu glauben, kommst du nicht weit. Die sind total bekloppt da oben.«

In Marceaus Stimme lag eine gewisse Feindseligkeit, vermischt mit aufkeimender Neugier, die er nur schlecht verbarg.

»Wenn die Autopsie nicht zu lang dauert, fahren wir morgen bestimmt mal dahin. Außerdem muss ich noch mit dem Chef der Naturschutzstation reden, Christophe Texeira. Er hat die Leiche gefunden.«

Marceau schüttelte den Kopf, als wollte er ein unangenehmes Bild daraus verjagen. »Morgen versuche ich, ein bisschen mehr über William zu erfahren.«

»Wie willst du das anstellen?«

»Ausnahmsweise könnte ich etwas Glück haben. Ich habe einen alten Schulfreund, der nicht denselben Weg wie ich eingeschlagen hat, er hat studiert und ist heute ein gutsituierter

Geschäftsmann in der Gegend. Wenn ich mich über ein paar hohe Tiere informieren muss, besuche ich ihn manchmal. Er weiß eine ganze Menge.«

Marceau ging weiter Richtung Rhone. In der Ferne, auf der Seite der Kirche Sainte-Marthe, hörte man die Fernseher, die die Luft mit den letzten Sendungen des Abends erfüllten.

»Du solltest besser die Ergebnisse der Autopsie abwarten, bevor du irgendetwas tust, Michel. Ich denke, der Gerichtsmediziner wird uns sagen, dass er in dem vierzig Zentimeter tiefen Wasser ersoffen ist, und der Staatsanwalt wird den Fall abschließen.«

Marceau wandte den Blick nicht von der gegenüberliegenden Häuserwand ab, er schien wie hypnotisiert von einem hellen Rechteck und dem Gemurmel der Straße.

»Das klingt, als wolltest du den Fall um jeden Preis zu den Akten legen?«

»Wir kriegen einen Haufen Ärger, wenn wir weiterschnüffeln. Wart nur, bis die Presse sich da einschaltet, dann siehst dus schon.«

»Die Presse ist schon informiert, Jean-Claude, das weißt du doch.«

»Woher soll ich das bitte wissen?«

Der Baron machte eine vage Handbewegung. Plötzlich wurde ihm bewusst, dass vielleicht Marceau die Information über das Verschwinden an die Lokalreporter von Tarascon weitergegeben hatte.

Als er gegen ein Uhr wieder in seinen Wagen stieg, erhellten Hitzegewitter die Nacht. De Palma suchte im Handschuhfach nach seinen CDs und bemerkte wieder einmal, dass er sie vergessen hatte. Erschöpft presste er die Finger gegen die Schläfen, um den heraufziehenden Kopfschmerz zu vertreiben.

8

Milliardärsleiche in einem Sumpf der Camargue gefunden. Die Leiche von William Steinert, 57, wurde von einem Wissenschaftler im Naturschutzgebiet La Capelière in der Camargue gefunden. Der Mann, ein milliardenschwerer deutscher Industrieller, verbrachte die meiste Zeit in seinem Mas in der Nähe von Maussane. Seine Liebe zum Land von Mistral und Daudet …«

De Palma faltete *La Provence* zusammen und warf sie mit einer nervösen Geste auf seinen Wohnzimmertisch. Der Artikel über Steinert war kurz und enthielt nichts Genaues; weder die Gendarmen noch Marceau hatten den Lokalreporter mit Informationen versorgt.

Links neben dem Artikel zeigte ein Foto Steinert inmitten eines Waldes von Fräsmaschinen und Drehbänken; die Bildunterschrift lautete: *»In den Sechzigerjahren wurde William Steinert zu einem der Magnaten der deutschen Werkzeugmaschinen-Industrie.«*

Michel kratzte sich am Kinn und warf noch einen Blick auf das Foto. Seine Bartstoppeln juckten ihn, und ein schlechter Geschmack nach Kaffee klebte ihm am Gaumen. Er ging ins Bad und betrachtete sich im Spiegel: Die Falten, die sich in den Winkeln seines Gesichts abzeichneten, schienen noch tiefer geworden zu sein, als hätte ein boshafter Zeichner sie über Nacht kräftig nachgezogen. Er putzte sich die Zähne, gurgelte ausgiebig und blieb eine Viertelstunde unter der heißen Dusche. Um zehn Uhr erhielt er einen Anruf von Ingrid Steinert. Sie bat ihn, so schnell wie möglich bei ihr vorbeizukommen, aber er schützte einen Arzttermin vor. Das ließ ihm Zeit, die ersten Ergebnisse der Autopsie abzuwarten und die Dinge auf sich zukommen zu lassen. Er zog ein Paar Jeans an, das letzte verbliebene saubere T-Shirt und wählte die Nummer von Yvan Clergue, seinem Kontaktmann unter den mächtigsten Finanzleuten in Marseille.

»Michel, wie gehts, mein Freund?«

»Nicht besonders im Moment, ich habe immer noch diese verdammten Kopfschmerzen.«

Wie gewöhnlich war sein Freund in Eile und kam direkt zum Punkt. »Was kann ich für dich tun, Michel?«

»Könnten wir zusammen zu Mittag essen? Vielleicht …«

»Da muss ich dich gleich unterbrechen, ich fliege in einer Stunde nach Tokio.«

»Ich wollte dich nur etwas fragen.«

»Nur zu, ich bin allein, meine Sekretärin ist draußen.«

»Kennst du einen Typen namens William Steinert?«

»Der steht heute in *La Provence!* Natürlich kenne ich ihn.«

»Spaß beiseite, weißt du etwas über ihn?«

»Ein großer Fisch, ein richtiger Großindustrieller, so ein ›Von-denen-gibts-kaum-noch-welche‹-Typ. Für ihn war das Finanzielle nebensächlich, Grundausstattung sozusagen; ihm war es wichtig, etwas zu schaffen. Das nur, um dir den Charakter zu beschreiben. Reich, aber wenn ich sage reich, heißt das unermesslich reich. Familienvermögen und alles, was dazugehört. Aber überhaupt nicht von der Art Jetset oder ›Abschotten im Reichengetto‹.«

De Palma suchte sein Notizbuch und einen Stift.

»Ich habe ihn ein- oder zweimal getroffen, ich erinnere mich nicht mehr genau. Er war richtig engagiert, so was sieht man in unseren Kreisen sehr selten. Es hieß, er könne dir stundenlang über Sachen erzählen, wegen denen du gar nicht zu ihm gekommen warst.«

»Was hat ihn in die Provence verschlagen? Geschäfte?«

»Nicht im Geringsten! Soweit ich weiß jedenfalls. Ich glaube, er hat hier ein Landhaus gehabt, aber ich weiß nicht mehr wo.«

»Bei Maussane.«

»Vielleicht. Er war ein angesehener Mann in der Branche. Zunächst einfach mal Ingenieur, der die Ärmel hochkrempeln und sich ans Zeichenbrett setzen konnte.«

»Was ich nicht ganz verstehe, ist, warum ihr euch getroffen habt.«

»Diese Frage habe ich erwartet. Ich erzähle dir hier was von Industrieromantik, und Michel ist ganz der Vollblutpolizist. Aber na gut. Kurz gesagt: Ich wurde von ein paar Kollegen angesprochen, um mir mal ein Projekt für einen Freizeitpark anzusehen. Das war vor zwei Jahren. Sie wollten so eine Art Disneyland mit provenzalischem Anstrich aufziehen. Wenn ich mich nicht irre, war da die Gemeinde von Tarascon beteiligt, der Regionalrat, weitere Gremien, einige Dörfer der Umgebung, so gut wie alle … Zumindest auf dem Papier! Denn es ist ja nie was daraus geworden.«

»Und dann?«

»Und Steinert war auch dabei … Ich weiß gar nicht mehr genau warum, aber er war da. Er ist gekommen, als sie einen Empfang organisiert haben, um so was wie das Modell des zukünftigen Parks zu präsentieren. Ziemlich kühl, fast feindselig, wenn ich mich recht entsinne.«

»Feindselig?«

»Ich erinnere mich nicht mehr so genau, aber mir scheint, er war eher dagegen.«

»Und warum war er dann auf diesem Empfang?«

»Das frage ich mich auch gerade …«

De Palma klemmte sich den Hörer zwischen Wange und Schulter und schenkte sich einen Kaffee ein. »Und was ist dann passiert?«

»Stell dir vor, ich weiß nicht das Geringste. Anscheinend haben sie dann wohl noch Richtung Camargue die Fühler ausgestreckt. Ich hab mich in die Sache nicht eingeklinkt, denn das war ein einziges Hauen und Stechen.«

»Warum das?«

»Dreimal darfst du raten. Ein riesiger Vergnügungspark, mitten in der Provence, da kannst du dir ja vorstellen, wie jeder plötzlich seine wahren Interessen zeigt!«

»Verstehe. Kannst du mir Namen nennen?«

Clergue hob zu sprechen an, unterbrach sich jedoch. De Palma hörte die Stimme der Sekretärin, bevor sein Freund die Hand über den Hörer legte.

»Nein, ich kann dir nicht mehr helfen. Erkundige dich bei den Kommunen, von denen ich gesprochen habe, ein bisschen in Marseille, die Politiker dort sind nicht allzu zahlreich. Alle aus der gleichen Familie, du verstehst.«

»Hundertprozentig, mein Lieber. Wenn wir uns das nächste Mal sehen, lade ich dich ein.«

»Kein Problem, Michel, ciao.«

Clergue hatte gesagt, »alle aus der gleichen Familie«, was mit »Freimaurer« zu übersetzen war. Es war überhaupt nicht ungewöhnlich für Geschäftsleute oder Politiker, der örtlichen Freimaurerloge anzugehören. De Palma hatte sogar einen Holzhammer auf Steinerts Schreibtisch gefunden, ein freimaurerisches Symbol. Merkwürdigerweise störte den Polizisten an dieser Geschichte am meisten Steinerts Verhalten während des Empfangs zur Präsentation des Projekts. Clergue hatte es als kühl und feindselig bezeichnet. Das passte nicht zu dem Bild, das er sich von dem deutschen Milliardär gemacht hatte. Er versuchte, anhand der wenigen Anhaltspunkte ein Szenario zu erstellen, doch nichts fügte sich logisch zusammen.

Um 11.30 Uhr stand er am Schalter des Archivs der Industrie- und Handelskammer von Marseille. Der Leiter, ein träger Mittvierziger, begrüßte ihn mit einem Blick auf die Uhr.

»Haben Sie eine Signatur, eine Referenz, irgendetwas?«

»Nein, aber ich habe das hier.«

Der Baron zog seinen Polizeiausweis hervor.

»Das löst nicht das Problem mit der Signatur, aber ich werde sehen, was sich machen lässt.«

Michel sah, wie der Archivar hinter den Regalen verschwand. Die Luft, die die Klimaanlage ausstieß, war kühl, durch die riesigen Fenster des Gebäudes konnte man das Einkaufszentrum Centre Bourse und die Überreste des antiken Massalia sehen. Der Archivar kehrte mit einer spiralgebundenen Broschüre von vierzig Seiten zurück.

»Hier, das ist alles, was ich in der Eile gefunden habe, der Rest ist unter Verschluss, das steht unter gewerblichem Rechtsschutz. Sogar das hier«, er wedelte mit der Broschüre, »darf ich Ihnen eigentlich gar nicht …«

»Hören Sie, mein Freund, ich kann jederzeit mit einem Durchsuchungsbefehl kommen, aber wir wollen doch für so eine Kleinigkeit keinen Untersuchungsrichter nerven. Ich möchte nur zwei Sachen nachsehen.«

De Palma nahm dem Archivar die Broschüre aus der Hand. *»Le Grand Sud: Der erste Freizeitpark, der Kultur mit Vergnügen vereint.«* Der Titel stand über einer Bildmontage von weißen Stränden, Camarguelandschaften bei Sonnenaufgang und historischen Stätten, die mit der Silhouette des Schlosses von Tarascon, dem Porträt der Hexe Taven und einer den größten Teil des Bildes ausfüllenden Darstellung der Tarasque unterlegt waren. De Palma überflog die ersten Seiten, die hauptsächlich aus Geleitworten der beteiligten politischen Größen bestanden: der Vorsitzenden des Regionalrats und diverser Gremien, der Bürgermeister von Maussane, Tarascon und Arles. Danach hatten die Verfasser in groben Zügen die Ziele des Grand Sud dargestellt, der sich als eine »Alternative zu Disneyland« sah:

»… Der Schwerpunkt soll dabei auf spielerischen und kulturellen Aktivitäten liegen, die Besucher aller Altersstufen interaktiv in das Erbe der Provence und allgemein in die Kulturen der nördlichen Mittelmeerländer eintauchen lässt.

Wir haben Wert auf starke kulturelle Symbole der Provence ge-

legt: Eine Nachbildung der prähistorischen Unterwasserhöhle Le Guen, die griechischen Einflüsse, die Römische Antike, die Literatur (Mistral, Daudet …) und selbstverständlich verschiedene Anleihen bei dem ureigenen reichen mythologischen Erbe der Provence selbst: Die goldene Ziege, die Hexe Taven und die Tarasque scheinen uns interessante Motive für einen Themenpark zu sein.

Darauf basierend wird eine Studie durchgeführt, um das Maskottchen des Grand Sud zu entwickeln. Die Hexe Taven, aber vor allem auch die Tarasque, stehen schon heute als Mittelpunkt der Parkattraktionen fest.«

Beauftragt mit der Machbarkeitsstudie des Projektes war die Firma SODEGIM, eine Gesellschaft zur Planung und Verwaltung von Immobilien, deren Vorsitzender ein gewisser Philippe Borland war. De Palma notierte sich den Namen sowie die Firmenbezeichnung in sein Heft. Dann blätterte er den Rest der Broschüre durch, übersprang aber die Details der Finanzierung, die zu kompliziert waren. Auf Seite 21 wurden die spielerischen und kulturellen Attraktionen näher beschrieben: Dabei war eine Art Legendengeisterbahn mit einer Nachbildung der Höhle der Hexe Taven geplant sowie eine ausgefeilte Kirmesbahn zur Tarasque, die als Höhepunkt des Ganzen präsentiert wurde; eine Kreuzung aus Achterbahn und Riesenrutsche in einem Schwimmbad im Zentrum des Parks. De Palma schrieb in Großbuchstaben TARASQUE in sein Heft. Dann suchte er nach dem, was ihn am meisten beschäftigte: dem Ort, der für die Durchführung des Projekts vorgesehen war. Die Antwort darauf fand er auf Seite 28: Es war geplant, den Park in einem Dreieck zwischen Maussane, Les Baux und Fontvieille zu errichten. Dort, wo Steinert Land besaß. Viel Land.

Auf der folgenden Seite fand er einen Übersichtsplan und einen Katasterauszug. De Palma blickte auf den Kopierer hinter dem Schalter. »Könnten Sie mir eine Kopie von dieser Seite machen?«

»Dazu bin ich nicht befugt, Monsieur.«

»Ich sage es Ihnen noch mal, wir werden uns hier nicht streiten, Sie machen mir diese Kopie, niemand wird davon erfahren! Danach lasse ich Sie in Ruhe.«

Der Archivar sah auf seine Uhr und legte Seite 29 auf den Kopierer.

Um zwölf Uhr parkte der Baron den Alfa in zweiter Reihe vor einem Dönerimbiss in der Avenue de la République. Er bestellte sich einen Kebab mit Kräutersauce, Tomaten, Zwiebeln und Salat sowie Fritten. Sein Handy klingelte.

»Michel, hier ist Marceau. Die Autopsie lässt keinen Zweifel mehr, er ist ertrunken.«

»Ertrunken!«

»Ja. Wir sind seit heute Morgen sieben Uhr dran, und ich habe nichts anderes erwartet.«

»Wer hat die Autopsie gemacht?«

»Mattei, wie immer.«

De Palma hatte absolutes Vertrauen in das Urteil Matteis.

»Ich glaube, der Fall wird in allernächster Zukunft zu den Akten gelegt«, sagte Marceau. »Ich kann nichts mehr machen. Kein Indiz, nichts.«

»Du hast doch diese Fußspuren!«

»Machst du Witze oder was? Kannst du dir vorstellen, wie ich vor dem Richter wegen ein paar blöder eingetrockneter Fußspuren im Schlamm der Camargue rumbettle? Werd realistisch, Michel!«

»Hast du Abgüsse machen lassen?«

»Ja, heute Morgen. Ein Team von der Spurensicherung ist vor Ort. Das wird übrigens auch das letzte Mal sein, dass wir einen Fuß in diese stinkende Pfütze setzen.«

De Palma versuchte, sich zu konzentrieren. Der Fall würde der Polizei jeden Moment aus der Hand gleiten. Er war hin- und hergerissen zwischen dem Wunsch, den Schlüssen des Gerichtsmediziners zu folgen, und seinem Instinkt.

»Ich fahr jetzt ins Kommissariat zurück, um zu arbeiten, was machst du, Michel?«

»Weiß nicht, vielleicht besuche ich Ingrid Steinert, höflichkeitshalber.«

»Hat sie dich heute Morgen angerufen?«

»Ja.«

»Na gut, dann bis später, Kollege. Ich hoffe, sie wird uns nicht aufs Dach steigen. Sie muss einsehen, dass ich nichts mehr tun kann.«

Ab den Feenkiefern fühlte sich die Luft an, als käme sie aus einem Holzofen, die Bäume knackten unter dem Beschuss der Sonne. De Palma studierte die Kopie des Katasterplans, die er aus der Handelskammer in Marseille mitgenommen hatte. Er erklomm eine Anhöhe, von der aus man das gesamte Tal überblicken konnte, und richtete die Karte aus. Östlich von ihm lag das Mas de la Balme. Die Gebäude flirrten in der Mittagshitze. Die zerklüfteten weißen Kreidefelsen der Alpilles ragten in den klaren Himmel und kontrastierten mit den von braunem Buschwerk bedeckten Kuppen und den rostigen Geländern, die zu den Klippen und legendenreichen Aussichtspunkten führten. Der Baron wandte sich um und betrachtete die Ebene im Süden zur Camargue hin. Er verglich einige Punkte auf der Karte und stellte fest, dass das Gelände für den zukünftigen Park im Großen und Ganzen auf dem Gebiet lag, das Ingrid ihm gegenüber als die Terres d'en bas bezeichnet hatte. Bewaldetes Gelände, ohne größeres Interesse für die Landwirtschaft, nahe an Straßen und weit genug weg von la Balme, um den Milliardär nicht in seiner Ruhe zu stören.

Warum hatte Clergue die Feindseligkeit Steinerts erwähnt?

Die Gegend bestand aus geschichtsträchtigen Orten, die seit Menschengedenken besiedelt waren, empfindliche Orte, die sich in ein Rückzugsgebiet für reiche, arrogante Milliardäre und Snobs aller Art verwandelt hatten. Das kleinste Fleckchen

Erde brachte ein Vermögen ein. De Palma sagte sich, dass ein Vergnügungspark, der zwangsläufig ein breites Publikum angezogen hätte, dem Großteil derer, die sich dieses Luxusgetto leisteten, nicht gefallen konnte.

Entlang der Straße, die Aix mit Tarascon verbindet, wiegten sich Tausende von Zypressen träge in der drückenden Luft. De Palma glaubte, den Lärm der Legionen des Römers Gaius Marius zu hören. Dann wanderten seine Gedanken zu William Steinert, dem Mann des Nordens, der verschneiten, grauen Winter, dem Nachfahren jener Teutonen, die Marius nicht weit von der Via Domitia vernichtet hatte. Steinert gehörte zu der Sorte Mann, deren Bekanntschaft Michel gerne gemacht hätte, er, der nichts über diese Provence in unmittelbarer Nachbarschaft seiner Heimatstadt Marseille wusste – nichts außer den Geschichten von Verbrechen und der Erinnerung an einen Schulausflug zu den antiken Überresten von Saint-Rémy, hinter den Alpilles, und an Marius, den Retter Roms und des unabhängigen Marsihos, hier am Fuß des bescheidenen Gebirges. Sicherlich hatten die Initiatoren des Parkprojekts geplant, auch aus Marius einen der Helden ihrer Touristenattraktionen zu machen. Sicherlich hatten sie bereits die Tarasque von Tarascon als Maskottchen des Grand Sud ausgewählt. Als er wieder in seinen Giulietta stieg, dachte de Palma, dass das gar keine schlechte Geschäftsidee war. Er sah schon ganze Regale voller Tarasquen aus Plüsch in den Souvenirläden vor sich, die Tarasque und ihre Tarasquettchen … Zwei Jahrtausende mündlicher Überlieferung verwandelt in Barcodes. Ihm wurde außerdem klar, dass das Tier aus den Sümpfen nicht zufällig immer wieder in seinen Ermittlungen auftauchte. Jeder interessierte sich dafür, und das begann ihn zu beunruhigen.

Ingrid war allein auf der Terrasse. De Palma hatte das Gefühl, Isabelle Mercier zu erblicken, so, wie sie in den Super-8-Filmen zu sehen gewesen war, die ihr Vater der Kriminalpolizei zur Verfügung gestellt hatte. Ingrid erhob sich nicht, als Michel ihr beim Schließen der Autotür zur Begrüßung linkisch zuwinkte.

»Zumindest glauben Sie mir jetzt …«, sagte sie mit metallischer Stimme.

»Es tut mir wirklich leid.«

Ingrid senkte den Kopf, ihr Gesicht verschwand hinter dem goldenen Vorhang ihres Haars. »Das Schwerste war, ihn zu sehen, ihn zu identifizieren, wie Sie es nennen … verstümmelt! Völlig entstellt … Das war … unerträglich.«

Sie warf mit einer brüsken Geste den Kopf zurück, schob ihr Haar über die Schulter und sprach emotionslos, als rezitiere sie einen Text, den Blick starr auf ein Stück provenzalischen Stoff gerichtet, vermutlich ein Muster aus der neuen Kollektion.

»Seit heute Morgen versuche ich, dieses Bild aus meinem Kopf zu löschen …«

»Wenn Sie möchten«, murmelte de Palma, »kann ich auch morgen oder ein andermal wiederkommen …«

»Bleiben Sie, setzen Sie sich. Ich habe heute alle weggeschickt. Sogar die drei Clowns, wie Sie sie nannten, die für meine Sicherheit sorgen. Ich wollte niemanden sehen. Bis auf Sie, das ist merkwürdig.«

Sie blickte den Baron an. Ihre Augen, die normalerweise türkis waren, hatten sich tiefblau verfärbt, was sie weit und leer wirken ließ. Michel hustete, um nicht antworten zu müssen.

»Kennen Sie die Ergebnisse der Autopsie?«, fragte sie, den Blick weiterhin auf ihn gerichtet.

»Ja, und ich bin der Meinung, dass man ihnen Glauben schenken kann, dieser Gerichtsmediziner ist der beste, den ich kenne. Kein Zweifel.«

»Und was denken Sie?«

De Palma setzte sich ihr gegenüber. »Ich denke, dass es nichts mehr zu ermitteln gibt. Ein Unfall, sonst nichts. Ein dummer Unfall, wie alle Unfälle. Wenn er ermordet worden wäre, hätten die Ärzte etwas gefunden.«

Ingrid sah ihn noch immer an, doch ihr Ausdruck hatte sich geändert, er war vertraulich, beinahe einschmeichelnd. »Sie glauben kein Wort von dem, was Sie mir eben gesagt haben, aber ich nehme Ihnen das nicht übel. Im Gegenteil. Das sind einfach Angelegenheiten, die mit der Polizei, der Hierarchie oder mit sonst was zusammenhängen, die Sie behindern und beunruhigen. Sie wissen sehr gut, dass mein Mann nicht in fünfzig Zentimeter tiefem Wasser ertrunken ist. Ähm, Entschuldigung, achtzig Zentimeter …«

»Wissen Sie, manchmal …«

»An der Technischen Universität München war mein Mann der beste Schwimmer seines Jahrgangs. Er war ein Meter neunzig.«

De Palma senkte den Blick, und es herrschte für einen Moment Stille zwischen ihnen. Es war ganz offensichtlich. Er konnte es nicht leugnen. Niemand konnte es leugnen.

Der Himmel leuchtete wie blaue Seide. Plötzlich schien ihm, als klebe der Gestank des Sumpfes an seiner Haut wie ein feuchtes Hemd, wie ein Geruch nach asiatischer Fischsauce und verrotteten Algen.

Er sah zu Ingrid hoch. Der Wind hatte ihr eine Haarsträhne zum Mundwinkel geweht, wo de Palma zwei kleine Schönheitsflecken bemerkte. Sie wirkte nachdenklich, als ob sie sich Fragen stellte, bevor sie selbst darauf antwortete. »Wissen Sie, wir liebten uns schon lange nicht mehr …«, sagte sie gedehnt. »Kurz nach unserer Hochzeit begann er, eigenartig zu werden. Er hatte merkwürdige Lektürevorlieben und Interessen, die nicht unbedingt die einer jungen Frau waren. Er war sehr viel älter als ich, diese Heirat war ein Fehler von mir, aber ich hege immer noch große Zuneigung zu ihm. Und ich empfinde Respekt. Einen enormen Respekt … Ich verliere eher einen Freund als einen Ehemann.«

Sie zeigte mit dem Finger auf das Landgut und umfasste es mit ihrem Blick, als wolle sie alles gleichzeitig in sich aufnehmen. »Für ihn werde ich auch hier bleiben und erst mal nichts verändern. Seine Seele ist noch hier. In der Nacht spüre ich sie durch das Gebäude und über die Hügel dort streifen. Er liebte diese Hügel so. Haben Sie den Roman *Sturmhöhe* gelesen?«

»Heathcliff und Cathy ...«

»Das war sein Lieblingsbuch. Er konnte stundenlang davon erzählen. Stundenlang.«

De Palma fühlte sich, als wäre alles Blut aus ihm gewichen. In diesem Augenblick wusste er nicht mehr genau, wer er eigentlich war, noch was er tun sollte. Eine unheimliche Kraft hielt ihn bei dieser Frau. Ingrid stand auf und ging in die Küche. Sie kehrte mit zwei Flaschen Apfelsaft und einem Krug Wasser auf einem Olivenholztablett zurück.

»Wo sind nur meine Manieren, Sie haben bestimmt Durst?«

»Ein bisschen, ehrlich gesagt.«

»Haben Sie gegessen?«

»Nein, aber ich möchte Ihre Freundlichkeit nicht ausnutzen.«

»Sie sind ein merkwürdiger Mensch, Monsieur de Palma. Man könnte meinen, Sie haben Angst vor mir, oder Sie misstrauen mir. Ich bin eine ganz normale Frau. Ich kämpfe lediglich dafür, dass die Wahrheit über den Tod meines Mannes herausgefunden wird. Und das wird sie, glauben Sie mir.«

»Ich verstehe«, sagte de Palma gekränkt.

»Seien Sie nicht verärgert.«

Michel trank das Glas Apfelsaft in einem Zug aus und schenkte sich sofort nach. Ingrid sah ihm zu; keine Geste des Polizisten entging ihr, was die Nervosität des Barons noch steigerte.

»Ich muss Ihnen etwas erklären, was sehr wichtig ist, wenn Sie meinen Mann verstehen wollen.«

Sie holte Luft, ihre Brust hob sich, als wolle sie aus ihrem tiefsten Inneren etwas hervorholen, das sie schon seit vielen Jahren belastete. »Sie müssen wissen, dass der Vater meines Mannes während der deutschen Besatzung hier war.«

Sie blickte unbestimmt auf die Flucht der Olivenbäume, als suchten diese Erinnerungen, die nicht ihre eigenen waren, sie heim. »Wenn ich ›hier‹ sage«, betonte sie, mit dem Zeigefinger auf den Tisch tippend, »so meine ich hier in diesem Landhaus.«

Sie schwieg einen Moment. Ein heißer Luftzug, erfüllt vom Duft der Pinien und der Garrigue, kam von den Alpilles herab und verbreitete sich unter den riesigen Platanen.

»Den Sarkophag, den sie dort drüben gesehen haben, hat mein Schwiegervater aus der Erde geholt. Ich denke, dass Sie zu verstehen beginnen, welch besondere Verbindung zwischen meinem Mann und diesem Ort bestand. Ich möchte, dass Sie wissen, dass er nicht wie die anderen reichen Pensionäre dieser Gegend war!«

Fragen stürzten auf de Palma ein. Er hätte gerne gewusst, welche Rolle Steinerts Vater während des Krieges gespielt hatte. Ob er Nazi gewesen war … Was den Großindustriellen in dieses Loch verschlagen hatte?

Ingrid erriet seine Gedanken, sie wartete die Fragen nicht ab. »Anfangs war nicht er der Industrielle gewesen, sondern sein älterer Bruder, der aber bei den Bombenangriffen auf Dresden 1945 umkam. Da es keine anderen Geschwister gab, übernahm mein Schwiegervater die Geschäfte. Allerdings hatte er nichts von einem Manager, wie man das heute nennt. Er war ausgebildeter Archäologe. Er hatte 1939 promoviert. Im Frühjahr, kurz vor Kriegsbeginn.«

»Aber … Wie hat es ihn hierher verschlagen?«

»Die Nazis haben ihn in die Gegend geschickt, weil er vor dem Krieg, 1937 und 38, einen Großteil der Winter hier verbracht hatte, um antike Überreste zu untersuchen. Die Grabung auf den Terres d'en bas hat auch er initiiert. Natürlich musste er 1939 Frankreich verlassen. Aber kurze Zeit später haben ihn die Nazis erneut hergeschickt. Ich glaube, das muss ihrer Propaganda gedient haben. Und lassen Sie sich gesagt sein, die Menschen im Dorf haben ihn freundlich empfangen, und nach dem Krieg ist er oft zurückgekommen. Einer der wenigen Boches, wie Sie sagen, der nicht wie der leibhaftige Teufel angesehen wurde.«

»In welchem Jahr ist er gestorben?«

»1980, mit 76 Jahren. Er hat ein bescheidenes Grab auf dem Friedhof von Eygalières.«

Ingrid richtete sich in ihrem Sessel auf und goss sich ein Glas Wasser ein. Ihre Gesichtszüge wirkten nicht mehr so hart. De Palma fiel auf, dass der Ausdruck von Rachsucht, den er bei seiner Ankunft bemerkt hatte, verflogen war. Die Farbe ihrer Augen hatte sich verändert.

»Natürlich bitte ich Sie, nicht darüber zu reden, ich sage Ihnen das alles unter dem Siegel der Verschwiegenheit, in dieser Gegend ist das ein gut gehütetes Geheimnis, niemand spricht über Karl Steinert. Als mein Mann seinen Platz auf dem Friedhof gekauft hat, ließ er die Überreste seines Vaters in aller Heimlichkeit überführen. Das erforderliche Geld hatte er ja. Ich verlasse mich auf Ihre Diskretion.«

Sie legte sanft die Hand auf Michels Unterarm; unwillkürlich legte er seine darauf.

Seit drei Tagen hatte Rey weder einen Tropfen Wasser getrunken noch den kleinsten Bissen Nahrung zu sich genommen.

Drei Tage war er jetzt in diesem schwarzen Loch, im Stich gelassen von dem, den er zuerst für einen Polizisten gehalten hatte. Das Einzige, was Rey sich noch erhalten hatte, war eine ungefähre Vorstellung der Zeit: Er spürte an den Temperaturunterschieden in seinem Gefängnis, wann die Sonne auf- und unterging. Das war alles, was er von der Außenwelt wahrnahm. Trotz der Schwärze brannten seine Augen in den schmerzenden Höhlen, seine Zunge war schwer und dick vor Durst, seine Hände zitterten. Am Tag zuvor, als er die ersten Halluzinationen gehabt hatte, glaubte er zuerst an Fieberanfälle. Dann verschwanden die Visionen, wie sie gekommen waren. Bestimmt war es der Durst, der ihm da übel mitspielte.

Zuallererst war ihm seine Mutter erschienen, die ihn mit kleinen, bösen Augen ansah und mit bitterer Stimme sagte: »Dein Vater wird nie kommen, dein Vater wird nie kommen … Hurensohn.« Dann hatte er einen langen Flur durchquert und war in einen runden Raum gelangt, in dessen Mitte ein Sessel stand, der ihm die Rückenlehne zuwandte. Ein Raum, den er gut kannte. Eine vertrocknete Hand, wie totes Holz, bedeutete ihm, näher zu treten. Er trat langsam an den Sessel heran, den Mund vor Ekel verzogen, das Herz schlug ihm bis zum Hals: Pater Morand saß da, den kranken, knochigen, krummen Nacken von einem violetten Kissen gestützt. Wollüstig starrte der Geistliche ihn an: »Komm und küss mich, mein Junge. Nur du kannst so küssen … Komm näher, genau so …«

Er war aufgewacht und hatte das Bild des Pensionats mit wüsten Beschimpfungen vertrieben, die er in die Schwärze hinausschrie. Eine Weile hatte er wie ein Tier gebrüllt, und das Brüllen war in ein Röcheln übergegangen, aus dem ab und zu zwei kaum hörbare Silben hervortraten: Pa… Pa…

Dann hatte ihn der Schlaf übermannt, so plötzlich und unerwartet, als habe ihm eine unsichtbare Hand im Dunkeln eine Dosis Morphium verabreicht.

Das letzte Bild, das er von der Welt da draußen gesehen hatte, war das einer Hütte mit Strohdach, mitten im Sumpf. Es war ihm unmöglich zu sagen wo. Der Mann hatte ihm die Augenbinde in der Nähe eines Röhrichts abgenommen und ihn mit einer .45er in der Hand gezwungen, voranzugehen. Sie hatten das Röhricht auf einem unsichtbaren Pfad durchquert, dann einen ausgetrockneten Sumpf erreicht, auf dessen Schlamm sich Salzkristalle gebildet hatten. Auf der anderen Seite des Sumpfes hatte er eine halb von Pappeln und Eschen verdeckte Hütte gesehen. Und dann hatte er einen heftigen Schlag auf den Kopf bekommen. Später war er im Dunkeln wieder aufgewacht und hatte den Keller, in dem er gefangen war, tastend abgesucht, wie ein Maulwurf, der jede Ecke seiner beschränkten unterirdischen Welt beschnüffelte. Er hatte auch geschrien. Wie lange? Er konnte es nicht mehr sagen. Aber er erinnerte sich, dass er die ersten beiden Tage geschrien hatte. Niemand war gekommen. Er hatte nichts gehört, und gerade diese Grabesstille war es, die ihn langsam verrückt machte. Die Dunkelheit war noch zu ertragen, aber diese beinahe absolute Stille brachte ihn völlig aus dem Gleichgewicht und nagte an ihm. Die Hitze nahm zu. Bald würde sein Körper mit salzigem Schweiß überzogen sein, der unaufhörlich aus jeder Pore seiner geplagten Haut drang, der Durst würde noch unerträglicher werden. Er überlegte, wie viele Tage ihm noch blieben: zwei, vielleicht drei. Vielleicht weniger. Nach allem, was er vom Überleben gelesen hatte, wusste Rey, dass man Wassermangel nicht lange aushalten kann. Er wusste, dass sich der Wahnsinn seiner bemächtigen und ihn nicht mehr loslassen würde, bis sein Körper ausgetrocknet war wie ein Kadaver in der Sonne.

Er hatte die Tage gezählt. Morgen war Dienstag, der 29. Juli. Das Fest der Sainte-Marthe.

Er lächelte fast: Das brachte alte Erinnerungen zurück. Bilder seiner Kindheit und der schönen Seiten seines späteren Lebens, bevor alles zusammengestürzt war und in dieser Grube geendet hatte.

Er kratzte sich mehrmals übers Gesicht, wie um sich für all seine Fehltritte zu bestrafen.

Der Bürgermeister von Eygalières war noch in seinem Büro, als de Palma um eine Unterredung bat. Seine Sekretärin, eine rundliche Brünette mit falschen Fingernägeln wie Krallen, fragte: »Sie sind Monsieur …?«

»De Palma, ich bin Journalist.«

»Gut, ich denke, er wird Sie empfangen, sobald er fertig ist. Es dürfte nicht allzu lange dauern.«

Der Baron ging zu einem Drehständer hinüber, in dem Prospekte über die Gemeinde steckten, und blätterte in einigen herum. »Ist Monsieur Simian schon lange Bürgermeister?«

Die Sekretärin sah von ihren Papieren auf und warf ihm einen unfreundlichen Blick zu. »Das ist seine fünfte Amtszeit und meiner Meinung nach wird er sich wieder zur Wahl stellen.«

»Er ist beliebt in der Gemeinde!«

»Sehr«, bemerkte sie nickend. »Jedes Mal gewinnt er haushoch, ohne Probleme.«

»Links oder rechts?«

Die Sekretärin machte eine abwägende Handbewegung. »Sagen wir Mitte. Offiziell rechts.«

Die Bürotür öffnete sich. Der Bürgermeister war ein kleiner Mann mit Halbglatze und einer Bifokalbrille auf der Nasenspitze. Er reichte de Palma die Hand und blickte ihm direkt in die Augen. »Meine Sekretärin sagte mir, Sie sind Journalist?«

»Ja, freier Journalist, ich arbeite für *Villages Magazine,* wir machen eine Reportage über die Bürgermeister der kleinen Gemeinden in der Provence, die zu beliebten Urlaubsorten der Superreichen geworden sind.«

»Da sind Sie hier richtig! Aber ich muss Ihnen sagen, dass die Reichen, von denen Sie hier sprechen, sehr zurückhaltend sind und sich auf mich verlassen, damit sie in ihrer Zurückgezogenheit nicht gestört werden.«

»Seien Sie unbesorgt, darum geht es gar nicht.«

Simian ging um seinen Schreibtisch herum, ließ sich auf seinen Sessel sinken und lud de Palma mit einer Geste ein, sich zu setzen. »Also, ich höre.«

»Wir wollen der Frage nachgehen, wie das für die Einheimischen ist, die hier wohnen bleiben wollen, aber kein Land mehr erwerben können. Was machen die?«

»Dieses Problem stellt sich mir unaufhörlich. Ich bin selbst Sohn eines Bauern, mein Vater war schon Bürgermeister von Eygalières … Das heißt, unsere Familie hat die Entwicklung direkt miterlebt. Ich muss gestehen, dass die Gemeindeverwaltung da wenig machen kann: Die Grundstücke werden zu den Preisen gekauft und verkauft, die die Parteien unter sich aushandeln! Das ist das Gesetz des Marktes.«

»Sie können aber doch Verfügungen hinsichtlich der Flächennutzungen erlassen oder so etwas in der Art!«

»Ja, aber das wird die Immobilienpreise nicht senken.«

Der Bürgermeister verbreitete sich über verschiedene Aspekte des Problems. De Palma beschränkte sich darauf, Notizen zu machen und abzuwarten, bevor er zum Kern der Sache vorstieß. Er hatte einen gerissenen Fuchs vor sich, der mit einer gewissen Offenherzigkeit sprach. »Haben Sie von dem Freizeitparkprojekt hier in der Region gehört?«

»Nicht wirklich, wer hat Ihnen davon erzählt?«

»Jemand, der sagte, er arbeite für die SODEGIM, ich habe den Namen vergessen.«

»Nie gehört. Das muss eine falsche Information sein.«

Der Baron blätterte in seinem Notizbuch. »Ich habs gefunden: Philippe Borland … Geschäftsführer der SODEGIM.«

Der Bürgermeister schürzte die Lippen zum Zeichen seiner Unwissenheit. Dann erhob er sich und ging zur Wand, an der eine Karte der Gemeinde hing. »Es gibt Flächen, die bebaubar sind, und andere, die aus unterschiedlichen, Ihnen bekannten Gründen, nicht bebaubar sind. Ich achte darauf, dass ein Gleichgewicht zwischen den Wohngebieten und dem ländlichen Lebensraum gewahrt wird. Ich muss Ihnen sagen, das ist ein besonders schwieriger Balanceakt.«

Er zeigte auf einige Flächen und machte mit dem Finger kleine Kreise darum. »Die Leute, die dort leben, sind gut betucht …«

»Übrigens, haben Sie es schon gelesen, eines Ihrer Gemeindemitglieder ist gestorben!«

»William Steinert! Ja, ich habe es gelesen. Traurige Sache.«

»Kannten Sie ihn?«

Die Haltung des Bürgermeisters veränderte sich, die Frage störte ihn offensichtlich. »Wir hatten sehr wenig mit ihm zu tun, er war sehr zurückhaltend. Wie alle Großgrundbesitzer, die wir haben.«

Anne Moracchini hatte Akten gefunden, die William Steinert mit Schwarzgeld in Verbindung brachten, das an die örtliche RPR geflossen sein sollte, was die Untersuchung später allerdings widerlegt hatte. Aus dieser Schmiergeldaffäre ging jedoch hervor, dass Steinert den Bürgermeister und die anderen Politiker der Region kannte.

»Ich habe mir von einem Kollegen sagen lassen, dass er die Hälfte der Kommune besaß.«

»Die Hälfte wäre wohl etwas zu viel gesagt, aber es stimmt schon, er hatte nicht wenig Land.«

»Mhm«, machte de Palma mit Blick auf die Landkarte. Er zeigte auf die Terres d'en bas. »Und diese Zone hier, was ist das?«

Der Bürgermeister nahm seine Brille ab und kaute auf einem der Bügel. »Wir nennen sie die Terres d'en bas. Das sind Wälder. Brauchts ja auch.«

»Ein alter Dorfbewohner hat mir gesagt, es gebe römische oder griechische Überreste dort, ist das wahr?«

»Nein nein, das stimmt nicht! Das sind alte Geschichten, sonst nichts.«

»Gehört das zur Bauzone?«

»Ich … Da müsste ich im Bebauungsplan nachsehen. Teile davon müssten bebaubar sein. Ich weiß es nicht mehr. So eine Gemeinde ist groß, wissen Sie!«

Simian setzte die Brille wieder auf und sah auf die Uhr.

»Ich habe ein Problem, Monsieur Simian: Sie sagen mir, Sie kennen die SODEGIM nicht, und doch weiß ich, dass Sie vor etwas mehr als einem Jahr von Leuten dieser Planungsgesellschaft kontaktiert worden sind.«

Der Bürgermeister setzte sich wieder an seinen Schreibtisch und strich mehrmals mit dem Finger über die Oberlippe. »In der Tat hatte ich Kenntnis von dem Projekt, aber, wie Sie wissen müssten, ist die Gemeindeverwaltung von Eygalières nicht beteiligt an diesem … diesem Freizeitpark. Da müssten Sie eher in Maussane nachfragen, zu denen gehört das Land eigentlich.«

»Aber trotzdem wäre das eine gute Sache für die Gemeinde, oder?«

Der Bürgermeister blickte auf seine Uhr und erhob sich, die Hände auf den Schreibtisch gestützt. »Es tut mir leid, Monsieur de Palma, aber ich habe ein Treffen mit dem Komitee für interkommunale Zusammenarbeit, ich muss Sie nun verlassen.«

Die schwarzen Wasser der Rhone verschwammen mit der Nacht. Von der Brücke nach Beaucaire hinüber, jenseits des Schlosses von König René, zeichneten die beunruhigenden Wipfel der Bäume eine düstere Perspektive. De Palma ließ seinen Giulietta auf dem Parkplatz des Schlosses stehen. Bevor er in die Nacht hinausging, wartete er, bis eine Streife der Gemeindepolizei hinter der Kirche Sainte-Marthe verschwand. Er lief ein ganzes Weilchen durch die Straßen von Tarascon, nahm Witterung mit der Atmosphäre der Altstadt mit ihren obligatorischen Blumenkübeln an jeder Straßenecke und ihrem von den Touristen blank gescheuerten Kopfsteinpflaster auf. Als er sich dem Theater genähert hatte, blieb er stehen und lauschte den Geräuschen der Nacht. Die meisten Einwohner der Stadt saßen vor dem abendlichen Spielfilm oder einer Talkshow. Ein paar Touristen streiften noch durch die Straße, zwei von ihnen, ganz bestimmt Holländer, hatten sich vor der barocken Fassade des Theaters aufgepflanzt, ein Blitzlichtgewitter erhellte die Nacht. De Palma wartete einen Moment, während er tat, als lese er das Programm: Es wurde *Mireille* gegeben, mit einem völlig unbekannten Star.

Kaum waren die Touristen in der feuchtwarmen Nacht verschwunden, bewegte er sich auf die Tür von Steinerts Gebäude zu. Er sah sich ein letztes Mal um und kletterte dann am Regenrohr hinauf, das von einem niedrigen Nachbarhaus herunterkam. Er versuchte, so wenig Lärm wie möglich zu machen, fasste festen Fuß auf einem Dach aus alten Ziegeln und hielt zusammengekauert einen Augenblick inne, um wieder zu Atem zu kommen. Seine Schläfen pochten, mit einer nervösen Geste wischte er sich über die Stirn. Er hatte Durst, als hätte er Filzpantoffeln im Mund, wie Maistre immer sagte. Langsam richtete er sich auf. Niemand konnte ihn sehen. Er lief leichtfüßig wie eine Katze und achtete darauf, die gebrannten Lehmziegel nicht zu bewegen. Nach ein paar Metern befand er sich unterhalb des Fensters von Steinerts Büro. Das Härteste stand ihm noch bevor. Er musste einen Klimmzug machen, das Fenster öffnen, so gut wie möglich wieder auf die Beine kommen und ins Innere des Büros gelangen.

Zum ersten Mal in seiner Laufbahn würdigte er das Können der Männer der Sonderkommandos. Er beschloss, in mehreren Etappen vorzugehen.

Er machte einen ersten Klimmzug, ließ dann eine Hand los und öffnete mit ihr die Fensterläden. Dann sackte er, von der Anstrengung erschöpft, auf dem Dach zusammen.

Blieb noch das Fenster. Bei seinem Besuch mit Ingrid hatte er es mit einem doppelt gefalteten Blatt Papier festgeklemmt, das dürfte kein Problem darstellen. Er wartete, bis er wieder zu Atem gekommen war, machte einen zweiten Klimmzug, schob einen Ellbogen über den Sims, dann den zweiten und drückte mit einem raschen Kopfstoß die beiden Flügel auf, die im Inneren an die Wand schlugen. Das Geräusch weckte einen Hund in der Nachbarschaft, der sofort durch die Nacht zu kläffen begann. Mit einem einzigen Satz, wie unterstützt von der lauen Nachtluft, verschwand de Palma in Steinerts Büro und schloss Läden und Fenster.

Im Inneren ließ er sich auf den Ledersessel fallen und kam langsam wieder zu sich. Sein schweißnasses Hemd klebte ihm am Rücken, er hatte sich die Unterarme am Verputz der Mauer aufgeschürft und sich einen Finger geschrammt, als er an dem Regenrohr hochgeklettert war. Nichts, worauf man stolz sein konnte.

Langsam zog er Chirurgenhandschuhe an, nahm seine Maglite und fuhr methodisch Quadratmeter für Quadratmeter den Raum um sich herum ab, ohne sich aus dem Sessel zu bewegen. Nichts war angerührt worden, jedenfalls nichts von dem, was er bei seinem ersten Besuch geistig fotografiert hatte. Noch immer lag jener feine Geruch nach einem mit Honig aromatisierten Luxustabak in der Luft, sicher ein Pfeifentabak. De Palma zog sein Notizheft aus der Tasche und vermerkte diese Einzelheit, dann wandte er sich der Bibliothek zu und sah sich sorgfältig jedes einzelne Regalbrett an.

Inmitten von Dutzenden von Büchern zu okkulten Wissenschaften entdeckte er ein paar vergilbte Schriftstücke, die zwischen mit blauen Bändern zusammengehaltenen dicken Pappeinbänden steckten. Er griff drei davon und legte sie auf den Tisch in der Mitte des Raums. Er öffnete die erste Mappe und blätterte langsam die Seiten um, die mit einer sehr zierlichen und sehr regelmäßigen Schrift vollgeschrieben waren und hier und da Skizzen von Vasen sowie Anmerkungen enthielten. Es waren französische Begriffe und Wörter darunter: Massaliotes, Mouriès, Kanope, Aiguière … Hinter jeder Legende standen Jahreszahlen: 525, 480 … In der zweiten Mappe ging es ebenfalls um Vasen, noch immer in Mouriès, in der dritten um Bronzen mit unzähligen Skizzen. Er kehrte ins Büro zurück und untersuchte alle Oberflächen, auf denen es Fingerabdrücke hätte geben können. Nichts. Das bedeutete, dass jemand nach seinem Besuch alles abgewischt hatte.

›Nicht sonderlich schlau‹, sagte er sich. ›Lieber Handschuhe anziehen als alles abwischen. Was für ein Stümper … Er hätte dran denken sollen, dass an so einem Ort zumindest die Abdrücke von demjenigen zu finden sein müssten, der sich hier regelmäßig aufhielt.‹

In der Bibliothek sah er sich weitere Oberflächen an: nichts. Der einzige Schluss, den er aus all dem ziehen konnte, war, dass ein Individuum, das ausreichend geschickt war, um die gepanzerte Tür öffnen zu können, alle Spuren hinter sich beseitigt hatte. Warum?

›Es sei denn, das fragliche Individuum besäße die Schlüssel zu der Bude. Das wäre dann allerdings ganz was anderes …‹, sagte er sich, als er ins Arbeitszimmer zurückging.

Er setzte sich wieder auf Steinerts Sessel und ließ den Kopf nach hinten sinken. Er fühlte, wie ihn nach all den Anstrengungen ein Migräneanfall überkam. Er massierte sich lange mit den Fingerspitzen die Schläfen, und zum ersten Mal wurde ihm das Ausmaß seinen Tuns an diesem Abend bewusst. Im Grunde war es nicht das erste Mal in seiner Laufbahn, dass er bei jemandem einbrach, und sicherlich auch nicht das letzte. Er schloss die Augen, wie um seinem schlechten Gewissen zu entfliehen.

Als er sie wieder öffnete, sah er zunächst drei Dinge auf Steinerts Schreibtisch: die weiße Feder, das Hämmerchen aus Elfenbein und Ebenholz und einen gewaltigen Füller der Marke Omas, eine Rarität, die neben einem Stapel mit Notizen, Fotos von Skulpturen und Reproduktionen alter Stiche lag. Er nahm den Füller und drehte ihn vor seinen Augen. Auch auf ihm war nicht der geringste Abdruck zu erkennen.

»Da war ein Profi am Werk«, murmelte er. Um sich Gewissheit zu verschaffen, montierte er mithilfe seines Schweizermessers den Bakelitknauf einer Schublade ab und musterte dessen Rückseite. Nichts. Der Spurenverwischer hatte wirklich nichts vergessen.

»Jemand ist hierhergekommen, bestimmt mehrmals … Und dann ist er gekommen, um seine Abdrücke und alle Hinweise, die er zurückgelassen zu haben glaubt, zu beseitigen. Ein Kerl, der nicht das geringste Interesse hat, dass man ihm auf die Spur kommt …«

De Palma nahm das Hämmerchen und schlug sich ein paar

Mal auf die Handfläche. »Aber er ist nicht unbedingt der Mörder von Steinert.« Er legte das Hämmerchen wieder an seinen Platz und wandte sich den Notizblättern zu, auf denen er Steinerts Schrift erkannte. Sie waren in fehlerfreiem Französisch verfasst:

»Die älteste und schrecklichste Darstellung des Entsetzens ist ein menschenfressendes Ungeheuer, die Provenzalen nennen es die Tarasque.

Es gibt eine Unzahl von Darstellungen der Tarasque auf Gemälden, Zeichnungen oder Skulpturen. Die beeindruckendste ist zweifellos die 140 Zentimeter große Skulptur, die sich im Musée Lapidaire von Avignon befindet.

Sie ist der Ausdruck des Schreckens, den die Salluvier und genauer noch die Kavarer einflößten.

Die Tarasque wird mit zwei abgetrennten bärtigen Köpfen unter ihren Löwenpfoten dargestellt, im Maul hat sie einen menschlichen Rumpf. Es scheint, als seien die in der Region von Tarascon fest verwurzelten Griechen durch die Sitten der Barbaren zu einer solchen Darstellung des Schreckens angeregt worden: Jagd auf Köpfe usw. Es scheint auch, als habe die zivilisierte Welt für die Griechen an den Gipfeln der Alpilles geendet.

Der englische Forscher Moore sah in ihr das tödliche Antlitz der Gottheiten, er rückt die Tarasque in die Nähe anderer menschenfressender Ungeheuer, die man in Irland und fast überall in Nordeuropa findet. (Vgl. den irischen Moloch Cromm Cruach, dessen Götzenbild der heilige Patrick zerstörte …)

Der Kunstgeschichte nach scheint die Herkunft zunächst italienischer Art zu sein, vor allem etruskischer und dann griechischer. Daher nimmt man an, dass das Ungeheuer den Wegen der Kolonialisierung gefolgt ist. Ich denke vielmehr, dass der Mythos seinen Ursprung in der Sesshaftwerdung des Menschen im Neolithikum hat.

Zuvor ist die Natur, die die Jäger und Sammler umgibt, magisch (siehe die Darstellungen der Bilderhöhlen). Mit dem Auftau-

chen des Begriffs von Besitz im Neolithikum lernt der landbauende Mensch die Furcht vor der Zukunft kennen: Furcht vor Trockenheit, vor den Härten des Klimas. Auf die ihn quälenden Fragen erfindet er Antworten, indem er Götter und Ungeheuer schafft. Es sind Kräfte des Chaos, die er nur zähmen kann, indem er sie darstellt und indem er ihnen zweifellos Menschenopfer darbringt, um ihren Appetit zu zügeln.«

Der Text ging noch drei Seiten weiter. De Palma legte ihn zurück und warf einen Blick auf die Fotos. Darunter befand sich eine recht alte Abbildung eines Flakons mit der Legende: *»Bronze von Dürrnberg, Österreich, mit Ungeheuer, das einen menschlichen Kopf verschlingt«,* Amateurfotos von der Tarasque aus Pappmaché, die die Einwohner von Tarascon anlässlich der Stadtfeste herumführten, ein steinernes Ungeheuer, das gerade einen Menschen verschlingt, Reproduktionen von Skulpturen zum selben Thema. Dann ein Dutzend Blätter, auf deren erstem oben rechts mit schwarzem Marker eine Überschrift stand: *»Herakles, der zivilisierende Held der Provence.«* Danach folgten Notizen: *»Sein Leben ist eine einzige Abfolge von sinnlosen Morden.* (Es folgte eine Aufzählung von durch Herakles verübten Massakern.) *In La Crau massakriert er den Riesen Albion (Personifizierung der Albiger der Haute Provence) mit Steinwürfen sowie Lusis (Gattungsbezeichnungen der Ligurer). ABER* (dieses Wort war rot unterstrichen) *auch zivilisatorischer Aspekt:*

– er verbietet Menschenopfer

– indem er den tausendarmigen Lysis tötet, besiegt er die Gefahren der Rhone und ermöglicht dadurch die Schifffahrt

– er lehrt das Weben

– er lehrt das Bauen von Häusern

– er lehrt die Gestaltung der Städte

– usw. …

Vgl. die Erlösung des kosmischen Viehs (zwei rot unterstrichene Wörter). *Der Hirte entspricht den Kräften des Chaos, das Vieh dem Leben. Indem er die göttlichen roten Rinder aus der Macht des Riesen Geryon befreit, ändert Herkules seine Natur: Er gibt die brutale Gewalt auf und wird zum zivilisatorischen Helden … HARMONIE DER WELT.«*

Unten auf der Seite: »*Siehe Ausgrabung von Maussane und Mouriès. Vor allem Art strt/37–10B und Art strt/38/11A.*« Von Hand groß hingekritzelt: »*Terres d'en bas*«

De Palma verharrte einen Moment bei der vorletzten Zeile, es handelte sich bestimmt um zwei Kartenpunkte, zwei Angaben, die Steinert notiert hatte, kurz bevor er verschwand. Der Baron kopierte sie sorgfältig in sein Heft, schrieb die Namen Tarasque und Herakles daneben und unterstrich sie doppelt. Es war zwei Uhr morgens. Er beschloss, den Schlupfwinkel von William Steinert so gründlich zu untersuchen, als sei er ein Mitarbeiter der Spurensicherung. Das dauerte länger als gedacht, aber nichts von dem, was er faktisch sehen konnte, entging ihm.

Um halb vier beugte er sich aus dem Fenster, überprüfte, dass niemand ihn entdecken konnte, und ließ sich an der Wand hinunterrutschen, bis seine Ellbogen auf dem Fenstersims ruhten.

In dem Augenblick, als er all seine Kräfte sammelte, um den ersten Laden umzuschlagen, hörte er leise ein kurzes metallisches Geräusch, das er nur zu gut kannte: Es war das Klicken einer automatischen Waffe, irgendwo im Dunkeln.

Für den Bruchteil einer Sekunde drehte er sich um und sah eine Gestalt auf dem gegenüberliegenden Bürgersteig, die auf ihn anlegte.

Er hatte gerade noch Zeit, sich auf das Dach fallen zu lassen, bevor er das »Plopp« eines Schalldämpfers hörte. Ein brutaler Schmerz presste ihn auf die Ziegel. Instinktiv ließ er sich zur Seite rollen, um aus dem Schussfeld des Schützen im Dunkeln zu kommen. Er begann am ganzen Leib zu zittern, jeder einzelne Muskel wurde von unkontrollierbaren Zuckungen erfasst. Es war nicht das erste Mal, dass jemand auf ihn schoss, aber er brauchte trotzdem ein ganzes Weilchen, um wieder zu sich zu kommen. Dann analysierte er die Situation.

Jemand hatte gerade auf ihn geschossen.

Eine automatische Waffe mit Schalldämpfer.

Die Kugel hatte seine rechte Schulter getroffen, nicht mehr.

Dieser Jemand wusste, dass er da war.

Dieser Jemand hatte ihn sicherlich vom Mas de la Balme an verfolgt, vielleicht schon früher.

Vielleicht hatte man dem Schützen den Befehl gegeben, ihm zu folgen?

Er fuhr mit der Hand über die Schulter und stellte fest, dass das Projektil keine besonders tiefe Wunde verursacht hatte. Er kramte ein Papiertaschentuch aus der Tasche und drückte es auf die Verletzung, beim klebrigen Kontakt mit dem Blut schloss er die Augen. Es war das zweite Mal in weniger als einem Jahr, dass es jemand auf sein Leben abgesehen hatte.

»Das ist ein Clown … Ein Arschloch, aber ein Clown. Sonst hätte er gewartet, bis ich das Regenrohr runterklettere, um mich problemlos abzuknallen.«

Er wartete eine gute Viertelstunde und lauschte in die Nacht. Er hörte nur die Geräusche eines Fernsehers irgendwo über ihm und weiter entfernt Musik. Ein Auto fuhr durch die Nacht, er näherte sich dem Rand des Dachs und sah, das Gesicht an die Ziegel gedrückt, auf die Straße. Sie war leer.

Plötzlich hallten Stimmengewirr und lautes Lachen zwischen den Häusern wider, sicherlich eine Gruppe junger Leute, die von einem Fest im Gebäude gegenüber kamen. De Palma nutzte die Gelegenheit und sprang auf den Bürgersteig, seine Waffe vor der Brust.

Am Boden gelandet, rollte er sich zur Seite, um hinter einem kleinen Kastenwagen Zuflucht zu suchen, so wie er es bei den Fortbildungen für Kommandounternehmen bei der Armee gelernt hatte. Dann stand er auf, tat, als steige er aus dem Kastenwagen, und bewegte sich so nahe wie möglich bei der Gruppe.

Eine Stunde später hielt er auf einem Rastplatz der N 568 inmitten der riesigen Ebene der Crau an. Die Hände ums Lenkrad gekrallt, den Blick im Unbestimmten. Weit, sehr weit von den gewaltigen Flammen von Fos-sur-Mer entfernt.

9

Der Tag war stickig gewesen. Erst am Spätnachmittag war bei nachlassender Hitze allmählich Wind vom offenen Meer aufgekommen, leicht wie der Hauch eines Fächers.

De Palma stand an die Brüstung seines Balkons gelehnt und trank genüsslich ein Bier. Er hatte den Vormittag in der Notaufnahme verbracht und auf einen verfügbaren Assistenzarzt gewartet, der ihm seine Wunde nähen würde. Neun Stiche. Der Assistenzarzt war recht geschickt gewesen und hatte nicht allzu viele Fragen gestellt. De Palma hatte ihm einfach gesagt, er sei an einem Parkplatzgitter hängen geblieben, als er aus dem Auto gestiegen sei.

Das Telefon klingelte, es war Jean-Louis Maistre, der ihn daran erinnerte, dass sie sich im Jachthafen von La Pointe-Rouge verabredet hatten. De Palma zog eine leichte Jacke an, packte seine Waffe in ihr Etui und nahm die .45er, die immer hinter einem CD-Stapel versteckt war. Er überprüfte das Magazin und steckte sich die automatische Waffe hinten in den Hosenbund. Dann besann er sich anders und sagte sich, dass er mit der Paranoia noch ein bisschen warten könne. Seine Dienstwaffe, die mit sechs Kugeln .38er Spezial geladen war, um für die schlimmsten Situationen gewappnet zu sein, reichte vollauf.

Eine halbe Stunde später spazierten Maistre und de Palma über die Quais des Jachthafens von La Pointe-Rouge. Auf der Werft von Plaisance Plus erwartete eine ganze Gruppe von Schiffsrümpfen auf riesigen Gestellen einen neuen Anstrich. Darunter befanden sich kleine Außenborder und ein halb vom Meer zerfressenes Fischerboot. Ein Arbeiter im Blaumann setzte gerade einen Winkelschleifer in Betrieb. Maistre musste brüllen. »Ich glaube, da ist es, Michel. Er hat gesagt, der vierte Anleger ab dem Stromzähler. Ich denke, er meinte den da.«

Ein angejahrtes Boot wiegte sich schlapp im brackigen Wasser. Maistre streichelte es mit Blicken, bevor er sich behutsam näherte, wie einem Spielzeug, das ein Kind sich sehnlichst erträumt hat. »Das ist es, Michel, ein echtes Pointu, ihm fehlt ein Stück Holz am Steven.«

De Palma sah unbestimmt in die entgegengesetzte Richtung.

»He, Michel, hörst du mir zu oder träumst du? Ich möchte dich dran erinnern, dass wir hergekommen sind, um uns ein Boot anzusehen, und nicht, um die Quais entlangzuspazieren.«

»Entschuldige, ich hab an was anderes gedacht.«

Maistre griff nach dem Haltetau und zog das Boot näher. Mit unsicherem Schritt kletterte er an Bord. »Kommst du, Michel?«

Stattdessen kam der Chef von Rouge Plaisance aus seinem Laden für Bootsbedarf, einen speckigen Lappen in den Händen. »Entschuldigen Sie, Messieurs, kennen Sie den Eigner dieses Bootes?«

De Palma sah ihn kühl an. »Wir sind mit ihm verabredet. Er ist zu spät.«

»Und warum wollen Sie ihn sehen?«

»Wir wollen ihm sein Bot abkaufen.«

»Ach, das ist zu verkaufen!«

De Palma schwieg. Der Chef von Rouge Plaisance machte auf dem Absatz kehrt und ging wieder in seinen Laden.

»Also, Jean-Louis, taucht dein Typ nun auf oder nicht, verdammt.«

Maistre sprang auf den Quai zurück, ohne das Objekt seiner Träume aus den Augen zu lassen. »Ich versteh dich nicht, Michel, wir haben hundert Mal von so einem Pointu gesprochen, du warst einverstanden, es zu kaufen, und jetzt bist du eingeschnappt.«

»Ich bin nicht eingeschnappt.«

»Nein? Na, du solltest dich sehen, so würdest du einer Muräne Angst einjagen. Denk ein bisschen an das Boot und an die Ausflüge, die wir damit machen werden.«

»Wir haben es noch nicht gekauft.«

»Klar, wenn der Typ nicht kommt, können wir es ihm nicht abkaufen.«

Maistres Handy klingelte. Es war der Eigner des Bootes, der das Treffen absagte. Er hatte sich entschlossen, den Kahn für seinen Sohn zu behalten.

»Sackgesicht«, sagte Maistre, als er auflegte. »Der Idiot macht einen Rückzieher.«

»Nicht schlimm, Jean-Louis, wir finden ein anderes.«

»Mmm … Aber bei dem hier habe ich mich schon drin gesehen. Irgendwo hinter Maïre, in aller Ruhe.«

»Das klappt schon noch.«

»Wenn ich an all die Schiffe denke, die da aufgebockt sind, ohne je benutzt zu werden, macht mich das ganz trübsinnig …«

»Ich stecke tierisch in der Scheiße, Jean-Louis.«

Maistre musterte seinen Freund von Kopf bis Fuß, während er in seinen Taschen kramte. »Was ist denn schon wieder los?«

»Üble Sache. Gestern Abend ist mir was Ernstes zugestoßen. Genauer gesagt, vergangene Nacht.«

Maistre öffnete eine Schachtel Zigaretten, zog eine heraus, zündete sie an und zog nervös an ihr, während er auf den Füßen wippte.

»Jemand hat auf mich geschossen …«

Maistre schloss die Augen, stieß geräuschvoll den Rauch aus und starrte auf die Schiffe, die im Hafen schaukelten.

Nach langem Schweigen fügte de Palma mit monotoner Stimme hinzu: »Als ich aus Steinerts Büro kam, hat ein Typ auf mich angelegt. Ich hab einen hübschen Schmiss an der linken Schulter, heute Morgen bin ich genäht worden.«

Wütend warf Maistre die kaum begonnene Zigarette weg und drückte sie mit der Schuhspitze aus.

»Es ist nichts Schlimmes, nur eine Schramme. Aber … Ich hatte die Angst meines Lebens, Jean-Louis …«

Maistre zog die Nase hoch und sah seinem Freund gerade in die Augen. »Darf ich erfahren, was du zu dieser Unzeit in Steinerts Büro gemacht hast? Ich denke doch, er ist tot, oder!«

»Ich wollte …«

Am liebsten hätte Maistre gebrüllt, stattdessen zischte er leise durch die Zähne. »Sag mir nicht, dass du bei ihm eingebrochen bist und der Hausbesitzer oder was weiß ich wer dich in der Aufregung für einen Fassadenkletterer gehalten hat.«

»Ein bisschen so war es.«

»Verdammt, habs geahnt. Spucks jetzt aus.«

»Ich bin durchs Fenster in Steinerts Büro, und als ich wieder raus bin, hat ein Typ auf dem Bürgersteig gegenüber auf mich gewartet und wollte mich umlegen. Das ist alles.«

»Das ist alles? Und das erzählst du mir hier? In La Pointe-Rouge! Du hättest mich auch sofort anrufen können!«

»Ich muss gestehen, daran hab ich nicht gedacht.«

»Und all das wegen dieser klitzekleinen Ermittlung bezüglich dieses verdammten Milliardärs, von dem alle sagen, dass er in zwanzig Zentimeter stinkender Brühe ertrunken ist!«

»Du hast alles begriffen, Dicker.«

Maistre zog die nächste Zigarette heraus und steckte sie sich zwischen die Lippen, ohne sie anzuzünden. »Sag mir nicht, dass dich das alles bestätigt, Baron, ich hab keine Lust, das will ich nicht hören.«

Die Sonne verschwand hinter der Mole von La Pointe-Rouge, das Meer wurde violett und der Schaum auf den Felsen rosa. Am Ende eines Stegs spielte ein Junge mit einem jungen Hund. Maistre blieb stehen und zündete seine Zigarette schließlich an.

»Verzeih mir, Dicker.«

»Was soll ich dir verzeihen, du Blödmann? Da gibts ein Arschloch, das versucht, dich umzunieten. Das Problem ist, dass er nicht von dir ablassen wird. Kann dein kleines Hirn das kapieren?«

»Ich …«

»Womöglich steht er über uns! Hast du eine Beschreibung?«

»Nichts. Eine automatische Waffe und ein Schalldämpfer.«

»Klassisch. Der Schalldämpfer weniger. Ich will dir nicht Schiss machen, aber das sieht aus wie ein Auftragskiller.«

»Das glaube ich nicht, der hätte gewartet, bis ich auf der Straße bin. Das wäre einfach gewesen.«

»Du holst dein Auto und pennst bei mir. Dann sehen wir weiter.«

»Nicht heute Abend.«

»Lass es bleiben, Michel.«

»Nicht heute Abend, ich bin verabredet.«

»Scher dich zum Teufel, Baron. Eines Tages kann dir niemand mehr helfen.«

Er versuchte, seinen Worten so viel Kraft zu verleihen, wie möglich, aber der Baron hatte schon die Autoschlüssel herausgeholt. Er hörte nicht mehr zu. Sein Blick war seltsam starr.

Das Majestic lag an der Ecke Boulevard Banon und Traverse Casse im Montolivet-Viertel. Eine schmuddelige Bar, die ihre Blüte zur Zeit der French Connection erlebt hatte: Dort hatten Constant Ribellu, der Schmuggler, und Jo Cesari, der größte Heroinkocher, an einem Resopaltisch die nächsten Heroinlieferungen nach New York und Italien besprochen. Unter den aufmerksamen Blicken der Männer von der Drogenfahndung.

Paul Brissone stand hinter der Theke des Majestic und ließ den Baron nicht aus den Augen. Eine besorgte Falte grub ihm ein S zwischen die hellgrauen Augen.

»Du musst dich absetzen, Chef. Sonst erledigen sie dich am Ende richtig.«

»Mach dir keine Sorgen, Paulo, wenn er mich hätte erwischen wollen …«

Brissone blinzelte ein paar Mal, bei ihm ein Zeichen für Nervosität und Angst. Mit einer kräftigen Bewegung fuhr er mit dem Rücken seiner dicken Hand über die Theke. »Red keinen Blödsinn, Michel. Ein Typ, der dich verfolgt, ohne dass du es merkst, und mit einem Schalldämpfer auf dich schießt, hat seine Sache ernsthaft geplant, da gibts nichts zu deuteln.«

De Palma nahm einen Schluck Bier und zeichnete Fantasiefiguren auf das beschlagene Bierglas. »Aber wirklich, ich kapiers nicht, er hätte mich auf der Straße erwischen können!«

»Vielleicht wollte er dich nicht erwischen! Entschuldige, wenn ich das sage, aber das ist einer von uns! Wer, weiß ich nicht, aber ein Typ von unserer Seite. Und wenn ich ordentlich suche, finde ich ihn.«

De Palma kannte Paul Brissone seit Urzeiten. Brissone war ihm bei einem Fischzug ins Netz gegangen, einem Fall tödlicher Abrechnungen nach einer langen Serie von Zwischenfällen unter rivalisierenden Clans. Brissone gehörte zu keiner Gruppe, zu keiner Familie, er war einfach ein smarter Ganove, halb Zigeuner, halb Italo, bissig wie ein Raubtier, und schwamm in allen Wassern, selbst in den schmutzigsten.

Mit fast sechzig schaltete der Halunke noch lange nicht runter. In Marseille hieß es, er würde nichts und niemanden fürchten. Er hatte einen makellosen Lebenslauf: Jugendfürsorge, Haft in Les Baumettes, versuchte Ermordung des eigenen Vaters, etwa dreißig bewaffnete Überfälle, dann die Vollzugsanstalt Poissy und einige andere, bevor er ans Mittelmeer zurückgekehrt war.

Während eines Polizeigewahrsams war Brissone zum Freund und Spitzel von de Palma geworden: Der Halunke hatte den ganzen Tag über Schläge einstecken müssen; der Baron hatte ihn gegen 20 Uhr zur Vernehmung übernommen: Brissone war wie ein an den Ring gekettetes Tier, seit 24 Stunden durstig. De Palma hatte ein Sixpack Bier bringen lassen, und er und Brissone hatten lange geredet. Der Ganove hatte sein Leben vor ihm ausgebreitet wie ein schlechtes Blatt voller fauler Dreier und wackliger Fünfer. Schläge und wieder Schläge bis zu dem Tag, an dem er beschlossen hatte, nicht weiter einzustecken und selbst zu schlagen, bevor er geschlagen wurde. An diesem Tag hatte Brissone den, der vorgab, sein Vater zu sein, am Hals gepackt und die stählerne Faust zusammengepresst. Er hätte ihn getötet, wenn nicht der Nachbar vorbeigekommen wäre.

»Ich bin böse, Bulle. Wenn du wüsstest, wie böse ich bin«, hatte er dem Baron weinend erklärt.

Am Ende der Nacht hatte der Baron das Vernehmungsprotokoll zerrissen und ein neues getippt. Brissone hatte ihm den Text diktiert. Um acht Uhr morgens hatte der Gauner die Zelle des Polizeihauptquartiers in der Rue de L'Evêché verlassen. Mit einer Ehrenschuld gegenüber dem Baron.

»Ich mach mich kundig, Michel. Aber sag, wenn ich den, der auf dich geschossen hat, je finde, geb ichs ihm oder nicht?«

»Rühr ihn nicht an, Paulo, den behalt ich mir vor.«

»Hast du eine Idee?«

»Es gibt da so eine Immobiliensache, die in der Ecke Eygalières und Maussane in der Provence geplant war. Ein gewaltiger Batzen Geld … Ein großer Freizeitpark mit allem, was du dir vorstellst. Angeblich gab es einen Spielverderber, einen gewissen William Steinert. Das ist bislang alles. Steinert wird morgen beerdigt, da muss ich hin.«

»Soll ich mitkommen oder dir jemanden schicken?«

»Danke, Paulo, aber ich werd aufpassen.«

Brissone ließ seinen Siegelring auf die Theke knallen. »Bei so einer Sache können eigentlich nur die aus Aix mitmachen. Ich kenn die ganz gut: Morini, der Große, der wollte sogar, dass ich eine Bar mit ihm übernehme. Noch letztes Jahr – da waren Lulu, Chinois und Paulo dabei. Und natürlich der Große selbst. Wenn die den Killer auf dich angesetzt haben, weiß ichs spätestens morgen. Und wenn sie es sind, ist das gar nicht gut. Die sind irre, da oben.«

»Sagt dir die SODEGIM was?«

»Oh, verdammt! Da hast du den Finger an die richtige Stelle gelegt. Das ist ein Laden von Morini, er lässt ihn von einem Typen namens Philippe Borland führen. Sie sind an dem Projekt der Neubauten am Hafen dran, weißt du, die neuen Viertel.«

»Morini mischt da also mit!«

»Ja! Der Große schläft nicht, ich sags dir!«

»Und dieser Borland?«

»Kenn ich nicht. Wir haben den hier eigentlich nie richtig gesehen. Normal für eine Marionette.«

Mit der Daumenrückseite strich sich der Gauner über die weiße Narbe auf seiner Unterlippe. »Spätestens morgen, ich ruf dich gegen vier an.«

»Danke, Paulo.«

»Zu Diensten, Mann. Zu Diensten.«

»Komm, wir verdrücken noch eine Pizza.«

»Um die Zeit! Du bist wirklich verrückt, Baron.«

»Bei Vincent haben sie lange auf.«

Brissone zog seine .45er unter der Theke hervor, und sie gingen hinaus in die Nacht.

10

William Steinert wurde früh am Morgen begraben.
Ingrid ließ wissen, ihr Mann habe schon lange gewünscht, seine Beisetzung solle im engsten Familienkreis stattfinden: die Familienangehörigen, ein paar Getreue des Mas. Sonst niemand.

Inmitten der Olivenbäume fand eine schlichte Abschiedszeremonie statt, während der Williams Leiche zu den Alpilles hin aufgebahrt war. Ingrid weinte nicht, sie wirkte sehr würdevoll in einem schwarzen, seidenen Etuikleid und mit zusammengebundenem Haar.

Sie verlas einen wunderschönen Text, den sie am Tag zuvor für ihren Mann geschrieben hatte: ein paar einfache Worte auf Französisch, die ihr gemeinsames Leben zusammenfassten, die gemeinsame Zeit ihrer Liebe und dann das etwas einsiedlerische Leben inmitten jener Provence, die er zu seiner zweiten Heimat erkoren hatte.

Ich hatt' einen Kameraden,
einen bessern findst du nit.
Er ging an meiner Seite
in gleichem Schritt und Tritt.

Niemand sah die winzige schwarze Silhouette, die reglos auf einem vom Wind gemarterten Felsen stand. Bérard, der ungesellige Schäfer, inmitten der verkohlten Bäume auf dem Hügel. Die Silhouette eines alten barhäuptigen Mannes, der die Tiere an diesem Morgen nicht aus dem Stall geholt hatte und ein paar Verse von Mistral, dem Meister von Maillane, seinem entfernten Verwandten, murmelte:

O belli Santo, segnouresso
De la planuro d'amaresso,
Clafissès, quand vous plais, de pèis nòsti fielat;
Mai à la foulo pecadouiro
Qu'à vosto porto se doulouiro,
O blànqui flour de la sansouiro,
S'es de pas que ié fau, de pas emplissès-la!

Oh schöne stolze Heilige
Aus der bitteren Ebene,
Ihr füllt unsere Netze mit Fischen, wenn ihr wollt;
Aber die sündige Menge,
Die vor euren Toren jammert,
Oh weiße Blumen unserer salzigen Heide,
Wenn Friede erwünscht, so gebt ihn ihr!

Anschließend wurde die Leiche von William Steinert zum Friedhof von Eygalières gebracht, wo der deutsche Industrielle an der Seite seines Vaters ruhen würde.

Als der Trauerzug an der Kapelle Sainte-Sixte am Eingang des Dorfes vorbeikam, verharrte er eine Minute, Ingrid hatte das so bestimmt: Sie hatte sich daran erinnert, dass das Erste, wovon ihr Mann ihr erzählt hatte, als sie sich in München kennenlernten, jene einfache Kapelle gewesen war, die heute zu einem Sinnbild der touristischen Provence geworden war.

William hatte gesagt: »Manchmal habe ich den Eindruck, ich sei dort geboren. Ich weiß nicht, warum, aber dort fühle ich mich wirklich zu Hause. Ich gehöre dieser Erde.«

Der Zug bog in den von Säulenzypressen gesäumten Weg ein, der zum Friedhof führt. De Palma hielt sich ein wenig im Hintergrund, neben einer Platane, gut zehn Meter von der Gruft der Steinerts entfernt. Er beobachtete die kleine Gruppe, die sich zusammengefunden hatte, und speicherte in Gedanken so viele Gesichter wie möglich. Er suchte Ähnlichkeiten mit der

Gestalt, die auf ihn geschossen hatte, und merkte, dass ein gutes Dutzend Personen von der Größe und dem Aussehen passten.

Es waren ein paar Alte aus dem Dorf da, die kein Begräbnis ausließen, während sie auf ihr eigenes warteten; sie blieben ein paar Sekunden und verschwanden dann hinter den Gräbern.

Auch der Bürgermeister von Eygalières hatte sich herbemüht, er schüttelte ein paar Hände, drückte Ingrid sein Beileid aus. Sie wechselten ein paar Worte, und de Palma schloss aus seinem Gesichtsausdruck, dass er die Witwe Steinert kannte. Simian hatte ihn also angelogen.

Hinter Ingrid standen, steif wie Kirchenkerzen, zwei Männer, die de Palma im Mas gesehen hatte: Einer mochte um die vierzig sein, der andere etwa zwanzig; es waren Provenzalen, auf den ersten Blick Bauern, die sich in ihrem schwarzen Anzug nicht wohl fühlten. Man hätte meinen können, die beiden Männer würden hinter ihrer Herrin Wache stehen. De Palma hätte geschworen, dass es sich um Vater und Sohn handelte, so frappierend war die Ähnlichkeit der beiden. Der ältere musterte de Palma lange, wie man es mit einem Eindringling oder mit jemandem macht, an dessen Gesicht und Gestalt man sich erinnern will.

Vor Ingrid stand die nahe Familie, die aus Deutschland gekommen war. De Palma erkannte Karl, den jüngeren Bruder von William, und dessen Frau, die er bereits auf den Fotos gesehen hatte. Rechts davon der zweite Bruder und ein paar Freunde oder Cousins. De Palma beobachtete sie lange, ihr Kummer war aufrichtig, die Fährte »Familie« gab er endgültig auf. Niemand in dieser Runde konnte den Ermittler auf irgendeine Spur führen.

Ein Gebet auf Deutsch verbreitete sich wie ein Murmeln zwischen den Gräbern. De Palma hatte den Eindruck, die Steine um ihn herum würden erzittern. Das Gebet endete. Die Familie und der engere Kreis stellten sich in einer Reihe auf, um endgültig von William Steinert Abschied zu nehmen. De Palma wartete, bis Ingrid allein war, um ihr sein Beileid auszudrücken.

»Komisch, Sie scheinen ebenfalls traurig zu sein«, sagte sie mit dünner Stimme.

Er antwortete nicht und musterte das Blau ihrer Augen, das der Kummer ausgewaschen hatte. »Der Tod berührt mich immer, heute mehr als an anderen Tagen.«

Er wartete auf die Reaktion von Ingrid und den beiden Männern, die hinter ihr standen, aber die Witwe schien nichts gehört zu haben.

»Kommen Sie mit zum Mas, der Brauch will es, dass wir uns versammeln und im Angedenken an den Toten etwas essen.«

»Ich kann nicht, ich muss noch am Vormittag nach Marseille zurück.«

De Palma näherte sich dem Grab und betrachtete lange den Sarg von William Steinert. Dann nahm er eine Handvoll Erde und warf sie darauf. Als die Erde auf die hellgelbe Eiche fiel, verursachte sie ein hohles Geräusch.

Er hatte gerade flüchtig die Wahrheit dieses Todes gesehen, der er sich von Anfang an verweigert hatte.

Um zehn nach vier klingelte das Telefon des Barons, und auf dem Display las er »Rufnummer unterdrückt«.

»Hallo, Baron, können wir uns sehen?«

De Palma erkannte sofort Paul Brissone. »Wann immer du willst, mein Lieber.«

Die Stimme von Brissone war leicht entstellt, als sei er außer Atem. »Also wie immer.«

»Kein Problem. Gegen siebzehn Uhr.«

De Palma dachte einen Augenblick lang an das Aixer Milieu: Seit ein paar Jahren mischte es von Nizza bis Marseille einschließlich der kleinen Städte der Umgebung überall mit. Der Herrscher über dieses Imperium war dickleibig, ein gewaltiger Haufen Fett: Marc Morini, genannt der Große. Ein Großer unter den Bösen, dessen Aufstieg de Palma seit Ende der Achtzigerjahre verfolgt hatte. Der Große hatte sich ein bisschen Gefängnis eingehandelt, gerade mal vier Jahre wegen Zuhälterei, und war beim Verlassen des »Funk House«, einer Diskothek in einer Vorstadt von Aix, mit knapper Not den Killern des Clans der Marseiller entgangen. Das war 1995. Die Mordkommission und das BRB, das Dezernat Organisierte Kriminalität, hatten 69 Einschüsse im Auto des Gangsterbosses gezählt, hauptsächlich Brenneke Doppelnull-Postenschrot, Version Lupara, dann 3-Millimeter- und schließlich die hochheiligen 9-Millimeter-Geschosse. Der Große war so geistesgegenwärtig gewesen, sich in sein Mercedes Coupé zu ducken und so lange blindlings geradeaus zu fahren, bis er im Wagen einer angesäuselten Studentin landete. Tatsächlich verdankte er seinem zweiten Mann das Leben, der das Feuer auf die Marseiller eröffnet hatte, um von ihm abzulenken, bevor er selbst eine Uzi-Salve in die Eingeweide bekommen hatte.

Als Laurent Le Guilvinec, ein Kommandant vom BRB, den Großen keuchend und mit blutendem Unterarm in einem Kiefernwald aufgespürt hatte, ging die Sonne über einer rauchenden Landschaft auf. Der Gangsterboss hatte den Bullen angestarrt wie ein Kind, das Angst vor der Nacht hat. Er hatte sich die Hose vollgepisst. Diese Anekdote hatte lange die Runde in den düsteren Gängen des BRB und der Mordkommission gemacht: »Der Große hat sich in die Hose gepisst.« Mit dem stetigen Aufstieg des Pissers in der Unterwelthierarchie war die Anekdote dann allmählich aus den Köpfen verschwunden. Heute wagten es an den Orten des Milieus nicht einmal mehr die Bullen, diesen Spitznamen zu verwenden.

Es erstaunte also nicht im Geringsten, dass Marc Morini sich für das Projekt eines Freizeitparks interessierte. Er hatte einiges in die neuen Viertel des Marseiller Hafens gesteckt: Themenkneipen, Caipi-Bars, neonbeleuchtete Karaokeschuppen, Technodiscos … Er würde sich kaum mehr mit Jazz für das Kulturbürgertum von Aix begnügen. Es war also nur natürlich, dass er sich noch ein bisschen ausbreitete, und die Provence von

Mistral erschien ihm bestimmt als der beste Ort dafür. Umso mehr, als Morini ein Kind der Gegend war, er war in Tarascon geboren und in Arles zum ersten Mal in Haft.

De Palma bog auf die von der Hitze ausgeblichene N 568. Der Wind hatte die Gemüsestiegen und Melonenverpackungen, die von den Straßenhändlern zurückgelassen worden waren, auf die Fahrbahn geweht.

Am Horizont flimmerte der Asphalt im benzol- und kohlendioxidgeschwängerten Licht. Die gewaltigen Behälter des Gasterminals waren kaum zu sehen.

Paul Brissone saß auf einem Kalksteinquader gegenüber der Crinas-Mauer im einzigen Fleckchen Schatten des antiken Marsiho: das Einkaufszentrum Centre Bourse am Fuß der riesigen Einkaufshalle, die von einem Festungsbaumeister aus den Zeiten des großen Mammon entworfen worden war. Das Ergebnis war so etwas wie eine gewaltige Betonhand mit mehreren amputierten Fingern, die auf die vier Mauern gestellt war, die noch von der griechischen Phokaia, der Stolzen und Ungeselligen, übrig waren: dem alten Hafen mit seinem Becken inmitten einer von der Sonne angesengten Rasenfläche voller Hundepisse, Kot und Papierfetzen. Neben Brissone saß ein alter Algerier und las die neueste Ausgabe von *Al Watan,* während er mit seiner Sandale an der Fußspitze wippte. Der Ganove dachte sich gerade, dass er gern von der Klimaanlage der Läden im Einkaufszentrum profitieren würde, wenn er nicht bis oben hin bewaffnet gewesen wäre. Die Hand des Barons schlug ihm auf die Schulter. »Salut, Paulo, betrachtest du die Pracht von Massalia der Griechin?«

»Als ich klein war, war das Brachland. Verdammt, und jetzt stinkts nach Hundepisse …«

»Vielleicht roch es in den griechischen Städten genauso, wer weiß!«

»Gehen wir ein paar Schritte.«

Sie liefen ein Stück auf den riesigen Steinplatten der phokaischen Straße und blieben am Ufer des Galeerenbeckens stehen.

»Der Große sieht gar nicht gerne, dass du dich für die Angelegenheiten von Madame Steinert interessierst, aber er sagt, er wäre es nicht gewesen, der dir den Kerl mit dem Schalldämpfer geschickt hat. Das ist keiner von seinen Leuten. Hundertprozentig.«

»Kannst du mir ein Treffen mit dem Pisser arrangieren?«

»Mit wem?«

»Mit dem Pisser, so haben wir ihn im Hauptquartier genannt. Eines Tages hat ihn nämlich einer von deinen Freunden vom BRB am frühen Morgen in einem Wäldchen bei Aix-en-Provence gefunden, mit vollgepisster Hose.«

Brissone sah sich hektisch um. »Mach keinen Scheiß, Baron, er könnte dich jederzeit mit Leichtigkeit erledigen. Bulle oder nicht – das ist dem Großen scheißegal.«

»Ich will ein Treffen.«

»Er ist jeden Tag im Café des Deux Mondes, Place de l'Hôtel de Ville …«

»Danke, Paulo.«

»Zu Diensten, Mann.«

»Der Große bist du, Paulo, nicht er.«

Als Brissone den Blick hob, war de Palma bereits hinter der Crinas-Mauer verschwunden.

II

Als de Palma seinen Alfa neben einem schlammverschmierten Range Rover parkte, warf er einen Blick auf die Uhr am Armaturenbrett: genau 10 Uhr. Exakt die Zeit, zu der Texeira sich mit ihm verabredet hatte.

La Capelière war wie ausgestorben, ein Geruch nach getrocknetem Schlamm und abgestorbenen Algen lag in der Luft und wurde umso stärker, je mehr die Sonne die Atmosphäre erhitzte. Die Mücken vollführten Veitstänze. De Palma fuhr sich mit der Hand über die Stirn, auf der Schweißperlen glänzten, und ging geradewegs auf den Eingang des Museums zu. Texeira unterhielt sich mit der Studentin, die die Besucher empfing, und drehte sich rasch um, als der Polizist zur Tür hereinkam.

»Kommen Sie, Monsieur de Palma«, sagte er und schüttelte ihm kraftvoll die Hand, »gehen wir in mein Büro.«

Als er das Labor betrat, das Texeira als Büro diente, bemerkte de Palma den Alkoholgeruch in der Luft. Auf einer Abstellfläche standen wassergefüllte Reagenzgläser mit Algenfäden, die vor sich hinfaulten. Neben dem Binokularmikroskop lagen winzige Insekten in alkoholgefüllten Glasröhrchen.

An eine Styroporplatte waren diverse Arten gepinnt, jede mit einem Etikett versehen: *»Scarabaeus laticollis Le Sambuc (Dép. 13), 3/05/2003 CT rec«.*

Texeira schien das Interesse, das der Baron seiner Arbeit entgegenbrachte, befriedigt zur Kenntnis zu nehmen. »Das sind die Ergebnisse einer Kartierung und Erfassung, die wir vor mehreren Monaten durchgeführt haben … Skarabäen, sehr wichtige Tiere hier bei uns, denn sie fressen Kuhfladen. Man kann froh sein, dass es sie gibt, denn sonst …«

»Sie machen eine faszinierende Arbeit!«

»Ich beschäftige mich eigentlich eher mit Vögeln, aber heutzutage spielen vor allem die Mistkäfer die Hauptrolle, und es gibt fast 700 kotfressende Arten! Nun ja. Man macht nicht immer, was man will.«

De Palma begnügte sich damit, zustimmend die Arme zu heben. Einstweilen versuchte er, den Ort in sich aufzunehmen, sich Gerüche und Klänge dieser Welt einzuprägen, die ihm absolut fremd war – in der Überzeugung, an einem solchen Ort Fetzen der Wahrheit zu entdecken.

»Monsieur Texeira, haben Sie diesen Mann, der im Sumpf gefunden wurde, William Steinert, gekannt?«

»Ich habe darüber schon mit Ihrem Kollegen gesprochen, als ich erfahren habe, dass es sich um ihn handelt … Ich weiß den Namen nicht mehr … Kurz, ja, ich kannte Steinert zu der Zeit, als er häufig herkam.«

De Palma beugte sich über das Mikroskop. »Was hatten Sie für ein Verhältnis zu ihm?«

»Sehr freundschaftlich. Wirklich. Häufig blieb er hier zum Mittagessen.«

»Sie sagen, dass er seit einiger Zeit nicht mehr kam?«

»Seit ungefähr zwei Jahren zog er es vor, seine Beobachtungen entweder Richtung Méjanes oder am Etang du Fangassier und am Etang du Grand Rascaillon zu machen. Er sagte, da seien weniger Touristen. Stimmt schon, hier ist im Sommer ganz schön was los.«

»Und was tat er, wenn er sich hier bei Ihnen in der Nähe aufhielt?«

»Oh, er kam frühmorgens, vor Sonnenaufgang, und wartete, bis die Natur erwachte, so wie alle, die sich dafür begeistern.«

»Haben Sie selbst ihn einmal begleitet?«

»Ehrlich gesagt, nein, ich glaube, wir beide zogen es vor, unsere Beobachtungen allein zu machen.«

»Wann haben Sie ihn zum letzten Mal gesehen?«

»Das war diesen Winter, zufällig auf dem Markt von Tarascon. Wir sind uns begegnet und haben ein paar Sätze gewechselt. Er hat mir versprochen, dass er mich im Frühling besuchen kommen würde.«

»Nichts weiter?«

Texeira musterte de Palma lange, während er an einem Schlüsselbund in der Tasche seines Kittels nestelte. Plötzlich schien er argwöhnisch, ja misstrauisch zu werden. De Palma begriff, dass er heute nicht alles bekommen würde, was er sich von dem Wissenschaftler erhoffte.

»Ich verstehe den Grund für Ihren Besuch nicht so recht, Monsieur de Palma. All das habe ich schon Ihrem Kollegen gesagt, wie heißt er noch?«

»Marceau …«

»Ja, genau.«

»Seien Sie unbesorgt, es ist nur eine Routineuntersuchung«, sagte der Baron und gab ihm seine Visitenkarte. »Sollte Ihnen noch irgendetwas einfallen, rufen Sie mich unter der Handynummer an, das ist sicherer. Manchmal erinnern sich Zeugen Tage später an Einzelheiten … Ich sehe mir jetzt noch den Tatort an, um die Geschichte abzuschließen.«

Texeira musterte die Visitenkarte des Polizisten. »Ich begleite Sie, es gibt da Stellen, die man besser meidet, Sie riskieren, von Kopf bis Fuß im Schlamm zu versinken. Oder sogar in Treibsand zu geraten.«

»Das hätte noch gefehlt«, bemerkte der Baron und öffnete die Labortür.

Sie gingen ein ganzes Stück zwischen Eschen, Erlen, Pflanzen, die an Mangroven erinnerten, und abgestorbenen Bäumen hindurch, die langsam im Wasser des mit treibendem Laichkraut und Wasserlinsen bedeckten toten Flussarms vergammelten. Die feuchte Hitze ließ alles erstarren, und aus den Wassergräben stieg der Gestank nach Moder und faulendem Gestrüpp.

Der »Natur und Beobachtung« getaufte Rundweg hatte einen komplizierten Verlauf, führte an Tümpeln vorbei, überquerte Bäche, bevor er auf eine weite, trockene Schlammfläche stieß. Texeira blieb stehen und deutete mit dem Finger auf eine Hütte in fünfzig Meter Entfernung.

»Ich war da in dieser Hütte, die Sie dort hinten sehen, am Ende der Salzsteppe.«

Die Hütte hatte Ähnlichkeit mit einem indianischen Tipi, mit niedrigen Mauern, die einmal weiß gewesen sein mochten, und einem kegelförmigen Strohdach, das ungefähr zwei Drittel des Gebäudes ausmachte.

»Die Leiche befand sich auf der anderen Seite des Schilfs, im Sumpf.«

»Sind Sie genau denselben Weg gegangen, als Sie an jenem Morgen Ihren Beobachtungsposten bezogen haben?«

»Ganz richtig, ja …«

»Und Sie haben nichts bemerkt?«

»Nein, absolut nichts. Außerdem war es dunkel.«

Die Erde der Salzsteppe, die in Tausende von Rauten zerrissen war, hatte Fieber. Die Queller machten sich auf ihrem ausgedörrten Schlammsockel so klein wie möglich. Als die beiden Männer die Hütte betraten, glaubte de Palma, in ein verlorenes Paradies einzudringen.

»So, die Leiche befand sich dort hinten, bei dem Schilfrohrwäldchen, das Sie dort sehen. Wie ich Ihrem Kollegen erklärt habe, habe ich als Erstes Krähen bemerkt, die in dieser Ecke kreisten. Ich dachte an ein Aas. Ab und zu ertrinken Wildschweine. Ich hätte nie gedacht, dass es ein Mensch ist.«

De Palma warf einen raschen Blick in die Hütte. Er sah nichts, was ihm irgendeine Auskunft über den Tod Steinerts hätte geben können. Er ging in den Glutofen hinaus und lief langsam zu der Stelle, an der Texeira Steinerts Leiche gefunden hatte.

Dutzende von Fußspuren waren im getrockneten Schlamm konserviert, sicherlich von den Gendarmen und von Neugierigen. ›Wirklich gut gemacht‹, sagte er sich. ›Jetzt versteht man gar nichts mehr.‹

Er ging ein paar Mal um das Wäldchen herum, aber erfuhr einstweilen nichts Wichtiges. Er kauerte sich einen Augenblick hin und betrachtete die fauligen Wasser des Sumpfs, als wolle er mit der Vergangenheit in Kontakt treten, die Szene so rekonstruieren, wie sie sich abgespielt haben musste. Er suchte nach Bildern, aber sie kamen nicht.

»Die Leiche lag ausgestreckt im Wasser, nicht wahr?«

»Genau vor Ihnen. Mit dem Rücken nach oben.«

De Palma stand auf. Etwas stimmte nicht.

Ingrid Steinert hatte recht, ihr Mann hatte nicht so sterben können, mit der Nase im Schlamm dieses stinkenden Sumpfs. Man hatte ihn ins Wasser geworfen, oder er war ins Wasser gesprungen. Als Texeira sich entfernte, nutzte er die Gelegenheit, um sein Handy zu nehmen und Marceaus Nummer zu wählen. Er stieß auf den Anrufbeantworter. Er versuchte es mit der Nummer von Mattei, dem Rechtsmediziner. »Salut, Totendoktor, ich bins, Michel.«

»Was ist los, Baron, willst du mich zum Essen einladen?«

»Nein, ich wollte was wegen Steinert wissen, hast du Kieselalgen gefunden?«

»Positiv, Bulle. Du bist mit deiner Frage nicht der Erste.«

»Scheiße.«

»Warum, Herzchen? Willst du etwa auch, dass ihn jemand umgebracht hat? Aber nein, er ist ertrunken.«

»Ist das alles, was du herausgefunden hast?«

»Ja, das ist alles, großes Polizeigenie, und das ist schon mal nicht schlecht.«

»Und es gab nichts anderes?«

Mattei pustete in den Hörer. »Nein. Abgesehen vom Adrenalin … in rauen Mengen … im Herzen. Vor seinem Tod hat er einen ordentlichen Adrenalinstoß gehabt. Ich übergehe die Schlussfolgerungen.«

»Ja, nun. Ich danke dir, Doc. Ich besuch dich bald.«

»Ist mir immer ein Vergnügen.«

De Palma sah nicht klarer, aber wusste jetzt zumindest zwei Dinge: Steinert war ertrunken, daher die Kieselalgen, und er hatte vor seinem Tod eine Wahnsinnsangst verspürt; das belegte das Vorhandensein des Adrenalins.

De Palma sah noch einmal auf das stehende Wasser, ein paar Luftblasen stiegen aus dem Schlamm und zerplatzten an der Oberfläche. Ein Stückchen weiter machte ein gieriger Fisch einen Looping über dem Wasser und verschwand wieder.

»Monsieur Texeira, ist das der einzige Weg, um zu der Hütte zu gelangen?«

»Keineswegs, es gibt noch mindestens einen anderen, wenn Sie an der anderen Seite des Röhrichts entlanggehen, im Grunde macht die ausgeschilderte Strecke eine Schleife. Sie können sie gehen, wie Sie möchten. Zudem können Sie auch über den Rasen kommen, den Sie dort hinten sehen … Vorausgesetzt, Sie haben keine Angst vor den Stieren.«

De Palma drehte sich um und sah hinter einem Zaun schwarze Flecken, die sich von dem abhoben, was noch an Grün übrig war. »Sind die Stiere wirklich gefährlich?«

»Man sollte besser aufpassen …«

Texeira kehrte in sein Büro zurück. De Palma beschloss, auch noch den Rest des Rundwegs zu gehen.

Er überquerte die restliche Salzsteppe, dann ging er an dem Stacheldraht am Rand des »Rasens« entlang und fand sich am Ufer eines halb ausgetrockneten Sumpfs wieder. Ein Graureiher, der dort stand, verschwand im Röhricht, kaum hatte er den Polizisten wahrgenommen.

Mitten im Sumpf saß, dick wie ein Flaschenkürbis, eine Schildkröte auf einem von der Feuchtigkeit angefressenen Baumstumpf in der Sonne. Michel wurde bewusst, dass er zum ersten Mal eine wilde Schildkröte sah, und er blieb einen Augenblick stehen, um den Anblick in Ruhe auszukosten. Als er dem Weg in das Röhricht folgte, hüllte ihn die Feuchtigkeit ein. Das Schilfrohr war derart dicht gewachsen, dass es niemandem möglich gewesen wäre, sich hindurchzuzwängen.

»Wenn jemand Steinert transportiert hat, um ihn hier zu ertränken, so ist er bestimmt nicht da durchgegangen. Angesichts seiner Größe und seines Gewichts ist nicht mal der Pfad breit genug. Nein, er ist über den ›Rasen‹ gekommen, wie Texeira das nennt.«

Als er zur Naturschutzstation La Capelière zurückkam, unterhielt sich Texeira mit einer Gruppe von Touristen in Tarnkleidung, Wanderschuhen und mit umgehängten Ferngläsern und Teleobjektiven; alle kamen von einer morgendlichen Beobachtungstour zurück.

Texeira löste sich von der Gruppe und kam ihm entgegen. »Was kann ich für Sie tun, Monsieur de Palma?«

»Sie haben schon viel getan. Aber noch mal: Wenn Sie sich je an ein Detail, an irgendetwas erinnern, auch wenn es Ihnen unbedeutend erscheinen mag, bitte ich Sie, es mir mitzuteilen.«

»Nein, mir fällt nichts ein.«

Texeira machte den Eindruck, etwas zu verbergen. ›Kann sein, dass er mich anlügt‹, sagte sich der Baron. ›Wenn Steinert derart viel Adrenalin ausgeschüttet hat, hat er vor seinem Tod bestimmt geschrien … Zumindest ist das eine ernsthafte Möglichkeit. Und von hier aus hat Texeira es hören können.‹

»Ich bestehe darauf«, sagte er und sah ihm gerade in die Augen. »Zögern Sie nicht, mich anzurufen.«

Texeira kam näher und kratzte sich im Nacken. »Nun, also, es gibt da etwas, was ich Ihren Kollegen nicht gesagt habe.«

»Nur zu …«

»An einem Abend habe ich Stimmen gehört, Leute, die auf der anderen Seite des Sumpfs gesungen haben.«

»Ist das ungewöhnlich?«

»Aber ja. Ich habe das zum ersten Mal gehört!«

»Und was sangen diese Stimmen?«

»Etwas auf Provenzalisch … oder Italienisch …«

»Haben Sie sich ein paar Worte merken können?«

»Tut mir leid, ich …«

»Das ist nicht schlimm. Wann war das?«

»Am Vorabend von Steinerts Tod.«

»Könnten Sie den Ort angeben, von dem die Stimmen kamen?«

Texeira war ernsthaft in Verlegenheit. »Von der anderen Seite dieses Röhrichts.«

»Um wie viel Uhr war das?«

»Gegen Mitternacht.«

»Weit von dem Ort entfernt, an dem man Steinert gefunden hat?«

Texeira schüttelte den Kopf und presste die Lippen zusammen. »Nein, nicht sehr weit.«

De Palma beschloss, nicht weiterzubohren, um Texeiras Vertrauen nicht zu verlieren. Er hatte Dinge verheimlicht, um keinen Ärger zu bekommen. De Palma hatte das tausend Mal erlebt. Er begnügte sich mit einem Schulterzucken. »Na, das kann ein Zufall sein, nichts weiter.«

Anstatt in Richtung Tarascon zu fahren, bog er beim Verlassen von La Capelière nach links ab und versuchte, eine Runde um das Naturschutzgebiet zu machen. Er stieß wieder auf die Straße nach Le Sambuc und merkte, dass die Sümpfe von La Capelière auf beiden Seiten nur zu Fuß zu erreichen waren. Und selbst zu Fuß musste man noch über den Stacheldraht klettern sowie sumpfige Stellen und vielleicht auch Treibsand vermeiden.

Um in dieser Abfolge von stehendem Wasser, Wäldchen aus Silberpappeln und Brombeerranken, gespenstischen Bäumen und undurchdringlichem Röhricht seinen Weg zu finden, musste man sich perfekt auskennen.

Und um in so einer Ecke in der Nacht rumzuschreien, musste man einen gewaltigen Drang dazu verspüren. Und sicherlich mehr als das. Er war sich daher sicher, dass William Steinert nach außergewöhnlicher Angst im Sumpf ertrunken war.

Am späten Vormittag stellte er sein Auto zwischen zwei Platanen neben dem ehemaligen Armeerekrutierungszentrum von Tarascon ab. Fünf Minuten später befand er sich in der Straße, die zum städtischen Theater führte, nur wenige Meter von Steinerts Büro entfernt. Er ließ einen Wagen der Stadtverwaltung vorbeifahren, dann ein Fahrschulauto, das über das hitzeglühende Pflaster ratterte, sondierte sorgfältig seine Umgebung und lief zu dem Regenrohr, das er zwei Tage zuvor hinaufgeklettert war.

Als er auf dem Dach ankam, brannten ihm die Ziegel unter den Händen. Er richtete sich auf und ging zum Bürofenster. Er sah sich die Fensterläden an: Sie waren sorgfältig von innen verschlossen worden. Er bückte sich, sah zur Straße und versuchte, die Flugbahn der Kugel zu rekonstruieren, die ihn verwundet hatte. Er brauchte nur eine Minute, bevor er an der Mauer eine winzige zersplitterte Stelle im Putz fand. Die Kugel war abgeprallt.

›Mist‹, sagte er sich. ›Hätte sie nicht in diesem verdammten Zement stecken bleiben können?‹

Er musterte die Ziegel und sah nichts. Er musste sich noch einmal die Bahn der Kugel nach dem Abprallen vorstellen, bevor er fast bis zum anderen Ende des Dachs lief. Da lag das Projektil, deutlich zwischen zwei Ziegeln zu erkennen. De Palma nahm es an sich und legte es in einen Plastikbeutel. »Du hast gerade deinen ersten Fehler gemacht, mein Depp«, brummte er. »Ich wär nicht gern an deiner Stelle, wenn diese Kugel mir jemals ihr Leben erzählt.«

12

Am Dienstagmorgen war der Ballistikraum leer. De Palma betrachtete die verschiedenen Waffen, die an Metallstangen hingen: Einige .45er, mehrere CZ, eine Reihe von FN Herstals. Er blieb vor einer Walther P38 stehen, einer Lieblingswaffe der alten Ganoven, die noch den Krieg mitgemacht und bis in die Achtziger Jahre ihr Unwesen getrieben hatten. Michel hatte einen Alten aus dem Panier-Viertel gekannt, einen Hundertprozentigen, der nie ohne seine P38 zu einem Raubüberfall ging.

»Das ist eine 9-Millimeter-Kugel. Eine gute alte 9 Millimeter.«

»Und die Waffe?«, fragte der Baron.

Pierre Diaz warf ihm einen Blick durch die rechteckigen Brillengläser zu, die er auf der Spitze seiner Stupsnase trug, und setzte ein enttäuschtes Gesicht auf. »Anstatt zu sagen ›Danke, Pierrot‹, überhäufst du mich in aller Herrgottsfrühe mit Fragen. Oh, Michel!«

Der Baron hob entschuldigend die Hände.

»Es ist eine SIG Sauer, Baron, eine SIG Sauer 29. Eine Präzisionswaffe, die häufig von guten Schützen verwendet wird, von Leuten, die an Wettkämpfen teilnehmen. Eine ganze Reihe Kollegen nehmen an solchen Schießwettkämpfen teil und besitzen eine. Schöne Waffe.«

»Woher weißt du, dass es eine SIG ist?«

»Die Kugel hat zwei sehr schmale Rillen … Da, auf der Seite. Das machen alle SIG 29. Wie eine Signatur!«

»Halt mich nicht für blöd, Pierrot. Ich weiß, dass du gut bist, aber treib es nicht zu weit. Ohne deine Maschinen bist du wie ich: eine 9 Millimeter ist eine 9 Millimeter.«

»Was meinst du, redet deine Waffe oder nicht?«

Plötzlich verspürte der Baron eine Hitzewelle, die ihm von den Beinen bis in den Magen stieg. Zufrieden mit seinem Effekt beobachtete ihn Diaz. »Wie blöde quasselt sie. Der Lauf sagt uns alles, zwei Rillen, nicht eine mehr. Diese Waffe wurde mal bei einem Raubüberfall benutzt.«

Diaz nahm sein Notizbuch, das neben ihm lag. »Ich langweile mich gerade ein bisschen … Es ist nichts los, absolut nichts …«, murrte er und blickte auf die karierten Seiten seines Notizhefts. »Also habe ich mich ganz freundlich erkundigt. Und hier ist das Ergebnis: der Fall Ben Mansour. Raubüberfall auf einen armseligen arabischen Lebensmittelhändler in der Rue de Lyon. Verdammt, eine SIG zu benutzen, um einen Gemüsehändler zu überfallen! Da muss man schon ziemlich gewissenlos oder wirklich bescheuert sein, ganz entschieden!«

»Bist du dir deiner Sache sicher?«

Mit schroffer Geste setzte Pierrot die Brille ab. »Da antworte ich nicht mal …«

Er forderte de Palma mit einer Handbewegung auf, sich vor den Vergleichsbildschirm zu setzen: Rechts das Projektil, das der Baron auf dem Dach in Tarascon aufgelesen hatte, links der Vergleich. Die Rillen stimmten perfekt überein. Diaz klopfte oben auf den linken Bildschirm, dort wo »inkriminiertes Projektil« stand. »Der Typ, der mit dieser Pistole geschossen hat, ist wirklich der König der Idioten.«

»Hast du hier Zugang zum Zentralstrafregister?«

»Ja, aber der Rechner ist außer Betrieb, sie sollten ihn schon seit Juni abholen und austauschen. Jetzt haben wir Ende Juli. Also kein Strafregister. Und übrigens auch nichts anderes.«

»Mist.«

»Geh doch rauf zu euch, Faulpelz …«

»Mmm …«

»Das Beste ist, du gehst zu Le Guilvinec, der hat sich damals um den Fall Ben Mansour gekümmert. Sie wollten diese Bande von Idioten ins Loch stecken, alles kleine Jungs aus den nördlichen Vierteln, die nachts Lebensmittelläden überfielen.«

Diaz klopfte dem Baron auf den Unterarm. »Es gibt keinen Respekt mehr, Baron … Jetzt überfallen sie sich schon untereinander.«

»Was willst du machen, schließlich haben sie das Recht, genauso bescheuert zu sein wie wir!«

Anne Moracchini hatte beide Füße auf den Schreibtisch gelegt, sah ins Leere und kaute auf der Spitze ihres Einwegkulis.

»Guten Tag, meine Liebe.«

Sie streckte sich und hielt dem Baron die Wange hin. »Was für eine Überraschung! Erst die Oper, super Abend, und dann Funkstille. Bravo, Michel!«

»Ich … ich hatte einen Haufen Dinge zu tun. Übrigens habe ich dich angerufen …«

Anne warf ihren Kuli auf den Schreibtisch. »Hör auf, Michel, so was hat man früher gesagt, bevor es Handys und Rufnummernanzeigen und all das gab. Du wirst alt, mein Lieber.«

»Ich bin gekommen, um dich um einen Gefallen zu bitten.«

»Ach, wie erstaunlich!«

De Palma hatte Mühe, ihrem Blick standzuhalten. Er fühlte sich beschissen. Er hatte Anne nichts erzählt, hatte nicht auf ihre Anrufe reagiert und wusste nicht, wie er ihr die Sache mitteilen sollte. »Du müsstest mal für mich mit Le Guilvinec reden.«

»Warum brauchst du mich dafür? Hast du Angst vor ihm?«

»Das ist es nicht, aber offiziell kann ich nicht.«

»Versuch es inoffiziell.«

»Anne, es ist wichtig.«

»Was willst du mir da weismachen! Tu tauchst hier auf, mit unschuldiger Miene wie ein Schüler auf dem Weg zu seiner ersten Fete, und bittest mich, dir zu helfen, ohne auch nur zu sagen, worum es geht.«

De Palma zog sich einen Stuhl heran und setzte sich neben

Anne. »Jemand hat neulich auf mich geschossen«, stieß er hervor.

Anne zog ruckartig die Füße vom Tisch und beugte sich zu ihrem Kollegen. »WAS?«

»Du hast ganz richtig verstanden.«

Sie fuhr sich nervös mit der Hand durchs Haar und stand auf. »Und das sagst du mir jetzt!«

Sie sah ihn zunächst voller Mitgefühl an, dann verhärtete sich ihr Gesicht.

De Palma schüttelte resigniert den Kopf. »Ich habe die Kugel gefunden und sie Diaz gezeigt, und er …«

»Moment mal, Michel, Moment. Du kommst her und sagst mir, dass jemand auf dich geschossen hat, dass du die Kugel findest und sie Diaz zeigst …«

Anne war besorgt. Sie ging um den Schreibtisch und stellte sich vor den Baron. »Michel, sieh mich an, wir kennen uns jetzt fünfzehn Jahre. Du bist der einzige Bulle, den ich in diesem verdammten Beruf bewundere, du bist der Mann, den … Also, ich glaube, du drehst völlig durch und brauchst einen guten Arzt für deinen Schädel und ein paar Monate irgendwo in der Pampa.«

Sie schwieg eine ganze Weile, dann näherte sie sich und fasste ihn an. »Zeig.«

Michel machte die Schulter frei. Ein Stück Gaze mit zwei Pflasterstreifen bildete ein großes weißes Rechteck auf seiner braunen Haut. Anne setzte sanft einen Kuss auf den Verband. »Das ist der Kuss, der alles heilt, wie mein Vater immer sagte.«

Ihm wurde bewusst, dass er seit Tagen nicht die geringste Zärtlichkeitsbekundung mehr erhalten hatte.

»Maistre war gestern hier. Wir haben lange über dich geredet. Aber er hat nichts davon erzählt. So was nennt sich dann Solidarität unter Kerlen. Sehr hübsch!«

De Palma hatte Mühe, seine Verstörung zu verbergen. Seine Schläfen begannen, sich zusammenzuziehen und ihm die

Augen zusammenzudrücken. Er hätte Anne am liebsten in die Arme nehmen wollen, wenn auch nur kurz, aber er riss sich zusammen.

»Le Guilvinec ist im Augenblick nicht da«, sagte Anne düster. »Er ist im Urlaub, in seiner heimischen Bretagne. Er hat Glück, wir braten hier. Das nennt man Hundstage.«

De Palma massierte sich die Stirn.

»Was hat Diaz dir gesagt?«

»Er hat gesagt, die Kugel stamme aus einer SIG Sauer, und zwar einer, die schon einmal bei einem Raubüberfall verwendet wurde. Und er hat mir gesagt, Le Guilvinec hätte den Fall damals bearbeitet. Kleine Scheißer aus den nördlichen Vierteln, die sich die arabischen Lebensmittelhändler der Ecke vorknöpfen.«

»Warum rufst du nicht Maistre an, der ist doch im nördlichen Sektor! Wenn es kleine Scheißer von dort sind, muss er sie kennen. Außerdem würde es ihn gewaltig freuen, wenn du ihn anrufst. Seitdem du ihm von deiner Sache erzählt hast, schläft er nicht mehr.«

Daniel Moreno betrat das Büro und blieb vor dem Baron stehen. »Monsieur de Palma, wie lange will ich Sie schon treffen!«

»Bist du der Neue?«, fragte de Palma und nahm Morenos Hand. »Und Casetti gehts gut?«

»Positiv. Es ist mir ein Vergnügen, Sie … also dich kennenzulernen, Michel. Ich hab so viel von dir gehört.«

De Palma sah starr zu Boden. Moreno suchte Annes Blick. »Als ich beim BAC war, hat Maistre uns immer gesagt, bei der Kripo gebe es nur einen einzigen guten Bullen … und das warst du.«

»Sehr nett für die anderen!«, sagte Anne.

De Palma erhob sich, die Hand im Kreuz, als hätte er einen Hexenschuss. »Sag mal, Daniel, was fällt dir zu Ben Mansour ein?«

Moreno setzte sich, stützte das Kinn auf die Hand und knetete mit dem Zeigefinger seine Lippen. »Ben Mansour … Verdammt, das sagt mir was … Aber wenn du mit dem BAC auf Streife bist, siehst du so viel! Ben Mansour …«

»Ein Lebensmittelhändler, Rue de Lyon.«

»Oh, verdammt, ja … Bewaffneter Raubüberfall auf einen Lebensmittelladen. Das war eine Bande aus La Paternelle und ein paar aus Bassens. Beurs und Zigeuner vereint.«

Moreno wedelte mit der Hand. »Die ganz üble Sorte, ich sags dir. Beim geringsten Problem legen sie dich um, die Typen. Ernsthaft. Bei Ben Mansour hatten sie auf Weinflaschen geschossen. Armer Alter.«

»Lebt er noch?«

»Nein, er ist einige Zeit danach gestorben, einfach so. Hat mir Kummer gemacht.«

»Und seitdem?«

»Einer von euren Großen hat den Fall übernommen. Wir haben ihm alles übermittelt, was wir über die hatten, aber das war zu nichts nutze.«

»Warum sagst du das?«

»Ach … Das BAC kann doch nicht mal schreiben, wie ihr sagt!«

»Red keinen Unsinn, Daniel, das fängt doch wohl nicht jetzt schon an!«

»Der Kollege von der Organisierten Kriminalität, ich weiß den Namen nicht mehr, irgendwie merkwürdig, vielleicht bretonisch; der hat uns nicht einbezogen.«

»Le Guilvinec. Ein sehr guter Bulle. Wann war das?«

Moreno hob den Blick zur Decke und verdrehte die Hände, als wolle er sein Gedächtnis um jeden Preis zwingen. »1998. Winter und Frühjahr 1998. Sichere Sache. Das Jahr, als meine Kleine zur Welt kam.«

De Palma sah Moreno ein paar Sekunden an. Er war ein verdammter Brocken, athletisch gebaut, ein kantiges Gesicht, das zunächst an einen engstirnigen Geist denken ließ, aber hinter seinem grobem Aussehen ein bemerkenswert begabter Kerl.

»Wir haben einen von diesen Idioten mal verhört. Einige Zeit später, 2001, so um den Dreh. Kleine belanglose Kontrolle am McDrive dort am großen Kreisel, und auf wen stoßen wir? Jérôme Lornec.«

»Zigeuner?«

»Ganz genau. Audi A6 und alles, was dazugehört, der war völlig korrekt, der Idiot. Papiere, alles da. Nur bei der Versicherung fehlte was. Ausreichend, um ihn zur Wache mitzunehmen. Verdammt, war der Idiot wütend.«

Anne war angespannt und hörte konzentriert zu, was ihr neuer Kollege erzählte.

»Das Problem mit Leuten wie Lornec ist, dass sie auf alles eine Antwort haben.«

»Was ist passiert?«

»Wir wussten, dass er Dreck am Stecken hatte, weil wir sie mal gejagt hatten. Sie hatten sich einen Lebensmittelladen in der Innenstadt vorgenommen, die Straße neben dem Bahnhof, wenn du runterfährst …«

»Rue de la Grande Armée«, sagte Anne.

»Ja, ganz genau. Also, es geht dann den Boulevard des Dames runter, dann auf die Umgehungsstraße Richtung L'Estaque, und wir wollten sie uns ungefähr bei der Tankstelle greifen. Verdammt, ging das ab. Zweihundertzwanzig auf der Umgehungsstraße. Und sie immer vorneweg, voll auf dem Gas. Wie die Irren. Aber irgendwann fahren sie Richtung Saint-Henri raus, und wir holen sie uns.«

Moreno begann, ausholende Gesten mit beiden Händen zu machen: Seine Linke war das Auto der Flüchtigen, seine Rechte das der Verfolger.

»Erster Kreisel, Richtung Saumaty, sie fahren quer rüber, zweiter Kreisel, sie nehmen den Bürgersteig. Zwei Sekunden lang sind sie stehen geblieben … Verdammt, ich hatte die

Scheibe runtergelassen … Ich erinnere mich, als wär es gestern gewesen, der arme Jacky saß am Steuer … Glaubs mir oder nicht, ich hab die Trommel verschossen. Sechs .38er in die Fahrertür! Oh, verdammt!«

Von plötzlicher Erregung gepackt, stand Moreno auf. »Die ganze Trommel, das war mir noch nie passiert.«

»Ich erinnere mich an den Fall. Maistre hat mir davon erzählt. Du weißt, dass er dich vermisst.«

»Maistre, der Arme, der hat wegen der sechs Kugeln ganz schön schuften müssen. Ich übrigens auch.«

»Und wo bleibt Lornec in der Geschichte?«

»Verdammt, du verlierst auch nie den Faden! Lornec war der Fahrer. Ich hab ihm eine in die Schulter verpasst.«

Moreno schlug sich auf die linke Schulter. »Wir haben es rausgefunden, weil wir mitgehört hatten, dass sie in der Nacht eine Krankenschwester gesucht haben. Damals haben sie sich noch nicht groß um irgendwas geschert, wenn sie das Handy benutzt haben, heute kannst du ja ganz schön rotieren!«

»Und die Karre?«

»Die haben wir unterhalb vom Plan d'Aou gefunden. Klassisch.«

Anne räumte einen auf ihrem Schreibtisch liegenden Ordner weg und machte dabei so viel Lärm wie möglich.

»Und Lornec«, sagte de Palma. »Was war, als ihr ihn bei dem McDrive geschnappt habt?«

»Ich sag ihm, er soll sein Hemd hochziehen, und Bingo: eine hübsche Narbe auf der Schulter.«

»Oh, schön!«, bemerkte de Palma und pfiff.

»An dem Tag bin ich ausgerastet. Ich hab mir diesen Irren vorgenommen und gesagt: ›Das da auf deiner Schulter hab ich dir verpasst. Nächstes Mal jag ich dir eine durch den Schädel.‹«

Moreno setzte sich wieder, den Blick noch ganz in seinen Erinnerungen. »Er hat mir in aller Ruhe geantwortet: ›Ich versteh nichts von dem, was Sie sagen.‹ Ende der Geschichte.«

»Was ist aus Lornec geworden?«

Anne schloss die Tür des Metallschranks und verursachte dabei das Geräusch von Wellblech. »Er macht dies und das«, bemerkte sie. »Er ist jetzt ein richtiger Gangster. Gerade ist er aus dem Knast gekommen, da hat er ein Jahr wegen Waffenbesitz abgesessen. Anscheinend macht er jetzt bei Raubüberfällen mit.«

»Oh, das wundert mich nicht. Ich sags dir ja, das ist eine Horde von Bösewichtern. Man müsste ihn im Zentralstrafregister überprüfen, nur um zu sehen, obs was Neues gibt.«

»Hast du sonst keine Namen?«

»Nein, keinen einzigen«, erwiderte Moreno und sah de Palma an, als wollte er ihn seinerseits etwas fragen.

»Ich habe eine Kugel gefunden, bei der sich herausgestellt hat, dass sie aus einem Raubüberfall stammt, an dem du und deine Kollegen dran waren. Eben, der Fall Ben Mansour.«

Daniel machte buchstäblich einen Satz in die Luft. »Oh, verdammt! Zeig her.«

Der Baron steckte die Hand in die Tasche seiner Jeans, holte den Plastikbeutel heraus und legte ihn mit einer pathetischen Geste auf den Tisch. Anne sah ihn durchdringend an.

»Es sollte mich wundern, wenn sie das waren … So lange, wie das her ist. Sie haben die Waffe bestimmt weiterverscherbelt, erstaunlich, dass sie sie nicht weggeworfen haben.«

»Gar nicht so erstaunlich. Das gabs durchaus schon. Vor allem in solchen Banden, das sind keine großen Denker. Die bereiten sich nicht gerade auf die Eliteuni vor, wenn du verstehst, was ich meine.«

»Wenn ich richtig gehört habe, kommst du zu uns zurück!«

»Bald, bald. In einem Monat, von heute an.«

Moreno wollte den Baron fragen, woher die Kugel stammte. De Palma spürte es. »Die hätte mich vor ein paar Tagen fast getötet.«

Anne warf dem Baron einen vernichtenden Blick zu. Moreno wusste nicht, was er antworten sollte. Nach ein paar Sekunden verließ der Ehemalige von der Straßenkriminalität das Büro.

»Ich muss das überprüfen, aber ich glaube, ich weiß, wie man an deinen Lornec rankommt«, sagte Anne.

Sie ging auf den Baron zu. Er begriff, dass sie ihn am liebsten berührt, ihn an sich gespürt hätte. Er umschlang ihre Taille und vergrub sein Gesicht in ihrem Busen. So blieben sie, bis das Klingeln des Telefons sie trennte.

Casetti sah sich nach allen Seiten um, als Anne neben ihm stoppte und die Scheibe des Xsara herunterließ. »Jean-Luc, ich war bei dir, deine Frau hat mir gesagt, du hättest gerade das Auto genommen. Also bin ich um den Block gefahren, und da bin ich. Können wir eine Minute reden?«

Der Gauner warf einen Blick in jeden Rückspiegel.

»Ich bin allein, Jeannot, du brauchst nichts zu befürchten. Ich will dich nur um eine Auskunft bitten. Du hast doch keine Angst vor einer Frau.«

»Folgen Sie mir, ich will nicht als Spitzel gelten.«

»Einverstanden, aber du folgst mir.«

Anne fuhr über den Chemin du Littoral Richtung L'Estaque und behielt den Volvo von Casetti immer im Rückspiegel. Im Dorf angekommen, nahm sie den Chemin de Cézanne und fuhr den Hang hinauf. Von dort aus überblickte man die gesamte Bucht von Marseille, die gewaltige Mole, die Sainte-Marie-Passage und dahinter die weißen Höhen der großen Stadt.

Casetti stieg aus seinem Wagen, während er sich erneut nach allen Seiten umsah. Anne überprüfte ihre Trommel, öffnete ihr Holster und ging auf ihn zu. »Ich komme als Freund, Jean-Luc. Du hast nichts zu befürchten.«

»Schon gut, keine Sorge.«

»Ich versuche, Lornec und den Großen zu erreichen, weißt du wie?«

Der Ganove schwankte mit tief in den Taschen seiner Jeans vergrabenen Händen von einem Fuß auf den anderen. »Den Großen, sagen Sie?«

»Tu nicht so, als würdest du nicht verstehen: Morini!«

»Lornec ist zu Hause, in der Cité de la Tourette, die kennen Sie! Mit Morini ist es komplizierter …«

Casetti keuchte, als hätte er gerade eine Trapeznummer hinter sich.

»Ist er der Knarrenträger für den Großen?«

»Wer, Lornec?«

»Nein, der Papst!«

»Man erzählt so einiges … Ich hab jedenfalls gehört, dass der Große für einige den Schutzpatron spielt.«

»Ein Heiliger!«

Zum ersten Mal hob Casetti den Blick zu Anne. »Ich schwörs Ihnen, er ist ein wahrer Schutzpatron.«

»Besser, man hört auf so jemanden …«

»Das denke ich.«

Anne machte ein paar Schritte auf Casetti zu und stellte sich neben ihn, sodass sie ihn im Profil sah. Im Milieu gibt es Dinge, die sagt man sich nicht ins Gesicht. »Ich hab deine Akte gestern geschlossen. Aber ich rate dir, das Handy zu wechseln, verstanden? Du wechselst es sofort.«

»Danke, Madame.«

»Wenn du von einer 9 Millimeter SIG Sauer hörst, die irgendwo im Schwange ist, rufst du mich an, o. k.?«

»Gut, Madame. Ich werd mich für Sie erkundigen, aber glauben Sie nicht, ich spiele Spitzel. Eine Hand wäscht die andere.«

Anne senkte den Kopf und redete leise. »Und wenn du meine Meinung hören willst, gib den Großen auf. Für ihn wirds langsam eng.«

Anne machte auf dem Absatz kehrt und ging zu ihrem Auto zurück. Über Funk gab sie der Einsatzleitung bei der Zentrale der Marseiller Polizei ihre Position durch. Falls Casetti es bedauern und sich plötzlich nicht mehr zu helfen wissen würde.

Lornec saß auf einem Mäuerchen vor einem Haus. Den zwei Jugendlichen, die ihm andächtig lauschten, erzählte er bestimmt seine Erinnerungen aus dem Knast.

»Was machen wir, Jean-Louis, stürzen wir uns auf ihn?«

Michel ließ das Fernglas auf den Bauch sinken. »Das ist eine Zigeunersiedlung, mein Lieber, da kannst du nicht so reinkommen! Wir gehen einmal außen rum und betreten sie durch den anderen Eingang. Von da an lässt du mich machen.«

Maistre ließ den Motor an und fuhr um la Tourette herum: zwei Reihen von Elendsbehausungen, die von Autowracks gesäumt wurden, etwas zurückgesetzt hinter der Küstenstraße zwischen Saint-André und L'Estaque.

Der zivile Renault Clio hüpfte über die Bodenwellen der einzigen Straße der Siedlung. Maistre hielt vor dem zweiten kleinen Haus und stieg aus dem Wagen. Ein kleiner alter Mann schob den Vorhang der Eingangstür beiseite und schüttelte dem Polizeibeamten die Hand. Sie wechselten ein paar Worte, und Maistre kam zum Clio zurück. »O. k., er erwartet uns.«

Lornec hatte sich nicht gerührt, er erhob sich und schickte die Jungs weg, als er den Clio herankommen sah.

»Jérôme Lornec?«

»Das bin ich.«

»Ich bin Kommissar Maistre vom nördlichen Sektor, und das hier ist Kommissar de Palma, Mordkommission. Können wir Ihnen ein paar Fragen stellen?«

»Alles, was Sie wollen, Chef!«

Lornec war über ein Meter achtzig. Ein langer Bursche mit harten Muskeln. Er hatte ein pockennarbiges Gesicht, schwarzes Haar und grüne Augen voller Energie. Er spannte unaufhörlich die Kiefermuskeln an und bewegte den Blick ständig von einem Bullen zum anderen.

»Wir haben eine Waffe wiedergefunden«, bemerkte Maistre. »Eine SIG Sauer, die vor ein paar Jahren euch gehört hat, dir und deiner Bande. Sagt dir das was?«

»Ich hatte nie Waffen, Chef.«

»Immer gleich große Worte! Jérôme, wir wechseln jetzt den Ton, denn wir haben keine Zeit zu verlieren, genauso wenig wie du. Wir wollen dir die Waffe nicht in die Schuhe schieben, wir wissen, dass du damit nichts zu tun hast. Nur hat sie jemanden getötet, und sie hat mal dir gehört. Und da wir korrekte Leute sind und wissen, dass du ein echter Kerl bist, kommen wir und reden ganz respektvoll mit dir.«

Maistre ging auf den Ganoven zu. »Respektvoll, Jérôme! Aber wenn du es an Respekt mangeln lässt, dann kommst du mit und erklärst das dem Richter.«

»Schon gut, Chef! Sie respektiere ich. Nur kapier ich nicht, warum Sie zu mir kommen, wo die Waffen damals doch beschlagnahmt wurden.«

Für einen Sekundenbruchteil sahen Maistre und de Palma sich an.

»Ich bin wegen dieser SIG sogar vernommen worden. Da waren meine Fingerabdrücke drauf. Das müssen Sie bei Ihnen klären, Chef!«

Maistre zog ein Taschentuch hervor und wischte sich über die Stirn. Er gab de Palma mit einem Nicken zu verstehen, dass er sich einschalten könne.

»Es heißt, du würdest ein bisschen für den Großen arbeiten, stimmt das?«

Lornecs Blick änderte sich sofort. Er wurde wütend und funkelte vor Zorn. »Ich weiß nicht, von wem Sie reden wollen.«

»Du hältst die Leute für Idioten! Du spielst den Schlauberger. Sagt dir das 421 was?«

Lornec begnügte sich damit, mit der Fußspitze etwas in den Straßenstaub zu zeichnen.

»Verstehst du, wovon ich reden will? Der Club bei Marignane mit den Neonlichtern in Form von Würfeln an der Fassade.«

»Da geh ich manchmal hin.«

»Ich weiß, und einmal haben wir dich da mit einem gewissen Morini gesehen. Du verstehst, von wem ich reden will.«

»Kenn ich nicht«, sagte Lornec und zuckte mit den Schultern.

»Kein Problem, Kleiner, wir haben Fotos.«

De Palma machte ein paar Schritte mitten auf der Straße. Sie war wie ausgestorben. Er versetzte einer Konservendose einen kräftigen Fußtritt, und sie prallte gegen eine Wand.

»Wie viele Leute gibt es deiner Ansicht nach, die wissen, dass du mit Bullen redest? Wie viele, abgesehen von deiner Sippschaft?«

»Ist mir scheißegal, Chef! Jeder weiß, dass ich kein Spitzel bin.«

»Noch, Lornec. Noch. Aber ich geb dir den Rat, ab sofort aufzupassen, denn ich setz das Gerücht in die Welt.«

Lornec presste die Zähne zusammen. Seine Augen sahen aus, als wollten sie aus ihren Höhlen treten. Die Venen seiner Arme schwollen an. »Was wollen Sie von mir? Dass ich erkläre, für den Großen zu arbeiten? Alle arbeiten jetzt für den Großen, verdammte Scheiße. Das wissen Sie genau wie ich!«

»Schon gut, reg dich nicht auf! Versuch uns ein bisschen zu verstehen.«

De Palma zog sein Notizbuch aus der Tasche. »Alles spielte sich in den nördlichen Vierteln ab. Die drei Kerle, die diese SIG haben benutzen können, gehörten dazu. Sie heißen Lornec, Vandevalle und Santiago. Fahrendes Volk. Vandevalle, 1988 ins Strafregister aufgenommen wegen organisierter Kriminalität aufgrund eines bewaffneten Raubüberfalls, zwei Verurteilungen, darunter eine zu fünf Jahren wegen Zuhälterei. 1997 in der Garrigue bei Carpiagne verstorben – das war, als die Barbecues anfingen. Santiago: ins Register aufgenommen wegen organisierter Kriminalität im Jahr 1990. Er ist der Jüngste. Drei Verurteilungen: Illegaler Waffenbesitz, Drogendelikte und Mitgliedschaft in einer kriminellen Vereinigung. Verstorben im April 1999. Er hat das Jahr 2000 nicht mehr erlebt, der Arme.«

»Berufsunfall?«, fragte Maistre.

»Positiv.«

»Immer noch nichts zu sagen, Lornec?«

»Nein, zu der Pistole habe ich Ihnen alles gesagt.«

»Also, was heckt der Große im Augenblick aus?«

»Ich hab keine Ahnung, Chef. Ich schwörs.«

»Versuch es rauszufinden, Kleiner«, sagte Maistre. »Wir sind nicht hier, um dich zu nerven. Respekt, Mann, Respekt. Der Große macht im Augenblick nur Dummheiten. Sag uns, was du weißt, sonst gibts Stunk. Wir reden mit dir über ihn, weil diese SIG dazu gedient hat, jemanden fertigzumachen.«

»Wen, Chef?«

»Einen von uns«, antwortete de Palma. »Und das ist wirklich nicht gut.«

»Ich schieß nicht auf Bullen, Chef.«

Als sie wieder im Auto saßen und über die Schnellstraße über dem Hafen fuhren, hingen Maistre und de Palma schweigend ihren Gedanken nach. Lornec hatte sie bloßgestellt: Eine SIG war also aus dem Hauptquartier oder dem Gericht verschwunden. Abgesehen von der Ungeheuerlichkeit dieser Sache bestand die Schwierigkeit darin, eine solche Spur zurückzuverfolgen.

»Ich fang um 17 Uhr mit dem Dienst an, Michel, ich muss dich in der Stadt rauswerfen.«

»Wann du willst, Dicker.«

»Um die SIG kümmere ich mich.«

13

Jenseits der Dunkelheit erhoben sich Stimmen, Christian Rey hörte sie in Abständen. Als er vollständig erwacht war, hatten sich die Stimmen in der Wirklichkeit aufgelöst, die sich ihm von Neuem aufdrängte.

Wie viele Tage hatte er verbracht, ohne zu trinken und zu essen? Sein Mund war nur noch eine einzige Wunde. Seine Lippen waren rissig vor Durst. Er hatte den Eindruck, Tonnen von fauligem Fusel geschluckt zu haben, so stark stieg ihm der Gestank seiner Eingeweide in den Mund. Bestimmt war seine Zunge geschrumpft. Sie wirkte wie ein kleines Stück schwarzes Horn, hart wie der Griff eines Messers. Jedes Mal, wenn er sie bewegte, machte es in seinem Gaumen tack-tack. Die Augen brannten in den Höhlen wie die letzte Flamme seines gemarterten Körpers. Ein letztes, zaghaftes Feuer. Er erinnerte sich, dass er in seinem letzten Traum den Tod gerufen hatte. Doch der Tod war nicht gekommen.

Der Tod kommt nicht einfach so. Er hatte ihn häufig, zu häufig, selbst geliefert und kannte sich aus. Wie viele hatte er erledigt? Von den Halbgrößen des Milieus, den Hosenscheißern der fetten Mauscheleien? Wie viele? Gesichter tauchten vor ihm auf. Von den Geburtszangen der Erinnerung zusammengedrückte Gesichter, wie an eine Scheibe gepresst. Er erinnerte sich der Zahl zwölf. Nicht mehr, nicht weniger. Er hatte dem Gesetz der Branche gehorcht. Im Gegensatz zu allem, was in der Presse behauptet wurde, im Gegensatz zu dem, was die Experten in der Glotze erzählten, hatte er keinen festen Tarif. Er machte es vom Einzelfall abhängig, nach einem Tarif, der von überhaupt nichts bis zu mehr als hunderttausend ging.

Die Bullen hatten von seinen Auftragsmorden nichts gewusst. Gerade mal den ein oder anderen Verdacht. Nicht mehr. Sie wussten nur von den Spielautomaten.

»Schöne Grüße vom Onkel«: Das sagte er jedes Mal, bevor er den Abzug einer anonymen .45er betätigte. »Schöne Grüße vom Onkel.«

»GRÜSS IHN ZURÜCK«, schienen die Stimmen des Großen Nichts zu sagen.

Er wollte etwas brüllen, ein wenig von seinem Leid aus den Eingeweiden würgen, den Müll der Erinnerung leeren, aber es kam kein Ton: Seine Kehle glich einer rotglühenden Düse.

Halb tot lauschte er in die Dunkelheit, die ihn erstickte.

Etwas oder jemand bewegte sich in ein paar Meter Entfernung. Auf der anderen Seite der Wand seines Gefängnisses. Ein langes Keuchen und mehrfaches Schlagen. Als ob jemand einen schweren Gegenstand über den Boden ziehen und eine Tür oder einen Deckel schließen würde. Es verursachte ein gedämpftes Klacken. Er analysierte das Geräusch und fand nichts in seiner Erinnerung, was diesem Klacken ähneln mochte.

Rey bewegte sich, so gut er konnte, um Lärm zu machen: Vielleicht würde man ihn hören, ihm Hilfe bringen. Er wälzte sich auf dem Boden wie eine Echse ohne Gliedmaßen und versuchte, sich der Wand zu nähern. Aber es gelang ihm nicht. Und dahinter, nur wenige Meter von ihm entfernt, ging das Geräusch weiter. Es wurde immer stärker. Er hatte sogar den Eindruck, den Klang einer menschlichen Stimme zu hören. Irgendetwas regte sich wütend und keuchte. Es ähnelte dem Geräusch eines Tieres. Ohne jeden Zweifel. Er war sich jetzt sicher. Es war ein langes Keuchen aus einem riesigen Maul, unterbrochen von dem Geräusch von Tatzen, die auf feuchter Erde, vielleicht in Schlamm, zu rennen schienen. Ein dumpfes Geräusch und ein Schmatzen.

Ein letztes Mal versuchte er zu schreien. Dann ließ er sich auf den Boden zurückfallen. Besiegt.

Er dachte noch an seine Kindheit. Er sagte sich, solange ihm noch der kleinste Rest Bewusstsein bliebe, müsse er sich an das erinnern, was in seinem jungen Leben angenehm gewesen war. Aber die Bilder stießen sich aneinander, Visionen, die von nirgendwo gekommen waren, Gesichter, die er nie gekannt hatte, Situationen, die er nicht einmal erahnt hatte. Alles verschwamm, in Nahaufnahme, hinter halb geschlossenen Augen.

Er begriff, dass sein Gehirn ihm ein paar Zaubertricks vorführte, bevor es sich empfahl und den Tod sein Werk verrichten ließ. Er hatte den Eindruck, vor dem Gott der Ganoven zu erscheinen, dem, der sich raushält, aber den Ersten verarscht, der sich einmischt. Dem Gott der Halunken, der seinen Platz im Kapitol verloren hat und in den Korridoren der Angst seine Kunden erwartet. Dem Gott der Lichtlosen.

Seit Tagen fragte Rey sich, ab wann die Dinge für ihn wirklich schiefgelaufen waren. Er war zu dem Schluss gekommen, dass es nach dem Tod seiner Mutter gewesen sein musste.

Damals war er siebzehn gewesen. Dann kam das Gefängnis. Dann die Jahre als Zuhälter, die er damit verbrachte, sein kümmerliches Lebendinventar zu prügeln und abends nach allen anderen rasch durchzuvögeln. Der Zuhälter kommt immer erst nach allen anderen dran.

Schließlich hatte er seine Nase in die krummen Dinger der Kunden seiner beiden Dicken gesteckt. Und da begannen die Dinge schiefzulaufen. Wirklich schiefzulaufen.

Genauer gesagt, an dem Abend, an dem Betty, die Braune, ihm von ihrer ausbleibenden Regel erzählt und er sie stärker als gewöhnlich verprügelt hatte. Er erinnerte sich, dass er gebechert und dann nicht lockergelassen hatte. Und das war nicht normal. Das wusste er. Aber es hatte ihn nicht gekümmert. Er hatte Betty zwischen Maussane und Eygalières in einen verlassenen Brunnen geworfen und war in seine Bar zurückgekehrt, hatte sich vor die Kasse gehockt und mit Khémias und Pastis abgefüllt. Die Gendarmen hatten eine Leiche gefunden, und das war alles. Unmöglich, sie zu identifizieren.

Der Tod war jetzt in ihm. Das störte ihn eigentlich nicht, aber er wollte wissen, WER und WARUM. Auf der anderen Seite der Wand ging der Krach weiter. Er hörte ein langes Geräusch von quietschendem Metall und von aneinanderstoßenden Blechen. Klänge, die er kannte, es waren dieselben wie die der Scheunentür auf dem Bauernhof, auf dem er die einzigen Ferien seiner Kindheit verbracht hatte. Jemand öffnete eine auf eine Schiene montierte große Tür. Da war er sich sicher. Das weckte ein paar Erinnerungen in ihm.

Bilder stiegen aus seinem schmerzenden Gedächtnis auf.

Und dann eine Stimme aus der Dunkelheit. Schrill. *»Lagadigadeu, la tarasco, lagadigadeu …«* Und eine zweite. Sehr viel tiefer. *»Laïssa passa la vieio masco … Laïssa passa que vaï dansa …«* Die beiden Stimmen mischten sich. *»La tarasco dou casteu, la tarasco dou casteu …«*

Rey kannte das Liedchen seit seiner frühesten Kindheit.

De Palma und Maistre bahnten sich einen Weg durch die Touristen, die die Rue Boulegon verstopften. Als sie auf der Place de l'Hôtel de Ville herauskamen, roch es nach überhitzten Sandalen, Schweiß und verrußtem Trottoir. De Palma entdeckte den Großen in seiner Höhle: dem Café des Deux Mondes. Er analysierte wie eine Präzisionsmaschine die Situation: minimales Risiko. Friedlich saß Marc Morini alias der Große in seinem Bistro und trank genüsslich ein kleines Bier, mit dem Rücken zum Eingang, sein Knarrenträger mit Gesicht zur möglichen Gefahr. So wie es alle Herren des Milieus tun. Und an diesem Vormittag erwartete niemand auch nur die geringste Gefahr. In Aix ist das Milieu wirklich ganz zu Hause. De Palma näherte sich, der Knarrenträger erhob sich.

»Gibts ein Problem?«, fragte er und nahm seine Ray-Ban ab.

De Palma zog seinen Polizeiausweis heraus und stellte sich

vor den Großen. Maistre bildete die Nachhut. »Kriminalpolizei, Monsieur«, sagte Maistre, die Hand an der Beretta. »Sie behalten die Hände auf dem Tisch und geben Ihre Personalien an.«

»Vincent Lopez.«

»L.O.P.E.Z.?«

»Ganz richtig, ja.«

Morinis Lippen waren bläulich und verzerrt, er nahm einen Schluck Bier, dann stellte er sein Glas entschlossen auf den Tisch. »Nicht vor den Gästen, meine Herren«, sagte er.

Maistre musterte ihn und bat die drei Gäste, die an der Theke standen, sich zu verdrücken.

»Und wer sind Sie?«

»Marc Morini, der Wirt.«

»Dann machen Sies genauso wie Ihr Freund: Hände auf den Tisch.«

De Palma ging um ihn herum und durchsuchte den Leibwächter. »Aufgepasst … Ziehung des Hauptgewinns … Und was gewinnen wir? Eine Glock! Der Herr hat Geschmack: 9 Millimeter, brandneu.«

De Palma drückte Vincent Lopez auf den Tisch und legte ihm Handschellen an.

»Wie gehts dir, Morini?«

»Ich weiß nicht, wer Sie sind, Monsieur, und mit welchem Recht Sie mich duzen«, erwiderte der Gangsterboss und schüttelte Wangen und Doppelkinn.

»Haben Sie einen Durchsuchungsbefehl?«

»Wer redet hier von Durchsuchungsbefehl«, erwiderte Maistre und hob die Hand. »Halt erst mal dein Maul, oder ich tret dir in die Eier.«

Morini zündete sich eine Zigarette an und stieß den Rauch aus wie ein zum Angriff bereiter Büffel.

De Palma sah nach, ob die Toiletten leer waren und sich niemand in der Küche befand, dann schloss er die Eingangstür der

Bar und zog die Vorhänge zu. Er ging hinter die Theke und öffnete eine Schublade nach der anderen. Direkt unter der Kasse fand er eine zweite Waffe: eine geladene CZ 9 Millimeter, eine Kugel in der Kammer.

»Sag mal, Jean-Louis, das sieht ja fast nach einer kriminellen Vereinigung aus. Mit dem ganzen Waffenarsenal hier … Glaubst du, wir finden ein bisschen Stoff, oder warten wir noch?«

»Warum, hast du welchen mitgebracht?«

De Palma ging zu Morini und sah ihm gerade in die Augen. »Du bist also derjenige, der hier in der Region das Sagen hat! Ein einfacher Bistrowirt im Zentrum von Aix. Die alte Methode: eine kleine Bar, um die Einkünfte zu rechtfertigen, kein großes Aufsehen … Schau mal, Jean-Louis, sogar der Glücksspielautomat ist da!«

»Ja, aber dahinter steckt ne ganze Menge mehr, und wir sind schließlich nicht blöd.«

»Also los, wir gehen alle nach hinten, wir müssen reden. Den Handlanger hier verfrachten wir in die Küche.«

Marc Morini brummte etwas Unverständliches, als er sich im hinteren Teil seines Baus auf die Kunstlederbank setzte.

»Ich machs kurz«, sagte de Palma mit ruhiger Stimme. »Entweder erzählst du uns was von deinen Projekten in der Camargue, oder wir gehen dir ernsthaft auf den Wecker. Ich bin sicher, dass wir ein bisschen Stoff finden, wenn wir hier anfangen zu suchen. Wir sind ganz informell hier, aber die Freunde vom Kommissariat kommen, sobald wir sie rufen. Und sie werden alles finden, was wir ihnen zeigen wollen.«

Morini hatte den Kopf eingezogen wie ein Boxer, der weiß, dass die Runde nicht an ihn geht.

»Sagt dir die SODEGIM etwas?«

Der Große bewegte den Kopf hin und her und stieß den Rauch durch die Nase aus.

»Gedächtnisverlust?«

De Palma legte zwei kleine Plastikbeutel auf den Tisch, in denen gut Heroin sein konnte. Morini wich zurück. »Was tun Sie da?«

»Den Trick hat mir ein Kommissar in Paris beigebracht, der stammt aus der Zeit der French Connection … Im Protokoll sind die beiden Beutel dann das, was ich gerade hinter der Theke direkt neben der Knarre gefunden habe.«

»Dreckskerle …«

Der Baron drückte Morini den Zeigefinger in die feiste Wange. »Red höflicher, Morini, das könnte brutal enden.«

Maistre hörte ein Geräusch in der Küche. Er stand auf und zog seine Beretta.

»Warum erzählen Sie mir von der SODEGIM, die gibts nicht mehr!«

»Na bitte, siehst du. Und Philippe Borland?«

Morini holte tief Luft und starrte den Baron voller Wut aus seinen kleinen hellen Augen an. »O. k., schon gut … Das war ein Geschäftsführer. Ich wollte ein bisschen Geld investieren, aber da ich das offiziell nicht kann, habe ich ihn genommen.«

»Ja, gut, schon gut: Nichts gehört dir, aber alles ist für dich. Erzähl mir von diesem Freizeitpark in der Provence, dem ›Grand Sud‹.«

»Ich … weiß nicht. Was ist das?«

»Marco, red keinen Blödsinn. Der Freizeitpark in der Provence, ein bisschen Zusammenarbeit, aber hoppla!«

»Das ist ein absolut sauberes Projekt, Chef. Da steckt nichts dahinter. Ich schwörs Ihnen.«

»Nichts außer deiner Kohle, die kilometerweit stinkt.«

De Palma hörte Maistre, der mit einem Handy in der Hand zurückkam. »Der Mistkerl hat versucht, seine Kumpels anzurufen. Ich hab ihm eine verpasst! Er schläft.«

Morini hatte die Hände vor sich verschränkt, er sah zur Tür der Bar und schaukelte mit dem Kopf von links nach rechts, als stelle er umfangreiche Berechnungen an, was er sagen konnte und was er verschweigen musste.

»Gut, noch mal: ein sauberes Projekt und nichts dahinter. Ist es so?«

»Absolut«, antwortete Morini, ohne die Tür seines Baus aus den Augen zu lassen.

»Das Problem ist nur, dass es Spielverderber gibt. Und ich habe den Eindruck, ihr wollt sie um jeden Preis davon abbringen, weiterzumachen. Seid ihr nicht womöglich dabei, ein bisschen Platz zu schaffen, um klarer zu sehen?«

»Also, ich versteh nicht, was Sie meinen?«

»William Steinert sagt dir nichts?«

»Doch, aber ich kenne ihn nicht, und er hat nichts damit zu tun.«

»Bist du ihm schon mal begegnet?«

»Nein, nie.«

»Ich weiß, dass er bei dem Empfang war, als der Grand Sud vorgestellt wurde.«

»Ich aber nicht.«

De Palma lehnte sich zurück und musterte Morini, der eine Pyramide über dem Tisch bildete. Der Gauner war mit all seinen Raubtiersinnen in Alarmbereitschaft. Er antwortete nur auf Dinge, die ihn direkt betrafen; bei allem anderen wusste er, dass er nichts riskierte. »Ich hab Geld in diese Sache gesteckt, das war alles. Ich kümmere mich um nichts, ich tauche nicht auf, bin das reine Phantom.«

»Und das erzählst du mir so!«

»Ich erzähl die Wahrheit, das ist alles.«

De Palma begann zu zweifeln. Er spürte, dass Morini dabei war, um den heißen Brei zu reden, und wusste, dass der Große das Spiel stundenlang spielen konnte. Doch die Zeit drängte. »O. k., ich werd nicht lange fackeln: Steinert ist tot; im Gegensatz zu allem, was so erzählt wird, gibt es Ermittlungen, und du stehst genau in der Schusslinie.«

»Sie haben nichts gegen mich in der Hand!«

»Doch, sehr wohl. Wir haben deinen Freund Jérôme Lornec besucht, den Zigeuner.«

Morinis Lippen verzogen sich, bis er seinem schlaffen Gesicht schließlich ein Grinsen abrang.

»Was hat der in der Sache verloren?«

»Das ist eine lange Geschichte: Als er noch ein kleiner Gauner war, hat er eine SIG Sauer benutzt, dann ist die Waffe jahrelang verschwunden. Und jetzt ist sie wieder aufgetaucht und schießt auf mich, während ich unauffällig bei William Steinert eindringe. Was sagst du dazu?«

»Ich hab nicht das Geringste kapiert! Lornec habe ich zum letzten Mal im Gefängnis gesehen, glaube ich.«

De Palma erhob sich, ging an die Theke und goss sich ein Glas Whisky ein. Maistre ließ Morini nicht aus den Augen.

»Gut, eine Sache sag ich dir, eine einzige: Ich habe die Absicht, herauszufinden, wer William Steinert getötet hat, und ich rate dir, mir bei meiner Ermittlung nicht mit deinen dreckigen Pfoten in die Quere zu kommen, sonst werde ich dich bekriegen. Und diesen Krieg wirst du verlieren.«

»Hören Sie mir zu, ich bekriege Sie nicht; Sie können zu Steinert so viel ermitteln, wie Sie wollen, das war ich nicht und auch keiner von meinen Leuten. Es stimmt, dass ich viel Geld in diese Geschichte mit dem Freizeitpark gesteckt habe. Ich bin in Tarascon geboren, das ist meine Region, und ich liebe sie. Ich will ihr etwas Schönes schenken. Wenn es sein muss, stecke ich da alles rein, aber ich werde es tun.«

Morini schlug mit der Faust auf den Tisch und senkte den Kopf.

»Du bist fast rührend, wenn du dich ins Zeug legst!«

»Sie sind hergekommen, um mich mit Ihrem ganzen Zirkus zu beeindrucken«, sagte der Große und hob seine dicken Wurstfinger in die Luft. »Sie wollten mir die Würmer aus der Nase ziehen. Da seid ihr reingefallen, Leute: Von Steinert habe ich gehört, weil ich in Maussane wohne, aber er ist mir scheißegal.«

Maistre ging auf den Ganoven zu, der instinktiv auf der Bank zurückwich. »Spiel nicht zu sehr den Oberschlauen, Großer, oder ich häng dir was an, und heute Abend schläfst du im Knast. Kapiert?«

Morini sah sie einfach nur an, mit Augen, die seit Langem keine Angst mehr kannten.

14

Tarascon erwartete den Tag der heiligen Marthe. Das Fest der Schutzpatronin der Hausfrauen fiel dieses Jahr auf einen Dienstag. Auf Dienstag, den 29. Juli.

Vor der Sonne geschützt, feilte Pater Samuel Favier in der getäfelten Sakristei an seiner Predigt. Von Zeit zu Zeit drangen die Geräusche der Straße zu ihm herein und hinderten ihn, sich zu konzentrieren. Er suchte nach einem Schluss für seine Predigt, einem Paukenschlag, der seine Gläubigen zum Nachdenken bringen würde. Er fand nichts als Banalitäten, liturgische Konfektionsware, wie man sie ihn im Priesterseminar gelehrt hatte.

An die Korkwand mit den Terminen hatte er eine Kinderzeichnung aus dem Religionsunterricht gepinnt, es war die Zeichnung der Woche: die heilige Marthe als Terminator, der einen schrecklichen Pokemon bezwingt. Die Zeichnung war seine Lieblingsdarstellung der jungen Frau, der Schwester des durch Wunder geheilten Lazarus, die vor 2000 Jahren mit einer ganzen Bande von Heiligenlehrlingen an den Stränden der Camargue gelandet war, bereit, gegen das herrschende Heidentum zu kämpfen.

Marthe, die Schutzpatronin der Hausfrauen und der Stadt Tarascon. Marthe, untrennbar mit der ungeheuerlichen Tarasque verbunden, jenem Wesen, das halb Mensch, halb Reptil war. Die Heilige, die die Bewohner von Tarascon von jenem Teufelsgeschöpf erlöst hatte, indem sie ganz einfach mit ihm sprach. Marthe hatte das Tier mit ein paar guten Worten und der Hilfe des Heiligen Geistes besänftigt. Dann hatte sie dem Ungeheuer ihren Gürtel um den Hals gelegt und es in die Rhone zurückgeführt, wo sie ihm das Versprechen abgenommen hatte, keinen Schrecken mehr zu verbreiten. Die Tarasque war unter dem Felsen verschwunden, der heute das Schloss von König René trägt.

Samuel Favier war in einem früheren Leben ein engagierter Notarzt gewesen, bis er auf den Schlachtfeldern Ex-Jugoslawiens Gott begegnet war. Sainte-Marthe war seine erste Gemeinde und die Predigt über die Tarasque das erste echte Hindernis, das der Herr dem jungen Pfarrer in den Weg stellte. Samuel überlegte, was er Erbauliches über diese Legende sagen konnte, die wie ein religiöser Thriller gebaut war. Der ehemalige Arzt wollte etwas Bedeutendes sagen, wollte vom Reptilienhirn des Menschen sprechen, von jener Tarasque, die in jedem von uns weiterlebt und bereit ist, bei der kleinsten Erschütterung des Ichs Moral und gesunden Menschenverstand anzugreifen. Die Tarasque als Sinnbild der instinktiven, ursprünglichen, erschreckenden Gewalt des Menschen – das vor allem wollte Samuel in den Vordergrund stellen.

Indessen hatte sein Vorgänger, der alte Pater Bessodes, ihn bei der Übergabe der Kirchenschlüssel vor jeglichen gewagten Ansätzen gewarnt: »Geh mit der Tarasque nicht zu weit … Das mögen sie nicht! Du gehst ein großes Risiko ein. Was diese Ungeheuer-Geschichte betrifft, so sind sie sehr empfindlich und ertragen es nicht, wenn man sich von der offiziellen Version entfernt. In dieser Stadt zählt nur die Tradition, ohne ihr Ungeheuer sind sie verloren. Wenn du ihnen erzählst, dass die Tarasque mehr ein Symbol ist als etwas anderes und sie nie existiert hat, setzt du dich dem Zorn der feinen Gesellschaft, des Bürgermeisters und des Bischofs aus. Du musst wissen, dass hier alle mehr oder weniger miteinander verwandt oder Freunde sind und dass sie den Laden hier am Laufen halten.«

Beim Gottesdienst am vorangegangenen Sonntag hatte Samuel seinen Gemeindemitgliedern angekündigt, dass er am Dienstagabend, 20 Uhr, ein Hochamt halten würde, damit alle Einwohner der Stadt kommen könnten.

Es war Montag. Der Pfarrer las gerade noch einmal die erste Passage seines Textes durch, als er die Kirchentür quietschen hörte; die Tarascaires, die Ritter der Tarasque, waren zu früh.

»Guten Tag, ehrwürdiger Vater, ich komme sie holen.«

»Ach ja, ich dachte, du kämst zur Beichte, du Ungläubiger.«

Herzlich schüttelte Samu die kräftige Hand von Marc Gouirand, dem Anführer der Tarascaires. »Sag mal, Marc, wie lange kümmerst du dich schon um das Tier?«

»Beim letzten Fest waren es zwanzig Jahre.«

Favier stieß einen bewundernden Pfiff aus. Marc Gouirand war ein kräftiger Kerl, über vierzig, muskulös, mit energischem Kinn und dem Gebaren eines schelmischen Jungen, der sich in die Welt der Großen verlaufen hat.

»Marc, warum kümmerst du dich um diese Tarasque?«

»Meine Frau sagt, die Tarasque ist meine Geliebte ... Aus Tradition, ehrwürdiger Vater. Ohne Tradition ist man nichts mehr.«

»Es gibt immer noch Ihn dort oben«, sagte Pater Favier und deutete mit dem Finger in die Höhe der Kirche.

»Ja, schon. Aber ... Die Tarasque kenne ich, seit ich klein bin«, sagte Marc und fuhr sich mit der Hand übers Kinn. »Schon als kleiner Knirps hab ich von nichts anderem geträumt, als sie zu schieben, und jetzt mache ich das schon zwanzig Jahre.«

»Jemand hat mir gesagt, du wärst für ihre Renovierung verantwortlich?«

»Sie hätten sie vor zwanzig Jahren sehen sollen, als ich mich ihrer angenommen habe. Da sah sie nach nichts mehr aus. Man hätte meinen können, ein Hippie, eine Obdachlose. Ich schwörs Ihnen! Seit Ende des Ersten Weltkriegs hat ihr keiner mehr auch nur neue Farbe gegönnt. Können Sie sich das vorstellen, seit 1918! ... Hässlich war die, nein, wirklich unglaublich!«

»Warum, findest du sie etwa schön?«

»Sie ist herrlich! Kommen Sie.«

Marc Gouirand führte Pater Favier ans Ende des Kirchenschiffs.

Da stand sie, bedrohlich und vertraut zugleich, reglos in der ihr vorbehaltenen Kapelle, die vorquellenden Augen weit aufgerissen. Im Dämmerlicht erahnte man die enorme Masse ihres jurassischen Reptilienleibs, an dessen Schuppen noch die Algen der Sümpfe der Camargue klebten, und den gesträubten roten Kamm.

Ein rötlichgoldener Lichtstrahl erhellte von der Seite ihr schnurrbärtiges Ganovengesicht. Die Tarasque hatte das Gesicht eines Angebers vom Ende des 19. Jahrhunderts, das von den Schlägen des Schicksals angeschwollene Gesicht eines Großstadtganoven.

»Da ist das denkwürdige Tier«, murmelte Gouirand und hielt sich instinktiv auf Abstand.

»Ist es für dich eine Frau oder ein Mann, Marc?«

Höhnisch und mit hängendem Unterkiefer betrachtete das Ungeheuer den Eingang zur Krypta mit dem Grab der heiligen Marthe.

»Das ist die große Frage, Herr Pfarrer, man sagt die Tarasque, aber es ist ein Drache … Für mich ist sie weiblich, aber, nun, jeder sieht sie, wie er will.«

Pater Favier näherte sich dem sagenhaften Dinosaurier und streichelte ihm die Mähne. Er sah, dass am Gesicht, vor allem an der rechten Backe und dem Ohr, Holzsplitter fehlten. Auch ein Stück Schnurrbart war abgebrochen.

»Was ist dem armen Ungeheuer passiert?«

»Wir sind in ein Auto gelaufen, das jemand direkt vor dem Schloss falsch geparkt hat. Manchmal haben wir eben Schwierigkeiten, sie anzuhalten.«

Der Ritter der Tarasque hob den schweren Kopf des Tieres an und ließ die mit furchterregenden weißen Zähnen versehenen Kiefer klappern. Ein gigantisches Klackern ließ das Gewölbe der Kirche erzittern.

Samuel Favier warf einen Blick zur Krypta der heiligen Marthe und hoffte, dass das Klappern der ungeheuerlichen Zähne die heilige Frau in ihrem Marmorsarkophag nicht wecken würde.

Gouirand hatte sich vor dem Maul der Echse niedergekniet.

»Da werden wir eine Sch…arbeit haben, die fehlenden Holzstücke wieder anzukleben. Wir werden sie nachmachen müssen …«

Pater Favier ging zu ihm und bückte sich, um sich das Ausmaß der Schäden näher anzusehen.

»Du musst einen Bildhauer finden, und zwar einen guten!«

»Kein Problem! Wenns um die Tarasque geht, sind alle mit dabei.«

Gouirand machte eine Runde, sah sich prüfend die grünen, gold und grau umrahmten Schuppen sowie die leuchtend roten Spitzen des Fabelwesens an. Er beendete seine Inspektion beim Schwanz des Ungeheuers, der eine Schleife bildete und in einer Lanzenspitze endete.

»Vielleicht ein bisschen Farbe auf den Schwanz …«

»Und machst du ein bisschen Blut auf die Zähne?«

»Na klar. Blut mag sie … Wenn sie bis zum Fest der heiligen Marthe einen oder zwei Tarasconeser fressen könnte, würde sie es tun.«

»Ja, aber vergiss die heilige Marthe nicht!«

»Machen Sie sich keine Sorgen, ehrwürdiger Vater. Ihre Freundin vergessen wir nicht so bald.«

Mit überraschender Leichtigkeit zog Gouirand die Tarasque zu sich, wobei er darauf achtete, dass der Schwanz nicht den Altar hinter ihr beschädigte. Als er sie drehte, um sie zum großen Kirchenportal zu schieben, schlugen die Kiefer zusammen.

»Wie viel wiegt das Ding?«

»Sechshundert Kilo bei fünf Meter Länge.«

»Und du führst sie einfach so durch die Straßen von Tarascon spazieren?«

»Ich bin es gewöhnt, sie hört auf mich.«

Pater Favier öffnete die beiden Flügel des Kirchenportals und ließ die Tarasque hindurch, die von ihrem liebsten Ritter geführt wurde.

Gleißendes Licht drang in das Querschiff, und unter einem Lärm, der das ganze gotische Gebäude erzittern ließ, schloss der Pfarrer schnell wieder das Portal.

Im Inneren war das Geräusch unauffälliger Schritte in der Apsis zu hören. Bestimmt einer der ersten Touristen des Tages. Aber es war für Besucher noch nicht geöffnet. Pater Favier durchquerte den Chor und ging einmal den Chorumgang entlang, um den Besucher zu bitten, am Nachmittag wiederzukommen. Aber er sah niemanden. Er durchsuchte das Gotteshaus von oben bis unten, bis in die Krypta der heiligen Marthe. Niemand. Und doch hätte er schwören können, das Geräusch von Schritten gehört zu haben. Mit dem unangenehmen Eindruck, an Klanghalluzinationen zu leiden, kehrte er an seine Predigt zurück. Und mit der Gewissheit, dass man Fanatiker wie Gouirand nicht durcheinanderbringen durfte. Umso mehr, als es in seiner Gemeinde viele von ihnen gab.

Vom Meer her zog eine warme Brise über den Pfad, der zu den mageren Weiden der Alpilles hinaufführte. Die Schafe von Eugène Bérard hatten unter einem Kalksteinvorsprung Schutz vor der sengenden Sonne gesucht. Der Schäfer ließ den Baron nicht aus den Augen. Sein leuchtender Blick analysierte jede einzelne seiner Bewegungen, jeden Gesichtsausdruck.

De Palma rieb sich lächelnd die Hände und steckte sie in seine Jeanstaschen. »Beim letzten Mal haben Sie mir von den Terres d'en bas erzählt. Erinnern Sie sich?«

»Das ist das Land hinter der Straße nach Maussane. Bei uns heißt die Straße Chemin de Galibert. Oberhalb davon steht Wein und Lavendel. Es ist das Land des armen William.«

»Sind die Terres d'en bas verflucht?«

»Das ist uralter Glaube … Früher sagte man, da gebe es die Statue eines römischen Gottes. Ich weiß seinen Namen nicht mehr.«

»Herkules oder Herakles.«

Bérard warf dem Baron einen schrägen Blick zu, wie die Flamme aus einer Revolvermündung. Sein Ton wurde härter. »Wer hat Ihnen das gesagt?«

»Ich habe mir archäologische Verzeichnisse angesehen, in denen davon die Rede ist.«

Bérard wurde misstrauisch. Er trat einen Schritt zurück und stützte sich auf seinen Stock.

»Ich wusste nicht, dass davon in Büchern die Rede ist.«

»Wie wärs, wenn Sie mir ein bisschen erzählen, was Sie über die Terres d'en bas wissen?«

»Oh, die sind nicht viel wert, wirklich. Herrjeh, da gibts nur Steine, groß wie Häuser. Daraus kann man nichts machen!«

»Und warum hing William Steinert so an seinem Land?«

»Also das könnte ich Ihnen nicht beantworten.«

»Es müsste aber sein.«

Bérard begnügte sich damit, nach seinem Hund zu pfeifen.

»Es müsste aber sein, Monsieur Bérard. William wurde ermordet.«

Bérard richtete sich auf wie ein zu lange gekrümmter Bambus. De Palma hatte diese Reaktion nicht erwartet. Im Blick des Alten las er tiefe Trauer.

»Ich glaube, die Wahrheit über all das muss heraus. Es gibt mächtige Kräfte, die alles und jeden hier bedrohen.«

»Oh, diese Kräfte haben schon lange gewonnen, Monsieur de Palma. Alles Land gehört Fremden.«

Bérard wandte sich zum Tal hin und schwieg einen Moment.

»Fremde wie die Steinerts?«

»William war etwas anderes.«

»Dann erzählen Sie mir ein bisschen von ihm.«

Der Schäfer bückte sich, schnappte sich einen harten Grashalm, den er zwischen den Fingern zerbrach und sich in den Mund steckte. »Haben Sie Zeit?«

»Ich stehe Ihnen zur Verfügung.«

»Ich muss die Tiere reinbringen, kommen Sie mit mir zum Mas. Es dauert nicht lang. Danach reden wir.«

Eugène Bérard wohnte im Mas des Fontaines: zwei Gebäude, Wohnhaus und Schafstall, die L-förmig einem großen Schuppen gegenüberstanden, in dem ein Massey Ferguson aus den Sechzigerjahren, eine Egge und ein verrosteter Heuwender vor sich hin gammelten. Bérards Herde drängte in den Schafstall. Die Lämmer, die ihre Mütter aus den Augen verloren hatten, blökten mit herausgestreckter Zunge. Der Schäfer warf etwas Heu in die Futterkrippen, dann gab er den Lämmern ihre Ration Gerste. »Sie haben Hunger, die Ärmsten! Bei dieser Hitze gibt es auf den Weiden nichts mehr zu fressen.«

»Sie kümmern sich gut um sie.«

»O ja, durchaus!« Trotz seines hohen Alters bewegte sich der Schäfer inmitten des Gedränges der Herde, ohne das Gleichgewicht zu verlieren. »William kam oft hierher. Manchmal ging er mir zur Hand, aber er wollte nicht, dass das jemand erfährt. Das erinnerte ihn an seine Kindheit, wenn er zur Ernte oder zum Heuen kam.«

Ein letzter, staubiger Sonnenstrahl drang durch die Doppeltür des Schafstalls. Die Luft war erfüllt von der Energie der Tiere, dem Geräusch ihrer mahlenden Kiefer, die eifrig das nach Minze und Thymian duftende Heu zermalmten.

»Kommen Sie, wir haben uns wirklich einen verdient.«

Der Hauptraum des Mas war in Dunkelheit getaucht. Bérard öffnete die Läden, und das Abendlicht drang herein. Er stellte eine Wasserkaraffe, zwei Gläser und eine Flasche Pastis auf den Tisch. Dann verschwand er.

Ein großer Tisch mit einem Wachstuch nahm einen Teil des Raums ein. Am hinteren Ende befanden sich ein mächtiger

Kamin aus Quadersteinen und eine schlichte Pendeluhr. Ein Schrank aus dunklem Nussbaumholz vervollständigte die Möblierung.

Bérard kam mit einem Packen Papiere unter dem Arm zurück. »Ich habe William kennengelernt, da war er noch jung. Sein Vater kam vor dem Krieg schon hierher.«

Der Schäfer schenkte zwei Pastis ein und erhob sein Glas. »Zum Wohl, Monsieur.«

Der Alte kramte in seinen Papieren, wobei er darauf achtete, dass de Palma nichts sehen konnte. »Williams Vater machte Ausgrabungen in der Gegend: Er suchte Sarkophage und alte Steine. Eines Tages habe ich ihn getroffen, so wie Sie, nicht weit von hier, und wir waren uns sofort sympathisch. Hier, da ist ein Foto von ihm.«

Vater Steinert stand neben Bérard, die Hand auf dessen Schulter. Beide lächelten dem Fotografen zu.

»An dem Tag haben wir die Herkulesstatue gefunden. Ich war der Einzige, der den Ort kannte.«

Der Alte setzte sich dem Baron gegenüber auf einen Stuhl. »Williams Vater war nett. Er hieß Karl. Er hatte in Deutschland Archäologie studiert.«

»Archäologie?«

»Er hatte sich für die Griechen und Römer interessiert, die in die Gegend gekommen waren. Und da die Leute hier wissen, dass mich das auch interessiert, haben sie ihn zu mir geschickt. So war das.«

Der Alte schob seine Mütze nach hinten und befreite eine silberne Haarlocke, die ihm an der feuchten Stirn klebte. Er trank einen Schluck Pastis. »Und dann kam der Krieg. Wir haben die Deutschen hier nicht oft gesehen. Gerade mal ein paar Patrouillen. Auf dem Land ist nichts los, das ist nun mal so! 1942 kam Karl mit einer ganzen Bande von Deutschen zurück. Es waren Studenten von der Münchener Universität. Sie haben wieder mit den Grabungen angefangen … Das war die Zeit von Vichy, sie haben mit französischen Studenten zusammengearbeitet.«

Er ließ seine schwere Hand auf das Wachstuch fallen. Der Mechanismus der Pendeluhr setzte sich in Bewegung und schlug sieben Glockenschläge, die den Raum erfüllten.

»Und haben sie etwas gefunden?«

»Nein, nicht viel … Aber sie wohnten alle im Mas de la Balme, außer Steinerts Vater, der sich geweigert hat, dort zu wohnen. Er war im Hotel du Centre in Maussane, und die jungen Leute in der Scheune des Mas, stellen Sie sich vor! Es ging gut. Die waren keine Nazis. Ich sehe sie noch alle im Hof. Nett, hilfsbereit. Und dann kam die Wehrmacht, und es hat sich geändert. Ein paar von den Jungen sind weg, andere haben die Uniform der Besatzer angezogen.«

Bérard schob ein Foto aus den Kriegsjahren herüber: Der Kleidung nach zu urteilen, war Steinert offensichtlich von hochrangigen Persönlichkeiten umgeben.

»Der hier war der Bürgermeister von Maussane, und der hier ist der Vater des heutigen Bürgermeisters von Eygalières.«

De Palma wartete ab, bis der alte Schäfer das Gespräch von sich aus wieder aufnahm. Bérard erhob sich, machte ein paar Schritte und streichelte seinem Hund den Kopf, während er ein Tabakpäckchen vom Kamin nahm.

»Bei Kriegsende sind dann die falschen Widerstandskämpfer aus Marseille, Arles, Tarascon und von hier aufgetaucht. Echte Ganoven. Vor allem die von hier …«

Bérard schwieg. Er presste die Zähne zusammen und machte den Eindruck, als sei er kurzatmig. »Dazu muss ich sagen, dass ich in der Résistance war und Steinert das wusste. Ich war in der Gruppe Vincent, einer kleinen Organisation, die wir mit Männern aus der Gegend aufgezogen hatten. Steinert hat mir sogar ein- oder zweimal geholfen. Aber erklären Sie das mal Typen ohne Glauben und Moral.«

»Und was ist passiert?«

»Sie haben die Mutter Maurel geschoren, die junge Besitzerin des Mas, und einen ihrer Brüder erschossen. Wenn Sie in den Hof des Mas gehen, können Sie noch die Einschusslöcher an der Schuppenwand rechts von der Tür sehen.«

Bérard setzte geräuschvoll sein leeres Glas ab und blieb einen Moment abwesend, den Blick ins Leere gerichtet. Die Pendeluhr schlug die halbe Stunde. Er zog ein Bild mit gezackten Rändern aus dem Stapel Fotos: eine junge Frau von ungefähr zwanzig Jahren mit einem sehr schönen Gesicht, das von einem etwas starren Lächeln erhellt wurde, und sanften Augen.

»Das ist Simone Maurel … Ich habe nichts für die beiden machen können. Die Ärmste. Der arme Émile, sein Leichnam war zerfetzt, als ich eingetroffen bin.«

»Und Madame Maurel?«

»Sie ist wenig später gestorben. All die Schande … Wie wollen Sie damit leben, na?«

Der Schäfer setzte sich wieder. Er wirkte noch stärker zusammengesunken und sah durch das Fenster auf den in der Sonne tanzenden Staub des Hofs. »Sie nehmen doch noch einen?«, sagte er und schenkte de Palma ein, ohne dessen Antwort abzuwarten.

»Und der andere Bruder?«

»Der ist ebenfalls gestorben. Viel später … Ein Traktorunfall. Er hatte sich im Mas de Janson verdungen.«

Der Schäfer beendete seinen Satz mit einer Geste, die der Baron nicht begriff. Das Wachrufen dieser Vergangenheit verstörte ihn. Er war ein empfindsamer Mensch, der eine alte Wut verbarg.

Durch das Fenster sah man, wie die beiden großen Olivenbäume im Hof im Abendlicht ihre Farbe änderten. Der Hund lief hinaus und knurrte.

»1946 kam ein Mann zu mir. Seinen Namen habe ich nie erfahren. Er hat mir nur gesagt, dass er von Steinert geschickt worden war und er das Mas de la Balme kaufen würde. Er hat mich gefragt, ob ich so freundlich wäre, mich um das Land zu kümmern. Das habe ich ein paar Jahre gemacht. Hier habe ich nicht viel Grund! Nach dem Tod meiner Frau haben sie in den Achtzigerjahren die Terres d'en bas gekauft. William hat sich darum gekümmert, sein armer Vater war schon tot.«

»Und Sie wussten, dass es ein Immobilienprojekt gab.«

Bérards Blick wurde wütend. »Wenn sie das jemals tun …«

»Solange die Terres d'en bas nicht zu verkaufen sind, können sie nichts machen!«

»Glauben Sie das bloß nicht. Ein Teil davon gehört mir, und ich bin sehr alt. Ich habe alles dem armen William vermacht. Aber jetzt, wo er tot ist, können sie uns enteignen, wenn sie wollen. Mit ihren Gesetzen regeln sie es so, wie es ihnen gefällt. Und William ist nicht mehr da. Er kannte sich aus, und außerdem hatte er Geld und Juristen. Ihm hat niemand widersprochen! Wir Armen … Wir sind nichts.«

»Weiß der Bürgermeister von Eygalières Bescheid?«

»Natürlich weiß er Bescheid! All die Geldsäcke wissen Bescheid. Ach, ich sage lieber nichts mehr! Es ist niemand mehr da, um unser Eckchen Provence zu retten.«

»Williams Frau ist noch da! Sie ist ebenfalls sehr reich, und die Terres d'en bas gehören jetzt ihr.«

»Ich weiß nicht, ob sie bleibt. Ich glaube nicht. Ohne ihren Mann …«

Bérard schien eine Antwort zu erwarten.

»Seine Frau hat die Absicht zu bleiben.«

»Ich weiß nicht, ob William es ihr gesagt hat.«

»Was gesagt hat?«

»William war der Sohn von Simone Maurel. Er wurde 1942 geboren. Das war der einzige Fehler der armen Simone: ein Kind von einem Mann zu haben, den sie vor dem Krieg geliebt hatte.«

De Palma brachte keinen Ton hervor. Das Licht hatte sich verändert. In der Abendkühle begannen ein paar Vögel zu singen. Das Vieh war verstummt. Es roch nach Schweiß, ranziger Wolle und kräftiger Milch.

»Sie ist gestorben und hat ihren Sohn zurückgelassen …«

»Als die ganze Schande über sie gekommen ist, hat sie den Kleinen zu seinem Vater geschickt, nach Deutschland …«

Bérard schauderte. Die Erinnerungen wühlten ihn auf. Einen Augenblick lang änderte sich sein Aussehen, der letzte Rest Leben, der sein Gesicht noch ein paar Minuten zuvor belebt hatte, schwand aus ihm. »Was ich Ihnen gerade gesagt habe, weiß niemand. William hat es erfahren, als er alt war. Ich habe es ihm gesagt. Als seine Mutter gestorben ist, war er keine drei Jahre alt. Er erinnerte sich nicht daran.« Bérard schnäuzte sich kräftig. »William war ein bisschen wie mein Kleiner.«

Auf der Straße, die nach Fontvieille hinunterführt, versuchte de Palma, Ordnung in seine Gedanken zu bringen. Am Vorabend hatte er nichts aus Morini herausbekommen, außer der Bestätigung dessen, was er bereits wusste: Das Aixer Milieu investierte schmutziges Geld in Geschäfte wie den Freizeitpark. Nicht weiter erstaunlich. Das einzige Detail, das ihn weiterbrachte, war Morinis Herkunft: Er stammte aus Tarascon. Das konnte sich eines Tages als interessant erweisen.

Die Begegnung mit Bérard hingegen hatte seine Gedanken in Aufruhr versetzt. Er hatte mit allem, nur nicht damit gerechnet, doch es erklärte schließlich ein paar mysteriöse Bruchstücke dieses Falles. Jetzt begriff er, warum Steinert so sehr am Mas de la Balme hing und warum er in einigen Zimmern des Hauses nichts verändert hatte.

Er hielt am Ende der Reben an, die sich an den Terres d'en bas entlangzogen. Rechts, zwischen den Graten der weißen Felsen, die bis zur Festung von Les Baux hinaufführten, war der Himmel noch rot von der Sonne. Im Tal glättete ein silbriges Licht alle Formen.

Der Baron betrat den Kiefernwald, machte ein paar Schritte und blieb stehen. Es roch nach Hitze und Kiefernwurzeln. So weit man sehen konnte, gab es nur gewundene Eichenstämme, Baumstümpfe, die auf ihrem Bett aus Dornen verrotteten. In der einbrechenden Nacht wurden die Schildwachen der Kiefern und die Mastixsträucher, die sie einhüllten, zu bedrohlichen Silhouetten.

Der Baron kehrte um. In der Ferne waren die nach Les Baux hinauffahrenden Autos und ein einsamer Kuckuck inmitten der knackenden Bäume zu hören.

Am Strand muss es heiß sein. Der Sand ist golden und schimmert rosa und violett.

Das Bild ist ein bisschen unscharf. Es hat durch die Zeit Streifen bekommen.

Isabelle trägt einen Badeanzug. Sie ist fünfzehneinhalb. Sie läuft wie ein Clown über den Sand.

Nahaufnahme. Lächeln in die Kamera.

Sie hat gerade gebadet. Ihr Badeanzug spannt sich.

Ihre Brüste sind fest. Sie hat Sand an Waden und Oberschenkeln.

Ihre Großmutter beobachtet sie und macht »kuckuck!« zur Kamera.

Dann Buchstaben und Zahlen vor einem blendend weißen Hintergrund.

Maistre schaltet den Projektor aus. Marceau steht auf. De Palma rührt sich nicht.

Er hat seinen Stuhl umgedreht und stützt die Unterarme auf die Rückenlehne.

Er gähnt. »Wie spät, Jean-Claude?«

»Drei Uhr, ich bin völlig kaputt.«

»Ich auch«, fügt Maistre bekräftigend hinzu.

»Kommst du, Michel, wir gehen im Pied de cochon was essen.«

De Palma verzieht das Gesicht. »Du willst was essen? Nach dem, was wir gesehen haben?«

»Ja, Michel, ich will trotzdem essen. Denn wir müssen Abstand bewahren, wenn wir dieses Arschloch finden wollen.«

In dieser Nacht blätterte de Palma die Seiten seiner Ermittlerhefte durch und suchte nach einer Wahrheit, die ihm jeden Tag ein bisschen stärker entglitt. Isabelle Mercier war sein einziger Misserfolg gewesen. Für alle anderen Fälle hatte er Lösungen gefunden, auch wenn sie nicht immer mit den Urteilen endeten, die er von den Schwurgerichten erwartet hatte. Es gab polizeiliche Gewissheiten und juristische Wahrheiten. Er hatte eine gewaltige Anzahl von Menschen ins Gefängnis geschickt, die für Gewaltverbrechen verantwortlich waren. Die meisten hatten Höchststrafen erhalten: lebenslängliche Freiheitsstrafen und ein paar Todesstrafen, als er ein junger Bulle war.

Jedes Mal war die Wahrheit ans Licht gebracht worden, und das war das Wichtigste für ihn.

Außer im Fall von Isabelle Mercier. Er erinnerte sich an jenes Gefühl der Ohnmacht, das ihn beherrscht und das er mit Maistre und Marceau geteilt hatte. Heute fühlte er dasselbe. Er begriff nicht, warum Steinert gestorben war. Die leise Stimme, die ihm zuflüsterte, es sei wegen ein paar Hektar Land gewesen, überzeugte ihn nicht. Morini legte niemanden um, ohne über alles Drum und Dran seines Tuns im Bilde zu sein. Zumindest darüber hatte er Gewissheit erlangt.

Am Tag des Begräbnisses des Milliardärs hatte er eine Sache erahnt: Steinert war durch Unfall gestorben. Er wusste allerdings, dass die Umstände dieses Unfalls nicht natürlich waren. Er erahnte eine Verkettung von Ereignissen, die über die Rauheiten des Lebens hinausgingen und unvermeidlich im Unfall geendet hatten.

15

Dienstag, 29. Juli. 10 Uhr morgens.
Marceau erschien als Erster am Tatort. Er war allein. Die Nachricht »Dringend« mit der Ergänzung »Tötungsdelikt« hatte ihn in den Reinigungs- und Wartungsräumen der Stadt Tarascon erreicht. Die Funkerin der Befehlsstelle hatte hinzugefügt: »In der städtischen Werkstatt.«

Gleich würde eine Streife kommen. Marceau sah zunächst die Tarasque, dann Marc Gouirand und Pater Favier – er war es, der die Polizei alarmiert hatte. Der Pater saß neben dem Anführer der Ritter der Tarasque. Das Tier lag inmitten des Gerätelagers, an der Stelle, an der Gouirand es am Vorabend zurückgelassen hatte, um es noch ein wenig zu säubern. Vor dem Maul war eine grauenhaft verstümmelte Leiche abgelegt worden: Ein Rumpf, ein Kopf und ein von den Holzzähnen festgehaltener Arm. Wie ein barbarisches Opfer an das abscheuliche Tier.

»Haben Sie irgendetwas angefasst?«

Pater Favier kam zu ihm. »Nein, nichts, Monsieur. Ich war Arzt, bevor ich Priester geworden bin, die Polizeimethoden sind mir bekannt.«

»Und Sie, Monsieur?«

Gouirand reagierte nicht. Er saß auf einem Mäuerchen, den Kopf in die Hände gestützt.

Favier nahm Marceau am Arm. »Ich denke, Sie warten besser, er steht noch unter Schock.«

Eine Streife traf ein und begann, am Tatort herumzutrampeln, bevor sie beim Anblick der Leiche erstarrte. Marceau schickte sie rabiat hinaus. Er ging nicht gleich zu der Leiche.

Er schwieg eine ganze Weile und beobachtete die Dinge. Dann nahm er sein Handy, forderte die Spurensicherung von Marseille an, legte auf und wandte sich Favier zu.

»Gut, Pater. Sagen Sie mir genau, was seit dem Moment, als Sie von dieser Abscheulichkeit gehört haben, bis jetzt passiert ist.«

Pater Favier holte Luft. »Ich wollte gerade ein letztes Mal meine Predigt für das Hochamt heute Abend durchlesen, als das Telefon klingelte: Es war Marc Gouirand, der mir sagte, dass hier …«

»Was hat er genau gesagt?«

»Sehr wenig.«

»Versuchen Sie sich zu erinnern.«

»Er hatte Mühe zu reden, ich habe nur Tarasque und städtische Werkstatt verstanden. Das ist alles.«

»Und Sie haben begriffen, dass etwas nicht stimmte?«

»Ich war Notarzt. Ich kenne Unfallsituationen oder solche Dramen sehr gut.«

»Und dann?«

»Dann bin ich hergekommen. Marc saß da, so wie Sie ihn jetzt sehen, er hat sich seitdem nicht gerührt. Ich habe die Leiche entdeckt und die Polizei gerufen. Drei Minuten später waren Sie da.«

Marceau sah auf die Uhr. Es war zwanzig nach zehn. Faviers Bericht war schlüssig. Er beobachtete Gouirand, der sich noch immer nicht gerührt hatte. In ein paar Minuten würde er ihn befragen. Einstweilen kehrte er zu seinem Wagen zurück und erkundigte sich über Funk, wie weit die Kriminaltechniker aus Marseille seien.

»Sind schon auf dem Weg«, brüllte die Stimme aus der Funkzentrale.

Um 10 Uhr 45 traf Larousse ein, begleitet von der Staatsanwältin, einer recht hübschen jungen, schlanken brünetten Frau mit einer kleinen Stupsnase voller Sommersprossen, auf der eine Brille mit eckigen Gläsern saß. Marceau hatte sie noch nie gesehen.

Larousse stellte sie vor.

»Ihre Meinung, Marceau?«

Der Bulle kratzte sich am Kopf. »Eine barbarische Tat. Das Werk eines Psychopathen. Ich habe so etwas Widerliches seit Langem nicht gesehen. Hier ist Pater Favier, der die Polizei alarmiert hat.«

Die junge Staatsanwältin wollte sich der Leiche nähern, aber Larousse hielt sie zurück. »Wir bleiben besser hier, bevor wir möglicherweise etwas durcheinanderbringen. Warten wir auf die Leute von der Spurensicherung, sie müssten gleich hier sein.«

Marceau warf einen Blick in Richtung Gouirand. Er sah, dass er den Kopf gehoben hatte und vor sich ins Leere blickte. Der Bulle entschied, es sei jetzt Zeit, ihn zu befragen. Er ging zu ihm und setzte sich neben ihn. »Wie fühlen Sie sich?«

Er streckte ihm die Hand hin, aber Gouirand beachtete sie nicht. »Das ist Christian, der vor der Tarasque liegt.«

»Christian wie?«

»Rey. Ein ehemaliger Ritter.«

Marceau hielt Gouirand eine Zigarette hin, aber der schüttelte ablehnend den Kopf.

»Haben Sie diesen Rey gut gekannt?«

»Ein Jugendfreund.«

Marceau rückte etwas näher an Gouirand heran. »Haben Sie Ritter gesagt?«

»Ein Ritter von der Tarasque! Einer der Tarascaires, die die Tarasque schieben und ihr dienen.«

Gouirand hob den Blick und sah die Leiche an, die ein paar Meter von ihm entfernt lag. Über dem Hof der städtischen Werkstatt lag ein Geruch von Panik und Tod.

»Und als Sie vorhin hier ankamen?«

»Ich habe ihn so entdeckt, wie Sie ihn jetzt sehen. Ich habe nichts angerührt. Gar nichts.«

Gouirand ließ den Kopf wieder in die Hände fallen. Marceau begriff, dass er nichts weiter herausbekommen würde. Er erhob sich, klopfte ihm freundschaftlich auf die Schulter und begab sich zu Kommissar Larousse.

»Wissen Sie, wer vor der Tarasque liegt?«

»Nein.«

»Rey.«

»Christian Rey!«

»Positiv.«

»Können Sie mir das erklären?«, fragte die Staatsanwältin mit einer Spur Autorität in der Stimme.

»Ein alter Bekannter von uns«, erwiderte Larousse. »Christian Rey: Zuhälterei, Spielautomaten. Wir haben immer vermutet, dass er der Chefkiller des örtlichen Milieus war.«

»Denken Sie an eine Abrechnung?«

»Warum nicht! Das wäre ein klassisches Szenario.«

»Ich glaube nicht«, erwiderte Marceau.

»Ach ja!«

»Nein, wirklich.«

»Nun, wir werden sehen«, entschied Larousse barsch.

Die Kriminaltechniker aus Marseille trafen ein. Marceau gab ihnen eine kurze Schilderung, dann zog er Handschuhe und Füßlinge über und folgte den Männern zu Reys Leiche.

Bei jedem seiner Schritte stellte der Spurensicherer einen gelben Reiter mit einer großen schwarzen Zahl darauf ab. Sein Kollege folgte mit dem Fotoapparat, um jeden Reiter zu fotografieren. Nach knapp zwei Minuten hatten sie sich der Leiche auf zwei Schritte genähert, bückten sich und hielten den Atem an.

Eine Brust. Arme ohne Hände. Ein seltsam unversehrter Kopf. Der Körper war auf Höhe des Rumpfs zerteilt worden. Riesige Wunden. Die Knochen traten hervor. Marceau erkannte einen Wirbel und eine Rippe, die von etwas durchtrennt worden waren, was er für eine Maschine hielt. Das Gesicht drückte

Entsetzen aus. Die Wangen waren seltsam hohl, als sei nur noch Haut über den Kiefern übrig. Die Zähne traten hervor, die Augen schienen das, was sie gesehen hatten, noch gepackt zu halten. Marceau hatte noch nie den Ausdruck einer solch animalischen Angst gesehen. Er hatte den Eindruck, Jahre zurückgeworfen zu sein, an den Quai des Orfèvres, als er als junger Inspektor lernte, mit dem Grauen umzugehen.

Das Fleisch von Rey war noch rot. Keinerlei Spur von Verwesung, an der Oberfläche der Wunden war das Blut bereits geronnen. Der Polizist ließ den Blick über den Schädel streifen, er sah keine Verletzung. Keine runde Wunde, Anzeichen für eine Schusswaffe. Auch keine blauen Flecken. Kein Bluterguss. Marceau trat zurück. »Ich überlasse ihn Ihnen«, sagte er dem Kriminaltechniker. »Wir sehen dann bei der Autopsie weiter.«

Marceau ging wieder, wobei er sorgfältig darauf achtete, die Füße in die Spuren des Hinwegs zu setzen.

»Und?«, fragte Larousse.

»Den Schlaukopf will ich sehen, der mir sagt, woran Christian Rey wirklich gestorben ist. Auf jeden Fall nicht an der guten alten 11,43.«

»Denken Sie an etwas Bestimmtes?«, fragte die Staatsanwältin.

»Ja. An eine Maschine. Nur eine Maschine kann einen Körper so amputieren. So etwas wie eine riesige Schere.«

»Und Ihrer Ansicht nach kann so was im Rahmen einer tödlichen Abrechnung nicht vorkommen?«

»Das ist es nicht, weshalb ich zögere. Sie legen sich nicht immer mit Knarren um.«

»Was ist es dann?«

»Die Tarasque.«

»Die was?«

»Die Tarasque.«

»Ach so, ja, das dicke hässliche Ding.«

»Hallo, Michel? Hier ist Jean-Claude. Ich hab eine Leiche am Hals. Einen gewissen Christian Rey, sagt dir das was?«

»Christian Rey, verdammt, siehst du, alles passiert irgendwann einmal. Bestimmt gibts Leute, die sagen, dass es an der Zeit war.«

»Ja, aber es gibt ein Problem.«

»Und das wäre?«

»Wir haben ihn quasi im Maul der Tarasque gefunden. Heute Morgen.«

Nach kurzem Schweigen fragte der Baron: »Und woran denkst du?«

»Ich denke, dass mehr als eine einfache Abrechnung dahintersteckt. Und du, was sagst du dazu?«

»Ich weiß nicht, ich bin in der Sache nicht drin … Hast du jemanden, der ein bisschen quatscht?«

»Derjenige, der die Leiche entdeckt hat. Er hat mir gesagt, Rey war ein Ritter der Tarasque.«

»Ein was?«

»Einer von denen, die sie schieben, wenn sie sie an den Festen und für Karneval rausholen.«

»Die Tarasque, sagst du!«

Ein paar Sekunden lang zögerte der Baron. Die Gedanken schwirrten ihm im Kopf. »Ist der Oberstaatsanwalt da?«

»Nein, aber die Staatsanwältin, eine Tusse. Eine Neue, hab sie eben kennengelernt. Wirkt dumm wie Brot.«

»Und wie weit bist du mit Steinert?«

»Der Oberstaatsanwalt hat die Sache ad acta gelegt. Ich habe es gerade erfahren. Offiziell gibt es keinen Fall Steinert mehr.«

»Und doch glaube ich, dass er umgebracht wurde.«

»Die einzige Wahrheit in diesem Fall ist, dass der Oberstaatsanwalt ihn ad acta gelegt hat.«

»Gut, wir müssen uns dringend sehen, Jean-Claude.«

»Warum dringend?«

»Bis später, mein Lieber. Heute Nachmittag bin ich bei dir.«

In Marceaus Büro stank es nach kalten Gitanes und Schweiß. Marceau saß vor seinem Computer, beide Füße auf dem Tisch. De Palma stand mit starrem Blick angespannt vor ihm.

»Du sagst mir, dass du einfach so mit Maistre zu Morini gegangen bist!«

Der Baron antwortete nicht.

»Dann sagst du mir, dass es dabei nicht bleiben wird! Und dass jemand auf dich geschossen hat und du Namen kennst!«

»Positiv«, stieß de Palma mit leicht belegter Stimme hervor.

Marceau sprang auf. »Positiv, ja leck mich! Ich glaube, du wirst immer starrköpfiger und hast Kollegen in Gefahr gebracht. Du hast Einfluss auf Maistre, nutz das nicht aus! Er ist Familienvater. Falls du das vergessen haben solltest, erinner ich dich dran.«

De Palma entspannte sich.

»Ich hoffe, du hast noch einen Rest Gewissen, um dir die möglichen Folgen deiner Dummheiten klarzumachen.«

»Ich musste es wissen, das ist alles.«

»Was soll Morini dir groß erzählen? Bei der Polizei weiß man nun mal nicht immer alles. So ist das eben.«

»Und du kannst damit leben?«

»Ich hab schon lange gelernt, mit kleinen Wahrheiten und großen Lügen zu leben. Ich hab gelernt, mit immer mehr Unbekannten in dieser großen Scheißgleichung zu leben.«

De Palma verschränkte die Arme vor der Brust. Er ließ den Blick über die Suchmeldungen an den Wänden schweifen. Die von Steinert hing noch da.

»Morini stammt aus Tarascon?«, fragte de Palma und schlug sein Notizheft auf.

»Er ist hier in der Rue des Archives geboren und hat noch viele Freunde in der Ecke. Außerdem hat er hier einige Geschäfte am Laufen, das stimmt. Ich rate dir übrigens, aufzupassen, wenn du dich in der Stadt bewegst, Tarascon ist ein bisschen sein Gebiet.«

»Geboren 1943 in Tarascon, Bouches-du-Rhône«, sagte de Palma lakonisch. »In der Kartei für Organisierte Kriminalität erfasst im Jahr 1963 wegen Zuhälterei und so weiter. Der unaufhaltsame Aufstieg eines Arschlochs. Eine wandelnde große Lüge, wie du sagst.«

»Was soll ich tun? Es heißt, er isst mit dem Bürgermeister und geht bei den Logenbrüdern ein und aus wie du beim Friseur … Man erzählt sich viel über Morini.«

»Weißt du, wo er lebt?«

»Er hat eine Riesenvilla in Maussane, kurz vor dem Dorfeingang. Und einiges an Land drum herum. Genug, um den Feind sehen zu können, wenn er kommt.«

»Schöne Abwechslung zu seiner erbärmlichen Bar in Aix. Denn da sieht er den Feind nicht kommen. Kannst du mir auf der Karte zeigen, wo das Arschloch wohnt?«

»Das habe ich im Rechner.«

Marceau fummelte mit der Maus und öffnete mehrere Fenster. »Hier, da ist es, direkt unterhalb der Straße nach Eygalières. Grenzt an den großen Wald zur Rechten, wenn du hochfährst.«

De Palma wurde plötzlich klar, dass es sich um die Terres d'en bas handelte. Morini und Steinert waren also in gewisser Weise Nachbarn.

Marceau setzte sich wieder. »Es heißt, er würde die Spielautomaten von Nîmes bis Toulon und im Norden in allen Käffern bis Valence und vielleicht sogar Lyon unter seiner Kontrolle haben. Plus die Mädchen, plus die Clubs. Meines Wissens nicht viel Drogen. Morinis Ding ist das Spiel. Christian Rey war einer von seinen Männern, wenn du es wissen willst. Er hat für ihn in der Gegend das Geld eingetrieben.«

Marceau zündete sich eine Gitane an und sah zu, wie der blaue Rauch zur Decke stieg. »Er und ein anderer Typ, ein Exbulle: Bernard Dominguez.«

»Kenne ich«, bemerkte de Palma. »War ein guter Bulle, bevor er anfing, den lieben langen Tag Nutten zu vögeln.«

»Ich träum davon, ihn mir zu schnappen … Davon abgesehen, gibt es über Morini nicht viel zu sagen. Im Grunde ein klassischer Pate. Man macht viel Lärm um ihn, aber er ist wie die anderen.« Er drückte seine halb gerauchte Zigarette aus.

»Das ist schon mal nicht schlecht!«

Marceau sah plötzlich müde aus. Er schien traurig und leer. Er schloss die Fenster auf dem Bildschirm und zündete sich die nächste Zigarette an. »Ich habe Isabelle auch nicht vergessen. Manchmal merke ich, dass ich zwei oder drei Tage nicht an sie gedacht habe, und dann mache ich mir Vorwürfe. Verdammt, was mach ich mir Vorwürfe.«

Zwischen den beiden Männern war plötzlich eine Leere, die nichts zu füllen vermochte, nicht einmal die Erinnerung.

»Warst du es, der Chandeler meine Nummer gegeben hat?«

Marceau begnügte sich damit, eine Hand zu heben und den Blick zu senken, während er versuchte, gleichgültig auszusehen.

»Ich mach dir keine Vorwürfe, Jean-Claude.«

Langes Schweigen.

»Und Maistre, was sagt er?«

»Du kennst Jean-Louis, immer nach innen. Nie besonders mitteilsam.«

Auf dem Platz vor dem Rathaus von Aix war Markt. Marc Morini saß vor seiner Bar, sein Gorilla ihm gegenüber. Der Mann zog sein 200-mm-Objektiv hervor und machte zwei Fotos.

Vom Rathausturm schlug es elf.

Wie beim letzten Mal bemerkte der Mann, dass der Marktstand in unmittelbarer Nähe von Morinis Bar einem italienischen Käsehändler gehörte. Er ging hin und verlangte fünfhundert Gramm Parmesan und ein ordentliches Stück Mozzarella. Von hier aus konnte man Morini in Dreiviertelansicht sehen: Er machte ein drittes Foto. Bei seinem letzten Besuch hatte er gesehen, wie ihm unbekannte Polizisten die Bar betraten. Die Bullen waren vielleicht eine gute Viertelstunde geblieben, dann waren sie mit ernstem Gesicht wieder herausgekommen. Ein ganzes Weilchen später hatte er einen ganzen Haufen fragwürdiger Kerle auftauchen sehen. Er hatte daraus geschlossen, dass man Morini nicht so leicht zu fassen kriegen würde. Die Situation schien sich heute zu wiederholen. Der Große saß auf demselben Platz.

Er nahm den Mozzarella und den Parmesan und verlor sich im Marktgeschehen. Ein Anonymer unter Anonymen.

Er kaufte eine Schachtel Calissons d'Aix und wollte sie gerade öffnen, als er sah, wie Morinis Gorilla aufstand und in die Bar ging. Der Große war allein. Noch immer mit dem Rücken zur Straße. Der Mann zauderte nicht. Er fühlte sich von allen Wundern, die das Tier ihm hatte zuteilwerden lassen, gestützt. Er zog seine .45er und stürzte, die Waffe ans rechte Bein gedrückt, auf seine Beute zu.

Morini hatte nicht die Zeit, irgendetwas zu sagen oder zu tun. Sein Raubtierinstinkt hatte ihn in dem Moment verlassen, als der Diener des Tieres ihm den Lauf der .45er in die fette Backe drückte.

»Steh auf, Dreckskerl. Und zwar schnell.«

Morini fügte sich, ohne etwas zu sagen. Zum Glück, sonst wäre er gezwungen gewesen, ihn auf der Stelle zu erschießen.

»Die Hände hinter den Rücken.«

»Aber Sie haben kein Recht, wer sind Sie?«

»Ich bin die Polizei«, sagte der Mann und zeigte eine blau-weiß-rote Karte.

Sie gingen etwa dreißig Meter den Platz hinauf, dann schubste der Mann ihn in einen alten Peugeot 406 Kombi.

Als Morini sah, dass ein Strafzettel der städtischen Polizei den linken Scheibenwischer des 406 schmückte, begriff er instinktiv, dass am Ende der Reise weder Polizeigewahrsam noch Vernehmung stehen würden.

Das war also der große Sturz in seinem Raubtierleben. Er

hatte ihn seit Langem erwartet, hätte aber nie gedacht, dass die Dinge sich auf diese Weise abspielen würden.

Die genaueste Erinnerung, die Marceau an Christian Rey hatte, stammte aus seiner Zeit bei der Organisierten Kriminalität in Marseille; es war ein Verhör nach einer tödlichen Abrechnung. Rey war verdächtigt worden, einen widerspenstigen Barbesitzer im Zentrum von Avignon erledigt zu haben: den Gelben Zwerg. Richter Bonnardi wollte, dass der Ganove verhört würde, und der Ganove wurde verhört. Nichts war dabei herausgekommen.

Heute lag Rey von einer Höllenmaschine zerfetzt auf dem Edelstahltisch des Seziersaals der Abteilung für Rechtsmedizin des Krankenhauses von La Timone.

Doktor Mattei leitete das Unternehmen. Der Totendoktor. »Von unserem Freund ist nicht viel übrig.«

»Was ist das für eine Wunde, deiner Meinung nach?«, fragte Marceau.

»Schwer zu sagen.«

»Könnte das eine Maschine wie ein Häcksler oder so etwas sein?«

»Vielleicht, vielleicht auch nicht … Mich erinnert es eher an Bisswunden.«

»Langsam, Mattei, nur weil ich dir gesagt habe, dass er vor der Tarasque gefunden wurde, muss nicht die Fantasie mit dir durchgehen.«

»Ich meine es ernst, Jean-Claude … Wirklich.«

Mattei trat vom Tisch zurück, beide Hände in der Luft, ein Skalpell in der linken Hand. »Diesen Bisstypus habe ich schon einmal gesehen, das war kurz nach meiner Assistenzzeit, als ich auf Mauritius gearbeitet habe. Da ist ein Fischer in der Lagune von einem Hai angegriffen worden. Er war halb aufgefressen. Dasselbe wie das hier.«

Marceau fuhr sich mit der Hand über den Nacken, um sich den Schweiß abzuwischen, der Richtung Rücken floss. »Red keinen Mist, Mattei, in Tarascon gibt es keine Haie. Was hast du noch gefunden?«

»Einen ganzen Haufen interessante Dinge: Algen, Erdpartikel unter den Fingernägeln und so weiter …«

»Algen, sagst du?«

»Ja, und Schlamm. Aus Süßwasser, wohlbemerkt. Keinerlei Salzspuren oder anderes, was uns vermuten lassen könnte, dass es sich um Meerwasser handelt.«

»Und was schließt du daraus?«

»Dass unser Freund einen Aufenthalt im Wasser hinter sich hat. Ich würde sagen, ein stehendes Gewässer. Ein bisschen so wie der, den du mir letztes Mal geschickt hast.«

»William Steinert?«

»Gewonnen. Aber im Gegensatz zu ihm ist Steinert durch Ertrinken gestorben.«

»Bist du dir dessen sicher?«

»Absolut, total sicher! Und ich gestatte niemandem, daran zu zweifeln. Steinert ist durch Ertrinken gestorben, so wie der hier von etwas angefressen wurde. Kapiert?«

»O. k., großer Chef.«

Marceau musterte Reys Leiche. Er versuchte, sich an den Ganoven zu erinnern, dem er bei einer Festnahme begegnet war: Das Gesicht war geschrumpft, die Züge waren nicht mehr dieselben. Marceau war sich dessen sicher. Er erinnerte sich an einen eher stämmigen Burschen, groß und kräftig wie ein Pfeiler. Der halbe Kerl vor ihm hatte ein Martyrium erleiden müssen, die Passion der Gangster, den Kreuzweg des Abschaums.

»Bevor man ihn hingerichtet hat, ist er gefoltert worden«, bemerkte er, als werfe er eine Karte auf den Tisch.

»Was willst du damit sagen?«

»Gefoltert. Kein Wasser, nichts, tagelang. Sieh dir seine Wangen an.«

»Du wirst mich eines Tages noch ersetzen, Jean-Claude!«

»Noch nicht, Totendoktor, aber ich lerne.«

Mattei bemerkte Verbrennungen an den Handgelenken von Christian Rey. Eine oder zwei alte Verletzungen. Eine Tätowierung auf der Schulter. »Hübsch, die Tätowierung«, sagte Mattei.

Marceau spähte über seine Schulter. »Was ist es?«

»Ein unmögliches Ungeheuer: eine Tarasque. Das passt zu dem, was Gouirand mir erklärt hat.«

Mattei setzte das Skalpell an, fuhr um Reys Schädel und bat seinen Assistenten um die Säge. »Ich glaube, ich erfahre heute nichts mehr von ihm. Wir werden die Ergebnisse der DNA-Analysen und die chemischen Gutachten abwarten müssen.«

»Wie lang?«

»Was die Chemie angeht, spätestens morgen. Da setzen sie sich in Marseille dran, aber was die DNA betrifft, schicke ich alles nach Nantes, ich befürchte, das dauert.«

»Warum gehst du nicht über Bordeaux?«

»Mit denen arbeiten wir nicht mehr zusammen, zu viele Fehler.«

»Warten wir die Laborergebnisse ab, sie bestimmen heutzutage die Polizeiarbeit.«

Marceaus Gesichtshaut spannte sich, seine Schädelknochen traten hervor. Er näherte sich der Leiche, während Mattei die Kopfhaut anhob. Beim Nachdenken presste er die Zähne zusammen, bis die Knorpel seiner Kiefergelenke sichtbar wurden. Ein kalter Schimmer legte sich wie eine Scheibe über den Blick des Polizisten.

16

In der Nacht hatte es zu regnen begonnen. Der Regen hatte den Staub von den sonnendurchglühten Straßen und Gehsteigen in zähe schwarze Streifen verwandelt.

Am Vorabend waren de Palma die Fäden seiner Schulterverletzung gezogen worden. Abgesehen von einem leichten Ziepen auf der Haut spürte er nichts mehr.

Als er die Wohnanlage Paul Verlaine verließ, hatte er, kaum war er durch das automatische Tor gegangen, den Eindruck, jemand beobachte ihn von der anderen Straßenseite aus.

Er konnte nicht genau sagen, woher die Gefahr kam, aber er spürte sie. Für die nächste Nacht plante er, bei Maistre zu schlafen. Danach würde er weitersehen.

In jedem Fall wusste er, dass Morini ihm nichts schenken würde. Er war zu weit gegangen: Sein Besuch bei Lornec und dann die Drohungen ihm gegenüber in Aix würden nicht durchgehen. Doch zwischen dem und dem Gedanken an einen Auftragsmord lagen Welten. Auch wenn Morini sein Imperium mit beispielloser Brutalität aufgebaut hatte. Auch wenn er die gegnerischen Gangs wie ein echter Schlächter ausgeschaltet hatte. Er war ein Perversling, der nur zwei Dinge mochte: sich zu den Feten der Großen dieser Welt einzuladen und einen Typen kaltzumachen. Allerdings tat er es nie ohne guten Grund.

Als de Palma in die Rue Laugier einbog, sah er einen Renault Scénic im Rückspiegel, der sich ihm an die Fersen heftete. Das Gesicht des Fahrers im Rückspiegel war unmissverständlich. Er hatte in seinem Leben ausreichend Ganoven gesehen, um zu begreifen, dass sein Verfolger kein arbeitsloser Schauspieler war.

Er beschleunigte abrupt und verschaffte sich einen Vorsprung von fünfzig Metern vor dem Scénic, bevor er unverhofft vor einem Bus der Linie 18 stand, der die Avenue de la Capelette hinauffuhr. Der Fahrer des Renaults hinter ihm griff nach dem Handy.

De Palma querte die Avenue de la Capelette und bog gegen die Fahrtrichtung in die Rue Saint-Jean. Der Scénic im Rückspiegel war verschwunden. Er blieb stehen, überprüfte die Trommel seiner Dienstwaffe, nahm dann die .45er in die Hand, lud durch und legte die Waffe auf den Beifahrersitz.

War er erneut das Opfer einer seiner Halluzinationen? Das fragte er sich gerade, als er in dreißig Meter Entfernung ein Motorrad entdeckte, das sich auf ihn zubewegte. Zwei Männer saßen darauf. De Palma beschleunigte wie ein Wahnsinniger und raste auf das Motorrad zu. Mit einem Hüftschwung entgingen die beiden Männer dem Zusammenstoß. Vor der Kirche Saint-Jean wich de Palma gerade noch zwei kleinen Jungen aus, die mit einem halb aufgepumpten Ball kickten. Eine abrupte Bewegung des Lenkrads nach links. Wie beim Fahrtraining. Dann die Gleise entlang. Der Alfa drückte sich kräftig zu Boden. Noch mal links. Reifenquietschen. Das Pflaster des ehemaligen Industriegebiets hatte Löcher, es lagen verbrannte Matratzen und klapprige Kühlschränke herum. Ein blinder Fernseher. Die Fabrik für Kolonialhelme, die die Stadt seit Ewigkeiten abreißen sollte. Ein Blick in den Rückspiegel: nichts und niemand. Der Baron brachte den Giulietta direkt vor dem Pförtnerhaus in Deckung. Vor der rostgeschwollenen Stechuhr.

Genau in dem Moment hielt das Motorrad an. Michel katapultierte sich aus dem Auto, zog seine .45er, rollte auf die Erde und platzierte sich geduckt vor dem Ziel, den linken Handballen unter dem Griff der Pistole.

Die Waffe zuckte in seinen Händen. Wie ein widerspenstiges Spielzeug. Die ersten beiden Kugeln verursachten zwei kleine Staubvulkane an den Mauern des E-Werks. Der Fahrer ließ sein Motorrad fallen und duckte sich dahinter. Der andere lief außen herum, um den Baron von hinten zu erwischen. Eine dritte Kugel, genau ins Ziel. Unter dem Einschlag der 11,43-Millimeter-Kugel verschob sich das Motorrad. Eine Kugel, zwei Kugeln. Sie trafen den Stahl. Klang! Klang! Und dann das große WUMMM! Überall Hitze. Brennender Kohlenwasserstoff und Benzol. Der schwarze Lederkörper stieg zum Himmel empor und prallte auf die grauen Bruchsteine der Mauer. Dann stürzte er, ein Bein über dem Kopf, von der Explosion ausgerenkt, zu Boden. Der Baron krümmte sich und rannte hinter das Pförtnerhaus. Ein Haufen Bauschutt nahm ihm die Sicht auf die ehemalige Kantine der Proleten. Es roch nach Obdachlosenkot und Hundepisse. Ein ekelerregender Gestank, der Michel über die Haut lief und ihm in alle Poren drang.

Ein blinder Fernseher bewegte sich. Ein Feuerblitz. Der Baron spürte den ersten Kuss des Todes. Genau in die Schulter. Wie das letzte Mal, nur tiefer. Er stürzte zu Boden und sah das Blut über seine Finger tropfen. Lebenstropfen auf den Fingernägeln. Eine Kugel. Zwei. Und klick. »Scheiße, das Magazin ist im Auto.«

De Palma zog seine Dienstwaffe. .38er Spezial. Polizei. Bekanntes Kaliber. Er ging vorwärts. Die Knarre in der linken Hand. Nichts mehr. Er wartete in der Stille. Wie viel Zeit war verstrichen? Stunden, eine Ewigkeit. Nur ein paar Sekunden. De Palma wusste, dass die Zeit sich dehnt. Er spitzte die Ohren. Schritte, flüchtende Schritte in Richtung der Ruinen der Schwefelfabrik.

De Palma kehrte zu dem Motorradfahrer zurück. Mit der Mündung des Laufs hob er das Visier des Helms an. Das rechte Auge war verschwollen. Vincent Lopez. Der letzte Auftrag.

Plötzlich hörte er Sirenen, die sich Richtung La Capelette durch den Verkehr quälten.

Er machte ein paar Schritte und setzte sich auf den Bürgersteig. Es roch nach verbranntem Leder und Öldämpfen. Als die Kollegen wie Raketen heranschossen, richtete er sich auf seinen langen Beinen auf, zog den Dienstausweis und hob die Hände in die Luft.

Anne Moracchini betrat das Krankenhauszimmer, gefolgt von Maistre. »Wie gehts, Michel?«

Sie drückte ihm einen Kuss auf die Stirn. Sie hatte dasselbe nach Moschus duftende Parfum aufgelegt wie bei ihrem letzten gemeinsamen Opernbesuch.

»Ich habe Schmerzen, aber der Doc sagt, es wär nichts und ich könnte morgen a casa, wenn ich will.«

»Jedenfalls darfst du nicht hierbleiben, solange nicht alles geklärt ist. Tut mir leid, das sagen zu müssen, aber die Zeitungen haben deinen Namen und das Krankenhaus genannt.«

»Herzlichen Dank. Ich hoffe, sie haben die Zimmernummer nicht vergessen.«

»Du kommst zu mir«, erklärte Anne.

»Nutz es nicht aus …«

Sie nahm einen Stuhl und setzte sich neben den Baron. Behutsam legte sie die Hand auf seine. »Gleich als wir es erfahren haben, haben wir einen kleinen Abstecher nach Aix gemacht«, sagte sie leise. »Maistre, Moreno und ich.«

»Er war da.«

»Negativ«, bemerkte Maistre leise.

»Und?«

Anne sah zu Boden. »Sein Gorilla hat uns gesagt, er wäre seit gestern ohne Nachricht.«

»Der Arme, er macht sich Sorgen!«

»Grund hat er!«, sagte Maistre. »Stell dir vor: Du unterhältst dich mit jemandem, stehst auf, um pinkeln zu gehen, brauchst eine Weile, weil eher das große Geschäft, und als du zurückkommst: kein Morini mehr!«

»Was erzählst du da für einen Unsinn?«

»Du hast genau verstanden«, sagte Anne. »Der Typ heißt Serge Mondolini, sagt dir das nichts? Wir kennen ihn bestens.«

Der Baron runzelte die Stirn.

»Kurz, er geht aufs Klo, und als er zurückkommt: so wenig Morini wie Butter im Arsch.«

»Das hat er alles erfunden.«

»Das glaube ich nicht. Wirklich, ich glaube nicht. Er hat mir sogar gesagt, er würde mit dem Schlimmsten rechnen und uns jederzeit zur Verfügung stehen.«

»Ich besuch ihn die nächsten Tage.«

»Geh nur, spiel den Idioten«, erwiderte Maistre und warf einen Blick aus dem Fenster. »Sag uns einfach noch, wo wir dich begraben sollen!«

»Neben meinem Vater.«

Anne erhob sich. »Michel, du wirst dich zwischen deinen Freunden und deinen Dummheiten entscheiden müssen. Wenn du hier rauskommst, gehst du zu mir. In La Capelette will ich dich nicht mehr sehen. Und um Morini kümmern wir uns.«

»Wer wusste, dass ich am Boulevard Mireille Lauze 102 wohne?«

»Sie wissen vieles, weißt du.«

»Nein, es gibt nur sehr wenige Leute, die das wissen. Sehr, sehr wenige. Abgesehen von engen Freunden.«

»Sie haben dich beschattet, Großhirn. Ganz einfach.«

»Nur passe ich ganz besonders auf, seitdem wir bei Morini waren. Ich gehe hinten durch die Traverse de la Barnière nach Hause und springe über die Mauer. Da kann mich niemand sehen. Also, was meinst du?«

»Es ist … Ich weiß es nicht.«

»Ich weiß es! Es gibt da einen, der mit mir abrechnen will, seit ich mich für diese Sache interessiere.«

De Palma holte Luft. Ein stechender Schmerz durchfuhr seine Schulter. »Und das ist wirklich eine dicke Sache, Anne, eine sehr dicke, an der wir dran sind. Da steckt weit mehr als das beschissene Milieu dahinter.«

»Stimmt schon … Was du sagst, passt zum ersten Mal.«

»Nein, eben nicht.«

»Warum?«

»Wenn du mit einer SIG Sauer schießt, verpasst du dein Ziel nicht.«

»Was bitte …«, stammelte Maistre.

»Das erste Mal war, um mir Angst einzujagen. Das jetzt war, um mich zu töten.«

»Das ist ja alles sehr interessant, Michel, aber fragst du nicht mal, wer deinen Fall hat?«

»Erzähl.«

»Ich«, sagte Anne mit leicht herausforderndem Blick.

Michel sah zu Maistre, der in unmöglichen Erinnerungen vertieft schien.

»Und nach den ersten Ermittlungen stammt die Kugel aus einer SIG.«

»Wo hast du sie gefunden?«

»Auf dem Haufen Bauschutt, in einem dicken Gipsbrocken. Richtung Süd-Nord. Das bedeutet, sie wurde von dem abgegeben, der um dich herumgelaufen ist. Nicht von dem Motorradfahrer. Sondern dem Beifahrer!«

»Das ist die Nachricht des Tages.«

Mit seiner gesunden Hand griff Michel nach der Fernbedienung und stellte die Rückenlehne seines Bettes höher. Der diensthabende Arzt trat ein. »Wie geht es Ihnen?«

»Bestens, es zieht nur ein bisschen.«

»Das ist normal, das sind die Stiche.«

Der Arzt hob den Verband an und rückte die Brille zurecht. »Haben Sie jemanden, der in der Lage ist, Ihnen den Verband neu anzulegen?«

»Ja«, erwiderte Anne, »ich habe Erfahrung damit.«

»Gut, also wenn Sie möchten, können Sie gehen. In einer Woche ziehe ich Ihnen die Fäden.«

Annes Wohnzimmer ging auf einen kleinen kühlen Garten mit zwei gewaltigen Eichen, die an einem ehemaligen Bewässerungskanal standen. Anne hatte Kletterrosen und Glyzinien gepflanzt und überall Blumenkübel aufgestellt.

De Palma fühlte sich wohl. Er beobachtete seine Kollegin, und ihm fiel auf, dass er sie zum ersten Mal in ihrer privaten Umgebung sah. Sie setzte sich mit Kompressen und Betadine neben ihn. Während sie ihm den Verband wechselte, spürte de Palma ihren Atem im Nacken.

»Er hat dir genau auf die Stelle geschossen, an der er dich das erste Mal erwischt hat. Ein Besessener.«

Sie legte eine Kompresse auf, drückte zwei Pflasterstreifen darüber, dann zog sie ihm den Hemdsärmel herunter. »Magst du etwas trinken?«

»Was Starkes, ich hab es mir wirklich verdient.«

Sie mixte ihm einen riesigen Mojito mit zerstoßenem Eis und Pfefferminze. Schweigend tranken sie genüsslich das geeiste Getränk.

Anne hatte ihre Haare über dem Nacken verknotet, was sie größer und wie ein junges Mädchen aussehen ließ. De Palma sagte es ihr, und sie lächelte zärtlich.

Sie erzählte ihm von ihrem Vater, der ihr häufig Komplimente machte. Ihr Vater war ein Mann gewesen, der viel schwieg und seine Sätze nie beendete. Anne hatte einen großen Teil ihrer Jugend damit verbracht, herauszufinden, was dieser Mann, den sie über alles verehrte, wohl sagen wollte, wenn er seine Sätze im Leeren enden ließ. Und dabei war er Algerienfranzose und Anwalt, aber er bewahrte sich seine Beredsamkeit für die Verhandlungen vor Gericht auf. Anne wusste, dass auch sie zu Schweigen und Kontemplation neigte.

»Merkwürdig, dass du mir jetzt von deinem Vater erzählst!«

Sie gab ihm einen Klaps auf die gesunde Schulter. »Das kommt, weil du mich beeindruckst, Herr Baron! Deswegen muss ich mich verteidigen, so gut ich kann.«

»Ich soll dich beeindrucken!«

»Ja, und du tätest besser daran, dir das manchmal bewusst zu machen.«

Sie stand auf und zwinkerte ihm zu. »Komm, gehen wir ins Wohnzimmer, da ist es gemütlicher.« Sie legte sich, auf die Ellbogen gestützt, aufs Sofa. »Wie wärs, du würdest mir ein bisschen von dir erzählen?«

»Über mich gibts nichts zu sagen.«

»Wie warst du als kleiner Junge?«

Michel dachte nur selten an seine Kindheit und an die Zeit mit seinem Bruder. Es stürzte ihn immer in bodenlose Traurigkeit. Sein Bruder war an Leukämie gestorben, und er hatte daraus ein Schuldgefühl entwickelt, das ihn noch immer nicht verlassen hatte. Darüber hatte er mit niemandem je gesprochen.

»Wenn ich mich an diese Zeit erinnere, sehe ich, wie wir nach dem Musikunterricht die Musikschule an der Place Carli verließen. Wir hatten den Kopf voll mit Trillern. Ich weiß nicht, warum, aber in meiner Erinnerung geht da immer die Sonne unter … Na ja! Wir sind mit Freunden zur Oper runtergegangen. Es war wie magisch. Wir sind an der Gare de l'Est entlang und haben uns dann eine halbe Pizza bei dem Händler gekauft, weißt du, dem Italiener da an der Ecke zur Canebière. Die haben wir im Weitergehen gegessen und haben das Gaunerviertel durchquert und die Nutten in ihren Lederstiefeln angesehen, die uns zugezwinkert haben.«

»Was hast du an der Oper gemacht?«

»Ich war Komparse.«

»Du hast gesungen!«

»Die Komparsen singen nicht, Anne. Sie spielen Priester, Wachen, Diener, die Menge oder was weiß ich. Sie haben keine große Aufgabe, aber ohne sie ist die Aufführung fade. Sie sind nutzlos, aber prachtvoll. Kannst du dir *Aida* ohne Soldaten vorstellen? Ich war ein Hohepriester mit einer Fadenperücke und voller Schminke, direkt neben Radames. Ein andermal haben wir Mario in *Tosca* hingerichtet …«

De Palma verstummte. Im Dämmerlicht suchte er nach einer stolzen Haltung, nach etwas, um sich dahinter zu verstecken, bis die Rührung vorbeiging.

Er erzählte ihr unzählige Bühnenanekdoten: von den ungeheuren Desastern, wenn zusammengeknüllte Programme oder Münzen wie ein demütigender Regen auf die Bühne niedergingen, von den uneingeschränkten Erfolgen, die die samtenen Sitzreihen zum Überschäumen brachten.

Mehr als elf Jahre hatte er auf den Brettern des städtischen Theaters gestanden, elf Jahre in der wie elektrisch geladenen Hitze der dunklen Kulissen, im gleißenden Licht der Scheinwerferbatterien, bald im Hintergrund, bald auf dem Proszenium, dem einzigen Ort, an dem man die würdevoll strahlenden Gesichter der Unbekannten im Publikum erkennt.

Elf Jahre, die er damit zugebracht hatte, in den Augen der Großen der Oper die Angst des endlosen Wartens zu lesen, das Leiden, das am Ende die Melodien freigibt und sie über die Geigen weit nach oben in die Unendlichkeit des Theaterraums entlässt.

Anne wurde plötzlich bewusst, wie sehr ein Mann wie der Baron in der Marseiller Polizei leiden musste. Sanft wie ein Murmeln streichelte sie ihm die Schulter. Der Baron krümmte sich zusammen. »Die Welt teilt sich in zwei Teile: in die, die Callas lieben, und die, die Tebaldi lieben.«

»Und welche magst du lieber?«

»Tebaldi in *Aida* und Callas in *Norma*.«

»Du bist nicht zufällig ab und zu ein bisschen Schweizer?«

Der Baron richtete sich auf und goss sich ein Glas Wasser ein. Anne setzte sich neben ihn.

»Als ich ein Junge war, gab es diejenigen, die die Stones liebten, und jene, die die Beatles liebten, also zwei verschiedene Bands!«

»Ich kann mich gerade noch dran erinnern. Und?«

»Beide Sorten waren oft Idioten, die meisten waren Streber, die von nichts eine Ahnung hatten und nichts empfanden – außer dem Drang, sich ein Etikett anzuheften. Zum Glück gibts auch noch die, die Musik mögen.«

Sie zog ihn an sich, küsste ihn auf die Lippen und mütterlich auf die Stirn und lächelte ihn geradeheraus an. Er vergrub sich in ihrem Haar und fuhr ihren Hals entlang, der goldbraun war wie ein Dessert.

Mit einem Hüftschwung drehte Anne sich auf den Rücken, de Palma spürte einen heftigen Stich im Schultermuskel, der ihm einen leisen Schrei entriss.

Mit langsamen Bewegungen öffnete er ihr feines Spitzenoberteil, befreite ihre schweren Brüste, die er mit den Händen umschloss und dann mit tausend Küssen bedeckte. Dann verlor er sich in der Mulde ihres Bauchs und atmete den würzigen Duft ihrer Scham.

17

De Palma massierte sich lange die Schläfen. Seit zwei Tagen erholte er sich bei Jean-Louis Maistre auf der Anhöhe von L'Estaque. Er hatte Annes Haus verlassen, um sich nicht in einer Beziehung einzunisten, vor der er noch Angst hatte.

Er stand aufrecht und atmete tief die Seeluft ein, die der Wind zu den Häusern am Hang des Hügels heraufwehte. So weit sein Auge reichte, war alles azurblau. Die Stadt in der Ferne war weiß, wie die Schalen kostbarer Muscheln. Die Hafenmole teilte das Meer und wirkte wie ein riesiges Ausrufezeichen am Ende eines langen Satzes aus winzigen Grundstücken, heißen Dächern und Hügeln.

»Na, alles in Butter, Baron?«, fragte Maistre. »Hast du dich den Tag über nicht zu sehr gelangweilt?«

»Ich hab ziemlich viel geschlafen. Der Chef will mich morgen befragen.«

»Ach«, erwiderte Maistre und schenkte zwei Pastis ein.

»Deren Geschichten sind mir egal. Sie können mir nichts.«

»Vor allem liegen die Kugeln aus deiner .45er bei mir in der Schreibtischschublade.«

Der Baron wandte sich zu seinem Freund um.

»Anne liebt dich wie niemand sonst. Ich sags dir, mein Lieber. Sie hat dich so was von reingewaschen, weiß wie ein neues Bettlaken. Wenn du den Eindruck hast, du würdest einem Kühlschrank oder einer Aspirintablette ähneln, kannst du dich bei ihr bedanken.«

Michel setzte sich auf das Steinmäuerchen, das Maistre im Lauf des Winters errichtet hatte, um die magere Erde seines Gartens zurückzuhalten.

»Sie hat sogar ein paar Bohnen aus deiner Dienstwaffe am Tatort verstreut. Nicht schlecht, was!«

»Ich …«

»Ich könnte dich ohrfeigen … Was machst du überhaupt mit deiner verdammten .45er! Ich dachte, die hättest du inzwischen weggeworfen.«

Wenn Maistre sich in Rage redete, verfiel er wieder in den Akzent eines Pariser Straßenjungen, der ihn nie richtig verlassen hatte.

»Wenn du mich nervst, verdrück ich mich, Jean-Louis!«

»Schon gut, reg dich nicht auf, Dickschädel. Anne kommt nachher.«

»Ich brauch eine neue Knarre, Jean-Louis.«

Maistre verschwand einen Moment im Halbdunkel seines Hauses und kam mit einer schwarzen Schachtel zurück, die er dem Baron hinstreckte.

»Gibts die offiziell?«

»Na klar, du Idiot! Es ist meine, die habe ich mir mit meinem Geld gekauft, das ich bei der Polizei verdient habe.«

»Was soll ich damit?«

»Als letzte Rettung, Michel. Sie ist noch nie benutzt worden, aber sie ist frisiert. Die hat mir ein Korse verkauft. Außerdem hab ich den Lauf und den Hahn ändern lassen. Ein bisschen Bewunderung bitte!«

Es war ein Colt Cobra. Ein Revolver mit kurzem Lauf. Eine herrliche Waffe. Schwarz wie der Tod und betörend wie das Verlangen. De Palma wog ihn in der Hand. Er mochte sein Gewicht und den Griff aus lackiertem Holz. Schmucklos klassisch.

Er klappte die Trommel auf und lud sie mit sechs .38ern.

Als Anne auf der Terrasse erschien, warf sie einen düsteren Blick auf den Colt Cobra und drückte dem Baron einen zärtlichen Kuss auf den Nacken.

In diesem Augenblick klingelte Michels Handy.

»Monsieur de Palma, hier ist Ingrid Steinert.«

»Guten Tag«, erwiderte der Baron und entfernte sich ein Stück.

»Ich mache mir große Sorgen. In den Zeitungen heißt es, auf Sie sei geschossen worden und Sie hätten einen Mann getötet.«

»Man darf nicht alles glauben, was die Zeitungen erzählen, wissen Sie.«

Der Baron sah, dass Anne ihn beobachtete, und versuchte, von seinen Lippen zu lesen.

»Ich weiß nicht … Ich … Sind Sie verletzt?«

»Nichts Ernstes.«

»Wann sehen wir uns wieder?«

»Ich rufe Sie morgen an, einstweilen muss ich mich ausruhen.«

»Also bis morgen, und machen Sies gut.«

Als er auflegte, spürte de Palma Annes schweren Blick im Rücken. Er drehte sich um, sie stand einen Meter entfernt. »War das Ingrid Steinert?«

»Ja, ich muss gestehen, ich hatte sie fast vergessen …«

»Was wollte sie?«

»Sie hat in der Zeitung gelesen, dass ich einen Mann getötet habe und verwundet wurde. Ganz einfach.«

»Du wirst ein paar Dinge mit ihr klarstellen müssen.«

»Ganz richtig …«

Morini verlor das Gleichgewicht. Er fiel der Länge nach hin und brauchte eine ganze Weile, um wieder aufzustehen. Seit er sich in völliger Dunkelheit befand, stürzte er nun schon das zweite Mal: erst Schwindelgefühle, als wisse er nicht mehr, wo oben und unten ist, dann der Sturz seines enormen Körpers. Seine letzte Erinnerung an Helligkeit war ein flaches Gelände, halb im Wasser, und im Hintergrund eine Hütte mit weißen Mauern. Ihn hatte überrascht, dass sein Kidnapper ihm die Augen verbunden und ihm den Verband erst wieder abgenommen hatte, als sie sich in diesem Sumpf befanden. Dann vollständige Dunkelheit. Nicht das geringste Licht von außen. Morini hatte das Gefühl für Tag und Nacht verloren. Der Hunger höhlte ihm den Magen aus. Er hatte grauenhaften Durst. Er tastete die Wände seines Gefängnisses ab und fand die Tür. Er schlug mit der Faust darauf. Mehrere Male. Wie er es so oft getan hatte, als Richter André ihn damals in Gebäude D der Haftanstalt Les Baumettes in Isolationshaft verlegt hatte.

»Machen Sie auf!«

Zur Antwort bekam er nichts als die gewaltige Stille.

»Machen Sie auf!«, brüllte er, bevor er in Schluchzen ausbrach.

Im Auto hatte er versucht, mit seinem Entführer zu verhandeln. Er glaubte, den Typen schon einmal irgendwo gesehen zu haben. Groß, an den Schläfen ergrautes Haar. Gut vierzig. Mit seltsamem Akzent. Einem Akzent übrigens, der nicht zu seiner Physiognomie passte. Morini hatte ihn am Anfang für einen Bullen gehalten, bevor er sich fragte, ob es sich nicht um einen Ganoven des anderen Lagers handelte. Die Überlegung hatte genau eine Minute gedauert. Er hatte versucht, mit ihm ins Geschäft zu kommen, dann hatte er sich aufgeregt, hatte gedroht. Bis der Mann ihm eine gewaltige Ohrfeige verpasst und ihn geknebelt hatte. Verdammt! Er hatte sich reinlegen lassen wie ein Anfänger. Dieser Gedanke quälte ihn noch stärker als der Durst. Er hatte einen Bullen mit einem Gauner verwechselt. Schlimmer noch: Er hatte den Unterschied zwischen einem Gauner und einem Irrsinnigen nicht bemerkt.

Der Instinkt hatte ihn verlassen.

Er sagte sich, dass er es nicht verdiente, weiterzuleben.

18

Oberhalb des Mas de la Balme nähten die letzten Strahlen des Abendlichts rote Spitzen an die Kalkgrate der Alpilles.

Die ruinierten Stoßdämpfer ließen den staubigen Peugeot 205 von Maistre über jeden Kiesel hüpfen, dem er begegnete. Aber das war immer noch besser als der Alfa Romeo, den inzwischen offenbar jeder kannte.

Am Vormittag hatte de Palma Brissone einen Besuch abgestattet. Der Spitzel hatte ihn nicht beruhigt. Morini hatte nach ihrem Besuch einen unglaublichen Wutanfall bekommen und Lopez beinahe mit bloßen Händen umgebracht. Das ganze Milieu redete jetzt von ihrer Begegnung. Aber der Auftrag kam von Lopez, nicht von Morini.

Dann hatte Brissone de Palma wissen lassen, dass Morini tatsächlich verschwunden war und man sich fragte, wer dafür verantwortlich war. Wenn Morini nicht wieder auftauchte, würden in ein paar Tagen die Waffen sprechen. Im Milieu drohte Krieg. Unweigerlich.

»Du solltest abtauchen, Paulo. Nimm dir ein paar Tage frei!«

»Ich gönn mir einen Ausflug nach Italien. Ich hab da ein paar Freunde.«

Der Ganove hatte den Baron angesehen und die Stirn gerunzelt. »Pass auf dich auf, Michel. Jetzt kommt Sturm auf, und du weißt, wie sie sind.«

Ingrid war allein, sie trug eine leichte schwarze Hemdbluse und einen sehr dünnen geblümten Rock, der sich ihren schlanken Formen anschmiegte. Sie ging langsam am Rand des Pools entlang. Barfuß.

De Palma stieg aus dem Peugeot. Instinktiv griff er an die Hüfte, um zu überprüfen, ob der Colt Cobra auch an seinem Platz war, und ging auf Ingrid zu, während er sich umblickte. Sie sah ihn kommen und winkte ihm freundschaftlich zu. Als er vor ihr stand, hielt sie ihm die Wange hin. Zum ersten Mal.

»Ich bin froh, Sie zu sehen, Michel. Die Journalisten sind doch Idioten, dem Artikel nach hätte man denken können, Sie wären beinahe tot. Das ist furchtbar … Furchtbar.«

»Es ist nur eine kleine Verletzung, nichts weiter.«

»Ich hoffe es.«

Ihre Stimme war tiefer als gewöhnlich, und sie sah ihm nicht direkt ins Gesicht. Sie ließ den Blick über die türkisfarbene Fläche des Pools gleiten. »Ich habe Sie kommen lassen, weil ich glaube, dass ich Neuigkeiten für Sie habe.«

»Ach ja!«

»Ja, aber trinken wir zunächst einen kleinen Aperitif. Was halten Sie davon, Michel?«

Dem Baron war unbehaglich zumute. Er stimmte mit einem Kopfnicken zu.

Ingrid ließ ein Glöckchen auf der Terrasse ertönen. Aus der Küche kam eine junge Frau. Ingrid sagte etwas auf Deutsch. De Palma wurde bewusst, dass er diese Sprache zum ersten Mal hörte. Er fand es recht schön.

»Ich möchte Sie den weißen Muscat probieren lassen, den wir hier auf la Balme machen. Das war Williams Idee. Er hat eine alte Muscat-Rebe hinter dem Schwimmbad und dem Pool-House stehen lassen, dort hinten. Ich muss sagen, er ist gut – mein Lieblingswein.«

Der Baron hatte eine ausgetrocknete Kehle. Er stürzte das halbe Glas in einem Zug hinunter. Der süße Wein füllte seinen Mund wie Honig. Ingrid zwinkerte ihm zu.

»Heute Abend sind Sie mein Gast. Kennen Sie das Val d'Enfer?«

»Nein.«

»Das ist ein geheimnisvoller Ort unterhalb von Les Baux. Es heißt, die Hexe Taven habe dort gehaust.«

»Mein Vater hat mir Geschichten von Hexen erzählt.«

»War er es, der Sie die Bekanntschaft mit Cathy und Heathcliff hat machen lassen?«

Der Baron stellte sein Glas ab und ließ ungeschickt eine Olive zu Boden fallen. »Ja, tatsächlich, das war er. Wie haben Sie ...«

»Ich errate vieles. William war von meiner Gabe immer beeindruckt.«

»Und Sie haben ein gutes Gedächtnis.«

»Ja, manchmal, wenn Menschen mich interessieren.«

Sie tauchte ihre Lippen in den Muscat. »Ich wollte Sie in ein Restaurant direkt neben dem Val d'Enfer zum Abendessen einladen. Was halten Sie davon?«

»Ich weiß nicht, ob ich einwilligen soll!«

»Es sei denn, Sie würden es vorziehen, hier zu Abend zu essen. Robert, unser alter Koch, hat eine Pistou-Suppe zubereitet, wie Sie noch keine gegessen haben. Was halten Sie davon: Gastronomie oder Schlichtheit?«

»Schlichtheit«, antwortete de Palma.

»Ich bin berührt von Ihrem Geschmack.«

Sie erhob sich und verschwand im Salon. Michel beobachtete ihren geschmeidigen Gang. Er sagte sich, dass das Leben ihm bei der Wahl zwischen den Elendsquartieren von La Capelette und dem Mas de la Balme einen miesen Streich gespielt habe.

Er sog tief die von Olivenduft und dem Geruch von reifen Trauben erfüllte Luft ein. Das Bild seiner Mutter ging ihm durch den Kopf, wie sie die Duschwanne mitten in die Küche stellte, um ihm das abendliche Bad zu bereiten. Er sah sich wieder vor sich, wie er mit aufgeschürften Knien und vom Astragal-Spiel im Hof der Grundschule schwarzen Händen ins Seifenwasser eintauchte. Die Duschwanne und der Kohlenherd, der vier Zimmer heizte.

Er erhob sich und schlenderte zum Pool. Irgendwo in einem Lavendelbusch versuchte eine Grille so etwas wie eine Melodie. Eine zierliche Hand legte sich ihm auf den Unterarm.

»Ich wollte Ihnen etwas zeigen. Wenn Sie das nicht zu sehr stört.«

»Nicht im Geringsten, ich folge Ihnen …«

Sie hatte sich umgezogen und ein schlichtes blassrosa Kleid angezogen, das ihre Schultern frei ließ und über den Knien endete. Sie betraten die Gebäude durch den Haupteingang. De Palma erkannte den Hauptraum wieder, in dem Ingrid ihn bei seinem ersten Besuch des Mas empfangen hatte, dann folgte er ihr über eine überraschend schlichte breite Treppe aus weißem Stein in den ersten Stock. Keinerlei Dekoration, keinerlei Verzierungen. Der Kalkanstrich roch nach altem Haus. Auch hier hatte William Steinert nichts verändern wollen. Sicherlich, um die Erinnerung an die Mutter zu bewahren, die er nicht gekannt hatte.

»Ich wollte Ihnen ein paar Unterlagen zeigen, die ich diese Woche beim Aufräumen von Williams Sachen gefunden habe.«

Sie öffnete die Tür zu einem geräumigen Zimmer, das als Wohn- oder Empfangszimmer eingerichtet war, mit einem Billardtisch in der Mitte, karierten Sofas mit provenzalischen Überwürfen und den unterschiedlichsten Gegenständen, die überall herumstanden. Ein Schachspiel auf einem kleinen Tischchen, ein alter Flipper, eine Wurlitzer-Jukebox aus den Fünfzigerjahren. Fast an allen Wänden Gemälde großer Meister. Ingrid sah, dass der Baron innehielt. »Mögen Sie den Stil?«

»Eine ganz kühne Mischung.«

»Es sind ausschließlich Sammlerstücke. William nannte es ›mein Museum‹. Was Sie hier sehen, hat er auf den Flohmärkten der ganzen Welt zusammengekauft. Es sind außerordentlich seltene Stücke. Ich wollte es Ihnen zeigen, damit Sie wirklich verstehen, was für ein Mann er war.«

In einer Vitrine sah de Palma Wachszylinder. Einen handschriftlichen Brief von Blaise Cendrars. Ägyptische und griechische Antiken. Eine etwa einen Meter hohe Statue.

»Das ist ein Kouros aus Marmor.«

Mit bis zu seinen steinernen Wangen hochgezogenen Lippen lächelte der Kouros für die Ewigkeit.

»Er stammt aus dem Ende der archaischen Periode. Er ist herrlich. Viele Museen beneiden uns um ihn.«

»Er ist einfach gearbeitet, aber vollkommen. Er ähnelt dem Reiter aus der Sammlung Rampin.«

»Sind Sie womöglich ein Kenner, Michel?«

»Eine alte Erinnerung an die geschichtswissenschaftliche Fakultät. Die griechische Kunst habe ich geliebt.«

»Oh, ich verstehe …«

Sie näherte sich ihm, als brauche sie mehr Nähe. »Möchten Sie noch ein Glas Muscat?«

»Ja, vielen Dank«, erwiderte er, ohne den Blick von dem Kouros abzuwenden.

»Kommen Sie, setzen wir uns, Laura wird uns alles bringen, was wir brauchen.«

Sie setzte sich in einen Sessel und schlug die Beine übereinander. Der Baron setzte sich ihr gegenüber. Ein wenig gehemmt durch ihren Blick, der nicht von ihm abließ.

»Warum sind Sie zur Polizei gegangen, Michel?«

»Komisch, jedes Mal, wenn ich mein bisschen Bildung auspacke, stellen mir die Leute dieselbe Frage.«

»Das ist doch legitim, oder?«

»Ja, vielleicht.«

»Aber Sie haben mir nicht geantwortet …«

»Weil ich aus den armen Vierteln von Marseille stamme und kaum eine andere Wahl hatte.«

»Ich glaube, man hat immer die Wahl.«

»Vielleicht. Sicherlich muss man mutiger sein, als ich es bin.«

»Das ist keine Frage des Mutes, aber warum sind Sie dort geblieben?«

So banal die Frage auch war, sie traf den Baron unvorbereitet.

»Vielleicht wegen eines jungen Mädchens, das Ihnen merkwürdig ähnlich sah.«

»Erzählen Sie, seien Sie so gut.«

»So etwas kann man nicht erzählen.«

»Sie ist tot, nicht wahr?«

Laura kam mit einem Tablett und zwei Gläsern Muscat. De Palma nahm eines und nutzte die Gelegenheit, um aufzustehen.

»Sie ist tot, und Sie haben den Mörder nie gefunden. Täusche ich mich?«

»Mir … Mir wäre es lieber, nicht darüber zu sprechen. Bitte.«

»Ich verstehe Sie. Kommen Sie, ich werde Ihnen etwas zeigen.«

Im hinteren Teil des Wohnzimmers stand ein Art-déco-Tisch mit geschwungenen Beinen, auf den Ingrid einen ganzen Stapel Papiere und Fotos gelegt hatte.

Die Fotos waren Aufnahmen aus der Camargue. De Palma sah endlose Seen im Abendlicht oder bei anbrechendem Tag. Auch Fotos von Vögeln waren dabei: Raubvögel, Reiher, Arten, die de Palma nicht kannte.

Bei Bildern von großen weißen Vögeln hielt er inne. »Das sind Löffler. Meines Wissens die letzten Fotos, die er gemacht hat, da Laura sie heute im Fotogeschäft von Tarascon abgeholt hat.«

»Sie sind herrlich.«

»Ja, nicht wahr?«

»Hat man Ihnen im Fotogeschäft gesagt, an welchem Tag Ihr Mann sie abgegeben hat?«

»An dem Tag, an dem er verschwand. Dem 24. Juni. Ich habe mir gedacht, das könnte Ihnen nützlich sein.«

»Da haben Sie gut daran getan. Wir sind also sicher, dass er am 24. Juni verschwunden ist. Und diese Dokumente?«

»Das sind Notizen, die er in seinem Auto gelassen hat. Die Polizei hat sie nicht mitgenommen.«

De Palma las: *»1. La Capelière. Am Ende der großen Wiese. Links abbiegen und geradeaus auf den toten Baum im Wasser zu. Zehn Meter links. Im Wäldchen. 2. Von der Hirtenhütte aus Richtung Sumpf.«*

»Man würde meinen, es seien Standortbestimmungen, nicht wahr, Michel?«

»Eine von ihnen bezeichnet genau den Ort, an dem er gefunden wurde.«

»Das hatte ich nicht bemerkt.«

Auf einem weiteren, zusammengefalteten Blatt hatte William Steinert notiert: *»Schilfdachhütte 2, gut hinter dem Röhricht verborgen. Gute Stelle für Sonnenaufgang. Mit Christophe besprechen.«*

»Hat Ihr Mann sich häufig solche Notizen gemacht?«

»Ständig. Er hatte wirklich ein schlechtes Gedächtnis, ständig hat er alle Kleinigkeiten vergessen, also machte er sich Notizen.«

»Kennen Sie diesen Christophe?«

»Das ist Texeira, der Leiter der Naturschutzstation Wir sind uns ein- oder zweimal begegnet.«

Sie steckte die Fotos wieder in ihren Umschlag. »So, das ist alles, was ich Ihnen zeigen wollte, der Rest sind nur Erinnerungsstücke aus seinem Leben, ohne große Bedeutung.«

»In einem Leben ist alles von Bedeutung.«

Sie sah ihn mit Kleinmädchenaugen an. »Kommen Sie, Michel, essen wir diese ausgezeichnete Pistou-Suppe. Dann reden wir über fröhlichere Dinge. William hätte nicht gewollt, dass wir traurig sind.«

19

Maistres Nachforschungen über das weitere Schicksal der SIG Sauer ergaben fürs Erste nicht viel, außer dass die Waffe auf der Liste der Asservaten nicht mit der richtigen Seriennummer eingetragen worden war. Daher hatte er Schwierigkeiten gehabt, sich zurechtzufinden. Die von dem Beamten, der die Waffe sichergestellt hatte, notierte Nummer passte nicht zur Eintragung beim Gericht. Im Papierkram von Justiz und Polizei existierte die Waffe nicht mehr. Noch nie hatte Maistre so ein geschicktes Täuschungsmanöver gesehen. Deshalb hatte er beschlossen, langsam vorzugehen, um nicht den Verdacht seiner Kollegen zu erregen. Denn einer unter ihnen hatte Dreck am Stecken, und er war sich sicher, dass er ihn früher oder später finden würde.

Am späten Nachmittag fuhr der Baron am Etang de Vaccarès entlang, der wie von der Hitze betäubt war. Texeira hatte angerufen: Die Stimmen waren wiedergekommen.

In der Nähe des Sees hing der Geruch von toten Algen und getrocknetem Schlamm in der Luft. Auf jedem verfügbaren Platz am Straßenrand stand ein Wohnwagen oder ein Wohnmobil. Mal Holländer, mal Deutsche, mit roten Schenkeln und von der Sonne verbrannten Gesichtern. Er bog in den Weg nach La Capelière ein und parkte den Peugeot 205 zwischen zwei Touristenbussen. Das Röhricht raschelte in der Gluthitze. Die rötlichen Spitzen des Schilfs wiegten sich, von einem unsichtbaren Windhauch belebt, kaum merklich hin und her.

Texeira stand inmitten einer Besuchergruppe. Er verteilte Prospekte und Führer durch das Naturschutzgebiet. Als er den

Kopf hob, bemerkte er de Palma, der ihn mit einer Handbewegung grüßte.

»Ich komme, ich komme …«

De Palma bedeutete ihm, sich Zeit zu lassen, und floh vor der Sonne ins Innere des Museums. Wenige Minuten später kam Texeira zu ihm. »Guten Tag, Monsieur de Palma. Ich bin gerade sehr beschäftigt. Kommen Sie in fünf Minuten in mein Büro, dann können wir reden.«

De Palma nutzte die Gelegenheit, um sich das Museum anzusehen. Er hielt sich lange bei der Zusammensetzung der Flora in den Sümpfen auf. Nie hätte er gedacht, dass es dort so viele verschiedene Arten von Pflanzen und vor allem Algen gab. Als er seinen Besuch beendet hatte, kaufte er einen Übersichtsplan des Naturschutzgebiets, einen Faltprospekt mit den Vögeln der Camargue und eine Topografische Karte der Gegend.

Texeira war in seinem Büro und warf gerade einen Blick in sein Binokularmikroskop, als der Baron in der Tür erschien.

»Jetzt können wir uns Zeit nehmen, ich vermute, Sie kommen wegen der Stimmen?«

»Ja, richtig.«

Der Biologe räumte die Petrischalen fort, die auf seinem Labortisch herumstanden. Er legte beide Hände auf das Mikroskop. »Ich habe Stimmen gehört. Nach ein Uhr. Es kam von der anderen Seite des Sumpfs, aus der Gegend der alten Hütte. Stimmen und Schritte.«

»Was haben diese Stimmen gesagt?«

»Sehr schwer zu sagen!«

»Warum?«

»Ich glaube, es war Provenzalisch oder etwas in der Art.«

»Provenzalisch!«

»Ja, ›La Tarasco, la Tarasco … Lou Castéou …‹ Es ging um die Tarasque! Das habe ich verstanden. Und das klingt am ehesten provenzalisch, finden Sie nicht? Den Rest kann ich Ihnen nicht sagen. Ich erinnere mich einfach nicht mehr.«

»Eine Stimme oder mehrere?«

»Ich denke, sie sind zu zweit, denn es gibt eine hohe Stimme und eine tiefere.«

»Hatte Steinert Ihnen von diesen Stimmen erzählt?«

»Nein, wieso?«

»Nur eine Frage.«

Texeira setzte sich auf einen Drehhocker. Er verschränkte die Arme und zog den Kopf zwischen die Schultern.

»Ich habe Ihnen also Bescheid gegeben, aber ich verstehe nicht recht, was daran wichtig sein soll. Das sind Dummköpfe, die nachts kommen und Lärm machen. Es gibt so viele Verrückte heutzutage.«

»Erzählen Sie mir mehr von Steinert. Wie war er?«

Texeira nahm seine Brille ab und begann, mit dem Ärmel seines Hemdes die Gläser zu putzen. »Er war ein sehr beeindruckender Mann, selbst wenn man nicht genau wusste, wer er eigentlich war. Wenn er abends so vorbeikam, bevor er mit seinem Zelt in die Sümpfe zog, unterhielt er sich über alles und nichts, aber, wie soll ich sagen, er leuchtete. Er hatte eine Präsenz, eine außergewöhnliche Anziehungskraft. Groß, sehr groß …«

»Sie schienen ihn zu mögen?«

»Wir hatten dieselben Ansichten über Ökologie, über den Tierschutz …«

»Was heißt das?«

»Er dachte wie ich, dass man den menschlichen Faktor nicht leugnen kann, dass Ökologie ein Ganzes ist und Naturschutz auch bedeutet, das kulturelle und menschliche Erbe einer Region zu schützen. Ich weiß, dass er viel dafür gekämpft hat, vor allem, wenn es um Archäologie ging. Er hatte ständig Knatsch mit den Bürgermeistern irgendwelcher Provence-Gemeinden. Er hatte die Mittel, um ihnen einzuheizen, wenn er wollte, aber er zog es immer vor, zu verhandeln. Er war einer, der zuhören konnte. Wenn ich ihm etwas erzählt habe, hat er mir zugehört wie ein Student; ziemlich beeindruckend, vor allem, wenn man bedenkt, dass er ein gewichtiger Großindustrieller seines Landes war.«

»Haben Sie seine Frau gekannt?«

»Nein, er hat mir übrigens nie von ihr erzählt.«

»Trotzdem behauptet sie, sie hätte Sie schon getroffen!«

»Daran erinnere ich mich wirklich nicht.«

»Sie sagen, er hat wahre Kämpfe geführt, können Sie mir mehr dazu sagen, Beispiele geben?«

»Das wird schwierig ... Er war ziemlich diskret, was seine konkreten Aktionen betraf. Ich weiß zum Beispiel, dass er dafür gekämpft hat, dass die Gendarmerie mal ihre Nase in die Welt der Saisonarbeiter steckt. Ein ganzer Haufen Illegaler kommt hier durch, es ist die reine Sklaverei.«

De Palma lehnte sich an das Bücherregal des Labors, ein düsteres Licht fiel auf sein Gesicht. »Kam er allein?«

»Ja, immer. Er parkte seinen riesigen Geländewagen neben meine Kiste und kam zu mir hoch. Allerdings kam er nie, wenn jemand da war.«

»Haben Sie sich gefragt, warum?«

»Ich habe ihn danach gefragt, und er hat mir geantwortet, dass er die Gesellschaft von Touristen nicht mochte. Das hat er am meisten gehasst, die Touristen.«

De Palma trat ans Fenster und sah hinaus auf die Sümpfe. »Monsieur Texeira, haben Sie meine Telefonnummer noch?«

»Ja, natürlich, sie steht in meinem Kalender.«

»Sollten Sie diese Stimmen noch mal hören, rufen Sie mich sofort an.«

»In Ordnung. Wie Sie wollen. Ist es so wichtig?«

»Ich weiß nicht, auf jeden Fall erheblich wichtiger, als Sie glauben.«

Der Baron zog ein Taschentuch heraus und trocknete sich die Stirn. »Sind Sie jede Nacht um diese Zeit hier?«

»Ja, im Prinzip.«

»Schlafen Sie sonst zu der Zeit?«

»Ich gehe nie vor halb zwei oder zwei ins Bett.«

»Könnten Sie mir jetzt den Ort genau zeigen, wo Sie diese Stimmen gehört haben?«

»Kommen Sie mit.«

Auf dem Pfad, der an dem Röhricht entlangführte, war die Erde hart wie alter Zement und trotz der vergangenen Regenfälle voller Risse. Texeira ging mit raschen Schritten voraus. Von Zeit zu Zeit warf er einen Blick zu dem toten Flussarm hinüber.

»Der Spiegel sinkt«, bemerkte er und wies mit dem Finger auf das Wasser, das wie Waschmittel schäumte.

Sie betraten ein Eschenwäldchen. Texeira bog links ab, erklomm die Stufen einer hölzernen Stiege, die von den Bäumen verdeckt wurde, und verschwand in einem Beobachtungsstand. De Palma folgte ihm kurzatmig.

»Da wären wir. Die Stimmen kamen von der anderen Seite des Sumpfes. Aus dem großen Röhricht, das Sie da drüben sehen.«

»Was genau haben Sie gehört?«

»Wie ich Ihnen sagte: zwei Stimmen, Wörter auf Provenzalisch und Geräusche.«

»Was für Geräusche?«

»Heftiges Plätschern, Geräusche von Schritten im Wasser …«

»Und?«

»Das ist alles, sie haben gesungen, und dann hat alles aufgehört.«

»Sie haben gesungen?«

Texeira wirkte von der Fragenkanonade des Polizisten entnervt. »Ja, na und?«, bemerkte er und stieß hörbar die Luft aus.

»Hören Sie, Monsieur Texeira: Sie hören Stimmen von einem Ort, an den niemand hinkommt, dann sagen Sie mir, dass die Leute sangen, dann haben Sie heftiges Plätschern gehört … Und das alles, nachdem jemand tot in Ihrem Naturschutzgebiet gefunden wurde, und zwar unter mehr als zweifelhaften Umständen. Also, versuchen Sie meine Fragen zu begreifen!«

»Monsieur de Palma, ich bedaure. Ich dachte wirklich, derartige Details würden Sie nicht interessieren, und außerdem wollte ich nichts mit Ihnen zu tun haben.«

»Wie kommt man dorthin?«

»Um ehrlich zu sein, ich war noch nie da, und ich wüsste nicht, wie man trockenen Fußes hinkommt.«

»Vielleicht mit einem Boot!«

»Wir nehmen das von der Naturschutzstation.«

Der Sumpf war gut hundert Meter breit und zweihundert Meter lang. Er erstreckte sich inmitten einer praktisch unberührten Natur, die bei Sonnenuntergang zum Leben zu erwachen schien. Am anderen Ende der Wasserfläche flog ein Seidenreiher davon und streifte mit den Flügelspitzen das Wasser. Texeira stand aufrecht in dem flachen Boot und stieß es mit einer langen Stake vorwärts, die sich jedes Mal tief in den Schlamm grub und große braune Flecken auf dem grünlichen Wasser zurückließ. Keine fünf Minuten später hatten sie den Rand des Röhrichts erreicht. De Palma wollte aufstehen, doch Texeira hielt ihn abrupt zurück. »Passen Sie auf, hier gibt es Treibsand. Suchen wir lieber ein Stück festen Grund und versuchen wir noch weiterzukommen. Wenn Sie Vögel am Boden sehen, vermeiden Sie, sie zu erschrecken. Sie haben ihr Nachtquartier bezogen.«

Langsam bewegten sie sich am Röhricht entlang nach Norden. Texeira sondierte Meter um Meter das Ufer. Erst nach etwa hundert Metern streifte das Boot den Grund. Texeira probierte mehrere Male und nickte bestätigend: Sie befanden sich auf einer Sandbank, die mitten im Röhricht aus dem Wasser ragte. Als sie über Bord gesprungen waren, legte de Palma Texeira die Hand auf die Schulter. »Danke für alles, was Sie hier machen. Jetzt müssen wir die Augen aufhalten, bitte zeigen Sie mir jede Spur, die Ihnen ungewöhnlich erscheint.«

»Kein Problem.«

»Ich werde dicht hinter Ihnen gehen. Nehmen Sie sich Zeit, es gibt sicher Dinge, die Sie sehen und ich nicht. Ich zähle auf Sie.«

Texeira ging langsam voran. Bald befanden sie sich mit den Füßen zehn Zentimeter tief im Wasser. Überall sah der Baron Tiere, die er nicht kannte. Rings um ihn herum wimmelte der Sumpf von Leben. Plötzlich blieb Texeira stehen. »Hier sind Fußspuren.«

De Palma trat näher und erblickte auf einem aus dem Wasser ragenden Streifen Erde einen Fußabdruck: ein Männerschuh, Größe 42 oder 43. Ein einziger Abdruck, denn derjenige, der ihn hinterlassen hatte, musste, genau wie sie gerade, durchs Wasser gegangen sein. Die Spur eines Schuhs mit Profilsohle, die für den Kenner sofort als Vibram-Sohle zu erkennen war.

»Also das ist wirklich erstaunlich«, sagte Texeira. »Um hier zu Fuß unterwegs zu sein, muss man die Gegend gut kennen.«

De Palma ärgerte sich, dass er keinen Fotoapparat mitgenommen hatte. Er zog ein Stück Papier aus der Tasche und drückte es auf ein Schilfrohr. Dann nahm er sein kleines Notizbuch heraus und machte eine grobe Skizze, die die Richtung des Abdrucks zeigte: Texeiras Angaben zufolge direkt nach Norden.

»Gehen wir weiter.«

»Wir dürften nicht weit von der Hütte sein.«

Sie gingen noch einige Meter, das Röhricht wurde weniger dicht und öffnete sich auf einen zweiten, kleineren Sumpf. Am anderen Ende erhob sich auf einem Erdhügel zwischen zwei Pappeln eine Schilfdachhütte mit weißem, abblätterndem Mauerputz.

»Wie viele solcher Hütten gibt es hier?«

»Zwei, nicht mehr.«

»Und waren Sie schon in der hier?«

»Nein, muss ich zugeben. Einer meiner Studenten war letztes Jahr hier. Und er hat mir gesagt, es gebe nicht viel zu sehen. Nur eine gewöhnliche Hütte. Außerdem ist sie kein besonders guter Beobachtungspunkt. Seit der Wasserlauf, den Sie vorhin gesehen haben, gestaut wurde, ist das Wasser hier im Sumpf gestiegen, und man kommt nicht mehr zu Fuß her.«

»Gut«, bemerkte de Palma. »Versuchen wir es trotzdem.«

»Dazu müssen wir aber das Boot herholen.«

Eine halbe Stunde später setzten de Palma und Texeira den Fuß auf den Hügel und näherten sich der Hütte. Sie umrundeten sie einmal und traten ein.

Es war ein ovaler Raum mit einem alten, halb von Holzwürmern zerfressenen Tisch. Drei Stühle mit durchgebrochenem Flechtwerk, ein alter Leinenbeutel und verstaubte Gläser. De Palma durchkämmte sorgfältig alle Winkel. Er fand nichts Interessantes, außer den eindeutigen Spuren eines kürzlichen Besuchs. Eines sehr kürzlichen, denn an manchen Stellen, vor allem auf dem Tisch, konnte man Abdrücke im Staub sehen. Es war, als wäre der Boden aus gestampfter Erde gefegt und die Fegespuren verwischt worden. Michel bückte sich und sah, dass jemand den Boden kürzlich geputzt hatte.

›Nicht mehr als drei, vier Tage‹, sagte er sich.

Texeira rief ihn nach draußen. »Schauen Sie.«

Am Rand des Wassers war die Erde aufgewühlt, und der Sand im Wasser war von etwas oder jemandem wie umgepflügt worden.

»Man könnte meinen, ein großes Wild, das alles zerwühlt hat.«

»Das erklärt wohl das Geplätscher«, sagte Texeira und wies auf die Spuren.

Die Spuren waren frisch. Sie führten ins Wasser und verschwanden im Schlamm. Dennoch sah man deutlich, wie ein Negativ, kegelförmige Abdrücke. De Palma sah, dass man am Ufer alles verwischt hatte, was hätte identifiziert werden können. Das war eindeutig. Ein Reiher ließ sich auf dem toten

Baum nieder, der im Grau des Wassers schwankte. Im selben Moment erschauerte die Natur. Über die Spitzen des Röhrichts zog rasch ein rosafarbenes Licht. Drüben, am anderen Ufer des Vaccarès, ging die Sonne unter.

»Nein, Michel, ich kann diese Frage nicht beantworten! Ich weiß nicht, ob William Freimaurer war oder nicht. Er war diskret, was sein Privatleben anging. Und glauben Sie nicht, dass ich zu seinem Privatbereich gehört hätte.«

Ingrid war nervös. Ihr Haar war noch nass. Sie hatte es oberhalb des Nackens mit einer Ebenholzspange festgesteckt.

Nachdem er den Etang de Vaccarès verlassen hatte, war de Palma bei ihr im Mas de la Balme vorbeigefahren. Er hatte Maistre angekündigt, dass er erst spät am Abend zurückkommen werde. Maistre hatte geknurrt, Anne Moracchini hatte einen Eifersuchtsanfall bekommen, und der Baron hatte genau das getan, was er wollte.

»Es tut mir leid, Sie wegen solchem Kleinkram zu stören. Ich werde wieder gehen.«

»Sie stören mich nicht, Michel, und überdies behalte ich Sie zum Essen da.«

»Ich fürchte, ich langweile Sie mit meinen ganzen Fragen.«

»Überhaupt nicht, muss ich Sie daran erinnern, dass ich Sie erst in diese Situation gebracht habe?«

De Palma rutschte auf seinem Stuhl hin und her. »Haben Sie Nachrichten von Ihrem Rechtsanwalt, diesem Chandeler?«

»Nein, nicht, seit ich beschlossen habe, ohne seine Dienste auszukommen.«

»Und darf ich wissen, warum?«

»Ganz einfach, weil er zu gierig war. Zu gefräßig. Und außerdem verwaltete er nur einen winzigen Teil der Familieninteressen.«

Ihrem schiefen Gesicht entnahm de Palma, dass Chandeler möglicherweise sein Glück versucht hatte und abgeblitzt war.

»Möchten Sie mir jetzt von den Terres d'en bas erzählen?«

»Ich schlage Ihnen vor, hinzufahren.«

»Aber es ist Nacht!«

»Wir fahren morgen.«

»Morgen?«

»Ja, falls Sie einverstanden sind, hier im Mas zu übernachten, natürlich. An Zimmern fehlt es nicht, wissen Sie.«

Zur Antwort hob Michel den Blick zu den von kleinen Fenstern durchbrochenen Natursteinmauern. Das Mas umfasste drei bewohnbare Stockwerke. Im letzten leuchteten ein paar Fenster in der Nacht. Es mussten die Zimmer des Personals sein.

»Haben Sie sich gefragt, warum Ihrem Mann so viel daran lag, dieses Mas so zu erhalten, wie es war?«

»Ich verstehe nicht …?«

»Warum wollte er nichts, oder fast nichts, verändern?«

Die Frage erwischte sie unvorbereitet. Sie schien beinahe verlegen, als hätte de Palma sie darauf hingewiesen, dass sie sich nie richtig Gedanken über das seltsame Verhalten ihres Mannes gemacht hatte.

»Ich weiß es nicht. Ich denke, es war sein Wunsch nach Authentizität.«

»Es war mehr.«

Ihre türkisfarbenen Augen musterten ihn vorsichtig. In Zeitlupe griff sie nach einer Zigarette, hob sie an die Lippen und ließ ihr Feuerzeug klacken. »Es war die Tatsache, dass William der Sohn der einstigen Herrin des Hauses war, Simone Maurel.«

Langsam legte Ingrid ihr Feuerzeug hin. Sie betrachtete den Baron eindringlich. Offensichtlich hatte er ihr eine Wahrheit mitgeteilt, die sie nicht gekannt hatte. Sie wandte den Blick ab. Er sah, dass ihre Augen glitzerten. »Ich wollte Sie nicht schockieren, aber ich denke, ich schulde Ihnen diese Wahrheit.«

Sie löste die Spange und ließ das von Nässe noch schwere Haar auf ihre goldbraunen Schultern fallen. Dann verschränkte sie in einer Geste des Selbstschutzes fest die Arme vor der Brust.

»Ich bin Ihnen nicht böse. Das … das war das ganze Problem mit William, er hat einen Großteil seines Lebens vor mir verborgen gehalten. Ich glaube, so viel haben Sie verstanden … Das Leben mit ihm war nicht einfach.«

Sie erhob sich und ging ein paar Schritte Richtung Pool, ihre schwarze Silhouette schwankte wie ein eigenartiger Schatten vor dem türkisfarbenen Hintergrund des Wassers.

»Das hat Bérard Ihnen gesagt, nicht wahr?«

»Ja.«

»Er weiß viel über meinen Mann.«

»Ja, es kommt mir so vor. Sie sollten ihn einmal besuchen, glaube ich.«

Plötzlich wirkte Ingrid zerbrechlich. Sie zitterte. Eine Falte teilte ihre Stirn. Sie drückte ihre Zigarette aus. »Ich … Bleiben Sie heute Abend hier, Michel. Das … das ist keine Einladung, es ist eine Bitte. Erweisen Sie mir diesen Dienst.«

»Ich möchte nicht, dass Sie das als Dienst betrachten …«

»In meinen Kreisen … ich meine, in meinen … Ach … Ich bin heute Abend sehr ungeschickt.«

Schließlich griff sie nach ihrem Zigarettenetui, zog eine neue Zigarette heraus, zündete sie an und tat ein paar rasche Züge. De Palma stellte fest, dass er es nicht mochte, sie rauchen zu sehen, es machte sie zu vertraulich. Er wandte den Blick ab. »Eines Tages, vor unendlich vielen Jahren, wurde ich zu einem sogenannten Schauplatz eines Verbrechens gerufen. In meiner allerersten Zeit bei der Polizei. Das war in Paris. Ich erinnere mich, als wäre es gestern gewesen. Sie hieß Isabelle Mercier. Sie war sechzehn. Blond … Ein schönes junges Mädchen. Aber das habe ich erst später gewusst. Ich weiß nicht, ob Sie mich verstehen. Als ich die Fotos und Filme sah, die ihr Vater uns zeigte. Ich habe lange gesucht. Lange. Ohne die Geduld zu verlieren. Ich habe Hefte voller Notizen und Zeugenaussagen. Seitdem suche ich noch immer den, der ihr das alles angetan hat … Und vielleicht sterbe ich damit! Aber ich suche weiter. Ich werde noch tausend verschiedene Szenarien entwerfen. Ohne vielleicht je das richtige zu finden, egal. Wissen Sie, es ist ein bisschen wie eine unendliche Mission.«

Ingrid nahm einen letzten Zug und drückte die Zigarette im Aschenbecher aus.

»Sie sah Ihnen ähnlich, Ingrid. Es ist furchtbar, wie ähnlich sie Ihnen sah. Furchtbar.«

»Hören Sie auf, Michel, Sie machen mir Angst.«

Sie erhob sich, durchquerte den Salon, blieb dann im Rahmen einer Tür stehen, die zweifellos zu dem führte, was sie ihren »Privatbereich« nannte. »Ich wünsche Ihnen eine gute Nacht, Michel. Sie finden Ihr Zimmer im ersten Stock, gegenüber dem Salon, den Sie kennen. Bis morgen.«

Sie verschwand in ihrem Privatbereich.

Morini versuchte, sich auf beiden Armen aufzurichten, aber er schaffte es nicht. Seine Muskeln waren erlahmt. Seine Beine reagierten praktisch nicht mehr. Er erinnerte sich an die Stimmen, die er gestern oder gerade eben gehört hatte. Heute Morgen oder vergangene Nacht. Er wusste gar nichts. Es waren ferne Stimmen, die wie durch dicke Watteschichten sickerten. Er erinnerte sich, dass er geschrien hatte, aber er war nicht sicher, ob seine Stimme ihm nicht auf den Lippen oder tief in seiner brennenden Kehle hängen geblieben war. Danach hatte er seinen Urin getrunken, und der Durst hatte sich eine Zeit lang gelegt. Nur eine Zeit lang. Denn irgendwann hatte sich ein saurer Belag auf seiner Zunge gebildet. Er erinnerte sich gut an die Stimmen. Eine hatte gesagt: »Hier wurde alles geputzt«, oder etwas Ähnliches. Und die andere: »Da sind noch Spuren im Wasser.« Es waren die Stimmen zweier Männer, die sich nicht sehr gut kannten, denn sie siezten sich. Da war er sich sicher.

Er schlief ein, erschöpft von den Anstrengungen des Erinnerns. Ein gewaltiger Lärm weckte ihn, lautes Plätschern von Wasser, genau hinter der Wand seines Gefängnisses.

Und dann das Lied, das aus der Schwärze auftauchte. Hoch wie eine Kinderstimme. *»Lagadigadeu, la tarasco, lagadigadeu …«* Und eine zweite Stimme. Viel tiefer. Wie der Ruf eines Bauern, der seine Tiere ruft. *»Laïssa passa la vieio masco. Laïssa passa que vaï dansa …«* Die zwei Stimmen vermischten sich zu einem eigentümlichen Duett. *»La tarasco dou casteu, la tarasco dou casteu …«*

Dieses Liedchen weckte schöne Erinnerungen in Morini. Es war das Lied der Tarascaires, wenn sie das Pappmaché-Ungeheuer durch die Straßen von Tarascon führten und auf die verschreckte Menge losgingen. Und er, Morini, im strahlend weißen Kostüm der Tarascaires, mit dem schönen Hut des Musketiers. Zum ersten Mal hatte er die Tarasque gesehen, als er ein kleiner Knirps gewesen war, auf die Zehenspitzen gereckt, das Kinn auf der Fensterbank.

Er schwor sich, wenn er herauskam, würde der Freizeitpark den Namen der Tarasque tragen. Er war der Große, der, auf den alle Welt hörte. Der, dem alle Welt gehorchte. Er wäre gern Ritter der Tarasque geblieben … Wenn das Gefängnis sein Schicksal nicht durcheinandergebracht hätte. Seit er das Ungeheuer verlassen hatte, gab es eine große Leere in seinem Leben. Deshalb hatte er seine ganze Energie in das Projekt des Grand Sud gesteckt. Der Park musste das Zeichen des Ungeheuers tragen. Wenigstens sein Bild. Und Aufführungen, bei denen es im Mittelpunkt stehen würde. Seinem Vater hätte die Idee gefallen. Seiner Mutter nicht, aber das war ihm scheißegal.

Auf einmal öffnete sich die Decke seines Kerkers. Erde fiel ihm entgegen. Heftiges Licht traf seine Augen wie ein Schlag ins Gesicht. Eine übermenschliche Kraft packte ihn und zog ihn in den schwarzen Himmel.

De Palma wachte zeitig auf. Die Wohnräume des Mas de la Balme waren verlassen. Er trat auf die Terrasse hinaus und genoss die letzte Frische des Morgens. Die Landarbeiter hatten sich in der Garage zusammengefunden und besprachen, um den enormen Traktor versammelt, den kommenden Tag. Zwischen den Bergkuppen der Alpilles floss ein intensives Licht. In weniger als einer Stunde würde das Mas im Glutofen liegen. Er blickte auf die Uhr und stellte fest, dass sie in der Nacht stehen geblieben war. Sie zeigte 11 Uhr 30, die Zeit, zu der er sich schlafen gelegt hatte. Er zog sein Handy heraus, schaltete es ein und sah, dass es neun Nachrichten gab. Die Stimme des Anrufbeantworters verkündete, dass die erste Nachricht um achtzehn Minuten nach Mitternacht hinterlassen worden sei.

»Monsieur de Palma, Christophe Texeira hier. Tut mir leid, dass ich Sie so spät störe, aber die Stimmen sind wieder da. Rufen Sie mich an, wenn Sie diese Nachricht hören.«

De Palma verfluchte sich, dass er sein Handy ausgeschaltet hatte, während er mit Ingrid zusammen war. Er hörte sich die anderen Nachrichten an. Sie stammten alle von Texeira, der ihn immer wieder zu erreichen versucht hatte. Die letzte Nachricht war von 2 Uhr 19. Sofort wählte er Texeiras Nummer.

»Ich habe sie gegen Mitternacht gehört.«

»Mitternacht?«

»Ja, genau, etwa Mitternacht. Immer dasselbe Zeug auf Provenzalisch. Aber ich habe etwas Tolles gemacht: Ich habe sie aufgenommen.«

»Bringt das was?«

»Kommen Sie her, Sie werden sehen!«

Ohne sich von Ingrid zu verabschieden, stieg de Palma in Maistres Peugeot 205 und drückte bis La Capelière aufs Gas. Es herrschte Gewitterstimmung. Vom Meer her kamen Wolken und sanken über den endlosen Wiesen von La Crau und den Sümpfen der Camargue herab. Als de Palma in den Weg nach La Capelière einbog, zerplatzten dicke Tropfen auf dem staubigen Dach des Peugeot. Texeira erwartete ihn an der Tür des kleinen Museums. De Palma rannte zu ihm.

»Ich freue mich, Sie zu sehen, Monsieur de Palma!«

»Und ich erst!«

»Verlieren wir keine Zeit, kommen Sie.«

Texeira stellte ein kleines Tonbandgerät auf den Tisch, wie Michel sie früher oft bei Abhöraktionen gesehen hatte.

»Es ist ein Nagra«, sagte Texeira mit einem Anflug von Stolz in der Stimme. »Und hier das Wundermikro.«

Er zeigte ihm ein langes Mikrofon, ein wenig wie jene, die die Techniker der Polizei in den Abhörverstecken benutzten. Auf der Längsseite stand in verchromten Buchstaben »Sennheiser«.

»Das Mikro ist alt, aber wenn man es mit diesem Parabolspiegel verbindet, erhält man fantastische Ergebnisse. Wir benutzen das Ganze, um Vogelstimmen aufzunehmen.«

»Super«, sagte de Palma ungeduldig.

»Eine alte, aber ausgezeichnete Ausrüstung! Und hier das Ergebnis.«

Texeira betätigte den »Play«-Knopf des Nagra.

Zuerst hörte man Schritt- und Keuchgeräusche. Sehr durcheinander.

»Das bin ich, beim Laufen, um möglichst dicht an die Stimmen dranzukommen.«

Dann stoppte das Geräusch der Schritte plötzlich … Erst hörte man Texeira noch atmen, dann nichts mehr. Der Biologe musste das Mikrofon von sich fortgedreht haben.

»Jetzt kommt es, Sie werden sehen.«

Zuerst das Geräusch schwerer Schritte in relativ tiefem Wasser. Jemand oder etwas lief in einer Entfernung, die de Palma nicht recht einschätzen konnte, durch den Sumpf. Dann hörte man nichts mehr, nur ein schwaches Plätschern, und schließlich die erste Stimme.

Eine so hohe und eigenartige Stimme, dass de Palma von dem Gerät zurückwich. *»Lagadigadeu, la tarasco, lagadigadeu …«* Es folgte ein großes Rauschen, als planschte etwas im Sumpf. Dann eine zweite, viel tiefere Stimme. *»Laïssa passa la* *vieio masco … Laïssa passa que vaï dansa …«* Die beiden Stimmen mischten sich wie ein furchterregender Chor in der Nacht und im Sumpf. *»La tarasco dou casteu, la tarasco dou casteu …«*

Weitere Geräusche, die de Palma nicht recht einordnen konnte. Es ähnelte Schritten im Matsch, aber er war sich nicht sicher. Die beiden Stimmen erhoben sich wieder in die Nacht. *»La tarasco dou casteu, la tarasco dou casteu …«*

De Palma bemerkte, dass die beiden Männer sich entfernt hatten, ihre Stimmen waren gedämpft. Entweder hatten sie sich vom Mikrofon fortbewegt, oder sie waren in ein Unterholz oder hinter eine Mauer getreten.

»Sie sind in die Hütte gegangen«, sagte er plötzlich.

»Meinen Sie?«

»Es ist eine Hypothese.«

»Warten Sie, das Härteste kommt noch.«

Texeira drehte noch lauter. »Dieses Mikro fängt oft ein, was das menschliche Ohr nicht hören kann.«

Ein gedämpfter Schrei. Kaum hörbar, aber de Palma erkannte ihn sofort: den letzten Schrei eines Menschen, der umgebracht wurde.

Texeira hielt das Nagra an. Seine Hand zitterte. »Das wars, danach kommt nichts mehr.«

»Spielen Sie mir noch mal die letzte Minute vor.«

Der Baron lauschte mit geschlossenen Augen. Im Geist rekonstruierte er das Szenario nach den Klängen, die das Mikro in der Nacht der Sümpfe eingefangen hatte.

»Christophe, sind Sie bis zur Hütte gegangen?«

»Nein. Ich habe an Ihre Ratschläge gedacht.«

»Ich glaube, da haben Sie sich gerade das Leben gerettet.«

»Glauben Sie?«

»Absolut sicher.«

Texeira musterte den Baron von Kopf bis Fuß.

»Ich schlage Ihnen vor, eine kleine Tour dorthin zu unternehmen. Haben Sie Zeit?«

»Eigentlich nicht, aber ich muss gestehen, meine Neugier ist gewaltig.«

Schon über eine Stunde lang trieb der Seewind den Gestank der flussabwärts an der Rhone errichteten Zellulosefabrik nach Tarascon. Trotz einzelner Gewittertropfen war es immer noch warm. Die Hitze im Inneren einer Luftblase, die nichts zum Platzen bringen konnte. Als er den Menschenauflauf erblickte, wischte Marceau sich mit einer heftigen Bewegung den Schweiß ab, der ihm die Stirn herunterrann. Er hatte Mühe, sich einen Weg durch die Schaulustigen zu bahnen, bis er die schwere Tür der Kirche Sainte-Marthe erreichte. Der Beamte, der ihm öffnete, hatte eine den Umständen angepasste Miene aufgesetzt. Im Innern der Kirche wies ihm ein alter Haudegen, den Marceau noch von seiner früheren Gendarmerieeinheit kannte, den Ort des Geschehens.

Hinter der Apsis hatte die Spurensicherung ein Band gespannt und einige Reiter postiert. Das Gitter, das zur Krypta führte, stand offen. Marceau sah blauen Lichtschein, der aus den unterirdischen Räumen der Kirche aufstieg: Die Techniker waren mit einer Tatortleuchte am Werk. Marceau trat nicht näher. Er ließ die Kriminaltechniker ihre widerliche Arbeit beenden.

»Ah, Sie sind da«, sagte Larousse mit der Drecksvisage, die er an großen Tagen aufsetzte. »Wir haben es geschafft, den Schaden bei der Presse zu begrenzen.«

»Was haben Sie ihnen gesagt?«

»Dass ein Besucher den leblosen Körper eines Touristen gefunden hat und die Polizei zur Zeit Ermittlungen anstellt.«

»Warum, stimmt das nicht?«

»Sind Sie etwa nicht auf dem Laufenden?«

»Ich hatte heute frei.«

Larousse nahm Marceau am Arm und zog ihn etwas zur Seite. »Es ist das gleiche Szenario wie beim letzten Mal.«

»Wie Christian Rey?«

Larousse nickte. »Ein Besucher hat die Leiche gleich nach der Öffnung entdeckt: ein dänischer Tourist namens Thomas Nielsen. Aber diesmal haben wir hier einen viel größeren Fisch. Morini, ich nehme an, das sagt Ihnen was?«

»Morini!«

»Morini. Nach Rey, dem Unterhund, jetzt der Chef persönlich. Wann kommt der Nächste?«

»Sie denken, wir kriegens mit einer Serie zu tun?«

»Wie würden Sie das denn nennen?«

Marceau blickte in Richtung Krypta. Larousse wandte sich ihm zu. »Wie weit sind wir mit Rey?«

»Wir haben die Ergebnisse der DNA.«

»Und?«

»Überall an den Wunden unbekannte DNA.«

»Und?«

»Wirklich unbekannte DNA.«

»Was wollen Sie damit sagen?«, fragte Larousse irritiert.

»Ich will sagen, dass die entnommenen Proben Spuren von Speichel sind.«

Larousse hob den Blick zur Decke der Basilika. Er holte tief Luft. »Hat man sie mit allen DNA verglichen … Ich meine, ich weiß nicht, wie soll ich sagen …«

»Speichel an einer Wunde bedeutet oft Bisswunde.«

»Marceau, sind Sie sich über die Größe der Wunde im Klaren?«

Jean-Claude begnügte sich damit, beide Hände zu heben und gleich wieder fallen zu lassen. »Ich habe gestern Abend in Nantes angerufen, die machen sehr gute Arbeit, aber diesmal haben sie wirklich nichts auf Lager. Absolut gar nichts.«

»Und die Datenbank der Fingerabdrücke?«

»Absolut nichts. DNA unbekannt.«

Ein Kriminaltechniker erschien im Eingang zur Krypta. Er zog Handschuhe und Maske ab und warf sie in einen gelben

Behälter. Dann bedeutete er Marceau und Larousse näherzutreten.

»Hallo, Jean-Claude, läuft alles?«

»Man hält sich, man hält sich. Und du?«

»Wirklich nicht schön, da unten. Zum Teufel, so was hab ich noch nie gesehen!«

»Können wir runter?«

»Sofort. Wir sind gerade fertig.«

Larousse und Marceau zogen sich Handschuhe und Füßlinge über und traten durch die gotische Tür. Während er die Stufen hinunterstieg, spürte Marceau, wie der Gestank ihn im Hals packte. Er blieb stehen und nahm die Atemmaske, die der Techniker ihm hinstreckte. »Verdammt, stinkt das!«

Larousse hielt sich hinter Marceau und schielte über seine Maske, die ihm einen Schweinsrüssel verpasste. Etwas weiter unten machte der Fotograf mehrere Bilder von einer Blutspur auf dem Grab des Ritters Jean de Cossa. Als sie in der Krypta eintrafen, blieb Marceau abrupt stehen.

Morinis Leiche war vor dem Marmorsarkophag mit den Überresten der heiligen Marthe abgelegt worden; sein Kopf zeigte in Richtung des Denkmals, die Augen waren aus den Höhlen getreten, die linke Wange auf dem Boden. Der untere Teil des Rumpfes und die Beine fehlten. Marceaus Blick war feucht, voller Zorn. »Kannst du mir irgendwas erzählen?«, sagte Marceau zu dem Techniker gewandt.

»Ja, womit soll ich anfangen?«

»Erzähl mir vor allem von der Wunde, den Rest lese ich dann.«

»So eine Wunde hab ich noch nie gesehen«, entgegnete der Techniker kopfschüttelnd. »Schau.«

Sie beugten sich über die Leiche.

»Man hat wirklich den Eindruck, das Fleisch sei zerrissen worden. Alle inneren Organe fehlen. Der Rumpf ist leer.«

Marceau deutete mit dem Zeigefinger auf weißliche Schimmer auf dem Blut. »Was ist das, das Zeug da?«

»Sieht nach Speichel oder Sperma aus, kann ich dir nicht sagen. So auf Anhieb würde ich sagen, eher Speichel.«

Larousse hielt sich abseits und starrte in die der Leiche entgegengesetzte Richtung. Marceau erhob sich langsam und betrachtete die heilige Marthe auf ihrem Prunkbett: eine feine, zarte Gestalt, in ein Marmorgewand gehüllt. Ihr Gesicht war blutbespritzt, der Körper trug braune Streifen, als hätte der Irre, der das Heiligtum geschändet hatte, sich in den Stein krallen wollen.

»Der Tod ist bestimmt heute Nacht eingetreten. Ich denke, der Leichnam wurde frühmorgens deponiert. Ich würde sagen, zwischen acht und neun Uhr.«

»Bist du sicher?«

»Fast. Manche Blutflecken waren noch nicht ganz getrocknet.«

»Nicht geronnen?«

»Doch, geronnen, aber nicht ganz trocken.«

»Das heißt, die Leiche wurde gleich nach der Folter transportiert. Dreißig oder vierzig Minuten höchstens. Sonst wäre das Blut geronnen und hätte nicht die ganzen Spuren verursachen können.«

»Ich stimme dir völlig zu.«

»Und er hat ihn in einem Sack oder etwas Ähnlichem transportiert. Woanders gibt es keine Spuren.«

»Gut gesehen«, sagte Larousse. »Und was schließen Sie daraus?«

»Gar nichts«, sagte Marceau ernst. »Rein gar nichts. Morini ist nicht sehr weit entfernt von hier massakriert worden, man hat ihn hergeschafft und diese Inszenierung veranstaltet. Wo ist der Pfarrer?«

»In der Sakristei, Delmastro vernimmt ihn gerade.«

»Ich muss ihn sofort sehen.«

Über dem Kopf der Heiligen war die Inschrift »Solicita, non turbatur« mit mehreren blutigen Streifen ausgestrichen.

»Solicita, non turbatur«, wiederholte Marceau.

»Weiß jemand, was das heißen soll?«

»Mein Latein hab ich schon lang vergessen«, sagte Larousse.

»Das scheint ihn angesprochen zu haben. Schaut, wie er die Inschrift durchgestrichen hat.«

»Auf alle Fälle: einstweilen absolutes Stillschweigen gegenüber der Presse«, sagte Larousse. »Ich will hier keinen von der Pressemeute sehen.«

Der Kommissar drehte sich um und stieg die Treppe hoch. Marceau trat zurück und betrachtete die Szene als Ganzes. Es war ein Anblick, wie er ihn noch nie gesehen hatte. Wie eine Opfergabe war Morini zu Füßen einer von den Tarasconesern besonders geliebten Heiligen abgelegt worden. Zweifellos enthielt diese Inszenierung die Antwort auf das Massaker.

Wieder oben angekommen, riss Marceau sich Maske und Handschuhe herunter.

»Ich hatte gerade einen Anruf vom Staatsanwalt, die Sache geht an die Kriminalpolizei. Wir haben da nichts mehr zu suchen.«

»Ich habs befürchtet«, rief Marceau wütend und schleuderte seine Handschuhe zu Boden.

»Sie kommen jeden Moment.«

»Wer ist es?«

»Moracchini und einer, den ich nicht kenne: Moreno.«

»Moracchini kenne ich, aber den anderen nicht.«

»Tut mir leid, Marceau, das ist eine Nummer zu groß für uns. Schon der Zweite, den man halb aufgefressen findet. Wir haben nicht die Mittel für diese Art von Arbeit. Der Staatsanwalt hat recht: Das ist was für die Kriminalpolizei. Und wir haben zumindest Ruhe.«

De Palma machte ein erstes Foto vom Ufer, dann ein zweites von dem schmalen Erdstreifen, der sich durch das Röhricht schlängelte. Texeira hatte ihm die Digitalkamera der Naturschutzstation geliehen. Der Baron überprüfte das Bild und ging weiter. »Die gleiche Regel wie beim letzten Mal, Christophe: Jedes Detail ist von Bedeutung. Auch das allerkleinste.«

Texeira musterte stirnrunzelnd den Boden. Nach einer Viertelstunde standen sie vor dem Fußabdruck, den sie bei ihrem letzten Besuch entdeckt hatten. Niemand hatte die Markierung berührt, die der Baron zurückgelassen hatte. Der Baron machte drei Fotos, dann legte er den Zollstock, den Texeira ihm hinhielt, neben den Abdruck und machte noch eine Aufnahme. Nach einer weiteren Viertelstunde erreichten sie die Wasserfläche, die sie von der Schilfdachhütte trennte. Es regte sich nicht der kleinste Lufthauch. Die einzigen Geräusche, die die modernde Natur des Sumpfes von sich gab, waren die der Blasen, die aus dem Schlamm entwichen und an der Oberfläche zerplatzten. Der Baron machte Texeira ein Zeichen, sich hinzukauern. »Sehen Sie gut hin«, sagte er. »Hat sich etwas verändert?«

Texeira musterte die Hütte. Er ließ sich Zeit, ehe er sich dem Baron zuwandte. »Die Tür«, sagte er.

»Exakt«, antwortete der Baron.

»Beim letzten Mal war sie zu. Ich selbst habe sie zugemacht.«

Über eine halbe Stunde später betraten sie den Erdhügel, auf dem sich die Hütte befand. Der Baron zog seine .45er und bedeutete Texeira, zurückzubleiben. Langsam, fast in Zeitlupe und angespannt wie ein Raubtier, näherte er sich. Der Boden um die Hütte war sorgfältig gesäubert worden. Am Ufer sah er dieselben Spuren wie bei ihrem vorigen Besuch. Aber er zog es vor, sich nicht mit Details aufzuhalten, und steuerte die Hütte an. Langsam schob er mit dem Fuß die Tür auf und richtete gleichzeitig seine Waffe in das Halbdunkel der Hütte. Die Tür knarrte lange. Texeira folgte ihm ins Innere. Auf dem Tisch sah er Fingerspuren. Er beugte sich vor und sah, dass ihr Verursacher darauf geachtet hatte, Handschuhe zu tragen. Der Boden aus gestampfter Erde war gefegt worden.

»Ich verstehe überhaupt nichts«, bemerkte Texeira.

»Ich beginne, etwas klarer zu sehen.«

»Da haben Sie Glück!«

»Auf dem Tonband hört man deutlich, dass die Stimmen verschwinden oder gedämpfter sind …«

»Das stimmt, kurz vor dem Schrei.«

»Stellen wir uns ein Szenario vor: Zwei Männer treten mit einer dritten Person hier ein. Als sie singen, sind sie auf der Uferböschung, dann betreten sie das Innere.«

Der Baron machte Zeichen in der Luft, um seine Darstellung zu illustrieren.

»Warum zwei Männer?«

»Auf dem Tonband ist das ganz deutlich, als man den Schrei hört! Es gibt also drei Stimmen.«

»Das stimmt, vorher hört man das nicht.«

»Vorher hört man das nicht …«, sagte der Baron nachdenklich.

»Jetzt, wo ichs mir überlege, ist logisch, was Sie sagen.«

»Vorher … Verdammt, der Dritte war schon hier.«

»Sind Sie sicher?«

»Jedenfalls ist es das überzeugendste Szenario.«

Der Baron ging zur Tür zurück, machte draußen ein paar Schritte und trat wieder ein. »Sie singen, treten hier ein, und in dem Moment schlagen sie den zusammen, der sich hier befindet.«

»Sie schlagen ihn zusammen!«

»Sie haben ihn vielleicht sogar getötet. Sehen Sie, alles ist gesäubert worden.«

Der Baron ließ den Blick über den Boden der Hütte wandern. Dann beugte er sich vor und sah unter dem Tisch genauer hin. Etwas wie breite Kehrstriche hatte Spuren auf der Erde hinterlassen. Der Baron trat zurück, um den ganzen Raum zu betrachten. Dann näherte er sich noch einmal und sah sich die Spuren aus verschiedenen Winkeln an. Er nahm den Zollstock und kratzte an mehreren Stellen an der Erde. »Das ist wirklich eigenartig«, sagte er. »Wirklich.«

Texeira beobachtete ihn gespannt. Keine Geste des Polizisten entging ihm.

»Merkwürdig …«

Plötzlich begann der Baron mit dem Zollstock über den Boden zu fahren, in alle Richtungen, Erde aufkratzend. Als die Spitze des Zollstocks auf ein Hindernis stieß, ging er in die Knie und kratzte an der Stelle, an der der Zollstock hängen geblieben war. Sehr schnell entdeckte er eine Rinne, der er folgte. Keine dreißig Sekunden später hatte er eine Klappe im Boden freigelegt. Er erhob sich rasch und schob den Tisch fort. »Helfen Sie mir, die Klappe anzuheben. Oder eher, heben Sie sie vor mir hoch, und ich richte die Waffe darauf, man weiß nie.«

Texeira hob die Holzplatte an. Sofort erfüllte ein widerlicher Geruch den Raum. De Palma erkannte den Geruch verwesender menschlicher Fäkalien.

Texeira zog eine Stablampe aus seiner Tasche und hielt sie dem Baron hin.

Die Klappe öffnete sich über einem langen, schmalen Stollen von etwa einem Meter Durchmesser. Am Ende erahnte de Palma im Lichtkegel den Eingang zu einem unterirdischen Raum: eine Art in die Erde gegrabene Höhle.

»Sehen Sie etwas?«

»Nichts Aufregendes, man müsste ganz runtersteigen, aber das lassen wir vorerst.«

Der Baron zog sich zurück und machte zwei Fotos. Dann fotografierte er das Innere des Ganges und die von Texeira gehaltene Klappe. »Wir machen alles wieder zu wie vorher, sodass niemand unseren Besuch bemerkt.«

Zehn Minuten später überquerten sie das stehende Gewässer in umgekehrter Richtung. De Palma blickte zu der Schilfdachhütte, die bei jedem von Texeiras Stakenschüben vor seinen Augen tanzte. Im feuchten Licht flog ein Bussard aus einem

Wäldchen von verkrüppelten Pappeln und Eschen; er tat ein paar schwere Flügelschläge und segelte über dem Röhricht dahin, bevor er hinter dem Vorhang aus Schilf verschwand.

Vom Glockenturm von Sainte-Marthe war das Angelusläuten zu hören, als Anne Moracchini und Daniel Moreno den Zivilwagen der Kriminalpolizei auf dem Kirchplatz parkten.

Sie präsentierten ihre blau-weiß-roten Ausweise dem diensthabenden Beamten, der ein zusehends verzweifelteres Gesicht machte.

»Kommissar Larousse?«

»Der ist gerade gegangen.«

»Inspektor Marceau?«

»Also, sie sind gemeinsam gegangen.«

»Ah ja, fein«, sagte Anne. »Die Kripo wird immer gut empfangen. Das macht Freude.«

Sie betrat die Kirche und eilte direkt zum Eingang der Krypta.

Die Männer von der Spurensicherung hatten ihre Vorrichtungen entfernt. Die Reinigungstrupps wollten gerade mit der Arbeit beginnen.

»Und die Leiche?«

»Die haben sie vor nicht mal fünf Minuten mitgenommen.«

»Na schön«, sagte Anne. »Die hören von mir.«

Sie stieg die Treppe zur Krypta hinunter, gefolgt von Moreno, der gerade seine erste echte Ermittlung bei der Kriminalpolizei erlebte und das gleich mit Ärger zwischen den Diensten.

Als Anne die Blutspuren auf dem Körper der heiligen Marthe sah, hielt sie den Atem an und trat langsam näher, während sie versuchte, sich die Lage von Morinis Leiche vorzustellen.

Die Spurensicherung hatte die starken Lampen entfernt, das Grab der Heiligen hatte sein Grabeslicht wiedergewonnen. Der Leichengeruch war nahezu verschwunden.

Ein Brigadier des Kommissariats von Tarascon betrat die Krypta.

»Wer hat die Leiche fortgeschafft?«

»Das war die Feuerwehr, sie haben sie nach Marseille zur Autopsie gebracht.«

»Ich meine, wer hat den Befehl gegeben, sie fortzuschaffen?«

»Das war Marceau, der Inspek…«

»Das reicht, das reicht … Um wie viel Uhr hat er den Befehl dazu gegeben?«

Der Brigadier trat näher ans Licht, um einen Blick auf seine Uhr zu werfen. »Das war vor einer knappen halben Stunde.«

Anne und Daniel sahen sich wortlos an.

»Sammle alles ein, was du kriegen kannst, Daniel. Ich gehe und versuche Michel zu erreichen, es wäre gut, wenn er vorbeikommen und einen Blick drauf werfen könnte.«

»In Ordnung, Anne, willst du, dass ich Fotos mache?«

»Bei dem Licht?«

»Ich habe den Blitz dabei.«

»Versuch es, sonst verlangst du, dass man dir hier wieder Saft reinlegt.«

Der Reinigungstrupp erschien in der Tür. Zwei schwarze Umrisse im blauen Licht.

»Sie rühren nichts an«, sagte Anne und wies mit dem Finger auf sie, »und Sie gehen sofort wieder da rauf.«

»Inspektor Marceau …«

»Ich pfeife auf Inspektor Dingsbums, ich bin von der Kripo und vom Staatsanwalt von Tarascon mit der Sache betraut, klar? Und ich gebe Ihnen den Befehl, wieder hinaufzugehen.«

Die beiden Beamten ließen es sich nicht zweimal sagen.

»Möchten Sie, dass ich Marceau anrufe, Madame?«, bemerkte der Brigadier.

»Ich lasse ihn vorladen … Er will dieses Spiel spielen, gut, dann lasse ich ihn sobald es geht vom Richter vorladen. Er wird schon sehen, wer hier die Befehle gibt!«

Anne zog sich auf den Parkplatz gegenüber der Kirche Sainte-Marthe zurück, wenige Meter von König Renés mächtiger Festung entfernt. Sie wählte die Nummer von de Palma. Ohne Erfolg. Sie versuchte es mit seinem Telefon zu Hause, landete auf dem Anrufbeantworter und hinterließ keine Nachricht. Wütend steckte sie das Handy in die Gesäßtasche ihrer Jeans und kehrte zur Kirche zurück. Pater Samuel lief völlig aufgelöst in der Sakristei auf und ab. Von Zeit zu Zeit hielt er inne, öffnete Schubladen, in denen sich Utensilien für den Gottesdienst befanden, und schloss sie mit nervöser Geste wieder.

»Versuchen Sie sich zu beruhigen, Pater«, sagte Moreno. »Sie müssen uns alles sagen, was Sie wissen.«

»Verzeihen Sie, aber ich weiß absolut nichts. Absolut rein gar nichts! In zehn Jahren Arbeit als Notarzt habe ich eine solche Grausamkeit noch nie gesehen. So etwas zu tun ist schändlich.«

»Ich weiß«, sagte Anne und wechselte einen Blick mit Moreno. »Wir versuchen nur, Ihren Tagesablauf zu rekonstruieren. Danach lassen wir Sie in Ruhe, in Ordnung?«

Der Priester blieb abrupt stehen. »In Ordnung.«

»Um wie viel Uhr haben Sie die Leiche entdeckt?«

»Das war nicht ich, es war ein Besucher.«

»Ist nicht wichtig. Wir werden seine Aussage gleich aufnehmen.«

»Es muss neun Uhr gewesen sein, aber ich bin nicht sicher.«

»Um wie viel Uhr haben Sie die Polizei angerufen?«

»Sofort.«

Daniel Moreno notierte sorgfältig jede Antwort des Priesters, und er notierte auch Details, die er wichtig fand, wie Faviers Verhalten, wenn man ihm eine Frage stellte.

»Haben Sie vorher Lärm oder irgendetwas gehört?«

»Nein, heute Morgen nicht.«

»Wieso, davor schon?«

»Vor zwei Tagen hatte ich den Eindruck, jemand hätte sich Zugang zur Kirche verschafft, aber es war niemand da.«

»Sie wollen sagen, Sie haben etwas Fremdes, nicht Normales in der Kirche gehört, ja?«

Pater Favier nickte und begann wieder in der Sakristei auf und ab zu gehen.

»Wir lassen Sie ein bisschen zur Ruhe kommen und reden später, in Ordnung?«

Favier murmelte etwas, das weder Anne noch Moreno verstand.

Der Richter schickte der Kriminalpolizei in Marseille umgehend einen Durchsuchungsbefehl für Morinis Haus. Anne und Daniel trafen kurz nach dem Erscheinen der Gendarmen ein, die das Haus des Gangsterbosses umstellt hatten.

»Inspektor Bonin, Gendarmerie von Tarascon«, sagte der Gendarm, während er Anne die Hand schüttelte. »Wir haben auf Sie gewartet.«

Die Frau von Morini hatte soeben vom Tod ihres Mannes erfahren. Sie erlitt einen regelrechten hysterischen Anfall. Anne brachte sie dazu, sich im Wohnzimmer hinzusetzen. Während sie auf die Verstärkung aus Marseille und der Kripo-Abteilung von Tarascon warteten, begann sie mit der Haussuchung.

»Es ist vierzehn Uhr, Daniel. Schreib: Beginn der Haussuchung in Anwesenheit von Madame Morini.«

Das Haus des Gangsters umfasste bestimmt 300 Quadratmeter, die sich über zwei Etagen verteilten. Im Erdgeschoss befand sich ein großes, ziemlich nüchternes Vestibül mit weißen Wänden, ein paar Gemälden kleiner provenzalischer Meister, zwei klassischen Skulpturen und Grünpflanzen in allen Ecken. Zur Rechten öffnete sich ein enormes Wohnzimmer mit blassgrünen Wänden, mehreren Ledersofas verschiedener Stile, Polstersesseln und schweren pastellfarbenen, geblümten Vorhängen. An den Wänden hatte der Gauner eine Reihe alter Fotos von Tarascon aufgehängt: die Innenstadt und das Schloss vor der Begradigung der Rhone und der Umgestaltung der Stadt. Über einem Sofa hing ein Plakat des Tarasque-Festes von 1932. Daneben ein vergilbtes Foto, das die Tarasque im Kreise ihrer Ritter zeigte. In einer Régence-Vitrine stand eine Sammlung von Miniatur-Tarasquen aus Bronze und Keramik neben diversen kleinen Ton- und Kupferungeheuern. Im Hintergrund des Raumes befand sich eine Bar, ein echter glänzender Tresen, den der Gauner gottweißwo aufgetrieben haben musste. Zu beiden Seiten des Schanktischs einarmige Banditen aus der Belle Epoque. Durch die Glastür sah man etwas weiter unterhalb den Zwanzig-Meter-Pool mit seinem Pool-House im neoklassizistischen Stil. Dahinter begann Kiefern- und Eichenwald: der Teil der Terres d'en bas, der Morini gehörte. Im ersten Stock waren sieben Zimmer als Suiten angelegt: jedes in einem anderen Stil, mit Whirlpool und kleinem Büro.

»Wir fangen mit den Schlafzimmern an, Daniel. Wir gehen nach oben.«

Nur zwei Schlafzimmer wurden regelmäßig benutzt; in dem einen befanden sich die Habseligkeiten Morinis und im anderen die seiner Frau.

»Schlafen die nicht zusammen, die beiden?«, fragte Daniel.

»Weißt du, Gauner sind keine Leute wie wir!«

Die beiden Beamten stellten im Zimmer der Frau alles auf den Kopf. Sie fanden nichts außer einer Dessous-Kollektion, die Moreno zum Erröten brachte.

Danach durchkämmten sie Morinis Zimmer und stießen auf ein paar auf Post-its hingekritzelte Telefonnummern; Anne steckte sie in eine Plastikhülle. Vier Handys, die auf den Nachttischen herumlagen, wurden gleichfalls sichergestellt, genau wie das Adressbuch von Madame Morini.

Anne stieg die Treppe zur Eingangshalle der Villa hinunter. Sie gab der gerade eingetroffenen Verstärkung Anweisungen, dann begab sie sich wieder zu Morinis Witwe. Die junge Frau saß auf einem dicken Ledersofa, die Wimperntusche war ihr über die Wangen gelaufen, und sie roch gewaltig nach Gin.

»Können wir mit Ihnen reden, Madame Morini, fühlen Sie sich besser?«

Sie war um mindestens zwanzig Jahre jünger als Morini. Ihr schwarzes Haar war in ihrem zarten Nacken mit einer Samtschleife zusammengebunden. Sie trug einen weißen Bademantel, der sich von ihrer braunen Haut abhob, und darunter einen zweiteiligen Badeanzug mit leuchtend roten und gelben Blumen. »Sie können mich fragen, was Sie wollen, ich weiß nichts. Er hat mir nie was gesagt ...«

Sie sprach mit leichtem Marseiller Akzent.

»Wie heißen Sie?«

»Stéphanie, das ist so etwa das Einzige, was ich noch von mir weiß!«

Stéphanie hob den Blick zu Anne und musterte sie. Sie bebte vor Zorn. »Früher oder später musste das ja passieren.«

Anne setzte sich neben sie. »Hatte er Drohungen bekommen?«

»Er war nervöser als sonst, aber, na gut ... Bei ihm konnte man nie wissen. Das hing von den jeweiligen Geschäften ab.«

»Wann haben Sie ihn zum letzten Mal gesehen?«

»Vor fast einer Woche. Ich erinnere mich nicht genau, wissen Sie. Ich lebe ein bisschen in einer Parallelwelt. Er war nach Aix gefahren und hat mir gesagt, er käme am Abend zurück. Er ist nie wiedergekommen.«

Anne begriff, dass Stéphanie wohl einiges Dreckszeug konsumierte, um ein Schwein wie Morini zu ertragen.

»Hat er Sie angerufen, um Ihnen zu sagen, dass er nicht kommt?«

Die junge Frau verzog zynisch den Mund. »Machen Sie Witze, oder was? Wenn er nicht kam, hat er nichts gesagt.«

»Ich meine: Hatten Sie seit seinem Verschwinden einen Anruf von ihm oder jemand anderem?«

»Nein, nichts, Madame. Aber am Abend vorher war er nicht in seiner normalen Verfassung. Er ist lang in seinem Zimmer geblieben und hat leise telefoniert.«

»Und das kam nicht oft vor, wenn ich richtig verstehe?«

»Ganz genau, aber wenn man mit Kerlen wie ihm zusammenlebt, lernt man schnell, sich zu verhalten wie die kleinen Affen: nichts sehen, nichts hören, nichts wissen.«

Anne konnte einen verächtlichen Blick nicht unterdrücken. »Gut, Sie bleiben hier, ich komme bald noch einmal, um Sie zu befragen. Ziehen Sie sich inzwischen etwas an.«

Anne zog sich in den Park der Villa zurück und telefonierte lange mit de Palma.

Es war kurz nach Mittag, als der Baron den Weg zum Mas de la Balme hinunterfuhr. Die Hitze war erdrückend, er hatte Mühe, die Hände am Steuer zu halten. Zum ersten Mal seit langer Zeit bemerkte er einen der Leibwächter der jungen Frau. Der Mann verschwand hinter einem Gebäude, als er sich näherte. Ingrid hatte ihn offenbar kommen sehen, denn sie erwartete ihn mit strengem Blick auf der Terrasse.

»Wir haben Sie heute Morgen beim Frühstück vermisst.«

»Es tut mir leid, dass ich Sie einfach so verlassen habe, aber ich musste eine kleine Fahrt in die Camargue unternehmen.«

»Ach, ja!«, sagte sie und schlug die Beine übereinander.

»Ja, ein oder zwei Routineüberprüfungen, wie man so sagt.«

»Und das überkommt Sie einfach so, am Morgen! Ach, ich könnte doch kurz ein paar Dinge in der Camargue überprüfen …«

Bei diesem letzten Satz schnipste sie mit den Fingern in der Luft. Ihre Stimme war metallisch geworden. »Sie kommen gerade recht, Michel, ich habe meinen Fahrer Georg zu Monsieur Bérard geschickt, um ihn zum Aperitif zu holen. Da ist er.«

Der Mercedes-Geländewagen zog einen großen Kreis im Hof des Anwesens. Der Baron erkannte Georg, es war der Leibwächter, den er beim ersten Mal bemerkt hatte, als er Ingrid in Marseille begegnet war. Georg trug eine schwarze Brille. Bérard lehnte es ab, sich von Georg aus dem Mercedes helfen zu lassen. Mit einer tiefen Verbeugung nahm er die Hand, die Ingrid ihm hinstreckte. Als er den Baron erblickte, der sich im Hintergrund gehalten hatte, pfiff er leise.

»Der Polizist ist auch da!«

»Polizist, aber vor allem Freund«, sagte Ingrid, die seine Hand nicht losgelassen hatte. »Kommen Sie, wir trinken etwas.«

»Oh, ich werd nicht lang bleiben, die Tiere warten, wissen Sie. Und dann noch dieses Wetter. Quand plòu en Avoust, tout òli e tout moust.«

»Und das heißt …?«, fragte Ingrid lächelnd.

»Wenn es regnet im August, fließen reichlich Öl und Most.«

»Aber das ist doch gut.«

Bérard erwiderte Ingrids Blick und machte eine Kopfbewegung mit geschürzten Lippen.

»Sind Sie nicht sicher?«

»Teufel, der August fängt an. Und heute Morgen hat es gedonnert. Teufel. Quand trono lou matin marco d'auro. Verstehen Sie nicht!«

Ingrid hob die Hände und ließ sie wieder fallen.

»Wenn es donnert wie heute Morgen, bedeutet das oft Wind. Jesusmaria, ich hab wirklich Angst, dass es zu blasen anfängt, und bei all den Bränden …«

»Fängt der August mit Donnern an, ers bis zum End nicht lassen kann«, antwortete Ingrid auf Deutsch.

Bérard senkte den Blick und betrachtete für einen Moment seine Füße. Eine Strähne silbernen Haars entwich seinem Hut, als er ihn zurechtrückte.

»Herrjeh, William verstand die Mundart.«

»Das stimmt, William hatte Provenzalisch gelernt.«

»Er hat besser als ich geredet«, sagte Bérard und stieß einen leisen Pfiff aus. »Das war einer mit Bildung in unserer Sprache.«

»Kommen Sie, Monsieur Bérard, trinken wir ein Glas im Schatten. Das tut Ihnen gut.«

»Oh, sorgen Sie sich nicht um mich, die Sonne macht mir keine Angst.«

Bérard war verlegen, er warf finstere Blicke umher. De Palma war von der erstaunlichen Energie beeindruckt, die von dem bald hundertjährigen Greis ausging.

»Sie haben mich kommen lassen, damit ich Ihnen von den früheren Besitzern erzähle?« Er sah den Baron an.

»Ich dachte, es wäre gut, wenn Madame Steinert wüsste, was Sie mir bei unserer letzten Begegnung gesagt haben. Aber ich habe sie nicht gebeten, Sie heute einzuladen.«

Bérard musterte Ingrid lange. »Das ist alte Vergangenheit, jetzt, wo er tot ist, der Arme.«

»Sie haben seinen Vater gekannt?«, fragte Ingrid.

»Ja, ja. Lange vor dem Krieg, bevor alles den Bach runterging. Er kam und suchte Reste der Antike, und da ich ein bisschen was darüber wusste, hat er mich Dinge gefragt. Manchmal haben wir einen kleinen Spaziergang gemacht, und ich habe ihm die Orte gezeigt.«

»Wie die Terres d'en bas«, bemerkte de Palma.

»Ja, ja, Junge. Wir sind da hingegangen … Tè, ich erinnere mich, als wär es gestern gewesen. Er wanderte hinter mir, es war ein Tag wie heute, drückendes Wetter! Wir sind von der Straße von Fontvieille bis zur großen Eiche da oben gewandert. Und da habe ich ihm die alten Steine gezeigt, wie man so sagt.«

»Stand dort die Herkulesstatue?«

Bérard hob den Blick zum Baron. »Er hat Herakles gesagt. Das ist der griechische Name. Denn diese Steine, wissen Sie, die sind von den Griechen. Die Römer kamen erst danach, wirklich. Das hab ich in den Büchern gelesen.«

Bérard tauchte seine harten Lippen in das Pastis-Glas. Er griff sich eine Olive. »Eine Schwarze von Carpentras! Die sind gut.«

»Wir pflanzen noch mehr davon an.«

»Warten Sie den Frühling ab und setzen Sie sie auf die große

Parzelle, die Sie an der Straße da oben haben. Da ist es nicht zu feucht und nicht zu trocken.«

Bérard trank einen kräftigen Schluck Pastis und warf Ingrid einen interessierten Blick zu. »Wenn Sie pflanzen wollen, heißt das, Sie bleiben hier?«

»Warum, hatten Sie Angst, ich gehe?«

»Nach dem Tod von William hatte ich schon Angst.«

»Nein, wir bleiben.«

»Na, dann …«, sagte Bérard und wedelte mit der Hand.

De Palma wartete einen Moment. »Was meinen Sie damit, Monsieur Bérard?«

»Da gibt es welche, die werden nicht froh sein.«

Ingrid wollte das Wort ergreifen, doch der Baron machte ihr unauffällig ein Zeichen, sich zurückzuhalten. »Wer denn so?«

»Jene, die den Park bauen wollen. Die sind neulich zu mir gekommen. Ich hab ihnen gesagt, dass ich keinen einzigen Fingerbreit Erde verkaufe. Dass sie warten müssen, bis ich tot bin. Und dass ich sowieso alles William gegeben habe.«

»Könnten Sie mir diese Männer beschreiben?«

»Das waren Typen, die anständig wirkten. Einer hat mir seinen Namen gesagt. Das klang nach einem Namen aus Deutschland oder sonst woher, nicht von hier jedenfalls.«

Ingrid sprang auf. »Nicht vielleicht Chandeler?«

»Wie haben Sie gesagt?«

»Chan-de-ler.«

»Klang ein bisschen so.«

»Wie war er?«

»Groß, sehr groß. Mit ordentlich gekämmtem Haar. Die ganze Zeit hat er gelächelt, wie ein Handelsvertreter. Wie, wie … die Leute vom Crédit Agricole, sehen Sie. Die wollen Ihnen immer irgendwas verkaufen. Machen Sie sich keine Sorgen, er hat mir eine Visitenkarte dagelassen. Ich werd sie Ihnen zeigen. Aber ich bin sicher, das ist der Name, den Sie gerade gesagt haben.«

»Und der andere?«

»Das war ein Dicker. Auch groß, aber dick. Und außerdem hatte der eine scheußliche Visage.«

»Hat er Ihnen seinen Namen genannt?«

»Nein, nein. Der da hat gar nichts gesagt. Und draußen war noch ein anderer, der hat im Wagen gewartet.«

De Palma versuchte, sein Hirn auf Touren zu bringen. Die Anwesenheit von Chandeler war nicht erstaunlich, er war einfach ein Anwalt, der sein Glück versuchte. Aber für wen arbeitete er? Und wer war der Dicke bei ihm?

»Sagen Sie, Monsieur Bérard, erinnern Sie sich, an welchem Tag das war?«

»Herrjeh, nein. Manchmal verliere ich ein bisschen das Zeitgefühl. Ich habe Angst, Ihnen was Falsches zu sagen.«

»Aber es war nicht gestern?«

»Nein, nein«, sagte Bérard und hob die Hände. »Das war ein paar Tage nach dem Tod des armen William.«

»Macht nichts.«

Der Hirte trank noch einen Schluck Pastis, dann stand er auf. »Ich muss zurück, die Tiere warten.«

Ingrid nahm seine beiden Hände. Sie schien sehr gerührt. »Kann ich Sie die Tage einmal besuchen kommen?«

»Oje, bei mir ist es arm, wissen Sie! Nur William ist zu mir gekommen, und den hat das nicht gestört. Meine Frau ist vor bald zwanzig Jahren gestorben. Deshalb ist es nicht so ganz, wie sichs gehört.«

»Das macht nichts … Oder ich komme Sie besuchen, wenn Sie Ihre Schafe hüten.«

»Gut, einverstanden. Gleich nachher bin ich da, wenn es ein bisschen weniger heiß ist, bei den Felsen da oben.«

Das Handy des Barons klingelte.

»Wo bist du, Michel?«

»Ich bin in der Provence, Anne.«

»Immer noch mit Ingrid?«

»Man kann nichts vor dir verbergen.«

»Komm sofort zur Gerichtsmedizin. Nach La Timone.«

»Warum?«

»Man hat Morini hingebracht. Diesmal sind wir am Drücker.«

»Ich komme.«

»Aber komm nicht rein, Michel! Offiziell bist du nicht bei der Ermittlung dabei.«

»Gut, wir treffen uns in zwei Stunden.«

Er verabredete sich mit ihr in einem Café auf dem Boulevard Baille, in der Nähe des gerichtsmedizinischen Instituts.

Bérard setzte sich auf einen Strohstuhl. De Palma sah, dass Ingrid bewegt war. Ihre Augen waren feucht.

»Tè, was hab ich Ihnen gesagt, der Wind kommt auf! Das ist nicht gut.«

Grünliches Licht fiel aus den Neonröhren des Seziersaals. Anne und Moreno standen in grünen Schutzanzügen und einer Maske vor dem Mund vor Doktor Mattei und seinem Assistenten. Mattei sah Anne an und wies mit seiner Schere auf Morinis Wunden. »Auf den Wunden sind Speichelspuren. Derselbe Speichel wie das letzte Mal, glaube ich zumindest.«

Der Totendoktor deutete auf einen herabhängenden Fetzen Fleisch. »Lederhaut, Epidermis und Muskel sind zerfetzt, seht ihr! Als wäre zugebissen und dann gezogen worden, um das Stück herauszureißen.«

Anne sah Moreno an. Ihr Blick über der weißen Maske war besorgt. »Hast du eine Idee, Doktor?«

»Nicht die geringste.«

»Ich denke, dass die DNA uns ein weiteres Mal zu Hilfe eilen wird. Und ich würde wetten, dass man dieselbe findet wie beim letzten Mal.«

»Also?«

»Irgendetwas hat ihn zu fressen bekommen. So ist er umgekommen. Was hältst du davon, Mattei?«

»Auf der Ebene denke ich nicht mehr. Ich hab Mühe, mir so mächtige Kiefer vorzustellen. Es sei denn, es gäbe mehrere Tiere.«

Mattei beugte sich noch einmal über Morinis Wunden, bis er sie beinah mit der Nase berührte. Er runzelte die Stirn und vermied es, zu atmen. »Die Wirbelsäule wurde von Kiefern zertrümmert. Anders geht es nicht. Sieht aus wie ein Hundebiss, nur in zehnmal größer. Es erinnert mich wirklich an die Kerle auf den Inseln, die von den Haien gefressen wurden …«

Mattei hatte Thorax und Hals bis ans Kinn geöffnet. Er hatte den Brustkasten mit Metallklammern gespreizt und die Lungen und das Herz herausgezogen. »Adrenalinspuren im Herzen und Wasser in den Lungen. Außerdem habe ich Algen im Körper gefunden.«

»Wir haben wirklich das gleiche Szenario wie bei Christian Rey. Ganz exakt das gleiche … Der Kerl wird ins Wasser geworfen und gefressen.«

»Noch dazu Süßwasser. Also keine Haie … Eher ein Krokodil.«

»Warum nicht ein Komodowaran? Wirklich eine verdammt harte Nuss, ich versteh gar nichts!«

Anne beobachtete Daniel Moreno. Sie sah, dass sein Blick ins Unbestimmte driftete; sie kannte ihren Kollegen erst seit Kurzem, aber sie wusste, dass das ein Zeichen großer Hirnaktivität war.

»Die Tarasque«, murmelte de Palma.

Anne hatte vor Müdigkeit und Abscheu rote Augen. Sie hatte de Palma aufgepickt und fuhr auf der Schnellstraße von La Rose Richtung Château-Gombert. »Was murmelst du in deinen Bart?«

»Die Tarasque. Nichts weiter.«

»Bist du nicht vielleicht ein bisschen verrückt, Michel?«

»Nein, nein …«

»Jetzt hör mal, die Tarasque existiert nicht!«

»Vielleicht, aber es gibt da einen Kerl, der ausreichend durchgeknallt ist, um uns das große Ungeheuer vorzuspielen.«

Die Hochbahn überholte sie. Anne sah eine Gruppe Jugendlicher, die im letzten Wagen randalierten.

»Ein Kerl, der sich ein Szenario ausdenkt … Das passt schon ein bisschen besser zusammen.«

»Der Biss, die Algen … alles passt. Irgendwo gibt es einen Kerl, der diese Tarasque wiederauferstehen lassen will.«

»Das ist eine Hypothese. Man kann auch annehmen, dass Morini wie Rey von ihren kleinen Kumpels aus dem Milieu kaltgemacht wurden. Daran wäre auch nichts erstaunlich.«

»Der Modus Operandi passt nicht.«

»Was weißt du davon, Michel! Sie sind immer verrückter, das weißt du so gut wie ich.«

Der Baron machte eine verneinende Geste und biss sich auf die Lippen. Er war blass, und hinter seiner Stirn begann ein Schmerz zu wachsen.

»Moreno ist nach Tarascon zurückgefahren, um den Bericht von Marceau zu holen. Der Idiot hat es nicht ertragen, dass wir den Fall haben. Er hat unseren Freund abtransportieren lassen, bevor ich kam.«

»Das ist nicht so wichtig, Anne.«

»Unsinn! Wir haben nichts, und womöglich lässt er Sachen vor uns verschwinden, damit wir rudern wie die Blöden.«

Anne fuhr unter der Hochbahn durch und beschleunigte jäh, als würde sie vor etwas fliehen. Sie hielt die Hände um das Lenkrad geklammert, und die Lichter der entgegenkommenden Autos spiegelten sich in ihren feuchten Augen.

Am nächsten Tag um neunzehn Uhr sprang der Baron über die Einfassungsmauer der Wohnanlage Paul Verlaine und zog seine .45er, während er sich einen Überblick über die Umgebung verschaffte.

Er ließ den Nachbarn aus dem dritten Stock, der seinen Sohn an der Hand mit sich zog, hineingehen. Als er dann sah, dass niemand kam, lief er den Weg hoch, der bis zu seinem Gebäude führte, wobei er darauf achtete, sich dicht an den Kiefern und Sträuchern entlangzubewegen, die ihn säumten. Die Pistole hatte er am Schenkel verborgen, für den Fall, dass eine Gefahr auftauchte. Seit drei Tagen kam er zum ersten Mal wieder nach Hause. Es roch nach geschlossenen Räumen und schlechten Erinnerungen.

Auf dem Anrufbeantworter waren zehn Nachrichten. Zwei davon waren aufgelegte Anrufe, acht kamen von seiner Mutter, die er seit einer Woche nicht angerufen hatte.

Ohne Zeit zu verlieren, ging er in sein Zimmer, nahm eine Reisetasche, warf zwei Jeans, ein Paar Turnschuhe, einige T-Shirts und eine komplette Schublade Boxershorts und Strümpfe hinein. Im Schrank sah er die Schachtel, in der er einen ganzen Haufen Erinnerungen aufbewahrte. Er sah hinein und erblickte das Heft, in dem er das Foto von Isabelle Mercier aufgehoben hatte. Er studierte es einen Moment und bemerkte ein Detail, auf das er trotz der unzähligen Beobachtungen noch nie geachtet hatte: Isabelle hatte ein Muttermal in Form eines Pikass genau zwischen Ohr und Kieferwinkel. Er bemerkte dieses Detail erst heute. Und er wusste, warum. Weil er es woanders gesehen hatte. Auf der Wange von Ingrid Steinert.

Er legte sich aufs Bett und tauchte in die schwarzen Wasser seiner Erinnerungen ab. Wie jedes Mal sah er nur ein Gesicht, das nicht mehr existierte, einen schon todesstarren Körper. Ein einzelnes Auge, das ihn noch über die schlaflosen Jahre und Nächte hinaus fixierte. Er blieb lange im Halbdunkel seines Zimmers. Sah zu, wie das Tageslicht sich langsam zwischen den Ritzen der Fensterläden verflüchtigte. Isabelle war das erste Opfer gewesen, aber wie viele Leichen hatte er in der Folge in seinem Leben als Bulle gesehen? Mehr als dreihundert insgesamt. Vielleicht mehr. Die Zahl verursachte ihm Schwindel. Am Anfang hatte er sich gesagt, dass er sich an sie alle erinnern, sie alle im Gedächtnis behalten musste. Es war seine Schuld gegenüber den Toten, denn die Toten wissen, dass sie existieren, solange man sie vor sich sieht. Und wenn man sie vergisst, ist es für immer aus.

Als er ganz klein war, ging er manchmal zwischen den Reihen des Friedhofs Saint-Pierre spazieren. Er mochte es, die Namen der Toten auf den schwarzen Granitplatten zu lesen und sich Lebensgeschichten auszudenken, kleine unsinnige Romane über die Schicksale der Verstorbenen; Augenblicksstücke, in denen Liebe und Wunder einen großen Raum einnahmen. Einen enormen Raum.

Er sprang auf, schloss seine Tasche und ging zur Tür. Draußen hatte die Nacht ihr Tuch gespannt. Er wartete, bis niemand mehr in der näheren Umgebung seines Hauses war, das Treppenhaus und die Halle im Finsteren versanken, und trat dann in die Stadt hinaus, Marsiho, die Braune.

Dreißig Minuten später erklomm er, immer vier Stufen auf einmal, die Steintreppe, die durch die Kaktusfeigen zu Maistres Terrasse führte. Er machte sich einen Kir und setzte sich auf die Steinmauer, die die niedrigen Häuser von L'Estaque überragte. In der Ferne bildete das Meer eine endlose schwarze Decke, von der Mole bis zur Insel Maïre und dahinter zu dem flüchtigen Stern des Leuchtturms von Planier. Maistre blätterte in einem Katalog für Bootsausrüstung. In der Ferne hörte man die Klänge von Marsiho.

»Denkst du, wir finden dieses Boot irgendwann, Michel?«

Der Baron antwortete mit einem Brummen.

20

Lamastre war seit fünf Jahren Chef der Regionalverwaltung der Kriminalpolizei in Marseille. Ein eleganter Mann, der bei den Verantwortlichen im Rathaus einen guten Ruf genoss und disziplinarisches Wellenschlagen nicht liebte.

An diesem Morgen war Lamastre ungeduldig, er nahm das Abzeichen eines Spezialagenten des FBI in die behaarten Hände, das immer auf seinem Schreibtisch lag; es war ein Souvenir an einen Jahre zurückliegenden Aufenthalt in Quantico, der zum Ziel gehabt hatte, die französischen Gepflogenheiten um die berühmten Profiling-Techniken der Yankee-Superbullen zu bereichern. Davon war ihm ein Abzeichen geblieben, das ihm James Lehane jr., einer der besten Jäger ganz Nordamerikas, geschenkt hatte.

»Setzen Sie sich, Michel. Ich liebe diese Unterredung überhaupt nicht, aber ich muss mich fügen. Wie geht es Ihnen?«

»Gut, Chef. Ich bin völlig wiederhergestellt. Hundert Prozent bereit, den Dienst wieder aufzunehmen.«

»Haben Sie Lehane eigentlich auch gekannt?«

»Ja, Chef. Ein außergewöhnlicher Mann. Ich habe seine zwei Bücher gelesen und sie oft genug genutzt, muss ich sagen.«

»Mmh«, machte Lamastre und legte das Abzeichen wieder hin. »Ein verdammt guter Bulle. Trinken wir einen Schluck auf seine Gesundheit, bevor ich Ihnen die Leviten lese.«

Lamastre war Normanne, mit blauen, tief in den Höhlen liegenden Augen, einem ewigen Dreitagebart und vom Alkohol gegerbter Gesichtshaut, was seine natürliche Eleganz nicht schmälerte. Er zog eine Flasche Jim Beam und zwei Gläser aus der Schublade seines Schreibtischs. »Ich habe keine guten Neuigkeiten«, bemerkte er, als er den Jim Beam in die Gläser goss. »Da gibt es hier und da Leute, die Ihnen an die Eier wollen, Michel.«

»Ich weiß.«

»Wir sind in einem Land, in dem Ermittler wie Sie immer seltener werden … und das scheint gewissen Leuten zu gefallen. Um ganz offen zu sein, ich bin gerade dabei zu sehen, was ich tun kann, um Ihnen das Untersuchungsverfahren zu ersparen.«

»Die können mir nichts anhaben, ich habe nichts getan.«

»Das Problem ist, dass man Sie gesehen hat, wie Sie auf recht massive Weise mit diesem Idioten Morini geredet haben – wenige Tage, bevor er vom Leben zum Tod gewechselt ist. Können Sie mir folgen?«

»Absolut, Chef. Aber …«

»Versuchen Sie nicht, sich zu rechtfertigen, Michel, ich weiß gut, dass nicht Sie ihn in zwei Teile geschnitten haben, und habe diese Unterstellungen sofort zurückgewiesen. Nehmen Sie jedoch zur Kenntnis, dass es sie gibt. Und da ist die Zeugenaussage eines Gastes von Morinis Bar. Er hat Sie gesehen, und er ist bereit, darauf Stein und Bein zu schwören, wenn nötig.«

»Ich verstehe nicht …«

»Hören Sie auf, Michel, ich versuche nicht, Sie aufs Kreuz zu legen.«

Lamastre hielt ihm ein Vernehmungsprotokoll hin. »Die wollen Sie, und die werden Sie kriegen, wenn Sie weitermachen. Dieser Herr hat Sie gesehen. Ist alles im Protokoll. Lesen Sie, Sie werden sehen! Es mangelt nicht an Details.«

»Gut, ich habe mit Morini geredet, und ich habe seinen Leibwächter in Handschellen gepackt.«

»Beide sind in den darauffolgenden Tagen gestorben …«

Der Baron sank ein wenig auf seinem Stuhl zusammen. Lamastre nahm wieder sein Abzeichen zur Hand. »Ich muss wissen, warum, Michel.«

»Das ist kompliziert, ich weiß nicht, wo anfangen …«

»Ich habe unbegrenzt Zeit, und wir haben noch Whisky. Ich frage Sie als Freund, Michel!«

Der Baron saß in der Falle, er schwieg einige Sekunden. Es musste seine Karten aufdecken, doch dazu musste er wissen, welche Informationen Lamastre besaß. Als er die Hand ausstreckte, um das Protokoll an sich zu nehmen, legte Lamastre die seine darüber. »Das ist hier kein Spaß mehr, Michel! In dem Bericht steht vor allem der Name Lopez. Der Mann, den Sie nicht weit von sich zu Hause ausradiert haben. Das schafft langsam Unruhe. Der Rest ist mir, offen gestanden, scheißegal.«

Er nahm seine Hand wieder fort. »Dass Sie dieser Ratte Morini eingeheizt haben, juckt mich nicht! Aber dass zwei idiotische Ermittlungsrichter von der Organisierten Kriminalität versuchen, Ihnen den Tod des guten Lopez anzuhängen, das kann ich nicht hinnehmen. Ich brauche Ihre Wahrheit. Und in Ihrem Interesse sollte diese Wahrheit wahrer sein als die der Geier vom Gericht. Verstanden?«

»Verstanden, Chef.«

De Palma wusste, dass Lamastre ein Mann von außerordentlicher Strenge und untadeligem Anstand war und nicht zögerte, sich für seine Leute Risiken auszusetzen. De Palma musste offen spielen und seine Trümpfe und Schwächen gleichzeitig verbergen; sonst drohte die Falle zuzuschnappen.

»Was der Kunde gesagt hat, ist eine Falschaussage«, sagte er.

»Das ist nicht das, was ich hören will, Michel.«

»Unter uns, Chef, es ist eine Falschaussage. Aber gut, ich werde Ihnen alles erzählen.«

Er begann ganz von vorn: die Begegnung mit Ingrid, der Schuss … Er sprach auch von dem Spitzel, der ihn auf Morinis Spur gesetzt hatte.

Lamastre hörte ihm zu, ohne sein FBI-Abzeichen aus der Hand zu legen. »Sie stecken in der Scheiße«, sagte er. »Und zwar bis zum Hals. Sie wissen, was ein Untersuchungsverfahren für einen Beamten der Polizei bedeutet?«

»Ich weiß, Chef.«

Lamastre warf das FBI-Abzeichen auf die Akte ›de Palma‹. »Was mich, und damit die Kriminalpolizei von Marseille, angeht, werde ich die Sache hiermit vergessen. Wann sollten Sie wieder anfangen?«

»Nächsten Montag.«

»Gut, sagen wir, de Palmas große Rückkehr findet nicht so bald statt. Lassen Sie sich was einfallen, bleiben Sie noch einen guten Monat krank. So lange, bis die Dinge sich beruhigen. Im Herbst werden wir weitersehen. Nachher treffe ich Ihren Freund, den Präfekten.«

»Grüßen Sie ihn von mir.«

»Zum Glück für Sie ist der Mann seit zwanzig Jahren Ihr Freund.«

»Das stammt aus den Zeiten bei der Mordkommission in Paris.«

»Ich weiß, ich weiß, die Nervensägen vom Quai des Orfèvres. Es gibt im Leben nicht nur Maigret!«

»Er war damals ein junger Kommissar.«

»Hören Sie auf, Michel, Sie bringen mich noch zum Weinen.«

Lamastre goss noch zweimal großzügig Jim Beam in die Gläser. »Steinert, sagen Sie?«

»Ja, Chef.«

»Der Fall stinkt, finden Sie nicht?«

»Es ist kein Fall. Jedenfalls hat man alles getan, damit es keiner mehr ist.«

»Ja, ich habe gehört, die Ermittlungen ergaben Tod durch Ertrinken.«

»Es ist Mord. Da bin ich mir so sicher, wie zwei mal zwei vier macht. Und dahinter steckt schweres Geschütz: Immobiliengeschäfte und so weiter!«

»Ich würde Ihnen ja glauben, aber mir ist die Sache wurscht. Man beurteilt die Leute nach Tatsachen, nicht nach Gedankenspielen.«

Lamastre leerte sein Glas auf einen Zug und schnitt eine Grimasse, während er das Feuer des Whiskys in sich hinabsteigen fühlte. »Da gibt es Hunderte von armen Schweinen, die umgebracht werden, und von denen man behauptet, sie hätten Selbstmord begangen. Und wissen Sie, warum?«

Der Baron zuckte die Achseln und nahm das FBI-Abzeichen.

»Weil es eine Zweiklassenjustiz gibt, das weiß jeder. Es gibt auch eine Zweiklassenpolizei. Eine DNA kostet zwischen 300 und 800 Euro, verstehen Sie, de Palma?«

»Mit Verlaub …«

»Ich renne offene Türen ein, ich weiß. Ich sage Selbstverständlichkeiten …«

Lamastre schenkte sich noch eine Portion Jim Beam ein. »Und ich rate Ihnen, sich diesen Monat, in dem Sie noch krank sein werden, nicht mit der Affäre Steinert zu befassen.«

Als de Palma in den Hof des Polizeihauptquartiers hinaustrat, versuchte er vergeblich, Marceau auf seinem Handy zu erreichen. Er wählte die Nummer des Kommissariats, wo man ihm mitteilte, Marceau sei vor zwei Tagen in Urlaub gefahren. Ins Ausland. Der Baron war im Begriff, Maistres Peugeot 205 anzulassen, als er den Kopf von Moreno im Wagenfenster auftauchen sah. »Hallo, Bulle, alles klar?«

»Ich war bei Lamastre. Ihm ist es lieber, wenn ich noch eine Weile krank bin.«

»Das ist normal, man redet im Augenblick viel von dir, und nicht nur Gutes, muss ich dir sagen!«

»So ist es immer.«

»Alles kommt wieder hoch.«

»Pfff…«

Moreno steckte den Kopf durchs Fenster. »Ich war gestern bei Maistre. Da Lornec nichts gebracht hat, haben wir uns im Viertel Belle de Mai erkundigt, um ein bisschen zu entwirren, was von diesen Überfallgeschichten noch geblieben ist.«

»Habt ihr was Neues?«

»Nicht viel. Aber eines ist nicht schlecht: Mit den Fällen war damals Marceau befasst. Du müsstest ihn mal anrufen.«

»Ja, richtig, er war damals bei der Organisierten Kriminalität! Daran hätte ich früher denken sollen. Das Problem ist, jetzt ist er in Urlaub im Ausland: Keiner weiß, wo der Blödmann steckt. Jetzt müssen wir bis Ende August warten.«

»Schade, verdammt.«

»Du sagst es, ja. Im Moment geht ohnehin überhaupt nichts.«

»Anne ist da, willst du mit ihr reden?«

»Nein, Junge. Ich habe das Gefühl, es riecht brenzlig in diesem Schlampladen.«

»Da pfeifst du doch drauf, Michel, ehrlich!«

»Du kennst sie nicht. Sie sind wie Tänzerinnen, unglaublich eifersüchtig!«

»Auf jeden Fall versuchen wir uns bald zu treffen?«

»Keine Sorge, Junge. Bis dann.«

Das Löschflugzeug flog eine Kurve über dem Kamm der Alpilles, bevor es bis auf gerade mal dreißig Meter über dem Boden auf die Terres d'en bas niederging. Mit Tränen in den Augen sah Bérard zu, wie es, halb verdeckt vom schwarzen Rauch, schnurgerade über die Lavendelfelder zog. Ingrid hatte den Arm des alten Hirten genommen, der nicht mehr still sitzen konnte. Kaum hatte das Löschflugzeug die Straße nach Maussane überquert, warf es seine Tonnenfracht Wasser ab, leerte seinen Bauch über den Fackeln aus Harz und Eichenholz. Dann verschwand es in dem vom Rauch schwarz gefleckten Blau.

»Kommen Sie, Monsieur Bérard, wir können nicht hierbleiben, die Feuerwehrleute winken uns, wir sollen gehen.«

Der Alte rührte sich nicht. Er murmelte etwas Unhörbares, wie eine Beschwörung, und starrte weiter auf die Feuersbrunst, die sich auf einen Turm aus Kalkstein zubewegte. Ein Offizier der Feuerwehr von Marseille brüllte mitten in dem Tumult und dem Knallen der von den Flammen zerrissenen Baumstämme.

»Sie können nicht hierbleiben«, rief er, während er einen Schlauch entrollte. »Machen Sie den Weg frei, bleiben Sie nicht hier.«

Ingrid führte Bérard zur anderen Straßenseite hinüber. Der Wind trieb den Rauch in ihre Richtung, wie ein wütendes Ausrufezeichen, alles wurde schwarz, und Ascheteilchen tanzten in der verkohlten Luft. Ingrid nahm Bérard bei der Schulter und zog ihn zu ihrem Wagen. In diesem Augenblick sah sie de Palma hinter einem Löschfahrzeug hervorkommen.

»Sie müssen hier weg«, rief er. »Monsieur Bérard, steigen Sie in den Wagen, Sie schaden sich. Die Luft ist sehr ungesund.«

Der Baron bedeutete Ingrid, sich ans Steuer ihres Mercedes zu setzen, und half dem Hirten vorne hinein. Der Alte war wie eine Marionette, er reagierte nicht mehr auf das, was um ihn geschah. Der Baron stieg hinten in Ingrids Geländewagen, und sie fuhren wieder Richtung Eygalières hinauf. Vor dem Haus von Morini hatten die Feuerwehrleute ihre Einsatzleitung eingerichtet und bekämpften das weniger als hundert Meter von der Fassade entfernte Feuer.

»Wir bringen Monsieur Bérard nach Hause.«

Ingrid nickte und überholte einen Rettungswagen der Feuerwehr von Maussane.

»Wo sind Ihre Tiere, Monsieur Bérard?«

Der Alte antwortete nicht, de Palma sah, dass er mit vor Entsetzen geweiteten Augen weinte. Als sie im Hof des Mas des Fontaines eintrafen, blieb Matelot, der Hund des Hirten, reglos liegen. De Palma begriff, dass vor dem Brand oder währenddessen etwas Furchtbares geschehen sein musste; er bedeutete Ingrid, im Wagen zu bleiben. »Verschwinden Sie von hier, sobald ich draußen bin.«

Ingrids Hände umklammerten das Lenkrad. Bérard starrte weiter vor sich hin. Als würde alles Geschehen ihn nicht mehr berühren. Der Baron sprang aus dem Mercedes und rannte mit gezogener Waffe zur Hundehütte. Ingrid fuhr sofort los. Matelot war von einer Kugel in den Kopf getötet worden. Der Schädel war aufgeplatzt, Hirnmasse überall auf die Wände der Hütte gespritzt.

De Palma trat in den Eingang zur Scheune und lauschte. Er hörte, dass Ingrids Wagen soeben den Zufahrtsweg verlassen hatte und jetzt auf dem Asphalt der Straße nach Eygalières fuhr. Dann herrschte Stille.

Das Mas des Fontaines lag wie benommen da. Nur das Summen der Mücken, die in der dicken Luft verrücktspielten, war zu hören. Die Schafe waren nicht mehr da, das Tor zum Stall weit offen. Das Stroh auf dem Boden war zerwühlt, einiges davon lag auch im Hof, wo es eine große gelbe Spur zu den Feldern hin bildete. Man hatte die Schafe weggetrieben, indem man ihnen Angst eingejagt hatte: Hinter einem Futtertrog atmete schwach ein halb totgetrampeltes Lamm, das die Herde auf ihrer Flucht überrannt hatte.

Der Baron stieß die Tür zum Wohngebäude auf und richtete seine Waffe ins Innere. Er roch den starken Geruch nach altem Gemäuer und nach Holzfeuer, der über den alten Möbeln hing. Die Reglosigkeit der Gegenstände hatte etwas Beunruhigendes. Nur das Ticktack der großen Wanduhr gab dem Raum etwas Leben. De Palma trat ein paar Schritte nach vorn, noch immer auf der Hut. Die Türen des Schranks waren offen, eine metallene Keksdose lag umgekippt auf dem Boden. Ringsum Papiere, die Rechnungen ähnelten, und ein paar sorgfältig gefaltete Zehneuroscheine.

Der Baron warf einen Blick in den Schrank. Er hatte drei Einlegeböden. Auf dem obersten reihten sich Likörflaschen und leere Einmachgläser. Darunter war ein Stapel Geschirrtücher umgestoßen worden, daneben ein leerer Platz, sicher jener der Keksdose. Ganz unten lagen Konservendosen und Schokoladentafeln; auch dort war alles durchwühlt worden.

Der Baron ging durch den Raum zu der einzigen Tür, die sich im Hintergrund befand. Sie war geschlossen. Er drehte den Knauf, aber es gelang ihm nicht, sie zu öffnen. Die Tür war entweder abgeschlossen oder blockiert. Er versuchte es noch einmal und versetzte ihr einen wütenden Fußtritt, die Tür rührte sich jedoch nicht. Er erkannte, dass sie von innen abgeschlossen war.

Ein Miauen durchschnitt die Stille. Es war die Katze, die auf der Schwelle erschien, wohl die einzige Zeugin der furchtbaren Szene, die sich im Mas abgespielt hatte.

Die große Uhr schlug sechs. Draußen hatte der Tag sich rötlich gefärbt. Wind war aufgekommen und trieb die Brandgerüche bis zum Mas des Fontaines. Der Baron wollte den Raum verlassen, als er das Geräusch eines zu Boden stürzenden Körpers hörte. Er konnte sich gerade noch hinkauern, als zwei Schüsse knallten. Eine Fensterscheibe zerbarst. Dann die Geräusche schneller Schritte. Ein Mann lief zur anderen Seite der Gebäude. Der Baron erhob sich und richtete die Waffe auf ihn.

Es war wie in Zeitlupe: Er schoss ein Mal und sah den Einschlag, den die .38er auf dem Boden verursachte. Er korrigierte die Flugbahn, als der Mann sich umdrehte, und drückte den Abzug. Die Kugel traf den Mann am linken Bein, er machte eine Bewegung, um zu schießen, doch der Baron schickte ihm eine zweite Kugel an dieselbe Stelle hinterher. Der Mann schoss ein Mal, dann ein zweites Mal. Der Baron konnte sich gerade noch ducken, und wieder zersprang eine Scheibe. Als er sich erhob, war der Mann verschwunden. Der Baron rannte hinaus und lief in seine Richtung. Er blieb abrupt stehen, als er ein schweres Motorrad auf dem Feldweg aufheulen hörte. Das Mas bebte noch von den Schüssen, und es roch nach verbranntem Pulver.

De Palma ging in den Wohnraum zurück; das Schloss der Tür, die zu den Zimmern führte, war ein altes, leicht zu öffnendes Modell. Im Werkzeugvorrat des Mas fand er einen dicken

Draht und bastelte sich einen Dietrich. Nach dreißig Sekunden gab das Schloss nach.

Die Wände im Schlafzimmer des Hirten trugen verblichene strohgelbe, mit blassen blauen und rosa Blumen gemusterte Tapeten. Rechts vom Fenster nahm ein mächtiger Schrank allen Platz ein, links ein einzelner Stuhl mit einer über die Lehne gehängten schwarzen Anzugjacke. Das Bett aus braunem Nussbaum war mit einer dicken Daunendecke und einem handgestrickten Baumwollüberwurf bedeckt. Der Baron öffnete den Schrank. Oben befanden sich mehrere Stapel gebügelter Hemden und darunter sorgfältig zusammengelegte schwarze Cordhosen. Vor den Hosenstapeln lag ein altes Jagdgewehr; Michel klappte es auf, im Lauf befanden sich zwei Patronen Doppelnull-Postenschrot der Marke Tunet. Das restliche Zimmer lieferte ihm nicht mehr Informationen. An der Wand hing ein auf Ebenholz befestigter Christus aus Blech, über dem Bett war mit einem Nagel ein getrockneter Olivenzweig befestigt.

Im Hintergrund des Zimmers führte eine Tür zu einem dahinterliegenden zweiten Raum. Als der Baron sie öffnete, hatte er den Eindruck, als befreite sich etwas Unsichtbares, als zöge eine ungreifbare Form an ihm vorbei und entwiche nach draußen.

Darin standen ein paar alte, staubige Möbel, an den Wänden hingen alte Fotografien: vergilbte Porträts von Vorfahren, ein Gruppenbild unter Glas: eine Tarasque aus Pappmaché, mit einem jungen Mann zu ihrer Rechten in einem Kostüm, das an das eines Musketiers erinnerte: Hosen, die wie Knickerbocker bis zum Knie reichten, Schnallenschuhe, Pluderhemd und breiter Hut. Es war Bérard, der im Kostüm eines Tarascaires neben dem Ungeheuer posierte. Hinter ihm weitere Ritter. Zur Linken des Untiers standen mehrere Personen, zweifellos Mitglieder des Stadtrats von Tarascon, und zwei deutlich größere Männer in Nazi-Uniform. Der Baron erinnerte sich, dass Bérard ihm von der Résistance und dem Schutz durch Steinert erzählt hatte. Er nahm den Rahmen vom Haken und drehte ihn um. Auf die Rückseite des Fotos hatte Bérard mit Tinte in dünner Schrift geschrieben: Fest der Tarasque, 1942. Der Baron hängte das Bild an seinen Platz zurück. Er sah sich um und bemerkte schnell, dass jemand sich zu schaffen gemacht hatte. Die Schubladen der Kommoden waren durchwühlt worden, zwei abgegriffene Gebetbücher lagen darin, ein Exemplar der provenzalischen Ausgabe von Mistrals *Mireio* sowie sein Wörterbuch der provenzalischen Sprache und ein paar Bücher von Roumanille und Daudet. Als er die Schublade wieder schloss, trat der Baron auf einen Gegenstand. Er bückte sich und hob ein altes Buch vom Boden auf: *Über die okkulte Philosophie oder Über die Magie* von Agrippa; das Vorwort erklärte, dass die vorliegende Ausgabe von 1911 stamme, das Buch jedoch um 1540 geschrieben worden sei. Es war das Buch eines Eingeweihten.

Er setzte sich auf das Bett und überlegte kurz. Ein Mann war gekommen, um herumzuschnüffeln, und er hatte ihn gestört. Was suchte er? Ein Buch über Magie? De Palma rekonstruierte das Szenario: Als er ihn kommen sah, hatte der Mann von innen abgeschlossen und war durch das hintere, nicht sehr hohe Fenster geflüchtet. Er hatte also gewiss nicht die Zeit gehabt, um zu finden, was er suchte. De Palma durchkämmte die beiden Räume sorgfältig. Er fand nichts Ungewöhnliches, bis auf das Buch über die Magie. Er dachte an die Bücher, die er bei Steinert gesehen hatte, versuchte, Verbindungen herzustellen, musste aber aufgeben: Er wusste nicht genug über Magie, um in dieser Art von Überlegungen viel weiterzukommen.

Er nahm wieder das gerahmte Foto und betrachtete es lange: 1942, das Fest der Tarasque, die Nazis dabei … ›Na und‹, sagte er sich, ›ein Foto wie tausend andere!‹

Und doch war es Bérard wichtig gewesen, ihm von dieser Zeit zu erzählen. Es war die Kindheit von Steinert gewesen, dem deutschen Balg, wie man nach dem Krieg sagte. Williams Vater hatte ihm die Schande erspart, aber seine Mutter, Simone

Maurel, war geschoren worden, ihren Bruder hatte man im Hof des Mas de la Balme erschossen.

De Palma hängte das Foto wieder an die Wand und trat zurück. Die Männer und Frauen, die neben der Tarasque posierten, fixierten das Objektiv des Fotografen, ein erstarrtes Lächeln für die Nachwelt, über die Geschichte hinweg, ohne sich bewusst zu werden, dass sie sich mit Schande bedeckten, indem sie sich auf diese Weise mit dem Feind zusammentaten. Sie schienen ein und derselben Familie anzugehören, um ein lächerliches Untier vereint. Einer von ihnen hatte die Hand auf die Schulter eines Nazi-Offiziers gelegt. Bérard hatte die Brust herausgestreckt. De Palma begriff, dass sicher alles hier in dem Foto steckte, er aber für immer unfähig sein würde, es zu entziffern. Nur Bérard konnte das tun. Der Südwind trieb die schwarzen Rauchschwaden des Feuers bis zum Mas des Fontaines.

Die Schafe waren in den Hof zurückgekommen und riefen ihren abwesenden Herrn. De Palma trieb sie in den Stall und stieß ihnen Heuballen in die Traufen. Als er die Tore schloss, wurde ihm bewusst, dass er zu Fuß an den Ort des Feuers zurückkehren musste.

Auf der Straße, die von Maussane abwärts nach Fontvieille führte, parkten mehrere Löschfahrzeuge auf beiden Seiten der Böschung. Trupps von Feuerwehrleuten mit schweißnassen Gesichtern und auf die Schultern zurückgeschobenen weißen Kapuzen standen noch da und unterhielten sich.

Als de Palma am Brandort eintraf, sah er einen Gendarmerieoffizier mit dem Kommandanten der Feuerwehr die Lage besprechen. »Guten Tag, Michel de Palma, Kriminalpolizei Marseille. Könnte ich Sie zwei, drei Dinge fragen?«

»Haben Sie einen Ausweis?«

De Palma zog seinen blau-weiß-roten Ausweis und streckte ihn dem Gendarmen unter die Nase.

»Darf ich den Zweck Ihres Besuchs erfahren?«

»Ich wollte nur wissen, ob Sie der Ansicht sind, dass es sich um Brandstiftung handelt?«

»Brandstiftung«, antwortete der Feuerwehroffizier. »Ohne Zweifel.«

Der Gendarm warf ihm einen vernichtenden Blick zu. »Hören Sie«, sagte er. »Ich muss wissen, was Sie hier vorhaben.«

»Ich ermittle. Persönliche Initiative.«

»Quatsch, Initiative.«

»Hören Sie mal zu: Ich habe allen Anlass zu glauben, dass dieser Brand mit einem Fall in Verbindung steht, den wir gerade bearbeiten. Jetzt können Sie sich immer noch weigern, mit mir zu reden, und ich kann das immer noch in meinem Bericht erwähnen. Was meinen Sie?«

»Gehen Sie doch zum Teufel«, warf der Gendarm hin und wandte sich auf dem Absatz um.

»Er hat sich gerade einen Anschiss von seinem Chef geholt«, sagte der Feuerwehrmann. »Er hat die Schnauze voll.«

Der Gendarm schlug die Tür seines Peugeot 406 zu. »Wie ich Ihnen sagte, Brandstiftung. Klassische Vorgehensweise: eine Insektizidspirale, eine Zündschnur am Ende und Benzin in einem Behälter. Sie legen Feuer und verdrücken sich in aller Ruhe. Stunden später geht es los.«

»Das dachte ich mir«, sagte de Palma. »Sollten Sie was Neues haben, rufen Sie mich an.«

»Kein Problem, Chef«, sagte der Feuerwehrmann und nahm die Karte, die der Baron ihm reichte.

Ingrid hatte Bérard am Ellbogen untergefasst und führte ihn wie eine Krankenschwester über die Terrasse des Mas de la Balme.

»Wie geht es ihm?«, fragte der Baron.

»Ich warte schon eine Weile auf Sie … Ich glaube, er muss ins Krankenhaus«, sagte sie leise. »Er hat offenbar den Verstand verloren.«

Der Alte hatte immer noch dieselbe benommene Miene. Sein Blick wirkte, als sähe er in eine unbekannte Welt; er hatte das Funkeln verloren, das ihn so lebendig gemacht hatte.

»Hören Sie mich, Monsieur Bérard?«

Der Hirte antwortete nicht.

»Ich bin der Polizist von neulich, erinnern Sie sich an mich?«

»Ich bin sicher, dass er unter Schock steht, und wir sollten um Einweisung ins Krankenhaus bitten. Ich habe den Bürgermeister von Eygalières angerufen, er hat mir gesagt, dass Bérard keine Familie hat. Und dass niemand im Rathaus die Zeit hat, sich vor morgen darum zu kümmern.«

»Sie meinen, das kann nicht bis morgen warten?«

»Das meine ich nicht nur, ich bin sicher! Und Sie wollen doch wohl nicht, dass er in diesem Zustand allein nach Hause zurückkehrt!«

Um 20 Uhr kam ein Krankenwagen von Tarascon, um Bérard abzuholen. Ingrid und Michel entschieden, ihn zu begleiten.

Der alte Hirte starb um 22 Uhr 32. Die Ärzte im Krankenhaus konnten keine eindeutige Diagnose stellen. Sie beriefen sich auf sein hohes Alter und den seelischen Schock.

An diesem Abend nahm Ingrid die Hand des Barons und drückte sie lange. Sie steckte das Haar, das ihr auf die Schultern fiel, wieder hoch. Ihr Profil zeichnete sich im kalten Neonlicht ab. Zwischen Wange und Ohrläppchen das Muttermal in Form eines Pikass.

Um zwei Uhr morgens brachte de Palma Ingrid zurück zum Mas de la Balme. Er erzählte ihr von dem Foto, das er an der Wand im Zimmer des Hirten gesehen hatte, und ihm wurde bewusst, dass er jetzt, wo Bérard tot war, daraus nur noch schwerlich würde Nutzen ziehen können.

Er verließ la Balme, fuhr hinauf nach Eygalières und parkte Maistres Peugeot am Eingang zu einem Olivenhain, an der

Kreuzung der Straße nach Maussane mit einem Hohlweg, über den man von hinten zum Mas des Fontaines gelangte. Von der Landstraße aus konnte den Wagen niemand sehen. Er nahm eine Taschenlampe aus dem Handschuhfach, schloss leise die Wagentür und machte sich auf den Weg, den Lichtstrahl vor sich auf den Boden gerichtet.

Rechts zeichneten die Weinstöcke kohlschwarze Streifen in der Dunkelheit. Es roch nach reifen Trauben und warmem Pinienharz. Jeder Schritt knirschte auf den kleinen spitzen Steinchen des Weges. Dann bog der Baron in die Pinien ab und verschwand im Dunkel.

Das Mas des Fontaines lag vierzig Meter vor ihm. Er machte die Lampe aus und bewegte sich unter dem kalten Licht des Mondes tastend vorwärts. Fünf Minuten später überquerte er den Hof des Mas. Die Tiere waren ruhig. Er drückte sich in die Türöffnung zu den Wohnräumen und ging dann direkt in das Zimmer des Hirten. Alles war außergewöhnlich still. Er fand das Foto, hängte es ab und richtete den Strahl der Lampe auf die Gestalten, die die Tarasque umringten.

In diesem Moment spürte er, dass er nicht allein war.

Das Foto belebt sich. Die Menge wogt lärmend. *»La tarasco, la tarasco …«*

Die Menge öffnet sich wie eine Wunde vor dem Pappmaché-Ungeheuer, das auf sie losgeht. *»La tarasco, la tarasco …«*

Bérard hält das Untier am Schwanz. Er lenkt es mit präzisen Gesten.

»La tarasco, la tarasco …«

Bérard ruft: »Lasst sie passieren … *Laissa la passa …«*

Die Tarascaires stimmen ein: *»La tarasco dou casteu … Lagadigadeu …«*

Die Kinder fliehen schreiend. Das fantastische Maul knallt mit den Zähnen.

Ein Tarascaire findet ein junges Mädchen in der Menge. Sie ist

schön und braun wie eine Zigeunerjungfrau. Der Diener des Ungeheuers fängt sie ein. Zwei andere Tarascaires heben sie gewaltsam auf den Hals des Tieres, sie schreien sich heiser. *»Lagadigadeu …«* Das Mädchen kreischt und zappelt, die Beine entblößt. *»La tarasco, la tarasco …«*
Bérard hängt sich dem Tier an den Schwanz, um es zu kippen.
Die ganze Menge skandiert: *»La tarasco, la tarasco …«*
Der Hals hebt sich. Das Mädchen schnellt hoch. *»La tarasco, la tarasco …«*
Sie reitet die Tarasque. Ihre Schenkel sind halbnackt. Sie klammert sich an die Mähne des scheußlichen Ungeheuers. *»La tarasco, la tarasco …«*
Man lacht und hat Spaß. Man genießt, den Blick voll Pastis. Die Gläser klirren. Man grölt deutsch auf der Terrasse des Café du Centre. Deutsch und Provenzalisch.

De Palma wirbelte herum und richtete seine Lampe zum Fenster. Ein fahles Gesicht starrte ihn von draußen an. Eine Gestalt mit vom Licht der Taschenlampe des Polizisten zerschnittenen Zügen. Er zog seine Waffe, der Kopf verschwand im selben Moment, und er hörte einen Körper zu Boden fallen. Er rannte ans Fenster, öffnete es und richtete seine Lampe in den Hof. Er war leer. Im Stall wurden die Tiere unruhig, drängten sich aneinander und stießen an die Futtertröge.

21

Die Temperatur war deutlich gesunken, die feuchte Hitze der letzten Tage vorbei. Luft zirkulierte durch das Schilfdickicht und kräuselte die stehenden Wasser.

Anne und die beiden Techniker der Spurensicherung sprangen aus dem Boot, das Texeira ihnen zur Verfügung gestellt hatte. Etwas abseits unternahmen de Palma und Moreno auf einem Schlauchboot eine erste Erkundungstour um die Schilfdachhütte. Bei jedem Vorwärtsruck gab die Stange, mit der Moreno sie abstieß, ein kräftiges Platschen von sich. Richard, ein altgedienter Fuchs der Spurensicherung, betrat als Erster die Hütte. Er blieb dort eine halbe Stunde und kam mit einem ganzen Haufen kleiner Beutel wieder heraus, die er in einer Plastikkiste deponierte.

»Es gibt einiges, das mir ziemlich ergiebig scheint«, bemerkte Richard.

»Das ist ja nicht schlecht«, sagte Anne, während sie die Beutel betrachtete.

Richard hatte jeweils die Art der Probe und die Nummer des Reiters notiert.

»Ich mache noch zwei, drei Fotos, und dann steigen wir in das Loch.«

»Wie du willst.«

De Palma und Moreno untersuchten das Ufer, das die Hütte umgab. Außer Spuren von Vogelfüßen in der aufgeweichten Erde sahen sie nicht viel. Vor allem keine Spuren von menschlichen Schritten. Sie kehrten an die Stelle zurück, an der de Palma und Texeira einige Tage zuvor gesehen hatten, dass der Grund des Sumpfes aufgewühlt worden war. Der Wasserspiegel war leicht gestiegen, man konnte nichts mehr erkennen. Der Baron wollte dennoch in der Richtung der von ihm gefundenen Spur weiterforschen. Er tat ein paar Schritte ins Röhricht, aber die Vegetation wurde so dicht, dass er sich den Tatsachen beugen musste: Es war unmöglich, in diesen grünen Dschungel einzudringen.

»Wir kehren um und sehen nach, ob Richard mit der Hütte fertig ist. Ich will da sein, wenn sie in das Loch steigen.«

Richard machte seine letzten Fotos. Sein Kollege Patrick hatte im Umfeld der Hütte außer ein paar Vogelfedern nicht viel gefunden. »Michel hat recht, jemand hat aufgeräumt. Und ich kann sagen, der Kerl ist begabt. Man könnte glauben, er gehört zur Familie.«

»Beschwör es nicht herauf.«

»Nein, wirklich, man würde meinen, er hätte bei uns gelernt!«

Richard trat aus der Hütte und legte den Fotoapparat auf seinen Koffer. Er wischte sich über die Stirn und zog die Handschuhe aus. »Wir warten auf Michel, und dann gehts los.«

Der leicht abfallende Gang, der in den unterirdischen Raum führte, maß etwa zwei Meter. Der Raum selbst war drei Mal zwei Meter groß. Man konnte aufrecht darin stehen. Er war in die an dieser Stelle recht feste Erde gegraben worden, und den Boden hatte man grob zementiert. Die Mauern waren einfach wie ein Lehmputz geglättet. Das ergab einen richtigen Raum, der in Form und Bauart an die Tunnels des Vietcong erinnerte.

»Stinkt ja gewaltig da drin«, sagte Anne.

Richard nickte. »Pisse und Kot. Menschlichen Ursprungs. Und noch nicht alt. Man hat wirklich den Eindruck einer Raubtierhöhle. Ich gehe mal mit der Tatortleuchte drüber, aber spontan würde ich sagen, da ist nicht viel.«

Anne hievte sich aus dem Gang und setzte sich neben den Baron. Sie zog ihr Päckchen Zigaretten heraus und hielt es ihm hin. Zur Antwort wedelte er ablehnend mit der linken Hand. »Rauchst du wirklich nicht mehr, Michel?«

»Das verstärkt meine Migräne. Ich versuche durchzuhalten.«

»Was denkst du von dem Ganzen?«

»Ich verstehe gar nichts. Wir haben ein Puzzle, das jeden Tag ein bisschen größer wird. Auf der einen Seite einen Irren, der einen Gauner nach dem anderen beseitigt, auf der anderen Stimmen hier am Arsch der Welt. Stimmen, die von der Tarasque sprechen. Auf Provenzalisch. Und einen Milliardär, der in derselben Ecke ertrinkt. Nimm noch den Idioten dazu, der auf mich schießt, und du hast das komplette Programm. Wenn du einen Funken Logik in dem Ganzen findest, sag es mir.«

»Die Dinge hängen nicht unbedingt miteinander zusammen. Sicher, sie überschneiden sich, aber sie hängen nicht unbedingt zusammen. Das gab es auch schon.«

»Sagen wir es anders: Es gibt einen Zusammenhang, aber keine Logik. Darin liegt die Schwierigkeit.«

»Und was ist dieser Zusammenhang?«

»Die Tarasque.«

Anne verdrehte die Augen. »Du glaubst wirklich an das Ding.«

»Ich glaube nicht, ich stelle fest: Steinert interessiert sich für die Tarasque, Christian Rey ist ein Ritter der Tarasque, Morini ebenso, und er ist zudem in Tarascon geboren. Kommt hinzu, dass er Steinerts Nachbar war und sich für die berühmten Terres d'en bas interessierte. Ich habe erfahren, dass er Rey kannte, der für ihn das Automatengeld einsammelte. Wenn das kein Zusammenhang ist! Und die Toten wurden an Orten oder neben Dingen gefunden, die auf die Tarasque verweisen.«

»Natürlich sind das keine Zufälle! Steinert hat sich für die Tarasque interessiert, o. k. Jeder in Tarascon interessiert sich für die Tarasque. Er ist hier nebenan ums Leben gekommen, einverstanden. Aber wer sagt dir, dass es eine Verbindung zu den beiden anderen Toten gibt, die wir haben?«

»Das Adrenalin.«

»Was?«

»Das Adrenalin. Dieses verdammte Adrenalin. Es ist in jeder Leiche vorhanden. Viel Adrenalin. Mattei sagt es eindeutig. Alle unsere Toten hatten eine Scheißangst, bevor sie starben. Hier hast du den wahren und einzigen Zusammenhang. Ein guter wissenschaftlicher Zusammenhang. Der Rest ist noch nebulös, da stimme ich dir zu, aber das, offen gesagt, lässt mich seit Tagen nicht mehr los.«

Für die Serienüberfälle, in die Lornec und seine Jungs verwickelt waren, hatte Marceau den Großteil der Vernehmungsprotokolle und nahezu alle Verfahrensunterlagen unterzeichnet. Nur ein paar trugen die Unterschrift von Alexandre Vander, Inspektor bei der Organisierten Kriminalität.

Maistre blätterte Dutzende von Seiten durch und versuchte, zum Wesentlichen vorzudringen. Er sah sich die Vernehmungsprotokolle von Lornec, Vandevalle und Santiago an. Zwei von ihnen waren umgebracht worden, nur Lornec war noch von dieser Welt.

Die Verhöre ergaben nichts. Alle hatten geleugnet und eherne Alibis vorgebracht: Lornec hatte erklärt, bei seiner Schwester gewesen zu sein, Santiago hatte einen Freund in Nîmes besucht, Vandevalle hatte angegeben, das Europameisterschafts-Halbfinale angesehen zu haben. Der Liste der Beweisstücke zufolge waren bei Lornec Waffen sichergestellt worden. Eine Pistole der Marke SIG Sauer tauchte nicht auf. Maistre ging Marceaus Abschlussberichte durch, schloss seufzend die Akte und gab sie der Archivsekretärin zurück.

Auf dem Weg hinauf zu den Büros der Mordkommission machte er einen Abstecher zur Organisierten Kriminalität. Vander war da, er tippte gerade die Abhörprotokolle von ein paar Händlern gestohlener Wagen. »Ach, Jean-Louis, wie gehts?«

»Gut, und dir?«

»Ich höre ab! Den ganzen Tag lang, verdammt, das ist kein Polizeileben!«

»Ich brauche dich, Alex.«

»Willst du mich bitten, zur Öffentlichen Sicherheit zu wechseln?«

»Nein, ich möchte, dass du dich an die Fälle von Lornec, Santiago und Vandevalle erinnerst. Überfälle so etwa in den Neunzigerjahren.«

Alexandre Vander ließ seinen Stuhl nach hinten rollen und legte die dicken Hände auf seine Oberschenkel. »Die Truppe der nördlichen Viertel. Das ist lang her. Wir haben nicht viel rausgeholt! Zwei von ihnen sind inzwischen umgelegt worden. Lornec ist meines Wissens noch am Leben.«

»Hast du damals mit Marceau gearbeitet?«

»Ja, wir haben sie zum Reden gebracht, aber dabei ist nicht viel herausgekommen.«

»Gab es Waffen?«

»Ja.«

»Erinnerst du dich an die Modelle?«

»Warte, ich muss mich zurückversetzen … Es gab Jagdgewehre, einen oder vielleicht zwei Revolver, ich weiß nicht mehr. Da stellst du mir Fragen.«

»Versuch einfach, dich zu erinnern! Eine etwas ungewöhnlichere Waffe.«

»Warte, war da nicht damals dieses unübliche Ding …« Vander stützte das Kinn in die Hand und schloss die Augen.

»Eine SIG Sauer. Ich glaube, dort war eine SIG Sauer im Spiel. So eine Waffe findet man nicht oft.«

»Ach, weißt du, heutzutage!«

»Nein, nein, nein, eine Pistole wie die SIG hab ich bei diesen Kleinganoven nie gesehen. Die haben oft große Schießeisen, 11,43, aber so was Edles wie das da …«

»Weißt du, was aus der Waffe geworden ist?«

»Als Asservat registriert, natürlich! Wo soll sie sonst sein? Hol die Akte raus und du findest sie. Wo die Waffe als solche ist, das weiß ich nicht! Vielleicht unten oder bei Gericht.«

»Du hast ein verdammt gutes Gedächtnis, Alex.«

»Hör bloß auf. Manchmal erinnere ich mich an die Telefonnummer von Leuten, die ich vor drei Jahren im Kopfhörer hatte. Stell dir das mal vor!«

»Du hast mich schon immer beeindruckt.«

Maistre klopfte ihm herzhaft auf die massige Schulter. Alex verzog gespielt schmerzlich das Gesicht. »Sag, warum interessiert dich diese zehn Jahre alte Geschichte?«

»Ich wollte etwas in einer Akte überprüfen. Wir haben eine Waffe, die redet, und es ist dieselbe.«

»Warte, das ist komisch, denn damals hatte sie nichts zu erzählen. Funkelnagelneu.«

»Bist du sicher?«

»Absolut. Kein Problem. An Waffen, die einem was erzählen, erinnert man sich bei den Gaunern. Das ist wie bei den Wundern von Lourdes. Frag Marceau, du wirst sehen!«

»Ich danke dir, mein Lieber.«

Maistre wartete, bis er in seinem Wagen saß und im Verkehr auf der nördlichen Autobahn feststeckte, um den Baron anzurufen. »Diese Geschichte der SIG scheint mir merkwürdig. Vander sagt, er hat die Waffe gesehen, sie ist aufgenommen worden, aber in der Akte ist nichts. Außerdem sagt er mir, die Waffe hätte damals nicht geredet.«

»Mehr als merkwürdig. Hast du die Chronologie überprüft?«

»Was willst du sagen?«

»Datum der Registrierung und Datum, an dem die Kugel eingesammelt wurde.«

»Das Datum der Registrierung habe ich nicht da, das wollte ich noch machen.«

»Das Register enthält eine falsche Nummer, aber es ist derselbe Tag wie die Vernehmungsprotokolle!«

»Entschuldige, Michel, ich kann dir nicht folgen.«

»Sieh nach, wann die Kugel bei dem alten Lebensmittelhändler gefunden wurde und wann Marceau und Vander die drei Idioten festgenommen haben. Wenn die Kugel vorher gefunden wurde, kein Problem. War es später, dann hast du ins Schwarze getroffen. Und du weißt, worauf ich hoffe …«

»In fünf Minuten rufe ich dich wieder an.«

Maistre klemmte das Lenkrad zwischen die Knie und konsultierte seine Akte. Er brauchte keine fünf Minuten, um sich darüber klar zu werden, dass zwischen den beiden Daten nicht weniger als zwei Jahre verstrichen waren. Die Zahl verursachte ihm Übelkeit. »Michel, Bingo! Die Kugel wurde später gefunden.«

»Folgerung?«

»Waffe und Vernehmungsprotokoll haben unser schönes Haus verlassen. Manchmal sind die Leute eitel genug, um so groteske Dinger zurückzulassen.«

»Und das alles, um in den Händen des Mannes zu landen, der versucht hat, mich umzubringen.«

»Drei Mal.«

»Absolut. Bravo, Dicker. Aber wir müssen mehr wissen. Hast du mit jemandem darüber gesprochen?«

»Ja, mit Vander.«

»Der ist in Ordnung, aber rede sonst mit keinem darüber. Denn hier haben wir vielleicht wirklich was Großes.«

»In Ordnung.«

»Selbstverständlich müssen wir die Zusammenhänge nicht dort suchen, wo es keine gibt, du verstehst.«

»Nein.«

»Die Sachen kommen über Lornec. Lornec plus Morini. Lornec hat bis zu seinem Tod für ihn gearbeitet.«

»Woher weißt du das?«

»Ich bin Hellseher.«

»Hör auf, Michel.«

»Aber er hat mit der Geschichte nichts zu tun, er hat nur

das Pech, das Verbindungsglied zu sein. Ich schwöre dir, er hat nichts damit zu tun. Eine Knarre gelangt ins Hauptquartier oder ins Gericht und verschwindet einfach wieder – das ist das wahre Problem. Es gibt nur zwei Personen, die das tun könnten.«

»Hör auf, Michel, ich kriege langsam Gänsehaut.«

»Entweder ein Untersuchungsrichter oder ein Ermittler.«

»Marceau!«

»Natürlich. Warum sollte der Richter das tun? Zu gefährlich für ihn, und außerdem hat er keine Ahnung vom Milieu. Damals war es sicherlich Richterin Alonso: Und die gehört nicht zu der Sorte, die einem Gauner mit einem Entschuldigungsschreiben seine Waffe zurückgibt.«

»Warum Marceau?«

»Ich weiß es nicht. Offen gesagt, ich bin ratlos. Das kommt aus heiterem Himmel wie Taubenscheiße.«

»Aber, Michel, ist dir das klar! Wir kennen ihn schon immer … Ehrlich, ich glaube es nicht.«

»Das ist mir bewusst. Wenn ich mich richtig erinnere, gab es vor vier, fünf Jahren einen Mangel an Knarren. Das kann es erklären. Marceau hat immer Geldprobleme. Die Dienstaufsicht hat ihn sich zwei Mal wegen ähnlicher Sachen vorgenommen.«

»Also, ich hoffe, wir irren uns!«

»Das wünschte ich, Dicker. Ich wünschte es …«

Aufmerksam studierte der Baron die Karte. Er wollte das Brandgebiet umfahren, um nicht gesehen zu werden. Von Norden her, von der Achse Fontvieille – Maussane, war das unmöglich. Von Eygalières ebenfalls. Er würde sich von Süden nähern. Und wenn er Privatgelände überqueren musste! Die Karte verzeichnete mehrere Forstwege; das Schwierigste war, sich nicht von den Feuerwehrpatrouillen oder den Feldhütern aufspüren zu lassen. Er würde den Wagen so weit wie möglich von dem Ort abstellen, den er sich zum Ziel genommen hatte. In Marseille hatte er einen Nissan-Patrol-Geländewagen gemietet. Es hatte ihn ein Vermögen gekostet, und niemand würde es ihm erstatten. Er faltete die Karte wieder zusammen und fuhr bis Raphèle und von dort auf die Straße, die direkt auf die Alpilles zuführte. Nach einer Viertelstunde bog er auf einen Weg, der unter der Landstraße hindurchführte und in der Pampa verschwand.

Er fuhr eine ganze Weile zwischen zwei Reihen Stacheldraht, dann stieg der Weg wieder an und erklomm ein erstes Wäldchen aus Pinien und verkrüppelten Eichen. Der Geländewagen fraß sich den steilen Abhang hinauf und begann wie ein Kahn zu schwanken. Dann schlängelte der Weg sich zusehends chaotischer an der Flanke der Hügel entlang.

In der Ferne verschmolz die Ebene von La Crau mit dem Himmel, dem Meer und den Sümpfen der Camargue. Eine weite, platte Ebene, die in den Dünsten der letzten nächtlichen Feuchtigkeit verschwamm. Hinter der letzten Biegung, die einen Pass bildete, erschienen die ersten verkohlten Bäume. Die Umgebung änderte sich abrupt. Es war, als sei ein Schweißbrenner über die Natur gezogen, schwarze Stümpfe ragten wie Kohlekrallen aus der Erde. Das Kalkgestein bildete einige weiße Flecken, die den Rußteppich sprenkelten. In der Ferne erkannte der Baron den Turm, den er sehen wollte. Von hier aus ähnelte er eher einem dicken Kalkklotz, der aus dem Boden ragte, vier durch die Gewalt des Feuers verbogene Pinien zu seinen Füßen.

Er parkte den Nissan Patrol geschützt zwischen zwei Felsen und entfernte sich, so schnell er konnte, zu Fuß. Er wusste, dass Hubschrauberpatrouillen bald ihre Flüge aufnehmen würden, um zu sehen, ob das Feuer nicht wieder aufflackerte. Eine Viertelstunde später erreichte er schweißgebadet den Turm und begann seine Untersuchungen. Bérard hatte ihm von alten Steinen erzählt, und er hatte in Steinerts Büro topografische Pläne gesehen, an die er sich mehr oder weniger gut erinnerte. Vor allem besaß er die paar Übersetzungen, die Ingrid ihm hatte zukommen lassen. Alle Aufzeichnungen, die er durchgegangen war, sprachen von diesem »Weißen Turm« als markantem Punkt in dem Tal, und von einem richtigen Dorf, das zu seinen Füßen etwa im ersten Jahrhundert vor Christus existiert habe. Ingrid zufolge stammte von diesem Ort der großartige Sarkophag im Hof des Mas de la Balme.

De Palma wusste, dass er sich beeilen und nachsehen musste, ob das vom Feuer verwüstete Land die Reste griechisch-römischer Zeit barg, die gewisse Immobilienprojekte verhindern oder zumindest verlangsamen konnten. Bald fand er, was der alte Hirte »die alten Steine« genannt hatte. Das Feuer hatte zutage gefördert, was durch den Wald und das Dickicht verdeckt gewesen war: perfekt zugeschnittene, halb in der Erde eingegrabene Steinblöcke verschiedener Größe. Sie ergaben in etwa eine Kalksteinmauer, die sich in Richtung La Crau zog und dabei im Boden verschwand. Der alte Steinert, Karl, hatte sich keineswegs geirrt. Hier gab es eine Siedlung. Der von Ingrid übersetzte Text sagte:

»… Dem Stiftsherrn von Malvan zufolge (die Ausgrabungen stammen aus dem 19. Jahrhundert), gab es am sogenannten ›Weißen Turm‹ Häuser und eine Mauer aus großen Steinen, die eine Umfassungsmauer sein könnte, wenngleich das nicht untersucht ist.

Die Häuser sind nicht streng nach rechtwinkligem Grundriss angeordnet, sondern bilden komplexe, voneinander recht unterschiedliche Parzellen am Boden. Vermutlich befand sich hier früher, etwa in den Jahren 30 oder 40 vor unserer Zeitrechnung, ein mit Hof und umlaufendem Säulengang versehenes Haus …

Nach Süden hin ahnt man einen Garten oder einen geräumigen, womöglich Spielen oder Vorstellungen vorbehaltenen Ort. Aber der aktuelle Zustand erlaubt uns keine weiteren Rückschlüsse, da der dichte Bewuchs keine genauere Erhebung ermöglicht …«

Weiter beschrieb der Text mehrere Keramiken, die im Umfeld des Weißen Turms gefunden wurden und von denen einige aus dem zweiten Jahrhundert vor Christus stammten.

»… Auf einem Kalkstein findet sich die eingravierte Darstellung

eines recht eigentümlichen Untiers: halb Mensch, halb Krokodil, das der Tarasque von Tarascon merkwürdig ähnelt … Der Stein befindet sich an der Seite 26 N/24 O …

… Diese Entdeckung, oder vielmehr Wiederentdeckung, ist Monsieur Bérard zu verdanken, Landwirt in Eygalières und Besitzer dieser Ländereien. Monsieur Bérard hat mir mehrmals bestätigt, dass dieses Land früher nicht bewaldet war, zumindest nicht so, wie es sich heute darstellt.

Ferner bin ich mit Monsieur Bérard übereingekommen, dass er dieses Land freigibt, falls dennoch eine Ausgrabung durchgeführt werden sollte.

Steinert

23. Oktober 1938«

Dornensträucher und Buschwerk bedeckten die Ränder der antiken Mauern. Es war unmöglich, sich den Überresten zu nähern, ohne zuvor das Gestrüpp zu entfernen. Der Baron machte ein paar Fotos. Der Großteil der Steine war überdeckt von Baumwurzeln und verkohltem Strauchwerk. Er ging noch einmal rings um den Felsen und fand nichts mehr, das zu fotografieren gewesen wäre. Erst als er etwas weiter hochgestiegen war, sah er die geometrischen Spuren im Boden: Quadrate, Rechtecke, ein paar Kurven. Er machte noch einmal eine ganze Serie Fotos und beschloss zurückzugehen. Als er in den Nissan stieg, begriff er plötzlich, warum man Feuer an diesen Wald gelegt hatte. Und vor allem: wer.

Im selben Augenblick kam das Rattern des Hubschraubers über die Alpilles herüber und verbreitete sich über der Ebene von La Crau.

22

Um 11 Uhr 45 trat Marceau aus seinem Haus in der Rue des Halles 10. Es war sein fünfter Urlaubstag. Er musste noch ein paar Dinge erledigen, bevor er ins Ausland aufbrach; dieses Jahr war es Mexiko. Er ging sich am Kiosk gegenüber die Zeitung kaufen und steuerte das Café du Globe an. Dort bestellte er einen Kaffee, wie er es alle Tage tat, seit er die Stelle im Kommissariat von Tarascon angetreten hatte.

Der Mann beobachtete ihn reglos, das 200-mm-Objektiv in der rechten Hand. Wenn alles wie vorgesehen ablief, musste Marceau in weniger als einer Viertelstunde herauskommen, sobald er seinen Kaffee getrunken und vielleicht einen zweiten bestellt hatte; wie er es vorgestern getan hatte. Er würde die Zeit haben, ein oder zwei Fotos zu machen. Allerdings arbeitete Marceau heute nicht. Das wusste er seit gestern Abend. »Der Inspektor ist in Urlaub. Sie können ihn Ende des Monats erreichen«, hatte die Jungmädchenstimme am anderen Ende der Leitung erklärt. Er näherte sich der Bar und tat so, als suchte er bei der Papeterie gegenüber eine Postkarte aus. Für den Fall, dass der Bulle beschloss, die Richtung zu ändern und sich zu beeilen, wie er es manchmal aus Gründen tat, die der Mann sich nicht erklären konnte. Marceau kam nach seinem ersten Kaffee heraus. Er machte ein einziges Foto, von vorn. Dann wandte sich der Bulle abrupt nach links und nahm, statt heimzukehren, die Rue de l'Hôtel de Ville und lief Richtung Theater. Der Mann folgte ihm. Er wusste ohnehin, dass der Bulle ihm nicht entkommen konnte.

Vor dem Theater blickte Marceau sich nach allen Seiten um. Den Mann, der gerade noch die Zeit gehabt hatte, in der

Öffnung einer Toreinfahrt zu verschwinden, sah er nicht. So verharrte er einen Moment, dann zog er einen Schlüsselbund heraus und betrat das Gebäude, in dem sich William Steinerts Büro befand. Das war ein unvorhergesehenes Szenario. Aber gut, der Mann wusste sich anzupassen. Er beschloss, sich ein paar Minuten zum Nachdenken zu lassen, und entschied sich schließlich fürs Warten. Marceau war eine gefährliche Beute. Es dauerte eine gute halbe Stunde, bis die Tür erneut aufging und Marceau wieder auftauchte. Weiter gings. Der Mann sagte sich, dass es heute nichts werden würde. Sicher nicht. Der Tag schien zu sehr voller Unwägbarkeiten. Es sei denn, das Glück lächelte ihm noch.

Und genau das geschah.

Statt nach Hause zurückzukehren, hielt Marceau an, um Fotokopien zu machen. Dann ging er zurück, um die Dokumente, die er in Steinerts Büro genommen hatte, wieder an ihren Platz zu legen. Eine weitere halbe Stunde verstrich. Marceau kam heraus und warf etwas, das der Mann für ein Paar Handschuhe hielt, in den Rinnstein. Egal. Und dann entschied Marceau völlig unerwartet, den Boulevard périphérique zu nehmen. Als er wenige Meter vom Wagen des Mannes entfernt war, begab dieser sich auf seine Höhe. Alles geschah sehr schnell. Der Mann richtete seine .45er auf Marceau und zwang ihn, die Hände auf den Rücken zu legen. Dann legte er ihm die Handschellen an und nahm Marceaus Waffe, die dieser am Gürtel trug.

Dreißig Minuten später fuhr er über die Wege der Camargue.

Anne genoss die Früchte ihrer Arbeit: Es war ihr gelungen, innerhalb von 48 Stunden die Ergebnisse der DNA-Analysen zu bekommen. Mit Charme und einladendem Lächeln. Und die Analysen redeten: Die Speichelspuren, die man den Wunden von Christian Rey und Morini entnommen hatte, stammten von demselben Individuum. Die DNA-Fragmente, die man in der Schilfdachhütte gefunden hatte, entsprachen Morini und

Rey. Hier war es die nationale Datenbank der Fingerabdrücke gewesen, die den Zusammenhang hergestellt hatte, da Morini und Rey dort unter den Strichcodes und den Erbanlagen der polizeilichen Genetik figurierten. Anne hatte daraus geschlossen, dass die beiden Gauner sich in dem Loch aufgehalten hatten. Sie konnte ihre letzten Tage nahezu rekonstruieren: kein Wasser, keine Nahrung und absolute Finsternis. Der Bericht der Kriminaltechniker ließ keinen Zweifel. Darüber hinaus ließ auch Mattei keinen Zweifel: Die Körper der Opfer waren von außergewöhnlichen Kiefern, wie etwa denen eines Krokodils, zerrissen worden. Er riet, Vergleiche mit Tieren anzustellen, die infrage kommen konnten. Das schien überraschend, aber so lautete die Empfehlung des Experten des gerichtsmedizinischen Instituts von Marseille.

Anne und Moreno hatten anschließend Lornec über seine möglichen Beziehungen zu Marceau ins Gebet genommen. Der Gauner hatte nichts gesagt, schien sich aber unwohl zu fühlen. Darin irrte Anne sich nie. Moreno hatte es ebenfalls bemerkt.

Gouirand, der Chef der Tarascaires, war zwei Mal befragt worden. Beide Verhöre waren enttäuschend. Dabei hatte Anne sich viel davon versprochen, vor allem, nachdem die Karteien Gouirands Lebenslauf ausgespuckt hatten: zwei Mal mit seinem Kumpel Rey auf frischer Tat beim Diebstahl ertappt. Die beiden Männer waren befreundet gewesen, hier jedoch endete die Spur. Trotzdem war Anne optimistisch. »Wir sind nicht schlecht vorangekommen, oder?«

Durch das große Fenster im Fotokopierraum der Mordkommission musterte de Palma die Kuppel der Cathédrale de la Major, die in der Sonne rot glühte.

»Super! Ich glaube, man muss die Namen der Leute unter die Lupe nehmen, die mit den Immobilienprojekten der SODEGIM in der Region von Maussane, Eygalières und sogar bis in die Camargue zu tun haben. Ich rede von Projekten der Art Vergnügungspark, Freizeitzentrum, verstehst du?«

»Sonst noch was?«

Anne hatte ihr Haar im Nacken mit einem Kugelschreiber hochgesteckt. Sie trug ein leichtes Kleid und Riemchensandalen.

»Die Arbeit muss gemacht werden, meine Große!«

»Wir haben ja Zeit.«

»Bei der Polizei hat man nie wirklich Zeit.«

»Ich weiß, aber was die Steinert-Geschichte angeht, haben wir keinen Auftrag. Ehrlich, wir bewegen uns am Rand des Legalen. Ich kann persönliche Initiative geltend machen, aber ich glaube nicht recht daran.«

»Schwierig. Wir haben es hier mit Dorfgeheimnissen zu tun, Dinge, die in unserem Rücken angezettelt werden und die wir längst nicht kennen. Man kann natürlich annehmen, dass Morini Steinert kaltmacht, um sich das restliche Land unter den Nagel zu reißen. Aber es bleibt Bérard. Muss er auch umgebracht werden? Warum sind Morinis Schergen nicht zu dem Alten gegangen, um ihm sein Land abzukaufen? Sonderbar, nicht? Warum sind sie nicht zu Steinert gegangen und haben dasselbe gemacht? Ich weiß nicht, ob wir je eine Antwort bekommen.«

Anne löste ihr Haar und warf es nach hinten.

»Denkst du an Familiengeheimnisse?«

»Nicht nur!«

»Hast du die Nummer von Gouirand?«

»Ja.«

»Ruf ihn an und frag ihn, ob er Morini kannte.«

Anne nahm ihr Handy und wählte die Nummer von Gouirand. Sie telefonierte keine Minute, aber an ihrem Gesichtsausdruck erkannte de Palma, dass er richtig geraten hatte: Morini war in den Achtzigerjahren Ritter der Tarasque gewesen, zur gleichen Zeit wie Rey.

Marc Gouirand war vor dem Rathaus damit beschäftigt, die Windschutzscheibe des bürgermeisterlichen Renault Safrane zu polieren. Er trug eine schwarze Brille, Leinenhosen und ein über der Brust offenes geblümtes Hemd. Anne beobachtete ihn seit einer Weile, sie saß vor einer Tasse Kaffee in der Bar du Centre. Als er sein Gamsleder weglegte, stand sie auf und ging zu ihm hinüber. »Monsieur Gouirand, erkennen Sie mich? Ich bin Anne Moracchini, Kriminalpolizei von Marseille.«

Der Chef der Tarascaires richtete sich auf und musterte sie von oben bis unten.

»Ich wollte Ihnen ein paar Fragen zum Tod von Christian Rey stellen.«

»Jetzt?«

»Wenn möglich.«

Gouirand sah auf seine Uhr. »Der Bürgermeister ist noch in der Sitzung, ich denke, wir haben eine Viertelstunde … Reicht das?«

»Guter Mann, es ist an Ihnen, sich den Polizeikräften zur Verfügung zu stellen, und nicht umgekehrt, verstehen Sie mich?«

Gouirand schluckte sein Grinsen hinunter und senkte den Blick.

»Vielleicht ziehen Sie es vor, mir zum Polizeihauptquartier nach Marseille zu folgen?«

»Nein, nein, es geht schon!«

»Sehr gut, also, sagen Sie mir, zu welchem Zeitpunkt haben Sie Rey kennengelernt?«

»Wir kannten uns seit dem Kindergarten. Die Antwort ist einfach: schon immer.«

Anne machte Anstalten, das Detail auf ihrem Block zu notieren. »Und Morini?«

Gouirand hob den Blick zu Anne. Er hatte einen seltsamen Ausdruck im Gesicht, eine Miene zwischen Zweifel und Überraschung. »Morini ebenfalls. Wir waren gleich alt.«

»Wissen Sie, dass er tot ist?«

Gouirand begnügte sich mit einem Nicken und fuhr einmal mit dem Gamsleder über die Windschutzscheibe des Safrane.

»Beide waren Ritter der Tarasque, wie Sie?«

»Ja, wir haben zusammen angefangen.«

»Was ist weiter passiert?«

»Na ja, ich weiß nicht, jeder ging seinen Weg. Sie sind Ganoven geworden und ich Angestellter beim Rathaus.«

Anne sah an der Fassade des Rathauses hinauf: ein altes Gemäuer aus Quadersteinen, spätes Mittelalter, mit seinen Fensterkreuzen, rautenförmigen Scheiben und fantastischen Skulpturen. »Arbeiten Sie schon lange für das Rathaus?«

»Seit 1987.«

»Und darf ich fragen, was genau Sie tun?«

»Ich bin der Fahrer des Bürgermeisters.«

»Das weiß ich, aber es heißt auch, dass Sie das Kleben der Wahlplakate überwachen und manchmal ein wenig den Mann fürs Grobe machen.«

Gouirand zuckte die Achseln. Anne warf einen Blick auf den Rücksitz des Safrane und sah den Griff eines Schlagstocks, der unter einer Smokingjacke herausragte. »Ist der Schlagstock für Staus?«

»Nur wenn der Bürgermeister in Gefahr ist.«

»Sie geben auch den Leibwächter?«

»Nicht so richtig, aber man weiß nie.«

»Ich denke, wir werden Sie in einigen Tagen vorladen, entfernen Sie sich nicht zu weit von Tarascon. Klar?«

»Vollkommen, Madame.«

»De Palma, ich bin von der Polizei.«

Die Blondine, die bei Chandeler & Partner Wache hielt, blinzelte und rundete die Lippen zum Kreis.

»Haben Sie einen Termin?«, fragte sie schließlich und musterte ihren Besucher über die Brille hinweg.

»Ist Rechtsanwalt Chandeler mit einem Klienten zusammen?«

»Nein, das heißt, ja …«

De Palma öffnete die Tür, die Sekretärin folgte ihm. »Chef, der Herr hier …«

»Lassen Sie, lassen Sie … Sie können die Tür zumachen, ich kenne Monsieur de Palma.«

Kaum hatte die Blonde die Flügeltür wieder geschlossen, schallten ein scharfes Klatschen und ein Schrei durch das Büro. Chandeler war mit der Brille in den Händen auf die Knie gegangen. Er hielt kurz inne, zog das Blut hoch, das ihm aus der Nase lief, und erhob sich mit einem Ruck. Der Baron wich aus und versetzte ihm einen Tritt in den Magen, der ihn zusammenklappen ließ. Chandeler rollte über den Boden und erhob sich wieder. Er wollte schreien, als er mit Entsetzen feststellte, dass der Baron eine Waffe auf ihn gerichtet hielt. Ein beeindruckender Colt Cobra, der Lauf geschmiert und kalt, in weniger als zwei Metern Entfernung.

»Setzen Sie sich, Sie Schwein.«

Chandeler hob beschwichtigend die Hände und bewegte sich auf seinen Sessel zu.

»Nein, hierher«, befahl der Baron und wies ihm den für Besucher vorgesehenen Sessel.

»Ich bitte Sie zu überlegen, Kommissar. Sie haben gerade schon eine Handlung begangen, die schwere Konsequenzen für Sie haben wird, machen Sie Ihren Fall nicht noch schlimmer.«

Der Baron näherte sich Chandeler, während er die leiseste Regung seines Gegenübers analysierte. Als er in Reichweite des Anwalts war, versetzte er ihm eine Ohrfeige, die dessen Brille wegbeförderte. »Das werden Sie mir bezahlen.«

»Wissen Sie, dass der alte Hirte tot ist?«

»Ich verstehe nicht, wovon Sie …«

Eine weitere Ohrfeige knallte.

»Hören Sie zu, wir haben alles über Sie, wir haben Sie sogar mit Ihrem Freund Morini bei Bérard fotografiert.«

Chandeler krümmte sich zusammen.

»Also, entweder packen Sie jetzt aus, oder ich verbreite das Gerücht, dass ich Ihnen ein klein wenig zugesetzt habe, und schon haben Sie geplaudert. So, wie Ihre Visage jetzt aussieht, werden viele mir glauben, denke ich.«

»Ich bin nur ein Rädchen im Getriebe.«

»Gut, ich sehe, Monsieur ist ein Ehrenmann.«

»Ein kleines Rädchen, da sind große Interessen, sehr große …«

»Und noch dazu ein Ehrenmann mit Grips!«

»Es sind … Es ist ein Finanzkonsortium … aus …«

Der Baron trat näher. Chandeler krümmte sich noch ein wenig stärker zusammen.

»Eine Gruppe von Leuten …«

»Zu denen Morini gehörte.«

»Ja, genau.«

»Wissen Sie, Sie gehen mir langsam auf die Nerven mit Ihrem Gerede von Dingen, die ich schon weiß.«

Das Telefon klingelte.

»Gehen Sie dran und sagen Sie Ihrer Sekretärin, sie soll verschwinden, es ist ohnehin Zeit.«

Chandeler fügte sich und nutzte die Gelegenheit, um das Blut abzuwischen, das ihm aus dem Mundwinkel lief.

»Also, weiter. Morini ist keine Neuigkeit. Ich hoffe, Sie haben Besseres …«

Der Baron beschloss, eine Karte zu spielen, derer er sich nicht sicher war. Er machte eine Geste, eine einfache Geste: Er fuhr sich mit dem Zeigefinger über den Bauch, als zerschnitte er sich den Rumpf mit einer imaginären Waffe.

Chandeler riss die Augen auf, er begann am ganzen Körper zu zittern. »Das Problem ist, dass sie nicht verkaufen wollen, in der Region ist das aber der einzige Ort, an dem man ein solches Projekt verwirklichen kann.«

»Man kann einen Park hinbauen, wo man will, was erzählen Sie mir da!«

»Sehen Sie nach, wem das umliegende Land gehört, und Sie werden verstehen.«

»Namen, Chandeler, Namen … Sie kennen sie, es sind Ihre Klienten.«

»Wenn ich sie Ihnen gebe, bin ich tot.«

Der Baron schenkte ihm ein angedeutetes Lächeln. »Wenn Sie sie nicht geben, auch«, murmelte er.

»Warum sich nicht arrangieren …«

»Ein Mann ist gerade gestorben, ich will seine Rache.«

»Gut, es sind Leute von hier, auch Italiener, und Amerikaner.«

»Eine Liste …«

Chandeler trat an den Schreibtisch, öffnete eine Mappe und reichte de Palma ein Blatt Papier. »Alles ist da«, sagte er mit abgewandtem Blick.

»Na sehen Sie, man muss nur wollen …«

De Palma betrachtete die Liste der Namen. Morini war nicht dabei, aber er erkannte ein oder zwei aus seinem Umfeld, die im Verdacht standen, sein schmutziges Geld zu waschen.

»Ich hoffe, das Tier wird nicht auch Sie fressen!«

»Auch ich habe das Zeichen erhalten.«

Der Baron nickte, als wüsste er, wovon Chandeler gerade sprach. »Zeigen Sie es mir.«

Chandeler betrachtete den Baron mit weit aufgerissenen Augen. Vorsichtig öffnete er die Schublade seines Schreibtischs und zog eine strahlend weiße Feder heraus, identisch mit der, die de Palma im Büro von Steinert gesehen hatte. »Wer hat sonst noch dieses Zeichen erhalten?«

»Wir haben es alle.«

»Alle reichen Idioten auf Ihrer Liste?«

»Ja, genau.«

»Beten Sie zum Gott der Irren Ihrer Art, dass die Polizei, die Sie so verachten, ihn findet, bevor er Sie findet.« Der Baron ging zur Tür, öffnete sie und verließ den Raum.

Maistre hielt sich kerzengerade und sah aufs Meer hinaus. Er vermittelte ganz den Eindruck, die unendliche Weite zu genießen. Nach einer Weile wurde er lebendig und goss sich eine Ladung Roten in einen Plastikbecher.

»Ich habe endlich eine Wahrheit … Wenigstens den Anfang einer Wahrheit.«

Maistre drehte sich nicht um. Sein Blick blieb an dem vom Wüten der Sonne noch roten Horizont haften. Die Sirene eines Frachtschiffs hallte im Terminal von Mourepiane wider.

»Wenn ich mich nicht täusche, war es eine, wie soll ich sagen, beinah banale Geschichte.«

»So ist es oft, Baron. Man glaubt, man hat es mit außergewöhnlichen Typen zu tun, die die tollsten Dinger drehen, und die meiste Zeit trifft man auf zwei Idioten, die es nicht wert sind, dass man eigens hinfährt.«

Maistre sah auf seine Uhr. Anne erschien am anderen Ende der Terrasse. Sie trug ein Leinenkleid, das ihre Schultern enthüllte und ihre zarten Fesseln sehen ließ. Sie zog ihre Sandalen aus und ging barfuß über die Kalksteinplatten. »Delpiano weiß bereits, dass du Chandeler am Kragen hattest.«

»Wieso, sind sie von derselben Clique, will sagen, derselben Loge?«

»Er hat es mir gerade am Telefon gesagt. Er will deinen Tod, Michel! Ich weiß nicht, warum er so eine Wut auf dich hat. Das macht mir Angst.«

Anne setzte sich dicht neben ihn. De Palma spürte, wie ihn die flüchtige Berührung mit ihrem Kleid elektrisierte. Er erhob sich abrupt und zog das Blatt, das Chandeler ihm gegeben hatte, aus der Gesäßtasche seiner Jeans. Anne nahm es und las aufmerksam. »Warte, da sind Typen dabei, die ich kenne!«

»Ja, und andere, die du nicht kennst! Spielt keine Rolle. Sie haben alle eins gemeinsam.«

»Was?«

»Jemand hat ihnen diese Feder hier geschickt.«

»Und was bedeutet das?«

»Vorläufig noch nicht viel, außer, dass Chandeler sich fast in die Hosen gemacht hat, als ich etwas von einem in zwei Teile getrennten Körper andeutete.«

Maistre nahm das Blatt und vertiefte sich in die Liste der Namen. »Verdammt, es gibt da zwei oder drei, die sich die Kollegen von der Finanzkriminalität gern vornehmen würden: Grimaud, Ladrèche, Rossi … Oh, verdammt!«

»Das sind die, die Steinerts Land kaufen wollten, was er aber nicht abgeben wollte. Die berühmten Terres d'en bas. Das Land, das Steinert gehörte und das Bérard ihm wohl vor dem Krieg verkauft hatte.«

»Das, was gestern gebrannt hat?«, bemerkte Maistre.

»Richtig, aber dieser Coup kam nicht von ihnen!«

»Von wem dann?«

»Von Bérard selbst. Er wollte, dass alle erfahren, dass es in diesem Wald griechische und römische Überreste gibt und niemand darauf was auch immer bauen kann.«

Anne rieb sich die Unterarme, als wäre ihr kalt. »Glaubst du, dass sie Steinert deshalb umgebracht haben?«

»Könnte sein, aber das würde mich wundern. Nur bin ich nicht sicher, ob wir in dieser Geschichte irgendetwas erreichen. Außer, das Glück schlägt sich endlich auf unsere Seite.«

Maistre zündete sich eine Zigarette an und zog nervös an ihr. »Es gibt da eine Sache, die ich nicht verstehe«, sagte er. »Diese Leute, die haben doch genügend Geld, um ihren idiotischen Park zu bauen, wo sie wollen!«

»Du hast recht, Jean-Louis, aber ich glaube, es bleiben noch zwei, drei Dinge, von denen wir noch nichts wissen. In der Gegend war das mehr oder weniger die einzige interessante Ecke. Es gibt viele Touristen, und jeder konnte dabei gewinnen. Diejenigen, die das Land verkaufen, machen den Preis, den sie wollen. Bauland in diesem Bermudadreieck erreicht Spitzenwerte: bis zu 4000 Kröten der Quadratmeter! Das muss man wissen.«

»Vielleicht, aber es gibt doch die Küste und alles, was da dranhängt. Es ist doch trotzdem am Arsch der Welt da oben.«

»Ich denke, das riecht nach Subventionen und vor allem nach einer Bande von Leuten, die sich von Kindheit an kennen. Eine Art Clan. Morini und Rey sind Sandkastenfreunde!«

»Ja, aber der eine ist der Pate und der andere der klägliche Handlanger!«

»Schon klar, Dicker. Bleibt noch, die Verbindungen zu den Übrigen zu finden.«

Maistre erhob sich und holte zwei Flaschen Wein. Er stellte drei Gläser auf den Tisch und entkorkte die erste Flasche. Der Frachter, der Mourepiane verließ, ließ noch einmal die Sirene ertönen.

»Typen mit Geld wie Heu, die den störenden Milliardär kaltmachen, das klingt plausibel. Vor allem, wenn man die Namen sieht, die auf der Liste stehen. Außer du sagst, es ist etwas anderes.«

»Etwas anderes, ja.«

23

Anne wäre beinah von der Straße abgekommen, als sie einem Touristen ausweichen wollte. Der Citroën Xsara scherte nach links aus und stieß auf den Bordstein. Moreno klammerte sich fest. »Verdammt, Anne, pass auf, ich hab Kinder.«

»Setz Signalhorn und Blaulicht aufs Dach, dann sieht man uns besser.«

Vor dem Schloss von König René in Tarascon irrte Anne sich in der Richtung: Sie bog zur Kirche ab, statt auf dem Boulevard périphérique weiterzufahren. Sie setzte zurück, dann schoss sie über die linke Spur gegen die Fahrtrichtung. Kurz vor dem Schloss trat ein Beamter mitten auf die Straße und wies ihr den Weg. Nach links, auf den Parkplatz am Rhoneufer. Anne stellte den Xsara direkt vor die Sicherheitsabsperrung.

»Ah, da sind Sie, Moracchini. Verdammt, wirklich nicht schön. Sie kannten ihn, glaube ich.«

Das Gesicht von Larousse war zerknittert, die Lider hingen herab.

»Entschuldigen Sie, ich weiß nicht, wer …«

»Marceau.«

»Was!«

»Er liegt da unten auf dem Felsen. Genau wie die anderen. Es ist … Es ist schändlich.«

Anne machte ein paar Schritte Richtung Rhone hinunter und blieb stehen. Larousse streckte den Finger Richtung Schloss aus. »Er ist dort, sehen Sie ihn?«

»Ja, sehr gut. Und jetzt schaffen Sie mir diese Idioten weg, die überall herumlaufen. Die Männer von der Spurensicherung treffen jeden Moment ein.«

Larousse machte auf dem Absatz kehrt, ohne zu antworten. Er begnügte sich damit, in Richtung der Neugierigen zu brüllen.

»Daniel, ruf noch mal de Palma an. Sag ihm, er soll kommen. Wir brauchen ihn. Egal, ob dieser Blödmann Delpiano Ärger macht, wir finden eine Ausrede. Marceau und er waren Freunde, glaube ich.«

»O. k., ich übernehme das.«

»Dann muss eine Haussuchung bei Marceau gemacht werden. Sofort. In den nächsten zwei Minuten müssen drei Mann bei ihm sein und alles auf den Kopf stellen.«

Marceau lag zu Füßen der Festungsmauer auf dem Felsen, der den Jungs von Tarascon gewöhnlich als Sprungturm diente. Ein Angler hatte ihn dort entdeckt. Er hatte zunächst gedacht, jemand sei von der Mauer gestürzt.

»Anne, hier ist Michel. Ich komme nicht, es ist ohnehin zu spät …«

»Wie du willst.«

»Tut mir leid, Anne, aber ich brauche eine Stunde für den Weg. Ist dir das klar!«

Anne legte auf und betrachtete lange die Leute, die die Szene beobachteten. Auf der Festungsmauer, ganz weit oben in über 80 Metern Höhe, bemerkte sie ein paar Köpfe, die aus den Schießscharten sahen.

Sie rief einen Brigadier der Öffentlichen Sicherheit und bat ihn um ein Fernglas. Der Mann verschwand in der Menge der Polizeiwagen und kam mit einem 8x30 zurück. Anne richtete es auf die Befestigungsanlagen und sah die Gesichter von Touristen, alle blond, sicher Holländer oder Engländer, ein ganzer Familienausflug. Sie schwenkte nach links und sah drei Kinder, die sich weit über die Mauer lehnten und Zeichen in Richtung des Toten machten.

›Und die Eltern lassen sie gewähren‹, dachte sie.

Sie folgte der Schlossmauer weiter abwärts, es gab keinerlei

Blutspur oder sonst etwas Außergewöhnliches. Schließlich kam sie zu Marceaus Leiche, die in der Sonne wie Nagellack schimmerte.

»Das erste Mal vor der Tarasque, das zweite am Grab der heiligen Marthe und heute auf diesem Felsen«, sagte sie leise.

Sie wollte das Fernglas aus der Hand legen, als hinter den Kindern eine größere Gestalt auftauchte. Sie richtete das Glas auf die Turmspitzen und sah einen Mann mit einer Kappe. Die Gestalt blieb eine Weile in ihrem Gesichtsfeld. Einen Moment lang hatte Anne das Gefühl, dass ihre Blicke sich kreuzten. Und dann verschwand die Gestalt. Von einer Sekunde zur anderen.

Sofort packte Anne Moreno am Arm und sprach leise zu ihm. »Es gibt da oben einen Kerl, der mir komisch vorkommt, ich weiß nicht, ob ich es mir einbilde, aber wir sollten uns das schleunigst mal ansehen.«

»In Ordnung, aber rennen wir nicht, sonst bemerkt er uns.«

Keine zwei Minuten später standen Anne und Moreno vor dem Schlosstor. Im Hineingehen zeigte Anne dem Wächter ihren Dienstausweis. »Schließen Sie dieses Tor und lassen Sie niemanden außer den Kindern hinaus.«

Der städtische Wächter, ein schläfriger, dicker Kerl, nahm gewichtig Haltung an und kam der Anordnung wortlos nach.

»Wie viele Treppen gibt es, um aufs Dach zu kommen?«

»Heute nur eine, die andere ist geschlossen.«

Anne zog ihre Waffe und trat in den Schlosshof.

Ein paar Touristen sahen sie an und zogen sich murmelnd zurück, als sie den schwarzen Stahl des Revolvers in der Hand der Polizistin erblickten. Anne musterte sie alle nacheinander. Im Geist verglich sie jedes Gesicht, jede Erscheinung mit der Gestalt mit der Kappe, die sie oben auf der Mauer gesehen hatte. Keiner der Männer, die im Schlosshof anwesend waren, entsprach dem Bild, das sich wenige Minuten zuvor in ihr Gedächtnis gebrannt hatte.

Moreno bezog auf der anderen Seite des Hofs Stellung und untersuchte die Schießscharten und Fenster in den Mauern. Mehrere Touristen in Shorts und Sandalen kamen die gotische Treppe herunter und beäugten überrascht den bewaffneten Mann und die bewaffnete Frau, die sie musterten. Es war die Familie, die Anne durchs Fernglas gesehen hatte, und die drei Kinder, die sich über die Mauer gelehnt hatten. Moreno fragte sie, ob oben noch Leute seien, doch niemand verstand, was er sagte. Er schickte die Touristen aus dem Hof und wies den Wächter an, sie festzuhalten, solange sie das Schloss durchsuchten.

»Mist, Anne, wir haben keinen Funk.«

»Egal, wir dürfen keine Zeit verlieren. Wir gehen hoch.«

Anne verschwand im Dämmerlicht des Treppenaufgangs. Sie stieg rasch hinauf und versuchte dabei, möglichst leise aufzutreten. Nach zwei L-Kurven nach rechts öffnete die Treppe sich auf einen weitläufigen, mit Tapisserien verzierten Saal. Moreno trat hinter Anne ein, lief ans Ende des Saals, drang in einen zweiten Raum vor und erschien umgehend wieder. Zu ihrer Rechten sah Anne einen hölzernen Pfeil, der an der Mauer lehnte und in drei verschiedenen Sprachen die Richtung des Rundgangs wies.

Eine ebenso breite Treppe wie die vorangegangene führte zu einem anderen, ebenso weitläufigen, aber helleren Saal, wo ein Tourist eine Informationstafel studierte. Anne richtete die Waffe auf ihn. Der Tourist erbleichte, hob die Hände hoch und stammelte etwas auf Deutsch. Anne bedeutete ihm, zur Treppe zu gehen, der Deutsche ließ es sich nicht zweimal sagen und zog sich, ohne die Waffe, die ihn bedrohte, aus den Augen zu lassen, im Krebsgang zur Treppe zurück.

Ein zweiter Pfeil wies zu den höher gelegenen Teilen des Schlosses. Anne sah, dass es eine Wendeltreppe war, enger als die beiden vorigen. Eine echte Mausefalle. Sie bedeutete Moreno, ihr Feuerschutz zu geben, bevor sie sich so unhörbar wie möglich, immer zwei Stufen auf einmal, an den Aufstieg machte. Moreno folgte ihr in einem Meter Abstand. Das Dach war verlassen. Anne steuerte die Stelle an, an der sie den Mann mit der Kappe entdeckt hatte, und beugte sich ins Leere. Es war tatsächlich der beste Platz, um zu beobachten, was unten geschah. Sie sah die beiden Techniker der Spurensicherung, die sich um Marceaus Leiche herum zu schaffen machten, und abseits, am Ufer, Larousse, der mit ausholenden Gesten telefonierte. Währenddessen umrundete Moreno einmal das Dach.

»Wir haben ihn verpasst, Anne, er muss wie der Wind runtergelaufen sein, und wir haben ihn verpasst.«

»Scheiße, verdammt, Scheiße!«

»Kannst du ihn beschreiben?«

»Eher hochgewachsen, weiße Kappe in die Stirn gezogen. Die Hälfte der Bevölkerung dieser verdammten Stadt.«

Sie stützte sich an die Mauer und versuchte, eine Strategie zu entwerfen. Unter ihren Füßen floss die Rhone friedlich dem Camargue-Delta zu. Eine unendliche grüne Kurve, die in ihrem Bett fast unbeweglich wirkte.

»Gehen wir runter und suchen wir genauer. Wir werden sehen.«

Der Saal im zweiten Stock ergab nichts, genauso wenig wie jener im ersten. Das Schloss von König René war vollkommen verlassen. Als sie die zweite Treppe hinunterstiegen, blieb Moreno abrupt stehen. »Hast dus auch gehört?«

Anne schüttelte den Kopf.

Ein Knacken ertönte. Es kam von unten oder hinter einer der Wände hervor. Die beiden Beamten stürzten die Treppe hinunter und blieben dort stehen, wo diese durch eine mit steinernen Blumen verzierte Öffnung den Hof erreichte.

Ein zweites Knacken hallte in der Stille des Schlosses wider.

»Dort«, sagte Anne. »Vom Fluss her.«

Sie traten auf den Hof und näherten sich dem Ort, von dem das Geräusch kommen mochte. Zuerst stießen sie nur auf Stille, dann, nach zwanzig Sekunden, die ihnen eine Ewigkeit erschienen, ertönte das Lied: *»Lagadigadeu, la tarasco, lagadigadeu …«*

Die Stimme drang aus einem Saal des Schlosses. Unmöglich zu sagen, von wo. Sicherlich von hinter der Mauer, an einer Stelle, die auf irgendeine Art, durch eine Tür oder eine Schießscharte, Verbindung nach außen hatte.

»Laïssa passa la vieio masco … Laïssa passa que vaï dansa …« Es trat eine lange Pause ein. Und dann, aus deutlich größerer Ferne: *»La tarasco dou casteu, la tarasco dou casteu …«*

Anne suchte in allen Richtungen. Sie klebte ihr Ohr beinah an die Mauern. Moreno seinerseits stieg in den großen Saal im ersten Stock und lehnte sich aus einem der Fenster. Er sah nur die Rhone, und zu seiner Rechten Marceaus Leichnam, der in der Sonne trocknete. Die Stimme war endgültig verschwunden.

Nach zwanzig Stunden Arbeit hatten die Kriminaltechniker mehr als zweihundert Proben zusammengetragen. Aus einigen gewannen sie noch einmal etwa zwanzig Einzelproben. Alles in allem waren es mehr als 800 Einheiten, die an das Biologische Labor von Nantes geschickt wurden.

Am nächsten Tag titelte *La Provence:* »Polizeibeamter grausam ermordet.« Die überregionalen Zeitungen griffen die Agenturmeldungen auf und erweiterten sie um nicht immer willkommene Kommentare. Die Provence des Frédéric Mistral kam überall aufs Tapet. Kein Artikel konnte es sich verkneifen, Tartarin und die Tarasque zu erwähnen. Es war der Knüller von Anfang August. Nach knapp zehn Tagen war alles vorbei.

Mitte August trafen bei der Mordkommission und auf dem Tisch von Richterin Marie-Paule Garcia die ersten Resultate der Analysen ein: ein Dutzend unbekannte DNA. Die einzige, die einen Sinn ergab, war jene, die man Marceaus Wunden entnommen hatte: die gleiche wie bei Rey und Morini.

Anne, Daniel und die Beamten, die die Haussuchung bei Marceau vornahmen, fanden dort Fotokopien von Dokumenten, Briefen und Plänen archäologischer Ausgrabungen, davon einige auf Deutsch. Anne dachte sofort an die Dokumente, die de Palma in Steinerts Büro gesehen hatte. Sie entschied, sie zu beschlagnahmen, bis sie klarer sehen würden. Von Marceaus Nachttisch nahmen die Beamten neben dem Telefon ein Adressbuch mit Namen von Politikern und einflussreichen Persönlichkeiten der Region an sich. Im Schrank stellten sie ein weiteres, dickeres Heft mit Namen und Zahlen sicher. All diese Daten wurden durchgesiebt und förderten ein von Christian Rey und Marceau in Morinis Namen organisiertes, weitgespanntes Netz illegal aufgestellter Glücksspielautomaten zutage. Der Bulle deckte das Geschäft und strich dafür zwanzig Prozent der Gewinne ein. Rey nahm dreißig und Morini fünfzig, Protektion inklusive, was für die konkurrierenden Banden von Kleinganoven bedeutete »Hände weg von den Automaten des Großen«. Jetzt, wo sich eine Lücke aufgetan hatte, würde der Krieg um die Hinterzimmer umso heftiger wieder aufflammen und das BRB und die Kollegen vom Illegalen Glücksspiel hätten eine ganze Zeit lang hübsch was zu tun.

Aber das Interessanteste war anderswo: In der Parkbox, die Marceau gehörte, fanden Anne und Moreno Handfeuerwaffen: zwei CZ, zwei .45er-Colts und eine 9-Millimeter-Beretta. Außerdem entdeckten sie, über dem Kasten des Garagentor-Antriebs, eine in ein kariertes Tuch gewickelte Schachtel 9-Millimeter-Munition und das geladene Magazin einer SIG Sauer 29; die Waffe blieb unauffindbar.

Nach zwei Wochen gab das gerichtsmedizinische Institut Marceaus sterbliche Hülle frei, wie ein Tier, das seine Beute wieder herausgibt, nachdem es sich satt gefressen hat.

Dem Begräbnis wohnten der Baron und Maistre in Gesellschaft einer alten Tante des Polizisten bei, sonst niemand. Der ehemalige Kollege vom Quai des Orfèvres wurde an einem Donnerstag um 9 Uhr morgens im Krematorium von Tarascon eingeäschert. Während er zusah, wie der Sarg im Schlund des

Krematoriums verschwand, bekreuzigte sich Maistre. »Ich sehe ihn noch, wie er das erste Mal am Quai aufkreuzte, er suchte das Büro von Boyer. Er war kein schlechter Kerl.«

»Er hätte mich kriegen können, er hat es nicht getan«, murmelte der Baron und wandte sich ab.

Keiner sprach den Namen Isabelle Mercier aus.

Zwanzig Tage nach dem Fund am Schloss von Tarascon waren sie so weit. Die Beziehungen, die Christian Rey, Morini und Marceau verbanden, waren bekannt.

Anne hatte das Leben des Polizisten unter die Lupe genommen, war auf dunkle Flecken gestoßen, vor allem in finanzieller Hinsicht. Marceau war dabei gewesen, in Les Baux-de-Provence die Ruine eines von seiner Mutter geerbten Hauses der Familie wiederherzurichten. Kosten der Arbeiten: etwa 150 000 Euro, eine Summe, die seine Möglichkeiten weit überstieg. Und sie stellte fest, dass die Ermittlung sie wieder einmal in einen Umkreis führte, der von Les Baux nach Mouriès und bis nach Eygalières und Maussane reichte.

Ein paar Tage lang nahm der Baron Abstand zu der Geschichte und zum Rest der Welt. Er verbrachte die Tage mit Angeln, mal auf dem glühenden Kies der Baie des Singes gegenüber der Insel Maïre, am Ende der gewundenen Straße von Les Goudes, mal draußen vor den Steilfelsen der Calanques von Morgiou und En-Vau, auf dem tiefen Blau in der winzigen Einsamkeit eines gemieteten Schlauchboots, das unaufhörlich vor den unwirklichen Kalkfelsen schaukelte. Der Baron hatte diesen Rückzug als Abtauchen in innere Tiefen gewollt, einen Rückzug in das große Nichts seines innersten Ich; die Kopfhörer des Discman auf den Ohren, mit den Großen der Oper als Gefährten der Traurigkeit: Renata Tebaldi, Carlo Bergonzi, Mario Del Monaco, Montserrat Caballé … Abgewetzte Versionen von *Aida, Turandot* oder *Bajazzo.* Oper auf Italienisch, mit lebensprallen

Dramen und makellosen Melodien. Seine Lieblinge. Er hatte nicht viel herausgeholt, weder aus dem trägen Meer noch aus der Musik seiner Väter. Er begriff erst, als er zu Wagner und Strauss, zu Melchior, Varnay, Rysanek und Flagstad wechselte. Als er die Angelruten zusammenklappte und das Schlauchboot zurückbrachte. Seine andere Hälfte war weg. Seit Wochen hatte Isabelle Mercier ihn nicht mehr von jenseits der bekannten Welt gerufen.

Ingrid Steinert war auf unbestimmte Zeit nach Deutschland zurückgekehrt. Die Regelung der Erbschaft ihres Mannes warf endlose Probleme auf. Sie war Eigentümerin eines guten Teils von Steinert-Klug-Metall geworden, was die Mehrheit ihrer Schwiegerfamilie mit den Zähnen knirschen ließ. Mehrere Male rief sie den Baron an. Spätabends, nachdem sie endlose Stunden in Anwaltskanzleien und Notariaten in ganz Deutschland zugebracht hatte.

Als Michel aus seiner Starre erwachte, versenkte er sich in Geschichtsbücher über die deutsche Besatzungszeit in der Provence. Er verbrachte seine Tage in der Bibliothek Méjanes von Aix-en-Provence inmitten von Studenten, die die September-Nachprüfungen vorbereiteten, und verschlang Diplomarbeiten, Dissertationen und Tagungsbände. Nirgends sah er den Namen Steinert auftauchen. Dafür erfuhr er, dass eine hübsche Anzahl mächtiger Familien der Region sich von 1942 an mit den Besatzern zusammengetan hatten, dem Jahr, in dem William Steinert geboren wurde. Die Mehrzahl der Untersuchungen blieben allerdings im Hinblick auf Familiennamen und während jener Zeit erworbene Vermögen äußerst diskret. Erst beim Durchblättern einer Magisterarbeit, die sich mit der Region Tarascon beschäftigte – »Die Säuberungen in der Provence: 1944–46« –, stieß der Baron auf die Namen Steinert und Maurel. Die Arbeit stammte von 1966, in seinem Vorwort wies der Student, ein gewisser Gilbert Sicard, den Leser darauf hin, dass er keine Namen von Zeugen oder Opfern ohne Einverständnis der Familien und Betroffenen zitiere.

»*… In den Monaten nach der Befreiung der Provence, zwischen August 1944 und Januar 1945, kam es in der Gegend von Les Baux und vor allem in Maussane und Eygalières zu Vergeltungsaktionen.*

Nach Aussage von Zeugen, die wir getroffen haben, trug der finsterste Fall sich im Mas de la Balme zu, wo Émile, der älteste Sohn der Familie Maurel, umgebracht und seine jüngere Schwester Simone kahl geschoren wurde … Dabei scheint die Familie Maurel nach mehreren Zeugenaussagen nie kollaboriert zu haben. Vielmehr handelte es sich wohl um eine Abrechnung unter Mächtigen, genährt von alten Rivalitäten und Eifersucht … Étienne, der zweitälteste der Söhne Maurel, gehörte zur Gruppe Vincent, die in dieser Region besonders aktiv war und von Eugène Bérard, Landwirt in Eygalières, angeführt wurde.

Nach Aussage von Henri Bayle, Kommandant der Widerstandsgruppe von Tarascon, hat keiner seiner Männer etwas mit dieser Aktion zu tun. Das zumindest geht aus seiner Zeugenaussage vor den Gendarmen von Tarascon im Zuge einer Ermittlung hervor, die im Jahr 1952 nach einer Anzeige von Simone Maurels Bruder, Étienne, stattfand. Eine Ermittlung, die, wie so oft, ohne die Eröffnung eines Verfahrens eingestellt wurde. In seiner Aussage und der Anzeige werden die Namen der mächtigsten Grundbesitzer der Gegend genannt. Henri Bayle hat ausgesagt, niemals von den Widerstandskämpfern gehört zu haben, die Émile Maurel erschossen hatten. Das wird von den Verzeichnissen der Widerstandsgruppe bestätigt …

Mündlichen Zeugenaussagen zufolge wurde Simone Maurel auf dem Marktplatz von Eygalières geschoren und der öffentlichen Rache preisgegeben. Man kann sich das Leiden der jungen Frau, auf die gespuckt wurde (Aussage eines damals anwesenden Mannes), kaum vorstellen …

Man warf Simone Maurel vor, eine Affäre mit einem Deutschen gehabt zu haben, einem gewissen Karl Steinert, der weder Offizier noch bei der Polizei war … Weiteren mündlichen Zeugenaussagen zufolge war nichts bewiesen, es scheint jedoch, dass Simone Maurel von einem Tribunal verurteilt wurde, das aus denselben Männern bestand, die ihren Bruder hinrichten ließen …«

De Palma machte sich ein paar Notizen in seinem Notizbuch. Unten auf die Seite schrieb er dann in Großbuchstaben: RACHE.

Das Verzeichnis von France Télécom lieferte drei Sicards mit Vornamen Gilbert, einen in Fontvieille, einen in Arles und einen in Tarascon. De Palma versuchte sein Glück: Die Nummern von Fontvieille und Arles ergaben nichts. In Tarascon geriet er an einen Anrufbeantworter, der erklärte, Gilbert Sicard sei bis Anfang September abwesend. De Palma hinterließ eine Nachricht.

Er nahm das Foto von Bérard zur Hand und betrachtete es lange. Wieder einmal hatte er den Eindruck, dass eine Tür sich langsam schloss. Dass es verboten war, zu hoffen. Es war jetzt Ende August. Die erste blutige Abrechnung ereignete sich im Zentrum von Aix: neun Kugeln aus einer 11,43 für das Leben von François Lomini, Morinis zweitem Mann. Drei Tage später war die Reihe an Jérôme Lornec, niedergeschossen vor dem 421, dem Nachtclub, den der Große ihm zu Lehen gegeben hatte. Jean-Luc Casetti wurde von drei Uzi-Salven in einer Bar der Avenue de la République erschossen, zur Stunde des Pastis.

Dem Milieu grauste vor der Leere.

24

Anne legte die Kopfhörer weg und trommelte auf die Umrandung ihres Dienst-Notebooks.

Noch einmal las sie den Satz, den sie soeben getippt hatte, und zog eine Grimasse, die sie in den Augen zwickte.

»Das Tier wird kommen … Die alte Hexe wird tanzen …«

Die angerufene Nummer war die von Rechtsanwalt Chandeler, genauer, seiner Kanzlei. Der Anruf kam aus einer Telefonzelle im Zentrum von Tarascon.

Chandeler hatte Himmel und Hölle in Bewegung gesetzt, damit man ihn abhörte und eine Untersuchung einleitete. Einen ersten Anruf hatte er am 28. August erhalten, einen zweiten am 30., und jener, der vom Computer der Kriminalpolizei aufgezeichnet worden war, stammte vom 3. September. Drei Anrufe aus Telefonzellen, die sich im Dreieck Maussane, Tarascon und Arles befanden. Anne hatte in diesem Sektor das Unterste zuoberst gekehrt, sie hatte alle verdächtigen Individuen, die bei der Kriminalpolizei und der Öffentlichen Sicherheit geführt wurden, alle Urheber auch der allerkleinsten Gesetzesverstöße durchgesiebt: nichts. Die Hörer der Telefonzellen waren für DNA-Analysen zum kriminaltechnischen Labor nach Marseille geschickt worden. Theoretisch mussten die Antworten im Lauf des Tages oder am nächsten Tag eintreffen. Dann hatte sie die Aufzeichnung der Stimme des Mannes, der den Anruf vom 3. September getätigt hatte, ins Zentrum für Kriminaltechnik nach Ecully bei Lyon geschickt. Das LATS, das Labor für Klanganalysen, hatte eine Weile gebraucht, bis es ihr folgenden Bericht zuschickte:

»… Es handelt sich um die Stimme einer männlichen Person zwischen 40 und 50 Jahren.

Die analysierte Person weist keine Sprechweise oder Aussprachebesonderheit auf, die sie als Ausländer oder Person ausländischer Herkunft ausweisen könnten. Das Französische ist also die Muttersprache.

Der Mann bemüht sich, seinen Akzent zu verbergen, weist jedoch die Charakteristiken eines Sprechers auf, der sich üblicherweise des Tonfalls des Midi bedient. Im Besonderen des Tonfalls von Marseille mit seiner typischen Art, die Nasalkonsonanten hervorzuheben.

Hinzuzufügen ist, dass die Person sich außerordentlich geschickt im Verstellen der Stimme zeigt …«

Anne legte den Bericht des Spezialisten zur Seite und schlang eine Haarsträhne um den Finger, ohne die Augen vom Bildschirm abzuwenden.

Am Morgen hatte sie de Palma angerufen: Er war in Paris und hatte nicht gesagt, wann er zurückkehren würde. Er war kühl gewesen, und das hatte sie traurig und auf sich selbst wütend gemacht. Sie hatte beschlossen, sich so weit wie möglich von ihm zu lösen. Sie wurde sich bewusst, dass Michel ihr fehlte, und diese beginnende Abhängigkeit machte ihr Angst.

Sie stieg in den Abhörraum hinunter und kam mit einer neuen CD zurück, die sie in ihren Computer schob. Die drei Nummern der Telefonzellen fanden sich nicht unter den Nummern der Anrufer. Es gab Unmengen Handys, viel zu viele für ihre aktuelle Verfassung. Sie wählte die Nummer von Chandeler & Partner. »Rechtsanwalt Chandeler?«

»Monsieur Chandeler ist heute Morgen nicht zur Arbeit gekommen.«

»Ach so?«

»Ich muss sagen, dass ich beunruhigt bin. Gewöhnlich ruft er an, wenn er bis nachmittags nicht eintrifft.«

Anne sah auf ihre Uhr, es war 15 Uhr. »Wenn er in einer

Stunde nicht angerufen hat, melden Sie sich bei mir: Ich bin Inspektorin Anne Moracchini von der Kriminalpolizei Marseille.«

Anne sah auf die lange Liste der Handynummern und machte sich an die Arbeit. Moreno hatte seinen freien Tag. Zunächst strich sie alle Anrufe, die mehr als drei Mal auf der Liste auftauchten, da sie sich sagte, der Mann habe keinen Grund gehabt, mehr als drei Mal anzurufen. Dieses Vorgehen eliminierte mehr als die Hälfte der Anrufe, das waren etwa dreißig in neunundzwanzig abgehörten Stunden. Dann entschied sie, alle weiblichen Stimmen zu streichen. Am Ende blieben ihr noch einundzwanzig Anrufe. Vier dieser Anrufer hatten aufgelegt. Acht waren Klienten, darunter einer, der ihre Aufmerksamkeit auf sich zog: Der Anrufer wirkte panisch und sprach auf einigermaßen nebulöse Weise von Angelegenheiten, die Immobilieninvestitionen betrafen. Sie beschloss, sich später darum zu kümmern. Der dreizehnte Anruf erfüllte sie mit Entsetzen. Es war eine Nummer von Bouygues Télécom.

Zunächst herrschte lange Stille, während der man nur einige unklare Geräusche wahrnahm. Offenbar befand sich die Person am Telefon an einem sehr ruhigen Ort, man hörte keinerlei Verkehrs- oder andere Geräusche. Nach etwa zehn Sekunden hob der Gesang an: *»Lagagigadeu, la tarasco, lagadigadeu …«*

Die Stimme verstummte.

Nach einigen Sekunden intonierte eine zweite Stimme, tief wie ein Orgelbass, dieselbe Melodie. Am Ende dessen, was Anne für sich als Strophe bezeichnete, legte die erste Stimme sich über die zweite. *»Laïssa passa la vieio masco … Laïssa passa que vaï dansa …«*

Anne nahm ihre Kopfhörer ab. Ihre Hände zitterten. Sie rief sofort de Palma an und geriet an seinen Anrufbeantworter. Fluchend legte sie auf. Und auch Moreno war nicht da.

Sie musste sofort herausfinden, woher dieser Anruf kam. Es bestand die Möglichkeit, dass der Mann hinter dieser Stimme sein eigenes Handy benutzt hatte. Das schien wenig wahrscheinlich, aber einen Versuch war es wert. Sie rief noch einmal Moreno an, diesmal antwortete er. »O. k., Anne, ich komme gleich.«

Kommissar Delpiano war in Urlaub. Sein Stellvertreter begnügte sich damit, Anne zu empfehlen, die Sache der Ermittlungsrichterin zu unterbreiten. Anne rief die Richterin an. Sie fasste ihr die Situation zusammen.

»Ich denke, diese Aufzeichnung sollte sofort analysiert werden.«

»Dazu muss man nach Lyon!«

»Und am besten fahren Sie selbst hin.«

»Ich breche gleich auf.«

»Sehr gut, ich kümmere mich um den Verfahrensantrag. Ich schicke ein Fax nach Ecully. Bis später.«

Auf der nördlichen Autobahn stand der Verkehr. Anne setzte Blaulicht und Sirene aufs Dach und überholte auf der Standspur die Schlange von Wagen, die sich über den heißen Asphalt quälte.

De Palma rief an.

»Ich fahre nach Ecully, ich denke, ich bin vor 19 Uhr dort.«

»Hast du etwas Neues?«

»Du machst mich verrückt, Michel, ich hab drei Mal bei dir angerufen!«

Anne erklärte die Situation.

»Hör zu, ich treffe dich in Ecully. Ich glaube, ich kann im Lauf des Abends, so gegen 20 Uhr, da sein. Wir essen zusammen und reden darüber.«

»Warte, ich bin nicht aus Lyon!«

»Ich auch nicht. Wir finden schon was.«

Die letzten Worte brachten sie zum Lächeln. Sie sah auf den Beifahrersitz. Da lag nur ihr kleiner Rucksack und das Dossier mit den aufgezeichneten Anrufen. Für die Nacht hatte sie nichts vorgesehen …

Um 18 Uhr beendete die Mehrzahl der Polizisten und Angestellten in den verschiedenen Diensten des Zentrums für Kriminaltechnik in Ecully ihren Tag. Anne durchquerte den Park und ging an dem langen Gebäude entlang, in dem sich die Datenbank der Fingerabdrücke und die Labors für biologische Analysen befanden.

Auf der Autobahn war sie gefahren wie noch nie: über 160 im Durchschnitt, was Spitzen von 200 bedeutete; der Xsara der Kripo hatte gekocht, als sie ihn auf dem Besucherparkplatz abstellte.

Sie kam zum ersten Mal an diesen allem Getriebe entrückten Ort. Mitten in einem Park aus Zedern und Pinien hatte die Polizei für das Nonplusultra der Technik Gebäude im Bauhausstil errichtet, zwei- oder dreistöckig, alles in rechten Winkeln, Glas, Metall und Holz. Am Ende des Hauptflügels wandte sie sich zu dem Pavillon, in dem sich die Datenbank der Fingerabdrücke und das Labor für Klanganalysen befanden.

»Zum LATS, bitte?«

Der Beamte am Empfang, ein geschniegelter Blondschopf, hob den Kopf über den Tresen am Empfang. »Wollen Sie zu Leila Hamdi?«

»Ja.«

»Zweiter Stock, der Aufzug ist dort, zu Ihrer Linken.«

Leila Hamdi war in das Schallspektrum zweier bei einem Telefonat aufgenommener Stimmen vertieft. »Beim Leben meiner Mutter«, rief eine von ihnen. »Ich sags dir, ich krieg dich«, brüllte die andere. Leila hatte hinter der Stimme, die ständig »Beim Leben meiner Mutter« wiederholte, das Geräusch eines haltenden und wieder anfahrenden Busses erkannt. Schlussfolgerung: Einer der beiden Männer hatte von einem Ort in der Nähe einer Bushaltestelle telefoniert.

Leila drehte sich auf ihrem Schreibtischstuhl und sah Anne, die in der Tür erschien und an den Rahmen klopfte.

»Guten Tag, Leila, ich bin Anne Moracchini.«

Leila erhob sich und musterte Anne. »Ich habe oft von dir gehört. Wir kriegen hier die Echos von ganz Frankreich rein.«

Anne ergriff die Hand, die Leila ihr entgegenstreckte.

»Du hast mir gesagt, es ist dringend! Der Typ von neulich, nehme ich an.«

»Ja. Es ist tierisch dringend!«, sagte Anne und reichte ihr die CD in der Hülle. »Hast du das Fax von Richterin Modiano bekommen?«

»Nein, so etwas landet nicht bei mir«, sagte Leila und zuckte die Achseln. »Auf den Papierkram pfeife ich sowieso.«

An der Rückwand hinter Leila stand ein Haufen von Tonbandgeräten: ein Revox mit riesigen Spulen, ein Nagra und unzählige mit vu-Metern ausgerüstete Apparate, die vom simplen Minikassetten-Abspielgerät bis zum letzten Schrei der Digitaltechnik reichten. Links vom Eingang zeigten zwei enorme Rechner Kurven und Grafiken von Klangsequenzen an.

»Beeindruckend, deine Ausstattung!«

»Das Beste vom Besten«, sagte Leila und strich zärtlich über die Tastatur des Rechners. »Die meisten Programme kommen aus Russland … Sie wurden zu KGB-Zeiten entwickelt und später perfektioniert. Ich habe auch eines vom FBI, aber das funktioniert weniger gut. Es beeindruckt die Besucher immer, wenn ich ihnen das erzähle.«

Den meisten Bullen fiel es noch schwer, sich Leilas Arbeit vorzustellen. Zwischen den Ermittlern vor Ort und dieser Doktorin der Physik, die in der Lage war, zu sagen, woher ein Klang stammte, der für unempfindliche Ohren unhörbar war, lagen Welten. Dabei hatte Leila bedeutende Fälle bearbeitet, und oft hatte sie entscheidende Hilfe beigesteuert.

»Ist die Aufnahme lang?«

»Nein, nur zwei Minuten.«

»Wir werden vorgehen wie gewöhnlich: Ich werde es mir ein erstes Mal über Kopfhörer anhören, und dann reden wir darüber. Du kannst einen Kaffee trinken gehen, wenn du willst, der

Automat steht gleich draußen. Einfach nur den Gang entlang und dann am Ende links und wieder links. Komm einfach in fünf Minuten wieder.«

Durch große Glasscheiben sah man aus dem LATS teilweise auf die Flure hinaus. Anne sah einen Kommissar vorbeigehen, den sie seit Langem kannte. Sie trat auf den Flur, während Leila die CD in den Player legte.

Nach fünf Minuten kam Anne ins Labor zurück. Leila trug immer noch die Kopfhörer und dachte nach, die Ellbogen auf den Tisch gestützt, die Zeigefinger an den Mund gelegt. »Das ist eine komische Sache«, sagte sie und nahm die Kopfhörer ab. »Wirklich komisch.«

»Wieso?«

»War es ein Handy?«

»Ja.«

»Welche Uhrzeit?«

»20 Uhr 34.«

Leila wandte sich dem Bildschirm zu. Sie wies mit dem Zeigefinger auf ein Fenster, in dem sich so etwas wie grüne, an manchen Stellen mehr oder weniger dichte Wolken befanden. »Das ist das Tonspektrum, das wir hören werden, hier hast du das Profil.«

Leila klickte mit der Maus, und das Profil setzte sich in Bewegung. Anne hörte jede Menge neuer Klänge, Geräusche, die sie in ihrem Büro nicht wahrgenommen hatte.

»Das hier«, sagte Leila und wies auf einen ziemlich breiten Fleck, »ist der Atem deines Typen. Er überlegt, bevor er spricht. Ich würde sagen, er ist ängstlich. Die kleinen Dinger hier, das sind die Geräusche um ihn herum. Sie sind kaum zu hören, weil er vermutlich im Innern eines Autos oder eines kleinen Büros ist: Die Geräusche sind gedämpft, es gibt keinerlei Nachhall. Und doch hörst du, wie ich, Schreie von Vögeln, und das, was du hier siehst, ist der Laut eines Frosches. Schau, was passiert, wenn ich ihn isoliere.«

Leila drückte mehrere Tasten, und Anne konnte das Quaken von Fröschen hören.

»Es klingt, als wären es viele!«

»Dein Typ steht neben einem Teich oder einem Wasserbecken, jedenfalls einem Ort, an dem es jede Menge Frösche gibt.«

»Vielleicht ein Sumpf?«

»Warum nicht!«

Leila ließ den Ton ablaufen und hielt an einer Spitze des Profils. »Das ist der Schrei, ich würde fast von einem Brummen reden, eines Vogels, den ich nicht kenne. Es gibt mehrere davon. Dein Typ könnte sich in einem Zoo befinden. Auf jeden Fall in der Nähe eines Vogels, den ich nicht kenne.« Leila lächelte breit. »Und ich kenne einige!«

Anne sagte kein Wort. Sie war völlig fasziniert von Leilas Ausrüstung und ihren Kenntnissen.

»Jetzt die Stimme. Es ist derselbe Kerl wie neulich. Ich hatte dir geschrieben, dass er sehr gut ist, aber hier beeindruckt er mich wirklich. Ich habe das nur ein einziges Mal in meinem Leben erlebt. In Vietnam.«

Leila musterte Anne durchdringend über ihre dicke Brille. »Das ist ein Typ, der zwei Stimmen gleichzeitig hervorbringen kann.«

»Willst du damit sagen, dass die beiden Stimmen, die man gleichzeitig hört, von derselben Person stammen?«

Leila nickte nachdrücklich. »Hier das A und das R im Wort Tarasco der hohen Stimme, und hier das A und das R der tiefen. Es sind dieselben. Es ist jedoch praktisch unmöglich, zwei Menschen zu treffen, die ›ar‹ auf dieselbe Weise aussprechen. Genauso die gebundenen ›e‹ und ›u‹: Er spricht sie auf dieselbe Weise aus, aber in zwei verschiedenen Registern.«

»Das ist verrückt, wie macht er das bloß?«

»Der Vietnamese, den ich kennengelernt hatte, hat mir erklärt, dass er seinen Bauch benutzte, eine Art Bauchredner! Es fiel mir schwer, ihm zu glauben, aber er hat zwei Töne auf diese

Art hervorgebracht. Mehr kann ich dir auch nicht sagen, aber dein Typ ist ein seltenes Phänomen. Extrem selten.«

Annes Handy klingelte.

»Ich bins, Michel, ich bin in Lyon, Part-Dieu.«

»Schon!«

»Es ist schon neun.«

»Kannst du nach Ecully kommen?«

»Nein, das lohnt sich nicht. Du erzählst mir dann alles. Ich versuche lieber, zwei Hotelzimmer zu finden, dann rufe ich dich wieder an.«

»Wenn du nur eines findest, bin ich dir nicht böse …«

Leila ließ Anne nicht aus den Augen. »Ein Bulle von euch?«

»De Palma, kennst du ihn?«

»Jeder kennt de Palma. Er war einer der Ersten, der mich um Analysen gebeten hat, und einer der Ersten, der mir vertraut hat. Kommt er her?«

»Er schafft es wohl nicht, aber kommst du mit, wenn wir irgendwo etwas essen gehen?«

»Nicht heute Abend, tut mir leid, ich habe eine Verabredung. Wir arbeiten noch ein bisschen, und dann höre ich auf, bevor mir der Kopf explodiert.«

Leila setzte sich wieder vor ihren Rechner und hörte sich die Passage noch einmal an. Dann isolierte sie einen Klang und klickte auf mehrere Fenster. »Wir müssen diesen verdammten Vogel finden. Er ist der Schlüssel zu dem Ganzen. Hörst du ihn?«

Es war ein leises Brummen, erst mittelhoch, dann tief, wie ein »r«, das in einer Art »u« und »a« endete. Der Schrei kehrte in regelmäßigen Abständen wieder: »Rrruaa«, »Rrruaa«.

»Das sind die Sachen, die man mit bloßem Ohr nicht hört. Das Programm dekodiert und vergrößert sie.«

»Rrruaa … Rrruaa.«

»Ich glaube, du hast mir gerade unglaublich geholfen, Leila.«

»Aber gern, Kollegin! Das ist mein Job.«

Leila wechselte zu dem anderen Rechner. Anne sah, dass sie ins Internet ging. Dann griff sie zweimal zum Telefon. »Mist, beide haben den Anrufbeantworter dran«, sagte sie seufzend.

Erfolglos versuchte sie noch eine weitere Nummer. Sie legte auf, erhob sich, zog die CD aus dem Gerät und steckte sie wieder in die Hülle. »Kommst du morgen gegen zehn?«

»Glaubst du, dass …«

»Geht nicht anders. Morgen versuche ich den Piepmatz und den ganzen Rest zu finden. Hier kann ich jetzt nichts mehr tun. Sie haben den Laden geschlossen … Büros, Handys, alles dicht. Morgen früh setze ich mich mit Kollegen oder Wissenschaftlern in Frankreich in Verbindung, die den Klang kennen könnten. Heute Abend geht es nicht mehr.«

»Gut, also bis morgen.«

»Ich werde es trotzdem gleich von zu Hause aus versuchen. Sollte ich irgendwas haben, rufe ich dich an.«

Es war inzwischen zehn.

De Palma hatte ein Zimmer im Ibis von Part-Dieu gefunden. Als sie nach Mitternacht eintraten, warfen sie Kopf oder Zahl, wer zur Straße hin schlafen würde. Der Baron gewann.

»Trinken wir noch ein letztes Glas. Ich habe dir ein paar Dinge zu sagen.« Anne zog zwei kleine Wodkafläschchen aus der Minibar und machte Cocktails mit Orangensaft. Während sie sie zubereitete, erklärte sie dem Baron ihren Tag.

»Ein Vogel, der brummt!«, sagte er ratlos. »Ich hätte nie gedacht, dass ein Vogel brummen könnte.«

»Das hat das Gerät ausgespuckt.«

»Leila irrt sich nur sehr selten. Das scheint mir eine bedeutende Neuigkeit. Wenn Chandeler sich nicht in die Hosen gemacht hätte, hätten wir nie ans Abhören gedacht.«

»Chandeler hat sich seit heute Morgen nicht mehr gemeldet.«

»Ich fürchte, er endet wie die anderen. Dieselbe Logik. Verdammt, und wir können nichts tun.«

»Es ist nicht das erste Mal, dass wir uns in dieser Art Situation wiederfinden, und nicht das letzte. In solchen Fällen brauchte es immer mehrere Leichen, bis man eine Logik entdeckt. Ich finde, wir sind nicht schlecht vorangekommen, und ich habe nicht das Gefühl, machtlos zu sein.«

Der Baron war angespannt, er fuhr sich mehrmals mit der Hand durchs Haar und blinzelte nervös. »Das kommt vielleicht, weil ich ein Eins-a-Egozentriker bin und denke, dass ich alles in Rekordgeschwindigkeit lösen muss! De Palma, Beschützer seiner menschlichen Brüder. Wenn ich es nicht schaffe, werfe ich mir das vor und habe das Gefühl, ich muss das ganze Universum auslöschen. Ich habe viel nachgedacht, Anne, über das Leben im Allgemeinen und über mich im Besonderen. Ich denke, ich bin nur ein arroganter und egoistischer Kerl. An dieser Geschichte hast du genauso viel gearbeitet wie ich, und jedes Mal, wenn du vorankommst, hältst du mich auf dem Laufenden. Ich sage dir fast nie etwas. Ich bedaure es ehrlich.«

»Bedauern ist schon mal nicht schlecht!«

Er trank einen Schluck Wodka-Orange und ließ die süße kalte Flüssigkeit langsam durch die Kehle rinnen. »Texeira hat die Stimme ebenfalls aufgenommen. Ich habe vergessen, dir davon zu erzählen, und ich habe sie nicht mal ans LATS geschickt. Manchmal sage ich mir, dass ich der König der Idioten bin. Ich lebe auf mich selbst bezogen.«

Anne setzte sich neben ihn und massierte ihm den Nacken.

»Ich habe dir auch nicht von 1944, der Befreiung und den Verbindungen zwischen Steinert und dem Mas de la Balme erzählt.«

»Morgen, im Auto, hast du viel Zeit.«

»Ich frage mich immer öfter, was ich nach der Polizei machen werde. Hast du schon mal darüber nachgedacht?«

»Ohne dich ärgern zu wollen, ich bin etwas jünger als du.«

Sie streichelte ihm die Wange und zog ihn zu sich, während sie ihm mit einer Hand unter das Hemd fuhr. Sie küsste ihn auf die Brust und klemmte sein Bein zwischen ihre. Er fühlte ihren festen, vom Begehren angespannten Körper, ihre Brüste, die sich an seinen Oberkörper drückten. Sie löste seinen Gürtel und erschütterte ihn in seinen Grundfesten.

Viel später, mitten in der Nacht, wachte er auf. Anne schlief. Das rote Licht von der Straße drang durch die Ritzen der Fensterläden. Er dachte an nichts.

Zum ersten Mal seit langer Zeit.

Leila Hamdi erwartete de Palma und Anne neben dem Kaffeeautomaten. Sie hatte versucht, die Spuren einer schlaflosen Nacht unter einer dicken Schicht Schminke zu verbergen, und ihre langen Nägel mit einem lebhaften Rot lackiert, das sich vom Weiß des Plastikbechers in ihrer Hand abhob.

Während der Nacht hatte Leila Kollegen über den brummenden Vogel befragt, zwei in den USA und einen in Deutschland. Die Amerikaner hatten unmögliche Antworten gegeben: Die Arten, denen sie diesen Klang zuschrieben, waren Wasserhühner, die ausschließlich im Mississippidelta vorkamen. Der Deutsche hatte gleich seine Unwissenheit gestanden, ihr jedoch eine entscheidende Spur geliefert: Internetseiten begeisterter Ornithologen. Stundenlang war Leila auf der Suche nach Seiten mit Klangaufzeichnungen im Netz gesurft, und gegen zwei Uhr morgens war sie mit brennenden Augen fündig geworden: Auf Ornithopedia.com gab es eines der umfangreichsten virtuellen Klangarchive von Vogelrufen. Blieb ihr nur noch, das richtige Tier zu finden. Das kostete sie ein paar weitere Stunden, die sie damit zubrachte, jene Brummlaute herunterzuladen, die der abgehörten Aufnahme am ähnlichsten waren. Am frühen Morgen hatte sie sich mit einer Gewissheit schlafen gelegt: Das Brummen war das eines Löfflers.

Als sie im Labor für Klanganalysen eintraf, hatte Leila sofort die beiden Profile der Schreie verglichen, sie waren identisch. Als sie Anne und Michel auf dem Treppenabsatz des zweiten Stocks eintreffen sah, stürzte sie ihnen entgegen. »Ich habe eine gute Neuigkeit für euch«, sagte sie, während sie den Baron und dann Anne auf die Wange küsste. »Es ist ein Löffler. Ein offenbar sehr seltener Vogel.«

De Palma schwieg, bis die Tür des LATS wieder geschlossen war. »Löffler, sagst du?«

»Absolut sicher.«

Michel wählte Texeiras Nummer. »Haben Sie Löffler in Ihrem Gebiet?«

»Selbstverständlich, aber sie sind selten. Für alle Freunde der Camargue sind das geradezu mythische Vögel!«

»Mythisch?«

»Ich meine, sie sind recht schwierig zu beobachten. Es sind Zugvögel mit hohen Ansprüchen!«

»Gibt es zur Zeit welche davon?«

»Im Prinzip ja, aber ich habe seit Ende des Frühlings keine mehr gesehen.«

»Könnten Sie sich ein wenig darüber erkundigen?«

»Möglich, aber ich sehe nicht, wie!«

»Ich auch nicht, aber es ist wichtig, Christophe. Und so schnell es geht … Also eigentlich sofort! Ich kann Ihnen das nicht erklären, aber es muss sein.«

»In Ordnung, ich mache mich dran. Ich werde alle meine Ornithologenfreunde anklingeln.«

Anne und der Baron verließen Ecully um zehn Uhr vormittags. Anne setzte sich ans Steuer. Eine ganze Weile, bis sie den zusammengeklumpten Verkehr des Großraums Lyon hinter sich hatten, wandte der Baron den Blick nicht von den Hecks der Wagen vor ihnen. Er machte den Eindruck, durch düstere Gewässer zu tauchen.

Anne versuchte gar nicht erst, ihn aus dieser eigenartigen Erstarrung zu holen. Nach der Mautstelle von Lyon unterbrach Annes Handy die Stille.

»… das Telefon, das benutzt wurde, um Chandeler anzurufen, wurde am 29. Juli um 10 Uhr 15 beim Kommissariat von Tarascon als gestohlen gemeldet. Ansonsten nichts Neues.«

»Danke, Daniel.«

Chandeler nahm all seine Kräfte zusammen. Seit einem Tag hatte er jetzt weder getrunken noch gegessen. Er hatte das Gefühl, dass seine Lippen in Fetzen hingen und Zunge und Hals rau wurden wie Sandpapier. Er tastete sich durch die Finsternis, bis seine Hände an einer Rille in der Wand aufwärtswanderten. Am Ende fand er einen rechten Winkel, dann eine horizontale Linie und einen weiteren rechten Winkel. Er war sich sicher: Es handelte sich um eine Tür. Er schätzte ihre Größe und erkannte, dass es sich eher um eine Klappe handelte. Es war der einzige Ausgang des Ortes, an dem er sich befand. Ohne das geringste Geräusch zu machen und mit angehaltenem Atem drückte er sein Ohr an die Klappe und hörte, dass auf der anderen Seite jemand in etwas, das eine Schublade oder ein Teil eines Möbelstücks sein mochte, herumkramte. Jedenfalls waren es nervöse Gesten, begleitet von einer eigenartigen tiefen Stimme, die endlos, wie ein Mantra, wiederholte: *»Lagadigadeu la tarasco, lagadigadeu dou casteu … Lagadigadeu la tarasco, lagadigadeu dou casteu …«*

Plötzlich entfernte die Stimme sich, und er hörte eine Tür zufallen. Sein Kerkermeister war hinausgegangen. Mit fiebrigen Fingern fuhr er über die Fläche der Klappe und fand auf der rechten Seite ein Loch. Es gab ein Schloss, aber keinen Griff. Er hielt sein Auge vor das Loch: Es war zugestopft, doch ein winziger Lichtstrahl drang hindurch. Dieser Strahl, der so fein wie eine Nadel war, verschaffte ihm eine Freude, wie er sie seit sehr langer Zeit nicht verspürt hatte. So klein es war, dieses Partikel Licht gab ihm Hoffnung.

Er ging und setzte sich in der Tiefe seines Gefängnisses, ohne den Lichtpunkt aus dem Blick zu verlieren. Irgendwann war der Punkt so groß wie eine Sonne.

25

Ingrid stand im Schatten der Glyzinie, die zwischen den erneut blühenden Kletterrosen über die Terrasse hing. Sie trug einen Gymnastikanzug aus Baumwollgewebe, den ihre Schenkel und Brüste spannten, den Gürtel im Kreuz verknotet. Als de Palma sich näherte, zog sie ein letztes Mal an ihrer Zigarette und schnipste sie in den Garten. Sie hielt ihm eine weiche Hand hin. Sie hatte die Haare geschnitten, kurz, wie eine Schulmädchenfrisur der Vierzigerjahre, mit Locken auf Höhe der Ohren und einem Pony über der Stirn, was sie viel jünger wirken ließ. De Palma erinnerte sich, dass Isabelle auf dem letzten bekannten Foto exakt den gleichen Haarschnitt trug.

»Wie geht es Ihnen, Michel?«

»Ich muss gestehen, ich bin froh, Sie wiederzusehen … und zugleich ein bisschen befangen.«

Sie ließ den Blick eingehend auf ihm ruhen. In der Ferne hörte man einen Traktor, der auf einem Feld hin und her fuhr. Auf der Straße nach Eygalières hatte de Palma eine Gruppe von Helfern in einem Weinberg gesehen, der sicherlich zum Mas de la Balme gehörte. Wegen der großen Hitze begann man in diesem Jahr sehr früh mit der Lese.

De Palma hob den Blick und inspizierte die Gipfel der Alpilles; er suchte nach den Schafen von Bérard.

»Was für ein schreckliches Ende! Nicht wahr, Michel?«

In seine Erinnerungen versunken, antwortete der Baron nicht; er begnügte sich mit einem Nicken und fuhr mit der Hand durch die Luft. »Haben Sie mit der Lese angefangen?«

»Nein, heute nicht, vergangene Nacht hat es geregnet, schwere Gewitter. Die Winzer sind in die Reben gegangen, um nachzusehen, ob es nicht zu viele Schäden gibt. Wir beginnen in ein paar Tagen, wenn alles wieder trocken ist.«

Der Lärm des Traktors verstummte. Alles wurde ruhig. Ein kühler Wind, der noch die schlechte Stimmung des Gewitters mit sich trug, ließ die schweren Blätter der Platanen erzittern.

»Ich werde mich wieder an meine Herbstkollektion machen müssen. Mein Leben ist in einem furchtbaren Durcheinander. Ich werde mich um die Olivenbäume kümmern müssen. Ich habe seit Monaten nichts gemacht.«

Laura, die Haushälterin, trat aus der Wohnzimmertür. »Ich muss nach Arles, um ein paar Einkäufe zu erledigen, Madame. Stört es Sie, allein zu bleiben?«

»Nein, nicht im Geringsten.«

Der Himmel über den Alpilles wurde gelbrot mit blauen Flammen, die wie ein Knallgasgebläse durch die Wolken drangen.

»Haben Sie Aufzeichnungen Ihres Mannes hier?«, fragte de Palma.

Sie zögerte. Ihr Blick musterte das Gesicht des Barons. »Ich habe eine ganze Menge. Ehrlich gesagt, habe ich mich gefragt, wann Sie mich darum bitten würden.«

»Ich glaube, das muss jetzt sein.«

»Was wollen Sie genau sehen?«

»Alles.«

»Ich habe alles aufgeräumt und dabei versucht, eine Ordnung hineinzubringen. Ich habe seine Briefe beiseitegetan und seine Aufzeichnungen, wie Sie sie nennen, in einem großen Karton gesammelt. Er steht oben im ersten Stock, wenn Sie mögen, gehen wir hoch.«

Bei den Unterlagen befanden sich Papiere, die einige Jahre alt waren. De Palma versuchte, sie chronologisch zu ordnen. Die ältesten stammten aus den Sechzigerjahren: Es waren banale Überlegungen, eine Art Tagebuch eines ausländischen Touristen in der Provence. Ein paar Gedichte. Viele Notizen zu

Vögeln. De Palma ging sie lange durch. Er hatte diesen Löffler im Kopf, den die Aufnahmen ans Licht gebracht hatten.

»Erinnern Sie sich daran, wann William Ihnen von Vögeln erzählt hat, die Löffler genannt werden?«

»Da habe ich keine genaue Erinnerung. Er sagte, das sei ein sehr seltener Vogel, der übrigens immer seltener wird. Er war immer sehr glücklich, wenn es ihm gelang, einen zu fotografieren. Wissen Sie, er betrieb einen echten Kult um diese Vögel der Camargue.«

De Palma vertiefte sich wieder in die ornithologischen Notizen: Es befanden sich genaue Beschreibungen des Nestbaus und Zugangsskizzen zu Beobachtungspunkten darunter, aber keine betraf die Orte, die der Baron bereits ausfindig gemacht hatte. Steinert hatte den Notizen Fotos beigefügt, die auf der Rückseite beschriftet waren: Samtente, Mittelsäger, Große Raubmöwe, Goldammer. William Steinert war ein sehr begabter Fotograf.

Ingrid hatte sich dem Baron genähert, fast konnte er ihren Atem spüren.

In einem zweiten Stapel mit Papieren befand sich ein Heft aus Recyclingpapier. Auf der ersten Seite hatte Steinert eine Jahreszahl vermerkt, 1990, vermutlich der Beginn dieses Heftes. Auf der ersten Doppelseite befand sich das Foto einer Wasserralle, die sich tief in den Sumpf zurückgezogen hatte, wo ihr roter Schnabel mitten im Grün und Gold des Röhrichts aufleuchtete. Auf die rechte Seite hatte Steinert geschrieben:

»Wasserralle, Rallus aquaticus.

1 Nest mit 5 Eiern, 23. März 1990. Salzsumpf von Le Vigueirat Nord, dreißig Meter von Beobachtungspunkt 18.

1 Nest und 2 Küken am 14. März 1997. Salzsumpf von la Sigoulette. 43°30/4°28.

Die Küken werden im August nicht fliegen.«

Auf der zweiten Seite befand sich dieselbe Art Notizen zu einem Kranich, die mit mehreren Jahren Abstand gemacht wurden. De Palma blätterte rasch weiter und hielt ungefähr in der Mitte des Heftes inne.

»Löffler. Platalea leucorodia.

2 Exemplare. 17. August 1995. 7 h 30. Sumpf von St. Seren.

1 Exemplar im Flug am 28. Juni 1999. 18 h 20. Saline von Redon.

Wird im Delachaux recht regelmäßig vermerkt. Ungefähr 51 Beobachtungen zwischen 1957 und 1979. Nicht wenige im Juli und August. Sehr selten im Winter.«

Das Foto hatte etwas Irreales, es zeigte einen Löffler, der in der Junihitze schwebte. Getragen von den heißen Luftströmungen schimmerte er mit ausgebreiteten Flügeln perlmuttfarben in der Sonne.

»Häufig hat er mir auch von Schwarzstörchen erzählt. Er sagte, neben Löfflern seien sie die schönsten Vögel, die man hier entdecken könne. Schwarzstörche sind ebenfalls sehr selten, sehen Sie, auf der nächsten Seite.«

Das Bild zeigte einen großen Vogel, wie eine in den Weiden der Camargue verirrte majestätische Erscheinung. De Palma hatte diesen Vogel noch nie gesehen und fand ihn wunderschön. Steinert hatte dazu notiert: *»1 Exemplar. Am 19. Mai 1998. Wenn man Texeira Glauben schenkt, ist es das erste Foto seit 1987! Auf jeden Fall das einzig bekannte.«*

De Palma blätterte den Rest des Heftes durch. Er fand nichts mehr. Das Einzige, was er einstweilen zur Kenntnis nahm, war, dass Texeiras Namen auftauchte. Er wählte die Nummer des Biologen. »Haben Sie Neues über die Löffler?«

»Nein. Seit Monaten hat niemand welche gesehen. Im Frühsommer hat mir ein Typ Fotos geschickt, die er gemacht hat. Ich muss sagen, da war ich ein bisschen neidisch.«

»Kennen Sie den Mann?«

»Nein, leider nicht. Warum?«

De Palma schwieg, bis er seine Überlegungen geordnet hatte. »Sind Sie dem Besucher womöglich begegnet?«

»Ja, stellen Sie sich vor. Ein paar Tage, bevor ich die Fotos bekommen habe, haben wir uns unterhalten!«

»Wissen Sie noch, wie er aussieht?«

»Ja, ganz gut, ich bin ein guter Beobachter.«

»Beschreiben Sie.«

»Groß, ungefähr 1 Meter 85. Braunes oder schwarzes Haar. Ungefähr fünfzig. Typus ›erfahrener Globetrotter‹, wenn Sie verstehen, was ich meine: schmuddelige Hose, Tarnjacke … Ein bisschen Hippie, ein bisschen Träumer. Von der Sorte gibts unter Vogelliebhabern eine ganze Menge. Übrigens häufig brillante Leute.«

»Beschreiben Sie mir seine Kleidung genauer …«

De Palma bat Ingrid mit einer Handbewegung, ihm ein Blatt und einen Stift zu geben.

»Ziemlich verdreckte Jeans, khakifarbene Armeejacke und Sandalen, wie sie die aktiven Linken in den Siebzigerjahren trugen.«

»Vietcong-Sandalen?«

»Ganz genau.«

De Palma notierte es sich.

»Hingegen hatte er eine verdammt gute Ausrüstung. Sagen wir, die absolut klassische Fotografenausrüstung, aber zu Preisen, die sich nur wirklich wahnsinnige Hobbyfotografen oder eben Profis leisten! Und er hatte ein Scherenfernrohr.«

»Was ist das?«

»Ein besonderes Fernglas, wie ein Periskop, wie soll ich sagen … wie beim U-Boot: Sehen, ohne gesehen zu werden. So etwas besitzen wirklich nicht viele!«

De Palma notierte dieses Detail in Großbuchstaben und unterstrich es zweimal. »Haben Sie ihn seitdem noch mal gesehen?«

»Nein, aber es war wohl an einem der letzten Junitage. Die Fotos habe ich ein paar Tage später bekommen.«

»Und wie verhält sich das in Bezug auf die Stimmen?«

»Nun, ich … Verdammt, das war praktisch zur selben Zeit, oder auf jeden Fall um den Dreh! Denken Sie …«

»Ich denke nicht, Christophe, ich stelle fest! Vielleicht hat das nichts zu bedeuten.«

»Warten Sie, Sie machen mir Angst!«

»Oh, Sie riskieren nichts, absolut nichts!«

Ingrid war aufgestanden und musterte de Palma konzentriert. Ihr Baumwollkleid verwischte die Formen ihres schlanken, straffen Körpers im Licht des Vormittags, das durch die Fenster drang.

De Palma dachte nach. All das führte zu nicht viel, aber regte ihn so auf, dass ihn Hitzewallungen überkamen. Er wollte handeln und suchte verzweifelt nach konkreten Möglichkeiten oder Wegen der Ermittlung. Er musste sich den Tatsachen beugen: Er stand auf der Schwelle zu einem absolut dunklen Raum und wusste nicht, wie er ihn erhellen sollte. Aber gerade war eine Tür aufgegangen.

Ingrid näherte sich, setzte sich neben ihn und öffnete ein Heft mit kartoniertem Umschlag, das wie ein Buch gebunden war. Ihre Schultern berührten sich. De Palma war von Ingrids langen Fingern, die behutsam die Seiten umblätterten, wie hypnotisiert.

»Das habe ich gestern durchgeblättert«, murmelte sie. »Ich möchte, dass Sie es sehen, Michel.«

Sie blätterte noch drei Seiten weiter und gab ihm das Heft. Er spürte, wie ihre Brust für eine Sekunde behutsam seinen Arm berührte.

»Als ich das gestern Abend gelesen habe, hatte ich große Angst.«

Sie legte ihm die Hand auf die Schulter.

»Lesen Sie das, Michel.«

»Es hieß, die Tarasque, halb Mensch, halb jurassisches Reptil, symbolisiere den römischen Beherrscher, der sich seit Langem in der Provence festgesetzt hat.

Für die Volken, die das rechte Rhone-Ufer besiedelten, und die Salluvier, die im Gebiet von Monaco bis Marseille lebten, könnte Rom durch ein Ungeheuer symbolisiert werden. Dies kann man sich leicht vorstellen: ein Ungeheuer, das geradewegs aus der Fantasie der Völker entspringt, die der ›Pax romana‹ unterworfen wurden. Dieses Ungeheuer könnte das beherrschende Rom symbolisieren, aber da ist mehr.

…

Die Tarasque ist ein Reptil. Manche haben eine Darstellung der niedersten Instinkte des Menschen (das Reptilienhirn) darin gesehen, andere die von der heiligen Marthe gezähmten Götter des Heidentums.

Aber kann man in ihr nicht die Darstellung einer Geißel sehen, die es wirklich gegeben hat? Bérard sagt, da liege die Wahrheit, denn die Tarasques habe es wirklich gegeben. Immer wieder Rom: Die römische Legion, die die Gegend von Tarascon besetzt und verwaltet, war in Nîmes stationiert. Und das Wahrzeichen der Stadt ist ein … Krokodil.

Bérard sagt, die Römer hätten jene riesigen Reptilien mit sich geführt, die im ägyptischen Nil gefangen worden seien. Man erzählt, dass sie sie als Maskottchen verwendeten. Sehr viel sicherer ist jedoch, dass sie sie in den Arenen von Nîmes und Arles einsetzten …

Außerdem können die Nilkrokodile sich absolut an Klima und Milieu der Camargue anpassen, die in vielerlei Hinsicht mit dem der Nilufer vergleichbar sind.«

Ab da hatte Steinert rasch geschrieben, die Schrift war so dünn und nervös, dass sie kaum noch zu lesen war.

»Das könnte die Spur erklären, die ich gestern im Sumpf von La Capelière gesehen habe. Eine so große und beeindruckende habe ich noch nie gesehen. Es ist kein Tier, dessen Vorkommen in der Camargue belegt ist. Ich habe mit Bérard darüber gesprochen, er hat gesagt: ›Es ist zurück. Ich habe es gerufen, und es ist da.‹ Sein Blick hat mir Angst gemacht …

Morgen fahre ich nach Einbruch der Nacht wieder in den

Sumpf, um mir diese Spur anzusehen. Ich will nicht, dass mich jemand sieht. Danach zeige ich das alles Texeira.

N. B.: Bérard schien mir völlig wahnsinnig …«

De Palma wandte den Blick von dem Heft ab und ließ seinen Geist im Durcheinander der Indizien herumtoben, die sich ihm in den Weg stellten. Ganz sicher hatte er gerade die letzten Worte von William Steinert gelesen. Ingrid hatte ihm die Hand auf den Unterarm gelegt.

»Ich weiß nicht warum, aber ich habe das in Verbindung zu dem gebracht, was ich in der Zeitung gelesen habe. Wissen Sie, diese verstümmelten Leichen. Das Krokodil, die Tarasque …«

»Am meisten macht mir Sorge, dass Bérard damit zu tun hat. Ich glaube, wir stehen vor einer großen Gefahr.«

De Palma konzentrierte sich, am liebsten hätte er seinen Schädel gesprengt, so sehr schmerzten ihn die Gedanken. Er streckte den Zeigefinger auf einen imaginären Punkt auf dem Tisch und murmelte:

»Bérard, die Tarasque, William.«

Er wollte noch »die Deutschen« hinzufügen, aber hielt sich zurück.

»Bérard, die Tarasque, William, die Vögel … Die Tarasque, die Vögel … Bérard und die Tarasque.«

Ingrid legte ihm die Hand auf die Schulter und drückte leicht den unter dem Hemd hervortretenden Muskel.

»Bérard und die Tarasque.«

De Palma suchte nach dem ungewöhnlichen Detail. Boyer, der Vater der Mordkommission am Quai des Orfèvres in Paris, hatte ihnen beigebracht, nach dem ungewöhnlichen Detail zu suchen, dem Detail, das nicht in das Puzzle zu passen scheint und das am Ende das Gesamtbild vervollständigt. Michel schlug heftig auf den Tisch.

»Hat der Schäfer sich mit okkulten Wissenschaften beschäftigt?«

Ingrid sah ihn prüfend an. »Ich denke schon. William sagte

mir, er sei ein bisschen Zauberer! Er behandelte seine Schafe mit Pflanzen, die nur er kannte. Manchmal erzählte er William von unmöglichen Dingen … William sagte mir sogar, er hätte mit Bérard esoterische Erfahrungen von seltener Intensität gemacht.«

»Warum haben Sie mir das nicht früher gesagt?«

Sie kam einen Schritt näher. »Ich weiß nicht, ganz einfach. Ich habe das nie ganz ernst genommen. William war auf natürliche Weise mystisch, und ich habe schon Schwierigkeiten, an Gott zu glauben.«

De Palma fuhr mit der Hand über ihre Schultern und drückte sie kräftig an sich. Sie ließ sich an die Brust des Polizisten drücken. »Ich glaube Ihnen, Ingrid.«

Er lockerte seine Umarmung.

»Möchten Sie einen Aperitif?«

Durch das Fenster betrachtete de Palma das Schauspiel der Bäume unter der Sonne. Ingrid sah ihm leise lächelnd zu, zwei Gläser in der Hand. »Ich habe noch eine Flasche Muscat aufgemacht, ich weiß, dass Sie ihn mögen, Michel.«

Sie tranken den weißen Süßwein und redeten einige Minuten, zunächst über William Steinert und das wenige, was de Palma über Zauberei wusste. Dann schweifte das Gespräch für vielleicht mehr als eine Stunde ab. Ingrid öffnete eine weitere Flasche Muscat. Sie stammte von den alten Reben, die entlang der Terres d'en bas standen.

Sie breiteten ihr Leben voreinander aus, wobei sie darauf achteten, nie alles zu sagen, bis ihr Geist erschöpft war und ein Gefühl ausgelassener Freude zwischen ihnen aufkam.

Sie stand etwas abseits vom Fenster und wirkte, als habe ein Aquarellmaler plötzlich die Formen ihres Körpers betont. Unwiderstehlich von ihr angezogen, ergriff er ihre Hände. Sie ließ es geschehen und bot ihm die Lippen. Er verlor sich in der Hitze ihres Gesichts und hatte den Eindruck, sie sei aus der Sonne geboren.

Ihre Brüste drückten sich fest durch die Baumwolle ihres Kleides. Er schob die Hände an ihrer Hüfte und ihren Flanken nach oben, ihre Haut war durchströmt von ihrer weiblichen Hitze.

26

Seit einer ganzen Weile nahm die Schwüle immer mehr zu. Chandeler schätzte, die Sonne müsse den Zenit erreicht oder sogar überschritten haben. Durch die Holzklappe drangen die Geräusche von Schubladen und Schranktüren an sein Ohr. Plötzlich hörte er, wie eine Tür anders zuschlug als die anderen: schwerer. Der Mann, der ihn gefangen hielt, war sicher gerade gegangen. Das war nicht das erste Mal. Bei jedem Weggehen hatte der Anwalt bemerkt, dass sein Gefängnisaufseher nach einer Zeitspanne zurückkehrte, die er auf mehr als eine Stunde schätzte.

Geleitet von dem winzigen Lichtpunkt, der in seine Finsternis drang, näherte er sich der Klappe und begann, auf das Holz zu schlagen, zunächst mit der Schulter, dann mit den Füßen. Der Mann gab kein Lebenszeichen, was Chandeler Mut machte. Dann zog er die Knie bis zum Kinn und versetzte der Klappe einen kräftigen Stoß. Ein heftiger Schmerz durchfuhr ihn von den Fußspitzen bis zur Wirbelsäule. Er krallte die Nägel in die Rille der Klappe und sah, dass sie etwas Spiel hatte. Er lehnte sich zurück und stieß wieder und wieder dagegen. Der Schmerz in Füßen und Beinen wurde unerträglich. Er biss die Zähne zusammen, mit Tränen in den Augen. Er stieß erneut zu. Die Klappe gab nach. Er krallte sich an ihr fest und zog sie mit einer kräftigen Bewegung zu sich. Er war frei, geblendet vom Licht.

Auf einem Schreibtisch gegenüber der Klappe stand ein riesiger Computerbildschirm mit großen weißen Vögeln als Bildschirmhintergrund; aus den Lautsprechern drangen Vogelschreie. Am anderen Ende des Zimmers standen rechts und links des Fensters zwei ausgestopfte weiße Vögel von der Größe eines Storchs, die gleichen wie die auf dem Bildschirmhintergrund des Computers. An die Wände waren Fotos gepinnt. Teleobjektivaufnahmen, auf denen der Anwalt seinen ehemaligen Mandanten Morini erkannte. Morini saß in Dreiviertelansicht in seiner Bar. Auf zwei anderen Fotos lief ein Mann eine Straße entlang. Darunter hing ein Post-it mit dem Namen: Jean-Claude Marceau. Chandeler begann zu zittern. Der Durst schnürte ihm die Kehle zu, und doch nahm er sich nicht die Zeit, Wasser zu suchen. Er sammelte seine letzten Kräfte und wandte sich zur Tür. Sie war von außen abgeschlossen. Ein großer Schlüsselbund hing am Türstock. Mit zitternden Händen probierte er einen Schlüssel nach dem anderen aus. Zwei Mal fiel der Bund ihm aus den Händen. Seine Füße schmerzten ihn, als hätte man sie ausgepeitscht. Nachdem er ein Dutzend Schlüssel ausprobiert hatte, fand er den richtigen.

Die Tür ging auf einen schmalen Weg hinaus, der in einem Röhricht verschwand. Chandeler lief so schnell wie möglich und bemühte sich, nicht jedes Mal aufzuschreien, wenn seine Füße den Boden berührten. Das meiste Schilf war bestimmt über drei Meter hoch. Er drehte sich um und sah, dass sein Gefängnis nur ein kleines, halb von Efeu verschlungenes Mas war, das sich in ein Nest aus Eschen und Schilfrohr duckte. In seinem Dschungelversteck war es absolut unsichtbar.

Pater Favier hatte lange, knotige Finger, als hätte man auf Höhe der Glieder Eineurostücke eingesetzt, und seine Hände waren unaufhörlich in Bewegung, was Anne als Zeichen von Nervosität deutete.

»Sie sagen mir, Sie hätten sich kurz vor Christian Reys Tod mit Gouirand in Ihrer Kirche unterhalten!«

»Ganz richtig, ja. Aber warum fragen Sie mich das?«

Anne überging die Antwort des Priesters, näherte sich ihm und steckte ostentativ ihr Haar auf. Favier bemerkte ihre Geste nicht einmal.

»Lassen wir das Gespräch mal. Dann erklären Sie mir, Sie hätten, nachdem Gouirand die Kirche verlassen hat, Geräusche gehört, richtig?«

»Wie ich schon mehrmals erklärt habe: Gouirand war hergekommen, um die Tarasque zum Reinigen abzuholen. Als er draußen war, habe ich hinter ihm zugemacht. Alles schien ruhig, und dann waren da Geräusche. Ich habe nicht herausfinden können, wer oder was sie verursacht hat, aber ich bin absolut sicher, sie gehört zu haben. Da war jemand, und dieser Jemand ist gegangen. Dessen bin ich mir sicher!«

»Einfach so, unerklärlich wie durch Wirken des Heiligen Geistes?«

Der Priester deutete ein verdrossenes Lächeln an. »So kann man es ausdrücken.«

Anne erhob sich und streckte sich. Sie trug eine enge Jeans und ein T-Shirt, das sie beim Schießwettbewerb der Polizei gewonnen hatte.

»Was denken Sie darüber, ehrwürdiger Vater?«

»Ich weiß nicht, was ich Ihnen antworten soll. Natürlich glaube ich nicht an diese Geschichten, die in Tarascon umgehen! Stellen Sie sich vor, erst gestern hat mich jemand gebeten, Messen zu lesen, um das böse Geschick abzuwenden. Messen, um die Tarasque zu bekämpfen … Manche glauben an einen Fluch, andere fordern Prozessionen an die Orte der Tarasque-Legende. Können Sie sich vorstellen, wie ich dem Bischof erkläre, dass ich eine Prozession zum Schloss von Tarascon oder in die Sümpfe der Camargue mache? Von den Anrufen der Journalisten gar nicht zu reden.«

»In der Tat, ich verstehe Sie!«

»Wenn Sie wüssten! Ich habe höchst offizielle Bitten vorliegen, die Sumpfgewässer zu segnen. Die Leute in dieser Stadt sind von dem Dämon wie besessen. Selbst die jungen Beurs verteidigen die Tarasque, können Sie sich das vorstellen! Dabei ist das nicht gerade ihre Tradition … Mein Vorgänger hatte mich gewarnt, aber ich hatte nicht gedacht, dass das so weit geht.«

Anne hörte nicht auf, ihn zu mustern, während sie versuchte, mit all ihrer Weiblichkeit seine Aufmerksamkeit zu erregen, was ihm sicherlich unangenehm sein musste, er aber nicht zeigte.

»Jedem seine Ungeheuer: Sie haben die Tarasque, wir haben Olympique Marseille!«

Anne deutete auf das Fenster. »Wissen Sie, wo dieser Gouirand sich aufhält?«

»Nein«, erwiderte der Priester und erhob die Handflächen zur Decke. »Ich denke, er ist einfach in Urlaub.«

Anne wandte sich wieder ihrem Computer zu und klickte auf das geöffnete Fenster des Zentralstrafregisters. »Nun, ich sehe keinen Grund mehr, Sie noch hierzubehalten, danke, dass Sie gekommen sind.«

»Ich kann nur sagen, ich glaube, das ist das Werk eines Irren!«

De Palma erschien im Türrahmen und klopfte an die Tür.

»Komm rein, Michel, ich glaube, du kennst Pater Samuel!«

De Palma musterte den Priester und gab ihm die Hand. Anne stellte sich zwischen die beiden Männer. »Ich wollte mit dem Pfarrer von Sainte-Marthe noch ein paar Sachen überprüfen, aber ich bin fertig.«

Der Priester erhob sich und griff nach einer abgewetzten alten Lederaktentasche, die er auf Annes Schreibtisch gelegt hatte. »Ihr Kollege in Tarascon hat mich zweimal vernommen.«

»Den hat die Tarasque auch gefressen!«

Der Priester hörte auf, mit den Fingern zu spielen, und sah de Palma an. Er hatte einen merkwürdigen Gesichtsausdruck, die Stirn gerunzelt wie ein Akzent über den Augen. »Das ist nicht komisch, Monsieur, ich finde das wirklich nicht komisch!«

De Palma legte dem Priester die Hand auf den Rücken und schob ihn behutsam nach draußen. »Sie haben völlig recht, das ist nicht komisch.«

Wie ein Schatten verließ der Pfarrer den Raum und verschwand in den grünlichen Gängen der Mordkommission.

»Wir müssen Gouirand zu fassen kriegen. Ich lade ihn vor.«

»Bérard war auch Ritter der Tarasque …«

»Ach ja, am Ende frage ich mich, wer das nicht war.«

De Palma hielt Anne ein Blatt hin, auf dem er sich Notizen gemacht hatte:

»*Löffler (Platalea leucorodia).*

Silhouette und Größe eines vollständig weißen Reihers. Langer schwarzer, am Ende löffelförmiger Schnabel. Das erwachsene Tier hat einen orangefarbenen Bruststreifen und im Frühling eine lange, gelb-orangefarbene Haube am Hinterkopf. Jungtier: keine Haube, schwarze Flügelspitzen, rosa Schnabel. Stumm, außer während der Fortpflanzungszeit, in der er ein Brummen von sich gibt.

Flache Süßwasser und Küstengewässer, nistet in Kolonien auf Bäumen, in Büschen und Schilfrohrgesträuch in Sumpfgebieten.

86 Zentimeter.

Kann in der Camargue im Frühling und Herbst beobachtet werden. Nistet in Nordafrika. Brummen beim Nisten (nicht in der Camargue). Gelegentliches Schnabelklappern.

Langer Hals. Lange Füße. Fliegt mit gestrecktem Hals.

Frisst wirbellose Wassertiere und kleine Fische.«

»Schön, Michel, aber das sagt uns nicht viel.«

»Ich hab das aus einem Führer über Vögel in der Camargue. Wirf noch mal einen Blick drauf.«

Anne überflog das Blatt und murmelte jedes Wort. »Verdammt, ein Vogel, der nur im Nest singt, und das tut er ausschließlich in Nordafrika.«

»Was man uns präsentiert hat, ist eine Klangcollage. Geschickt gemacht, aber eindeutig eine Collage. Ich glaube, wir haben es hier wirklich mit einem Irren zu tun, wie wir ihn uns noch gar nicht recht vorstellen können.«

»Hast du Lösungen?«

Anne hatte sich auf die Schreibtischkante gesetzt, sie musterte ihre Fingernägel und runzelte die Stirn.

»Wir müssen alle Ornithologie-Fanatiker überprüfen. Alle, die sich für unsere gefiederten Freunde begeistern. Man weiß nie …«

»Mmmh… Und derweil ist Chandeler mit dem Irren in der freien Wildbahn.«

»Was soll ich dir sagen?«

»Nichts. Sag mir nichts.«

Als der Mann aus dem Röhricht trat, begriff er sofort, dass sein Gefangener ihm entwischt war. Ohne zu wissen, warum, hatte er es geahnt, aber er hatte das Tier vorbereiten müssen. Und das war keine einfache Aufgabe: Schon eine ganze Weile hatte er es fasten lassen, und die Gewitter, die im Himmel über dem Delta hingen, hatten die Luft elektrisch aufgeladen.

Das Tier war nervös und gefährlich wie nie zuvor.

Er zog sein Messer und rannte ins Haus. Im Inneren war es ruhig. Mit hängenden Armen blieb er vor der eingeschlagenen Klappe stehen. Im Dämmerlicht des späten Nachmittags beobachteten ihn die Löffler aus ihren Glasaugen. Sie machten den Eindruck, als würden sie sich über den seltsamen Streich, den das Geschick ihm gespielt hatte, lustig machen. Reglos verharrte er eine ganze Weile. Seine Gedanken kamen derart durcheinander, dass er den Eindruck hatte, seine Gehirnwindungen würden sich verknoten. Aus dem Computer drang Schnabelklappern und Brummen. Es war der Liebesgesang der Löffler bei der Balz. Er lächelte, als würde er aus seiner Benommenheit erwachen. Die Aufnahme lief als Schleife. Sie stammte aus der Zeit, als er für die algerischen Ölgesellschaften gearbeitet hatte. Nach einer Weile war ihm, als würden die Löffler auf ihren lackierten Holzsockeln zum Leben erwachen. Immer wieder reckte er sich zu ihnen hoch und stieß dabei leise Rufe aus wie eine stille Klage.

Tränen stiegen ihm in die Augen. Er wischte sich den Schweiß von den Schläfen. Ihm zitterten die Hände, sein Magen krampfte sich zusammen. Er wollte sich beherrschen, wurde aber von Schauern und schmerzhaften Zuckungen gepackt, die ihm durch Mark und Bein fuhren. Mit den Fingerspitzen streichelte er die weißen Federn wie Wunderwerke und verlor sich damit im Flaum des langen anmutigen Halses der Vögel. Er bat die Löffler, ihm die Kraft zu geben, die Krise, die ihn zu überwältigen drohte, zu bekämpfen, aber das Zittern verwandelte sich rasch in Krämpfe, und er brach zusammen.

Irgendwann kam er wieder zu sich, ohne sagen zu können, wie lange die Krise gedauert hatte. Die Löffler waren noch immer da, man hörte das kräftige Klappern ihres langen, löffelförmigen Schnabels und das Brummen der Männchen.

Wahnsinnig vor Wut verließ er das Haus, lief zu einem angrenzenden Schuppen und kam fünf Minuten später mit einem Benzinkanister zurück. Er hatte zorngerötete Augen, und Speichel hing an seinen schmerzverzerrten Lippen. Er ging ins Haus und verteilte methodisch den Kraftstoff an mehreren Stellen. Dann entzündete er nervös ein Streichholz und rannte hinaus, verfolgt vom glühenden Atem des Feuers. Viel später, als er sich auf der Straße nach Salins-de-Giraud befand, hielt er in seinem Lauf inne. Wie ein riesiges Ausrufezeichen stieg in der Ferne eine Rauchwolke über die Sümpfe.

In diesem Augenblick dachte er an das Tier. Erst jetzt wurde ihm klar, dass es wütend sein würde und nichts und niemand es mehr würde aufhalten können.

27

Chandeler spürte, wie eine knochige Hand ihn heftig schüttelte. Er öffnete die Augen einen Spalt und sah ein zerfurchtes Gesicht mit Schlitzaugen, die ihn starr ansahen, und einen verzerrten Mund mit zwei Reihen elfenbeinfarbener Zähne.

»Aufwachen … M'sieur, aufwachen! Nicht bleiben!«

Chandeler öffnete die Augen ganz und erblickte zwei Asiaten, die ihn nervös anstarrten.

»Aufwachen … M'sieur … Geht nicht …«

Mit letzter Kraft konnte er ein paar Worte hervorbringen. »Rufen … Rufen Sie … die Polizei. Ich …«

»Wir nichts Polizei, M'sieur … Wir Arbeit auf dem Feld. Arbeiter!«

Chandeler hörte eine Welle von Lauten, die auf seinen geschwächten Geist niederging. Einen Augenblick lang glaubte er, erneut eine Halluzination zu haben. Seit seiner Gefangennahme navigierte er unaufhörlich zwischen der realen Welt und albtraumhaften Visionen.

Als er aufstehen wollte, griffen mehrere kräftige Arme nach ihm, hoben ihn vom Boden auf und trugen ihn zur Ladefläche eines Karrens, der an einen Weinbergtraktor angehängt war. Plötzlich lag er inmitten von Lattenkisten, die nach feuchter Erde und Pflanzen rochen, und hatte den strahlenden Himmel und die Sonne über sich. Neben ihm auf dem Karren waren sie zu viert. Vier Asiaten, denen er ein dankbares Lächeln schenkte. Dann durchquerte der Tross ein Feld, das außerhalb seiner Sichtweite lag, und bog in einen Hohlweg ein, der sich an Eschen und Pappeln entlangzog.

Es musste relativ spät am Tag sein, das Blau des Himmels begann sich rosa und orange zu färben. Ein Geruch nach Diesel und Rauch hüllte ihn ein, der Traktor blieb fast stehen, dann änderte der Motor die Drehzahl: Sie fuhren jetzt auf einer asphaltierten Straße. In dem Maße, in dem Chandeler Blicke mit seinen Rettern wechselte, kam er wieder zu Sinnen. Nach seiner Flucht war er lange gelaufen und hatte schließlich, am Ende seiner Kräfte, einen Bach gefunden, aus dem er getrunken und sich wieder mit Wasser gefüllt hatte, sowie eine Ecke in einem vor Blicken geschützten lockeren Gebüsch. Es war am Rand eines Feldes gewesen, vielleicht eines Weinbergs, er erinnerte sich nicht mehr. Wie auch immer! Er war eingeschlafen. Lange beobachtete er die Männer, die ihn aus seiner Lage befreit hatten, bis ihm bewusst wurde, dass es sich um illegale Arbeiter handeln musste: Er hatte von diesem Schwarzhandel mit Arbeitern in der Camargue gehört, mehrere Großbesitzer waren auf frischer Tat bei dieser Form moderner Sklavenhaltung erwischt worden. Es waren vor allem Thais und Kambodschaner, die für ein paar Euro wie die Kulis schufteten.

Der Mann, der ihn im Hof des Mas de la Fraysse empfing, musste so etwas wie ein Vorarbeiter sein. Die Thais verschwanden in den Gebäuden.

»Die Arbeiter haben Sie gefunden, als sie gerade mit ihrer Arbeit fertig waren. Ich bin Fabrice Luciano, der Betriebsleiter.«

»Chandeler, Anwalt bei der Anwaltskammer Marseille.«

Der Vorarbeiter wich zurück. »Wie kommt es, dass man Sie in diesem Zustand am Rand eines Erdbeerfeldes findet?«

»Ich … Ich … Das dauert zu lang und ist zu verrückt, ich muss mit der Polizei sprechen.«

»Ich kann Sie nach Marseille bringen, wenn Sie möchten.«

»Nein, nein, ich muss die Polizei benachrichtigen.«

»Hören Sie, Monsieur, ich … Wie soll ich sagen? Die Arbeiter, die Sie hergebracht haben, möchten nicht, dass die Polizei weiß, dass sie hier arbeiten. Sie … Verstehen Sie?«

»Ich muss die Polizei benachrichtigen, lassen Sie mich telefonieren.«

»Unter der Bedingung, dass Sie nichts von dem sagen, was hier passiert ist. Ich möchte hier keine Polizei oder Gendarmerie sehen.«

»Einverstanden, ich rufe einen Freund an.«

Um 19 Uhr 12 klingelte de Palmas Telefon.

Alles ging sehr rasch. Keine Stunde später traf de Palma mit Anne und Moreno im Mas de la Fraysse ein. Chandeler saß am großen Tisch des Esszimmers und beendete gerade das Essen, das man ihm serviert hatte. Als er die Polizisten sah, stand er auf und schüttelte ihnen lange die Hand. »Zum ersten Mal in meinem Leben freue ich mich, einen Polizisten zu sehen.«

»Alles kommt mal vor«, bemerkte de Palma. »Wie wärs, Sie würden uns berichten?«

Chandelers Blick veränderte sich abrupt, ein Schleier der Angst legte sich darüber. Erst nach längerem Schweigen begann er mit dem Bericht von seiner Entführung: Als er das Gericht von Marseille verlassen hatte, wo er von der Verteidigung eines Industriellen in einem Fall von Beamtenbestechung kam, war ein Mann an ihn herangetreten und hatte ihm unauffällig eine Waffe auf den Bauch gesetzt.

»Er ist zwischen fünfundvierzig und fünfzig. Ein Meter achtzig, vielleicht größer … Etwa so groß wie ich! Ich bin 1,85. Schwarzes, halblanges Haar, mit kleinen blauen Augen und kräftigen Brauen. Spitze Nase. Unrasiert. Er trägt eine Safarijacke, Jeans und Sandalen.«

Chandeler hatte sich gegen die Befehle des Mannes nicht gewehrt und war in einen quasi neuen Ford Scorpio gestiegen. Dieses Detail war ihm aufgefallen: Es war sicher ein Leihwagen. Dann waren sie Richtung Martigues, Fos und die Camargue gefahren.

De Palma packte eine Karte des Rhonedeltas aus und entfaltete sie auf dem Tisch. »Versuchen Sie, sich genau zu erinnern. Sie befinden sich auf der großen geraden Linie der N 568. Irgendwann biegen Sie links ab, ist das diese Straße?«

»Ja, das ist sie. Am Straßenrand stand ein alter Wohnwagen und der Überrest eines Kühlschranks.«

»Dann fahren Sie weiter.«

»Wir fahren eine ganze Weile auf derselben Straße. Zu beiden Seiten sind gemähte Felder … Ich meine: Es ist nichts darauf … Wir fahren weiter und kommen an eine Kreuzung, an der ein Schild nach Le Sambuc steht. Wir fahren …«

Chandeler dachte mit geschlossenen Augen nach, ging die Strecke im Kopf durch. »Rechts fahren wir an einer großen Wasserfläche vorbei, links ist überall Schilfrohr. Und dann …«

Chandeler dachte weiter nach. Er runzelte die Stirn. »Ich würde mich gern erinnern, aber ich schaffe es nicht mehr.«

»Sind Sie lange in diese Richtung gefahren?«

»Nein, sehr kurz.«

»Wie viele Minuten?«, fragte Anne.

»Nicht länger als fünf.«

Sie sah Michel an. »Man könnte meinen, das wäre bei La Capelière.«

»Das ist doch da, wo es gebrannt hat!«, bemerkte der Vorarbeiter.

»Gebrannt?«

»Ja, ein altes Mas, das beinahe die ganze Gegend in Brand gesteckt hätte.«

»Könnten Sie uns dort hinführen?«

»Kein Problem.«

De Palma musterte Chandeler, der vollkommen erledigt wirkte. »Ich würde Ihnen vorschlagen, einstweilen hierzubleiben. Wir kommen später wieder und bringen Sie nach Marseille. O.k.?«

Chandeler begnügte sich mit einem Nicken.

Er saß rittlings auf dem Hauptast einer alten Esche und sah auf der Straße nach Le Sambuc zwei Wagen vorbeifahren. Der erste war ein japanischer Geländewagen, dessen Marke er nicht kannte, der zweite ein Peugeot 406. Bullen, dachte er. Zuvor hatte er das Ballett der Feuerwehr- und Gendarmeriefahrzeuge beobachtet, die sich alle auf den Brand zubewegt hatten. Die Sonne drang, noch schwer von Licht, in das Silber des Etang de Vaccarès. Sesshafte Flamingos pickten dort nach Futter, bevor sie in den verborgenen Röhrichten verschwanden.

Die Bullen werden nichts finden, sagte er sich. Nichts. Nur Chandeler würde ihn sicherlich beschreiben. Und der Anwalt würde der Polizei tausend wertvolle Details liefern. Die saß übrigens tatsächlich in dem zweiten Wagen: keine Gendarmen, nein, sondern Bullen aus Marseille, die Kripo und vielleicht sogar dieser verdammte Polyp, den er bei Morini gesehen hatte und dann neulich bei dem Anwalt. Bei dem wusste er instinktiv, dass er misstrauisch sein musste. Vom selben Schlag wie Marceau: ein Hitzkopf, aber mit Feinfühligkeit gesegnet. Allerdings hatte er nichts gegen ihn und würde nichts tun, solange der Polizist den Plänen des Tiers nicht in die Quere kommen würde.

Er wandte sich dem Brand zu. Es war kein Rauch mehr zu sehen, die Feuerwehrleute und Gendarmen nahmen jetzt bestimmt Asche und Überreste des Mas genauestens unter die Lupe. Aber mit Sicherheit war alles verbrannt. Warum hatte er alles angezündet? Ein Anflug von Wahnsinn, ebenso unkontrollierbar wie unvorhersehbar? Im Grunde hatte er keine Ahnung, seine Natur überwältigte ihn nicht zum ersten Mal, er sah die Welt in den schönsten Farben, und plötzlich brach bei der geringsten Schwierigkeit, bei der kleinsten Einzelheit, die das Ganze nur ein wenig ins Wanken brachte, alles zusammen. Es war wie der hässliche Fleck der Umweltverschmutzung inmitten der Natur. Eine Blüte der Schmach in seinem gewaltigen Stolz. Er musste zerstören, auf das Risiko hin, alles zu verlieren.

Die Erinnerungen an die letzten Monate stiegen in ihm auf. Er hatte das Gefühl, den größten Teil seiner Mission ausgeführt zu haben. Die Tarasque hatte vollzogen, was man von ihr erwartete. Den Freizeitpark würde es nie geben. Das war das Wichtigste. Er hatte einen der Vordenker des Parks, Morini, und ein paar seiner besten Soldaten aus dem Weg geräumt. Schade um Chandeler.

Steinerts Tod bedauerte er aufrichtig. Das hatte ihn wirklich traurig gemacht: Sie hatten so viele Dinge miteinander geteilt. Steinert hatte das Tier sehen wollen. Er, der Ritter, hatte sich immer geweigert, es ihm zu zeigen. Bérard war es, der schließlich entschieden hatte: Steinert war nicht eingeweiht. Nicht genügend. Aber der Sohn von Simone war starrköpfiger als ein Schafbock, er wollte es trotzdem sehen. Deshalb hatte er es gesucht. Bis zu dem Tag, an dem er es gefunden hatte. Am Ende findet man immer. Wie hatte Steinert es angestellt? Er wusste es nicht. Er dachte sich nur, William sei ihm sicher gefolgt. Und das Tier hätte ihn beinahe verschlungen, wenn er nicht wie ein Besessener gerannt wäre. Leider war es dunkel gewesen, und William hatte den Sumpf nicht gesehen. Und er hatte ihn nicht retten können, sonst wäre das Tier ihm entwischt. Er hatte Mühe gehabt, es in sein Loch inmitten des Schilfrohrs zurückzubringen. Mehrere Male hatte er den Gesang der Diener des Tiers gesungen, um es zu beruhigen, und schließlich hatte es eingewilligt, ihm zu folgen. Traurigkeit überkam ihn. William würde nie das Ende der Geschichte erfahren, er würde nie erfahren, dass alles vollendet war.

Der Étang de Vaccarès verschlang die Sonne endgültig. Wie ein ruhiges Ungeheuer methodisch seine Beute verschlingt, um sie langsam zu verdauen. Leichter Wind ließ die Blätter der Esche zittern. Er sog tief die Luft ein, wie die wilden Tiere, wenn sie das Ausmaß der Gefahr wittern. So wie es ihm Bérard beigebracht hatte, der Alte, der Große Schäfer. Bérard der Zauberer.

Schwaden von verkohltem Holz und heißen Ziegeln strichen ihm durch die Nase. Das Gesicht des Schäfers erschien vor ihm, als ob der alte Meister den Rückweg über den Fluss der Toten angetreten hätte, um ihm Kraft zu geben. Er blieb in seinem Baum, bis es Nacht wurde. Dann kletterte so behände wie eine Wildkatze, die beschließt, dass nun die Stunde der Jagd gekommen ist, herunter. Es musste schon nach neun sein, als er im trockenen Schilfrohr verschwand, das scharf war wie das Blatt einer Sense.

Es roch nach verbranntem Gras und süßlichem Holz. Aus der Erde und den aus der Wand gefallenen Steinen stieg noch die Hitze des Feuers. Anne befragte einen Feuerwehrmann aus Le Sambuc, der mit dem Finger auf die Überreste des Mas zeigte und ihr zu erklären versuchte, dass der Brand ganz sicher vom Inneren des Hauses ausgegangen sei. De Palma wagte sich auf den Pfad und ging etwa hundert Meter. Der Brand hatte das Röhricht gestreift; in der unmittelbaren Umgebung des Hauses waren die Spitzen des Schilfrohrs halb versengt. Unmittelbar über dem Boden sah man deutlich noch frische Fußspuren: Zartes grünes Gras war zertreten, etwas, das aussah wie eine Wasserhyazinthe, war zerquetscht. De Palma drehte sich um. Er befand sich inmitten des Röhrichts, die Ruinen des Mas waren vollständig aus seinem Blickfeld verschwunden, nur der Geruch, der die schwüle Luft durchdrang, war noch übrig.

›Ein ideales Versteck‹, sagte er sich. ›Ein verdammt gutes Versteck, nur ein paar Schritte von der Straße entfernt.‹

Er ging noch ein paar Meter und sah, dass die Vegetation zertrampelt war. Junges, niedriges Rohr war zerbrochen, und auf dem sandigen Boden und den moosigen Stellen sah man deutlich Fußspuren. ›Auf diesem Weg muss Chandeler geflohen sein‹, dachte der Baron. Er drehte um und sah Anne, die in der Asche und den Trümmern des Mas herumstocherte.

»Wir bräuchten die Leute von der Spurensicherung«, sagte

sie, als de Palma bei ihr angekommen war. »Versuch mal, hier drin was zu finden!«

Sie versetzte dem halb geschmolzenen Gerippe eines Computers einen Tritt. »Nach Ansicht der Feuerwehrleute hat er die Hütte mit Benzin in Brand gesetzt. Bestimmt hat er überall was hingeschüttet und dann ein Streichholz angezündet.«

»Einfach und wirkungsvoll«, bemerkte de Palma und hob einen noch rauchenden Balken an.

Der Feuerwehrhauptmann kam mit einem schwarzen Gegenstand zu ihnen: Es war ein Pfeifenkopf, der die Flammen überstanden hatte. De Palma wiegte ihn in der Hand. Plötzlich erinnerte er sich an das, was ihm beim Besuch in Steinerts Büro als Erstes aufgefallen war: der starke Geruch nach aromatisiertem Pfeifentabak. Er erinnerte sich auch, dass Ingrid beteuert hatte, ihr Mann habe nie geraucht. De Palma war ein Mann, der an Zeichen glaubte, und sagte sich, dass der Geist der Bullen ihm gerade eines gesandt habe. Blieb noch, es zu deuten.

Anne näherte sich. »Interessant?«

»Vielleicht. Suchen wir weiter, wir haben einen guten Tag.«

Unter einem Haufen Steine, die sich aus der Fassade gelöst hatten, fanden sie eine verkohlte Masse, daneben eine vom Feuer angesengte weiße Feder.

»Ein Löffler«, sagte der Baron.

Als er in der Asche stocherte, fand er einen Gipssockel, aus dem Drähte hervorstanden. Nachdem er eine Weile nachgedacht hatte, begriff er, dass es sich sicher um das Drahtgestell eines ausgestopften Vogels handelte. Im Rest des Hauses fanden sie nichts mehr. Vom Meer war Wind aufgekommen und wehte den kräftigen Brandgeruch über den Étang de Vaccarès.

»Denn da hat man suchen müssen: in ihrer Familie.« Wie eine Hohlladung schlug dieser Satz in ihm ein, den ihm neulich in Paris eine alte Frau gesagt hatte, als er zum ersten Mal seit 22 Jahren wieder Isabelle Merciers Grab besucht hatte. »Denn da hat man suchen müssen: in ihrer Familie.« Er fühlte sich alt, unfähig, die Kugeln im Flug zu treffen, von den Schicksalsschlägen verbraucht: Er hatte nicht einmal nach dem Namen der alten Dame gefragt. Der Schmerz drang ihm von oben in den Schädel und fuhr zwischen beiden Augen nach unten.

Ein Feuerwehrmann nahm seinen Helm ab, der schwarze Rauch hatte sein Gesicht in das eines Bergmanns verwandelt. Er lehnte sein Feuerwehrbeil gegen einen Mauerrest und zündete sich eine Zigarette an.

Am nächsten Tag wurde Gouirand pünktlich um zehn Uhr in den Räumen der Mordkommission vorstellig. Anne befragte ihn mehr als zwei Stunden, erfuhr aber nichts Neues, außer ein paar Details zu Morinis Jugend und seinen politischen Freunden. So erfuhr sie, dass der Pate schlicht und einfach mit einem einflussreichen Politiker der Region aufgewachsen war. Christian Rey hatte zu demselben Netz von Freunden gehört.

»Und kannten Sie Bérard?«

»Ich bin ihm häufig bei den traditionellen Festen begegnet, zu Weihnachten oder zu den Festen der Tarasque. Er kam und hat uns auf Provenzalisch Gedichte vorgetragen und Legenden erzählt. Es heißt, er gehörte zum Dichterbund Félibrige und sei ein Nachfahre von Frédéric Mistral.«

»Er war auch ein Ritter der Tarasque!«

»Ich weiß, dass er Ritter war, aber das war er, lange bevor ich mich um die Tarasque gekümmert habe. Ein- oder zweimal habe mich mit ihm darüber unterhalten. Er hat mir sogar Ratschläge gegeben, als ich neue Kostüme anfertigen wollte.«

»Sie kannten ihn also?«

»Nicht besonders gut.«

»Und Steinert?«

»Nie gesehen und nie was von ihm gehört, abgesehen von dem, was in der Zeitung stand, oder vom Hörensagen.«

Am Vormittag hatte de Palma Chandeler befragt. Der Anwalt hatte ihm erklärt, dass die SODEGIM nicht mehr existierte und dass Philippe Borland seit einer Ewigkeit von der Bildfläche verschwunden war. Kurz vor seiner Ermordung war Morini damit beschäftigt gewesen, eine zweite Gesellschaft aufzubauen, eine Art Briefkastenfirma mit Sitz in Monaco und Luxemburg, deren Kapital sich aus Geldern zusammensetzte, die aus praktisch allen nur denkbaren Steueroasen kamen.

»Morini war bei mir, als wir zu Bérard gegangen sind. Wir wollten ihm seinen Teil von den Terres d'en bas abkaufen, aber er hat sich geweigert.«

»Und was ist passiert?«

»Er hat uns gesagt, er würde dafür sorgen, dass wir nie auf dem Gelände bauen könnten.«

»Und Sie haben ihn bedroht!«

»Das war Morini. Er hat sich aufgeregt und wollte ihm Angst einjagen. Ich garantiere Ihnen, ich wollte dazwischengehen, aber ich konnte nichts tun.«

Die weitere Geschichte kannte de Palma.

»Wann haben Sie zum ersten Mal die Drohung erhalten?«

»Ein oder zwei Tage, bevor wir zu Bérard gegangen sind.«

»Haben Sie sie zu Hause erhalten?«

»Ja, genau. Warum?«

»Weil es nur wenige Menschen gibt, die Ihre private Adresse kennen!«

Chandeler war zusammengezuckt. Ihm war klar geworden, dass er wahrscheinlich keine Ruhe haben würde, bis die Polizei denjenigen schnappen würde, der versucht hatte, ihn umzubringen.

»Vielleicht ist es an der Zeit, mir alles zu sagen, mein Bester.«

»Ich denke, ja.«

Chandeler hatte den Hörer abgehoben und darum gebeten, man möge ihm ein Päckchen Zigaretten bringen. Zwei Minuten später hatte eine junge Frau die Tür geöffnet und ein

Tablett mit einem Päckchen filterloser Craven A, einer Streichholzschachtel und einem Aschenbecher auf den kleinen runden Tisch des Raums gestellt.

»Ich muss nachdenken und ein bisschen schlafen. Könnten Sie am Spätnachmittag wiederkommen?«

Chandeler hatte sich eine Craven angezündet und gierig an ihr gezogen. Der Anwalt war so aufgewühlt, dass de Palma den ranzigen Geruch der Angst hatte riechen können.

»Wir kannten uns alle … Sie müssen das begreifen. Ich bin auch ein Kind der Gegend.«

Nach vier Zügen hatte der Anwalt seine Zigarette ausgedrückt und leicht gehustet.

Als Gouirand sah, wie de Palma Anne Moracchinis Büro betrat, warf er ihm einen besorgten Blick zu. Er war ihm noch nie zuvor begegnet und las im Gesicht des Polizisten eine Entschlossenheit, die er instinktiv fürchtete.

»Wir haben es mit einer großen Familie zu tun, Michel. Ich habe den Eindruck, sie kennen sich alle!«

»Mehr noch«, fügte der Baron hinzu.

Gouirands Blick wanderte unaufhörlich von einem Polizisten zum anderen. Anne bemerkte es und setzte sich hinter ihn, um ihn aus dem Gleichgewicht zu bringen. »Monsieur Gouirand, ich habe den Eindruck, die Tarasque ist gerade dabei, allen Unglück zu bringen.«

»Ich verstehe nicht, was Sie sagen wollen!«

»Rey und Morini waren doch Ritter der Tarasque, oder?«

»Das stimmt, ich habe sie damals gekannt, als sie in der Mannschaft waren. Das habe ich bereits Ihrer Kollegin erklärt.«

De Palma massierte seine verletzte Schulter. Er sah den Chef der Tarascaires durchdringend an. »Und was ist mit Marceau?«

Gouirands Gesichtsausdruck veränderte sich, seine Unterlippe hing leicht herab, was ihn plötzlich älter und erbärmlich aussehen ließ. »Ich verstehe nicht, was Sie sagen wollen … Auf die Fragen habe ich schon geantwortet.«

Das Gesicht des Barons entspannte sich, seine Augen funkelten. »Wissen Sie, Monsieur Gouirand, im Verbrechen liegt immer eine Logik. Die Leute bringen sich gegenseitig aus tausenderlei Gründen um, und es kommt häufig vor, dass diese Gründe keinerlei offensichtliche Logik haben. Und doch gibt es immer eine, sie ist da, vor uns. Unsere Arbeit besteht darin, diese Logik zu begreifen. Und zwar immer, verstehen Sie. Das ist unsere Pflicht. Ich habe Marceau vor langer Zeit kennengelernt. Wir waren Kollegen bei der Pariser Mordkommission am Quai des Orfèvres … Es waren die schönsten Jahre meines Lebens. Später bin ich nach Marseille zurückgegangen und Marceau wieder nach Tarascon.« De Palma wischte sich mit der Hand über die Stirn. »Seit Monaten sage ich mir, dass Marceau in Tarascon ist, weil die Polizei ihn kaltgestellt hat und er wieder nach Hause zurückwollte, so wie ich nach Marseille zurückwollte. Ganz einfach. Dann erfahre ich, dass er sich sein Gehalt aufbessert, indem er für das Milieu den Ausputzer spielt. Ganz einfach. Bis dahin gibt es eine Logik.«

Anne folgte dem Baron mit dem Blick, sie merkte, dass seine Gesichtsmuskeln sich verhärteten und die Venen an seinen Armen hervortraten.

»Und dann wird Marceau plötzlich von Ihrem verdammten Tier gefressen: An dem Punkt gibt es keine Logik mehr. Warum?« Der Baron erhob sich mit einem Satz und drehte Gouirand den Rücken zu. »Weil es Dinge gibt, über die ich nichts weiß … Und was mag es bei einer fünfundzwanzig Jahre alten Kameradschaft geben, das ich nicht weiß?«

Er wandte sich wieder um und versenkte seinen fiebrigen Blick in den von Gouirand. »Monsieur Gouirand, ich habe die Nacht damit zugebracht, darüber nachzudenken. Ich habe etwas ganz Simples entdeckt, etwas wirklich Simples: Marceau stammte aus Tarascon, aus einer alten Bürgersfamilie, wie Sie, wie Rey, wie Morini, wie die meisten Ritter der Tarasque. So simpel ist das. Nur stammen Sie und Marceau zwar aus Tarascon. Nicht aber Ihre Eltern, die aus den verdammten Dörfern der Region kommen, so wie Hunderte von Einwohnern Tarascons. Die Logik, verstehen Sie? Den Rest habe ich mir, wie ich zugeben muss, ein bisschen ausgemalt, und ich glaube, ich bin auf das Richtige gestoßen.«

Der Baron zog einen Stuhl heran und setzte sich Gouirand gegenüber. Er musterte ihn ein paar Sekunden. »Warum sagen Sie mir nicht, dass Sie Marceau praktisch schon immer kannten und er ebenfalls ein Ritter der Tarasque war … Warum?«

»Ich weiß nicht …«

Gouirand verbarg das Gesicht in den Händen. De Palma beobachtete ihn. »Haben Sie ebenfalls das Zeichen erhalten?«

Der Chef der Tarascaires senkte den Kopf noch tiefer.

Der Baron erhob sich und bedeutete Anne, ihm in eine Ecke zu folgen. Er flüsterte. »Das Beste für ihn ist, eine Weile zu verschwinden, und zwar sofort. Wir haben den anderen Irren noch nicht geschnappt. Womöglich ändert er seinen Modus Operandi und bringt sie reihenweise um, ohne dass wir irgendetwas tun können.«

»Wir können ihn ins Loch stecken, wenn wir wollen, wir haben genug, um ihn zu belasten. Ich ruf die Richterin an und fertig!«

»Das ist das Beste, steck ihn in Gewahrsam … Morgen sehen wir klarer.«

»Wie hast du das mit Marceau rausbekommen?«

»Ich habe geblufft. Chandeler hat mir gesagt, sie würden sich alle kennen, also hab ich ein bisschen was dazugedichtet. Ich muss nachher noch mal zu ihm. Stell ihm jetzt ein paar Fragen, so wird er glauben, wir wissen alles.«

Sie kamen zu Gouirand zurück, de Palma nahm wieder ihm gegenüber Platz.

»Ich denke, Sie können mir seinen Namen sagen«, bemerkte

Anne mit harter Stimme. »Ich denke, es ist Zeit! Es gab schon genug Tote! Wissen Sie, wie teuer Sie Ihr Schweigen vor Gericht zu stehen kommen kann?«

»Wenn ich seinen Namen wüsste, hätte ich ihn schon längst gesagt! Aber ich weiß ihn nicht.«

Anne presste die Lippen zusammen und suchte den Blick des Barons.

»Ich glaube Ihnen«, sagte de Palma. »Aber ich glaube Ihnen nur halb … Ich denke, Sie schwanken zwischen mehreren Personen. Habe ich recht?«

»Ja, Monsieur.«

»Und wenn ich Ihnen nun sage, dass es sich um einen begeisterten Vogelkundler handelt? Ein irrer Freund von allem Federvieh, der die meiste Zeit in der Camargue verbringt. 1 Meter 85, sieht aus wie ein Hippie …«

Gouirand erstarrte auf seinem Stuhl. Er wischte sich die Schweißperlen von der Stirn. »Das ist Vincent Soubeyrand«, murmelte er. »Das kann nur er sein.«

»Steinerts bester Freund, nicht wahr?«

»Ja, genau. Soubeyrand vom Mas de Clary.«

»Lebt er dort noch immer?«

»Nein, da wohnt nur noch seine Mutter Mireille und Landwirte, die den Boden bestellen.«

Anne notierte die Adresse und rief einen Beamten, der Gouirand in die Zellen des Polizeihauptquartiers führte. De Palma sah sich die Straßenkarten an: Das Mas de Clary befand sich unterhalb der Straße von Maussane nach Eygalières, ein paar Kilometer vom Mas de la Balme entfernt.

»Es gibt Telefon, probieren wirs?«

»Warum nicht?«

Anne schaltete den Lautsprecher ein und wählte, ohne den Blick von der Tastatur abzuwenden. Ein Mann antwortete. Sie runzelte die Stirn. »Bin ich da bei Monsieur Lebel?«

»Nein, ganz und gar nicht.«

»Entschuldigen Sie, ich muss mich verwählt haben.«

Die beiden Polizisten sahen sich an und überlegten gemeinsam: Eine Männerstimme in einem Haus, in dem angeblich nur eine Frau wohnte, mochte vielleicht nichts bedeuten, die Sache sollte aber überprüft werden.

»Vincent und Mireille, wirklich komisch«, bemerkte de Palma.

»Was ist daran komisch?«

»So heißen die Hauptfiguren des großen Epos von Mistral.«

»Mmmh, und die Geschichte findet in der Camargue ihr unglückliches Ende.«

Keine Stunde später stellten de Palma und Anne den Citroën Xsara der Mordkommission ein paar Meter von der Abzweigung des Weges entfernt, der zum Mas de Clary führte, unter Steineichen in einem Hohlweg ab. Von der Straße aus konnte niemand den Wagen sehen.

De Palma zog seine Dienstwaffe und lief in das kleine Wäldchen neben dem Weg. Die kochende Luft vibrierte vom Gesang der Zikaden. Bei jedem Schritt knackten abgestorbenes Reisig und trockenes Gras unter seinen Füßen. Nach fünfzig Metern blieb er schweißgebadet stehen. Das Mas de Clary befand sich vor ihm, auf der anderen Seite eines Weinbergs, der noch nach reifen Trauben roch.

Anne kam nach und zog ihr Fernglas aus der Tasche. »Vor der Hütte ist niemand.«

»Wir müssen noch ein Stück weiter.«

»Das einzige Problem ist der Hund. An solchen Orten gibt es immer einen bescheuerten Hund.«

Der Baron wischte sich die Stirn ab. »Die Chance, dass er da ist, beträgt eins zu tausend. Aber wenn wir eine Dummheit machen, nehmen uns deine Freunde vom Gericht auseinander.«

Anne hatte Kiefernnadeln im Haar, so lang wie Haarnadeln. Sie zog ihre Waffe und wog sie in den Händen.

»In einem Punkt hast du recht, Anne, es gibt kaum eine

Chance, dass er da ist. Aber wir müssen hin. Es geht nicht anders.«

»Wenn du meinst«, erwiderte Anne und sah zu, wie der Baron sich gedeckt durch den Weinberg näher an das Haus heranarbeitete. Sie ließ ihn ein paar Meter gehen, dann wandte sie sich wieder zum Weg, um einen möglichen Fluchtweg zu versperren. Sie hatte ihr Ziel noch nicht erreicht, als ein erster Schuss fiel. Die Kugel prallte vor ihr auf und ließ eine Staubfontäne hochspritzen. Mit einem Satz warf sie sich zu Boden und rollte sich hinter einer Reihe von Reben in Deckung.

»Alles o. k., Anne?«, rief de Palma.

Sie hatte gerade noch Zeit zu antworten, als ein zweiter Schuss aufs Geratewohl auf den Weg abgegeben wurde. Anne begriff, dass der Schütze sie nicht sehen konnte. Sie schloss daraus, dass er sich im Haus aufhalten und von einem Fenster im ersten Stock aus schießen musste, direkt hinter der Pinie, die ihm die Sicht versperrte.

Der Baron war bäuchlings in Richtung Mas gekrochen. Ein Lufthauch trug die strengen Gerüche der Ställe und des Motoröls der Landmaschinen heran. Schwarze Fliegen tanzten in der Luft um ihn herum und scherten sich nicht um seine missliche Lage. Sein Gesicht war schweißnass und voller Staub, seine Kleidung voller Erde. Als er nur noch etwa zehn Meter von den Gebäuden entfernt war, richtete er sich auf und beobachtete die Fenster. Alles war still. Im Gegensatz zu Annes Befürchtung gab es keinen Hund. Er schloss daraus, dass die Herde nicht in den Ställen war und die Hunde die Tiere hüteten. Er beschloss, so weit zu gehen, bis er sich an die Wand drücken konnte, als er das charakteristische Geräusch eines Motorradanlassers hörte. Es kam aus der Garage, die er vom anderen Ende des Weges aus gesehen hatte.

»Zum Auto, Anne, zum Auto!«, brüllte er.

Die beiden Flügel des Tors schlugen gegen die Garagenmauer, ein schweres Motorrad schoss wie eine Rakete aus dem

Wagenschuppen. De Palma stand auf und feuerte. Der Fahrer duckte sich, neigte sich mit dem Motorrad nach rechts und nach links und hielt den Kopf dicht über dem Lenker. De Palma schoss in einem weiten Schwenk. Als die Waffe klickte, warf er den Revolver weg, zog seine .45er und rannte dem Motorrad hinterher. Eine einzige Kugel traf den Motorradfahrer, der auf dem Sattel zusammenzuckte.

Dreißig Meter weiter vorn machte Anne sich zum Schießen bereit und nahm das Motorrad direkt ins Visier. Drei Schüsse knallten, keiner traf das bewegliche Ziel. Der Fahrer fuhr Slalom, tauchte schließlich in einem Feld zu seiner Linken ab und verschwand. Als de Palma bei Anne ankam, lag noch ein wütendes Funkeln in ihrem Blick. Sie sagte nichts, schwenkte die Trommel ihrer Dienstwaffe aus, entfernte die noch von den Schüssen heißen Hülsen und legte drei .38er-Patronen ein.

»Wir müssen das Mas durchsuchen«, bemerkte sie mit hartem Blick.

»Lass es, ich denke, wir sollten eher zu Chandeler, er erwartet mich.«

Chandeler saß in seinem Sessel.

Anne und de Palma näherten sich langsam. Beide hatten genügend Tote gesehen, um zu spüren, dass der Mörder ihnen nur um wenig zuvorgekommen war. Ein blutiges Rinnsal glänzte noch auf den grauen Adern des Marmorbodens im Wohnzimmer und zeichnete eine chinesische Kalligrafie bis hin zum Perserteppich, der das Leben des Anwalts aufsog.

Chandeler hatte dem Tod ins Auge geblickt. Zweifelsohne hatte er sogar mit seinem Scharfrichter geredet. Vincent Soubeyrand hatte ihm eine Kugel mitten durch den Kopf geschossen, ein Projektil, das ein hübsches rundes Loch aus seiner Stirn gestanzt und seinen Hinterkopf verwüstet hatte. Am Sessel klebten Hirnfetzen. Anne legte der Leiche die Hand auf die Stirn.

»Es ist keine Stunde her«, sagte de Palma, über die Leiche gebeugt.

»Das war eine 9-Millimeter, jede Wette. Ich fress einen Besen, wenn das nicht eine SIG Sauer war, die ihn erledigt hat.«

Chandelers Mörder hatte ihm die Hände über dem Bauch verschränkt und eine lange weiße Feder zwischen die Finger gesteckt.

»Verdammt, das Ding macht mir Schiss«, sagte Anne und wich zurück.

De Palma nahm die Feder und betrachtete sie lange. »Die Signatur hat sich seit dem Anfang nicht verändert, aber er kann seine Opfer nicht mehr in die Camargue bringen, damit das Vieh sie frisst. Er ist absolut in Panik, Anne. Er weiß nicht mehr, wohin, und wird jetzt in alle Richtungen schießen.«

»Hast du eine Idee, wo er sich verstecken könnte?«

»Nicht die geringste. Chandeler war unsere letzte Chance, das herauszufinden. Er ist geschickt, er beobachtet uns schon eine ganze Weile und hat unsere Vorgehensweise herausgefunden. Er hat immer mindestens eine Runde Vorsprung vor uns.«

»Und wir können nicht einmal seine Personenbeschreibung rausgeben.«

28

Die Schule Saint-Joseph war eine private Sekundarschule, deren Hofmauern einen großen Teil der Rue de Beaucaire auf der Seite mit den geraden Hausnummern einnahm, nur wenige Schritte vom Rathaus Tarascons entfernt.

Es war 17 Uhr.

Vor dem Schultor rannten Kinder in alle Richtungen, noch ganz aufgeregt vom ersten Schultag nach den Sommerferien. Der Baron entdeckte Gilbert Sicard, der die Schüler beaufsichtigte. Zwei Tage zuvor hatte Sicard auf die Nachricht reagiert, die de Palma ihm hinterlassen hatte. Der frühere Geschichtsstudent war Lehrer und dann Direktor einer katholischen Schule geworden.

»Kommen Sie, Monsieur de Palma, gehen wir in mein Büro.«

Sie überquerten einen zementierten Hof, in dem drei uralte Platanen standen. Die Fenster der Klassenzimmer gingen auf einen überdachten, schattigen Teil des Schulhofs hinaus. Am Ende der Fensterreihe befand sich hinter einer grauen Tür das Büro des Direktors.

»Das ist eine traurige Angelegenheit …«, bemerkte Sicard und schwenkte ein Exemplar seiner Magisterarbeit in der Hand, das auf seiner Schreibtischunterlage gelegen hatte.

»Sie sind praktisch meine letzte Zuflucht.«

Sicard hatte einen merkwürdigen Kopf: ein rundes Gesicht, Augen wie Murmeln und auf seiner leicht gebogenen Nase eine Brille mit dicken ovalen Gläsern. »Ich muss Ihnen sagen, dass ich selbst aus diesen Dörfern stamme: Meine Mutter kam aus Maussane und mein Vater aus Fontvieille.«

Sicard schlug seine Examensarbeit auf und blätterte rasch die

Seiten durch. »Es fehlen ein paar Dinge darin, aber Sie müssen verstehen, ich habe das 1966 geschrieben. Damals war ich ziemlich jung.«

Sicard kannte die Geschichte seines Heimatdorfs bestens. Er ließ sich über die Zeit der Okkupation aus und zählte eine Familie nach der anderen auf, die mit den Nazis kollaboriert hatte. Familie Rey war sicherlich diejenige, die am weitesten gegangen war: Einer der Söhne, ein Onkel von Christian, war in Pommern als Angehöriger der Division Charlemagne der Waffen-SS gestorben. Die Reys hatten ihr Vermögen noch vergrößern können und hatten nicht zu den Familien gehört, die sich Sorgen wegen des Säuberungskomitees machen mussten. Die Großmutter von Christian Rey hatte sogar dem kleinen Tribunal angehört, das Simone Maurel gerichtet hatte.

»Diese Geschichten sind äußerst schmerzvoll«, bemerkte Sicard und klappte seine Arbeit zu.

Dann erzählte er von den falschen Widerstandskämpfern, die den Bruder von Simone Maurel erschossen hatten. De Palma hörte die Namen Gabriel Morini und Sébastien Marceau. Émile Maurel war ohne irgendeine Form von Urteil hingerichtet worden. Gabriel Morini und Sébastien Marceau waren nach la Balme gekommen, hatten sich als Widerstandskämpfer ausgegeben und ihn erschossen.

»Warum haben sie Ihrer Meinung nach so gehandelt?«

»Des Geldes wegen, Monsieur! Ich sollte wohl besser sagen, des Landes wegen. Die Familie Maurel war die reichste, und man muss auch sagen, dass die Eltern von Simone nicht immer fair gewesen waren, wenn sie Land kauften. Nun hatten sie sich lange vor dem Krieg die Ländereien unter den Nagel gerissen, die Terres d'en bas genannt werden, indem sie sich den Großvater Morini kauften, einen italienischen Holzfäller, der ein Mädchen aus Eygalières, eine Bérard, geheiratet hatte … Justine Bérard. Ein alter Säufer, der den Maurels das Land für ein hübsches Sümmchen abgetreten hat … Die Maurels wollten alles, und das konnten die Morinis ihnen nicht verzeihen! Dieser Kauf hat sie ruiniert, verstehen Sie!«

De Palma sah ein Puzzle vor sich, das allmählich Gestalt annahm. ›Denn da hat man suchen müssen: in ihrer Familie‹, sagte er sich. Er öffnete seine Tasche und holte das Foto heraus, das er bei Bérard an sich genommen hatte. Sicard musterte es lange, als ob er jedes Individuum darauf unter die Lupe nehmen würde. »Wo haben Sie dieses Bild gefunden?«, fragte er stirnrunzelnd.

»Erlauben Sie mir, verschwiegen zu sein, was das betrifft.«

Sicard nahm sich das Foto wieder vor und verschränkte die Hände. Ein Anflug von Bitterkeit lag in seinem Blick. »Das ist die Tarasque«, sagte er, ohne den Blick von dem Bild abzuwenden.

Die Tarascaires, die das Ungeheuer umstanden, entstammten den mächtigsten Familien von Tarascon und Umgebung. Zu sehen waren Bérard, Émile Maurel, Lucien Soubeyrand …

»Am Ende des 15. Jahrhunderts hatte König René die Regeln für die Bruderschaft der Tarascaires aufgestellt und festgelegt, dass die Söhne der großen Familien sich dort begegnen sollten, anstatt sich zu duellieren. Zu jener Zeit hatten nur die Söhne der Mächtigen das Recht, dem Ungeheuer zu dienen. Vor dem Krieg galt diese alte Tradition noch, und das muss einige ziemlich neidisch gemacht haben. Umso mehr, als es sich bei diesen Familien um sehr traditionalistische Leute handelte. Die Bérards stammten von den Töchtern Mistrals ab, ich glaube, Soubeyrand war verwandt mit Roumanille, dem Mitbegründer des Félibrige. Ich kann Ihnen sagen, in diesem Teil der Provence ist das was! Dazu kam, dass sie während des Krieges Mühe hatten, sich für ein Lager zu entscheiden, denn die meisten waren überzeugte Anhänger von Charles Maurras. Aber sie waren auch Patrioten: vor allem Bérard und Soubeyrand. Etienne Maurel. Das Netz Vincent. Widerstandskämpfer der ersten Stunde. Sie finden sie auch unter den Angehörigen des Félibrige … Bérard war sogar ihr Capoulié, ihr Großmeister.«

Sicard öffnete die Hand und streckte den Daumen zur Decke. »Da herrschen Tradition, Neid, Rache … Wenn Sie so wollen, findet man all das in dieser Serie von Morden wieder, die diesen Sommer stattgefunden hat. Nach dem, was Sie mir vorhin gesagt haben, scheinen sich dabei ja zwei Vorstellungen der Provence gegenüberzustehen: die Traditionalisten und jene, die sich der Folklore zu kommerzielleren Zwecken bedienen würden. Es ist aber komplizierter. Ich weiß nichts über das Projekt des Freizeitparks, von dem Sie mir berichtet haben. Aber ich weiß, dass das wirkliche Motiv Rache war.«

Die Tarasque war in andere Hände übergegangen, und Vincent Soubeyrand, der Erbe einer Epoche, hatte das nicht ertragen. Im Mittelpunkt stand Bérard, der ehemalige Chef der Tarascaires, ihrer aller Meister. Soubeyrand senior war in den Fünfzigerjahren nach Schicksalsschlägen gestorben, sein Sohn Vincent war ein Psychopath. Ein notorischer Gewalttäter, wie den ersten Informationen zu entnehmen war, die Anne zusammengetragen hatte: Soubeyrand war mehrfach wegen Körperverletzung bei öffentlichen Tanzveranstaltungen in der Gegend und in Wahlkämpfen aktenkundig geworden.

»Und Steinert?«

»Im Grunde weiß ich nicht viel von ihm. Ich fand es immer merkwürdig, dass er das Mas de la Balme gekauft hat. Ich weiß nicht, warum, aber ich habe mir gedacht, da steckt was dahinter.«

»Er war der Sohn von Simone Maurel und Karl Steinert.«

Sicard starrte das Foto an. Seine Augen waren aufgerissen und glänzten wie ein Spiegel, der die Flammen eines Feuers zurückwirft. »Wenn es einen gegeben hat, der Grund zur Rache gehabt hätte, dann war er es. Und er hat es nicht getan.«

»Das wird die letzte Wahrheit dieser Tragödie sein.«

Diesen letzten Satz sagte de Palma in einem Murmeln, das sich in der Stille der leeren Schule verlor.

29

Es war ein Artikel auf der Titelseite von *La Provence:*
»Riesenkrokodil in der Camargue erlegt

Nach dem Panther aus den Calanques hätte man an einen Aprilscherz denken können, hätten die Viehhalter der Camargue nicht in den toten Flussarmen des Deltas die Gerippe von jungen Stieren und Fohlen gefunden … Zerfetzt von einem Tier mit außergewöhnlich großen Kiefern …

… Nach ersten Untersuchungen durch Fachleute des Naturkundlichen Museums von Marseille soll es sich um ein Nilkrokodil handeln, eine immer seltener werdende Art. In Ägypten – wo das Tier den Gott Sobek symbolisierte – gilt dieses Krokodil als ausgestorben. Nur wenige Exemplare dieses gefährlichen Räubers wurden weiter flussaufwärts in der Region der großen afrikanischen Seen registriert.

Das erlegte Krokodil hatte bereits einige Verwüstungen in den Schafherden angerichtet und ein wildes Fohlen verschlungen. Die Viehhalter der Camargue hatten beschlossen, Treibjagden durchzuführen, und haben zur Entdeckung des Reptils beigetragen …

Wie ist ein solches Tier in die Camargue gekommen? Mit dieser Frage beschäftigt sich nun die Fahndungsabteilung der Gendarmerie Nationale …«

Anne legte die Zeitung beiseite und rieb sich die Augen.

Daniel Moreno betrat das Büro der Mordkommission. Drei parallele Furchen zogen sich über seine Stirn. Seine Bewegungen waren fahrig. Am Vortag hatte er sich von einem Untersuchungsrichter runterputzen lassen, und er fürchtete sich bereits vor dem Treffen mit Delpiano, zu dem der Chef der Mordkommission ihn um 11 Uhr einbestellt hatte.

»Hast du die neuesten Nachrichten gelesen?«

Moreno zuckte mit den Schultern, ohne auch nur einen Blick auf *La Provence* zu werfen. »Haben wir die DNA?«

»Ja, die Unterlagen sind gerade angekommen, noch keine Stunde her.«

»Und?«

»Sie stammt tatsächlich von dem Tier, das sie gestern getötet haben. Das Tier, das die Leichen von Rey und den anderen zerfetzt hat. Wir haben es bald geschafft.«

Moreno schimpfte leise vor sich hin und sah auf die Uhr. »Hast du Michel angerufen?«

»Ich versuche es seit einer Stunde, er ist unauffindbar. Weder zu Hause noch auf dem Handy.«

»Gestern hat er mir gesagt, er würde einen Ausflug in die Camargue machen. Er wollte was überprüfen.«

Anne griff wieder nach *La Provence* und zerknitterte beim Umblättern die Seiten.

Der Oktober neigte sich dem Ende zu. Über dem Delta hatten sich Wolken zusammengeballt, die den noch sonnenroten Himmel bedrängten. Der Baron war allein, barfuß und lief über den langen Strand von Beauduc. Den ganzen Tag hatte er mit Wut im Leib wieder einmal das Röhricht um die Schilfdachhütte abgesucht. Er hatte nicht das Geringste gefunden.

Am späten Vormittag war Texeira zu ihm gekommen und hatte ihm von dem Schwarzstorch erzählt, den er nicht weit von den Gebäuden von La Capelière gesehen hatte. Sie hatten Erinnerungen an William Steinert ausgetauscht und von den Treibjagden gesprochen, die die Viehhalter seit der letzten Woche organisiert hatten, um das Krokodil zu finden.

Sandkörner, vom Meerwind über den Strand geweht, pikten den Baron an den Knöcheln. Er setzte sich direkt auf den Sand und lehnte sich mit dem Rücken an einen dünnen Lattenzaun. Wie ein gewaltiges Skelett lag der grauschwarze Stamm einer

Pappel vor ihm auf dem goldenen Sand. Der nächste Sturm würde ihn sicher bis zum Wasser rollen oder ihn weiter im Inneren des Deltas absetzen. Er schloss die Augen und atmete tief ein. Die Luft, die von der Ewigkeit des Meeres heranwehte, tat ihm gut.

Am Vortag hatte er in seinem Briefkasten einen dreifarbigen Umschlag mit dem Vermerk »By air« gefunden. Der Poststempel zeigte, dass der Brief am 26. Oktober in der Hauptpost von Annaba, Algerien, abgeschickt worden war.

Der Text war kurz, es war eine zierliche, ausgeglichene Männerhandschrift.

»Michel,

als Erinnerung an Dich behalte ich eine Pistolenkugel. Ein seltsames Abschiedsgeschenk, das Du mir bei unserer letzten ›Begegnung‹ im Mas de Clary gemacht hast. Ein befreundeter Chirurg hat mir gesagt, es handele sich um eine 11,43 und ich wäre gerade noch einmal davongekommen.

Du hättest mich beinahe getötet, Michel. Und fast bin ich zu bedauern, dass es Dir nicht gelungen ist. Aber so ist das Leben. Du musst wissen, dass ich bei Williams Begräbnis hinter Ingrid stand und wir Blicke gewechselt haben.

Ich weiß, dass Du die Wahrheit lange im Umkreis der dubiosen Immobiliengeschäfte unserer Provence gesucht hast. Das war eine gute Idee, aber sie hatte keinen Sinn, auch wenn man hätte glauben können …Die Geschichte wurde anders geschrieben.

Sie waren zwölf, die der Tarasque dienten. Zwölf, die nur ein und dieselbe Person zu bilden schienen und die der Krieg trennen sollte. Die einen haben ihre Pflicht als Männer erfüllt, die anderen waren wie Krähen auf Aas. Ich habe gesehen, wie mein Land in fremde Hände geriet, wie mein Land brannte. Wie mein Vater zerstört wurde.

Ai jamai descata lou plat davans moun paire – Ich habe meinem Vater stets Achtung entgegengebracht … So sagt man auf Proven-

zalisch. Und mein Vater ist vor Kummer gestorben, und das Unglück ist über uns gekommen.

Als selbst die kleinste Parzelle unserer Provence allmählich Millionen kostete, habe ich gesehen, wie die Dreckskerle von gestern die Erde der Unsterblichen verschacherten. Nach dem Tod meines Vaters habe ich die Felder verkaufen müssen, die meine Familie seit Urzeiten bestellt hat, um die Erbschaftssteuern zu bezahlen. Beim Tod meiner Mutter wird aus denselben Gründen das Haus verkauft werden. So geht unsere Ewigkeit in andere Hände über.

William war mein Freund, der beste, den es gibt. Vielleicht erinnerst Du Dich an das Gedicht, das Ingrid vor seinem Grab gelesen hat:

Ich hatt' einen Kameraden, einen bessern findst du nit.
Er ging an meiner Seite, in gleichem Schritt und Tritt.

William wollte diese Rache nicht. Nicht auf diese Weise. Er hat nie etwas von dem gewusst, was ich vorbereitet habe. Was ich getan habe, tat ich zur Ehre unserer beider Familien und der meines Meisters Bérard. Diese Bruchstücke von Geständnis habe ich Dir geschuldet. Der Rest hat nicht die geringste Bedeutung, und ich vertraue Deiner Intelligenz.

Gestern sind die ersten Löffler eingetroffen. Sind sie nicht herrlich?

Vincent«

Soubeyrand hatte zwei Fotos von Löfflern beigefügt, die die Tiere bei der Balz zeigten, die großen Vögel hatten die Flügel ausgebreitet, und ihre Hälse waren verschlungen.

Der Baron erhob sich, knüllte den Brief zu einer Kugel und warf sie in den Wind, der zwischen den niedrigen Dünen aufzog. Er dachte an Isabelle Mercier und suchte ihr unschuldiges Bild. Jenseits der Dünen war nur die verschwommene Gischt, die das Meer aufwirbelte.

Dank

Mein herzlicher Dank gilt zunächst Maurice Georges und Jérôme Harlay, den Freunden, die viele Stunden damit zugebracht haben, den vorliegenden Text zu korrigieren und ihn mit ihren immer richtigen Hinweisen zu bereichern.

Michel Émerit, Emeritus für Tierökologie der Universität Montpellier und korrespondierendes Mitglied des Muséum d'histoire naturelle (Paris), war mir wegen seiner Kenntnisse der Camargue und der mir zur Verfügung gestellten Informationen über die dortige Flora und Fauna von großer Hilfe.

Die Melodie der Geister

Der Marseiller Polizeikommandant Michel de Palma, auch »Baron« genannt, soll Licht in den Fall des Mordes an Dr. Delorme bringen, der tot an seinem Schreibtisch aufgefunden wurde, vor ihm aufgeschlagen Freuds Werk *Totem und Tabu.* Sechzig Jahre zuvor hat der Wissenschaftler in Neuguinea den Einheimischen Schädel und Totenmasken abgekauft. Warum fehlt in Delormes Villa einer dieser Schädel? Während die Ermittlungen laufen, kommt es zu weiteren Verbrechen an Ethnologen und Kunsthändlern. Hat Michel de Palma es mit einem manischen Mörder zu tun? Seine Untersuchungen führen den opernbegeisterten, unbeugsamen, unberechenbaren Ermittler in die Tiefen der Marseiller Unterwelt, aber auch nach Neuguinea und in die internationale Kunsthandelsszene.

»Ein meisterhaft durchkomponierter Krimi, der das Zwielicht eines undurchsichtigen Falls perfekt in Worte übersetzt.«
SR 3 Krimitipp

»Ob es um Intrigen in der Künstlerszene geht oder gar doch um jene Mysterien, die in den Masken verborgen sind, um eine Racheaktion derjenigen, denen sie entwendet wurden? Der Autor schickt uns durch Mutmaßungen und Verwicklungen und bietet zusätzlich zur Krimispannung nicht minder spannende Einblicke in eine fremde Kultur, die Europäern allzu lange lediglich als ›primitiv‹ galt.« *Neues Deutschland*

Mehr über Autor und Werk auf *www.unionsverlag.com*

Jean-Claude Izzo im Unionsverlag

Die Marseille-Trilogie Total Cheops · Chourmo · Solea
Fabio Montale ist ein kleiner Polizist mit Hang zum guten Essen und einem großen Herz für all die verschiedenen Bewohner der Hafenstadt: für die Italiener, die Spanier, die Nordafrikaner und auch die Franzosen. Ob einer Polizist wird oder Gangster, das ist reiner biografischer Zufall. Freund bleibt Freund.

»Fiebrige Lebenslust, überbordende Vitalität auf der einen, die Tragödien der Gestrandeten auf der anderen Seite.« *Robert Hültner, Abendzeitung*

Aldebaran

Im Hafen von Marseille steht die Zeit still. An der äußersten Mole liegt die Aldebaran fest, deren Reeder Konkurs gegangen ist. Die letzten drei Männer an Bord wollen den Frachter nicht aufgeben.

Die Sonne der Sterbenden

Rico zieht Bilanz: Er ist geschieden, seinen Sohn darf er nicht mehr sehen, die Wohnung hat er verloren, sein einziger Kumpel, der Clochard Titi, ist tot. Rico beschließt, aus dem eisigen Pariser Winter abzuhauen, in den Süden.

Leben macht müde

Es sind die kleinen Leute – Prostituierte, Matrosen, Hafenarbeiter, illegale Einwanderer, die sich in diesen sieben Geschichten mit den großen Fragen des Daseins konfrontiert sehen: »Die Angst. Das Leben selber.«

Mein Marseille

Die geheime Heldin aller Romane von Jean-Claude Izzo ist Marseille. Diese Texte erzählen von den Menschen, dem Licht und den Farben der Stadt. Izzo führt durch die Gassen und Kneipen, erzählt von Kräutern und Düften, von Vergangenheit, Gegenwart und Zukunft einer ewigen Stadt.

Michael Dibdin im Unionsverlag

AURELIO ZEN ERMITTELT

Commissario Aurelio Zen zieht durch ganz Italien, von Fall zu Fall. »Unter den britischen Krimiautoren kann es keiner mit Michael Dibdin aufnehmen. Keiner reicht an seinen grandiosen Stil, seine Imaginationskraft und seinen Umgang mit den Abgründen der menschlichen Seele heran.« *The Times*

Entführung auf Italienisch Aurelio Zen ermittelt in Perugia

Vendetta Aurelio Zen ermittelt in Sardinien

Himmelfahrt Aurelio Zen ermittelt in Rom

Tödliche Lagune Aurelio Zen ermittelt in Venedig

Così fan tutti Aurelio Zen ermittelt in Neapel

Schwarzer Trüffel Aurelio Zen ermittelt im Piemont

Sizilianisches Finale Aurelio Zen ermittelt in Sizilien

Roter Marmor Aurelio Zen ermittelt in der Toskana

Im Zeichen der Medusa Aurelio Zen ermittelt in Südtirol

Tod auf der Piazza Aurelio Zen ermittelt in Bologna

Sterben auf Italienisch Aurelio Zen ermittelt in Kalabrien

Jeong Yu-jeong *Sieben Jahre Nacht*

Wie kann ein elfjähriger Junge überleben, wenn alle Welt in ihm den Sohn des »Stauseemonsters« sieht? Des Mannes, der ein Mädchen ermordete und ein ganzes Dorf zerstörte? Einsam und geächtet lebt er in einem Dorf an der Küste. Rätselhafte Besucher tauchen auf. Die Vergangenheit wird aufgerollt. Am Ende ist alles anders, als es schien.

James McClure *Artful Egg*

Ein neugieriger Postbote späht durchs Fenster einer weltbekannten Schriftstellerin und entdeckt dabei ihre nackte Leiche. Lieutenant Kramer steht vor einem Rätsel: Offenbar glaubten alle, die Autorin sei längst verreist. Zudem stellt sich seinen Untersuchungen der Postbote in den Weg. Dieser meint, er sei der einzig würdige Ermittler in diesem Fall.

Devi & Ivanov *Schockfrost*

Die alleinerziehende Psychiaterin Sarah Marten hat ihr Leben im Griff. Doch dann stürzt sie die Treppe hinunter, leidet unter Sehstörungen und Gedächtnislücken. Ihr 15-jähriger Sohn verschwindet. Ein Wettlauf gegen die Zeit beginnt. Die Crime-Queens Petra Ivanov und Mitra Devi haben gemeinsam einen Psychothriller geschrieben, der unter die Haut geht.

Petra Ivanov *Heiße Eisen*

Der engagierte Politiker Moritz Kienast setzt sich in der Debatte um das Ufer des Zürichsees für eine rigorose Lösung ein – bis er plötzlich verschwindet. Kurz darauf wird eine verkohlte und aufgespießte Leiche gefunden. Die Nachforschungen der Staatsanwältin Regina Flint führen sie an Abgründe, die mit »menschlich« nichts mehr zu tun haben.

VICENTE ALFONSO *Die Tränen von San Lorenzo*
Einer der Ayala-Zwillinge wird des Mordes verdächtigt. Das Problem: Sie sind identisch. Von Rómulo fehlt jede Spur – Remo ist in therapeutischer Behandlung. Was hat das Verschwinden der heiligen Niña damit zu tun und warum interessiert sich ein hoher Politiker dafür? Wie nah kommt man der Wahrheit, wenn sie wie Perseiden an uns vorbeizieht?

MICHAEL DIBDIN *Entführung auf Italienisch*
Kommissar Aurelio Zen reist für einen Spezialauftrag nach Perugia: Ruggero Miletti, das Haupt einer der mächtigsten Familien Italiens, wurde entführt. Alles scheint sich gegen den Neuankömmling aus Rom verschworen zu haben. Doch im Kampf gegen Korruption und Mafia entwickelt Aurelio Zen seine wahren Qualitäten.

NII PARKES *Die Spur des Bienenfressers*
In einem Dorf im Hinterland Ghanas, in dem sich seit Jahrhunderten kaum etwas verändert hat, verschwindet ein Mann. Der Städter Kayo, der den Glauben der Dorfbewohner an Übersinnliches nicht teilt, wird mit der Aufklärung beauftragt – muss jedoch bald einsehen, dass westliche Logik und politische Bürokratie ihre Grenzen haben.

CLAUDIA PIÑEIRO *Betibú*
Inmitten einer idyllischen Wohnsiedlung wird ein Unternehmer mit aufgeschlitzter Kehle in seinem Lieblingssessel aufgefunden. Im ersten Moment deutet alles auf Selbstmord hin, doch schon bald erwachsen Zweifel. – Claudia Piñeiro nimmt mit scharfem Blick das Verhältnis zwischen Medien und politischer Macht unter die Lupe.

Avtar Singh *Nekropolis*

Kommissar Dayal und sein Team müssen die aufsehenerregendsten, rätselhaftesten Kriminalfälle Delhis lösen. Sie arbeiten mit modernster Technik und stoßen auf archaische Bräuche. Ihre Ermittlungen führen uns durch alle Schichten dieser brodelnden, vielgesichtigen und geschichtsträchtigen Stadt, in die Villen der Reichen, in die Hütten der Slums.

Bill Moody *Auf der Suche nach Chet Baker*

Ein klassischer Fall von Jazz & Crime: Rauchige Clubs, amerikanische Musiker im selbstgewählten europäischen Exil, die Coffeeshops und kleinen Gassen in Amsterdam bilden den Hintergrund für einen spannenden Kriminalroman, der den Spuren des von den Drogen und der Musik getriebenen Trompeters nachgeht.

Celil Oker *Lass mich leben, Istanbul*

Remzi Ünal, Istanbuls einsamer Privatdetektiv, nikotinsüchtig und Kaffeeliebhaber, hat schon bessere Zeiten gesehen. Da übernimmt er einen neuen Fall und scheint prompt in ein Wespennest zu stechen. Plötzlich halten ihn schöne, kluge Krankenschwestern, lügende Ärzte und eine verwirrte alte Frau im verkehrsverstopften Istanbul ganz schön auf Trab.

Jörg Juretzka *TrailerPark*

Es war wirklich keine gute Idee, die Mafia von Marseille zu beklauen, muss Kristof Kryszinski einsehen. Seit dem Coup hält er sich in Portugal versteckt. Doch schon bald steht er vor einem Dilemma: Flieht er, wird er zum Gehetzten, bleibt er, bringt er sich und alle um ihn herum in Lebensgefahr. Die beste Lösung scheint da, er wäre tot …

Bücher fürs Handgepäck
Ägypten · Argentinien · Bali · Bayern · Belgien · Brasilien · China · Dänemark · Emirate · Finnland · Himalaya · Hongkong · Indien · Indonesien · Innerschweiz · Island · Japan · Kalifornien · Kambodscha · Kanada · Kapverden · Kolumbien · Korea · Kreta · Kuba · London · Malaysia · Malediven · Marokko · Mexiko · Myanmar · Namibia · Neuseeland · New York · Norwegen · Patagonien und Feuerland · Peru · Provence · Sahara · Schottland · Schweden · Schweiz · Sizilien · Sri Lanka · Südafrika · Tessin · Thailand · Toskana · Vietnam

A. Djafari / J. Boos (Hg.) Vollmond hinter fahlgelben Wolken (UT 800)
Juri Rytchëu Die Suche nach der letzten Zahl (UT 799)
Johannes Merkel (Hg.) Löwengleich und Mondenschön (UT 798)
Christine Brand Mond (UT 797)
Björn Larsson Träume am Ufer des Meeres (UT 796)
Leonardo Padura Neun Nächte mit Violeta (UT 795)
Xavier-Marie Bonnot Im Sumpf der Camargue (UT 794)
James McClure Artful Egg (UT 793)
James McClure Blood of an Englishman (UT 792)
Ken Bugul Riwan oder der Sandweg (UT 791)
Patrick Deville Kampuchea (UT 790)
Christoph Simon Franz oder Warum Antilopen nebeneinander laufen (UT 789)
Claudia Piñeiro Ein wenig Glück (UT 788)
Yaşar Kemal Die Disteln brennen (UT 785)
Mahmud Doulatabadi Kelidar (UT 784)
Jörg Juretzka TrailerPark (UT 783)
James McClure Sunday Hangman (UT 782)
James McClure Snake (UT 781)
Mehmed Uzun Im Schatten der verlorenen Liebe (UT 780)
Michael Dibdin Sterben auf Italienisch (UT 779)
Michael Dibdin Tod auf der Piazza (UT 778)
Garry Disher Bitter Wash Road (UT 777)
Celil Oker Lass mich leben, Istanbul (UT 776)
Patrick Deville Pest & Cholera (UT 775)
Wendy Guerra Alle gehen fort (UT 774)
Petra Ivanov Heiße Eisen (UT 773)
Bachtyar Ali Der letzte Granatapfel (UT 769)
Atef Abu Saif Frühstück mit der Drohne (UT 768)

Unionsverlag Taschenbuch

Nagib Machfus
Spiegelbilder (UT 767)
James McClure
Gooseberry Fool (UT 766)
James McClure
Caterpillar Cop (UT 765)
Tevfik Turan (Hg.) Von Istanbul nach Hakkâri (UT 764)
Ahmet Hamdi Tanpinar
Seelenfrieden (UT 763)
Ayşe Kulin
Der schmale Pfad (UT 762)
Giuseppe Fava
Bevor sie Euch töten (UT 761)
Michael Dibdin Im Zeichen der Medusa (UT 760)
Michael Dibdin
Roter Marmor (UT 759)
Björn Larsson
Long John Silver (UT 758)
Garry Disher
Hinter den Inseln (UT 757)
Leonardo Padura Die Palme und der Stern (UT 756)
Mahmud Doulatabadi
Nilufar (UT 752)
Nagib Machfus
Zuckergässchen (UT 751)
Nagib Machfus Palast der Sehnsucht (UT 750)
Jörg Juretzka
Bis zum Hals (UT 749)
Xavier-Marie Bonnot Die Melodie der Geister (UT 748)
Michael Dibdin
Schwarzer Trüffel (UT 747)
Michael Dibdin
Sizilianisches Finale (UT 746)
Maeve Brennan
Mr. und Mrs. Derdon (UT 745)
Björn Larsson
Der Keltische Ring (UT 744)
James McClure
Steam Pig (UT 743)
James McClure
Song Dog (UT 742)
Victor Gardon Brunnen der Vergangenheit (UT 741)
Jeong Yu-jeong
Sieben Jahre Nacht (UT 740)
Joan Clark Der Triumph der Geraldine Gull (UT 739)
Jørn Riel Zu viel Glück auf einmal (UT 738)
Nagib Machfus Die Reise des Ibn Fattuma (UT 737)
Galsan Tschinag
Der Mann, die Frau, das Schaf, das Kind (UT 736)
Henry de Monfreid
Die Geheimnisse des Roten Meeres (UT 735)
Maeve Brennan
New York, New York (UT 734)
Percival Everett
God's Country (UT 733)
Michael Dibdin
Così fan tutti (UT 732)
Michael Dibdin
Vendetta (UT 731)
Michael Dibdin Entführung auf Italienisch (UT 730)
Mia Couto Das Geständnis der Löwin (UT 729)
Gary Victor
Schweinezeiten (UT 728)
Rob Alef Immer schön gierig bleiben (UT 727)
Petra Ivanov
Hafturlaub (UT 726)

Mehr über alle Bücher und Autoren auf *www.unionsverlag.com*